판사 이한영

판사 이한영

1판 1쇄 발행 2026년 2월 9일

지은이 이해날

발행인 김성룡
매니지먼트 ㈜스마트빅/월하담
교정 심영미
표지 디자인 은디자인
본문 디자인 김민정

펴낸곳 도서출판 가연
주소 서울시 마포구 월드컵북로 4길 77, 3층
구입문의 02-858-2217
팩스 02-858-2219

ISBN 978-89-6897-142-6 04810

무너진 정의, 돌아온 판사, 확실한 형벌을 약속합니다

판사 이한영

3

이해날
장편소설

01

"잠깐 이야기 좀 하죠."

신문실에서 나와 복도를 걷던 이한영은 익숙한 목소리에 고개를 틀었다. 엘리베이터 앞 벽에 등을 기대고 선 박철우 검사가 보인다.

하지만 이한영은 그를 모르는 사람처럼 스치며 엘리베이터의 버튼을 꾹 눌렀다.

"위에 CCTV 있어요."

박철우 검사도 눈치는 있는 사람이다.

"밖에서 볼까요?"

"법원 앞 호프집, 그쪽에서 보죠."

"알겠습니다. 난 30분 뒤에 퇴근이에요."

"안주는 뭐로 드실래요? 시간 맞춰서 시켜 놓을게요."

"어묵탕 하죠. 아, 송나연 기자님도 부를 겁니다."

CCTV로 누가 확인한다 해도 두 사람의 친분을 알 수는 없었다.

잠시 후, 이한영과 박철우 검사 그리고 송나연 기자는 호프집에 마주 앉았다.

박철우 검사가 막 잔을 들려 할 때 이한영이 입을 열었다.

"김진한 부장의 비리를 캐는 일, 잠시만 멈춰주세요."

순간, 박철우 검사의 입가에 걸렸던 미소가 싹 사라졌다. 그가 마시지도 않은 잔을 탁, 내려두며 몹시 기분 나쁜 듯이 말했다.

"내가 사람을 잘못 봤나요? 난 지금까지 이한영 판사님을 세상에 없는 열혈 판사라고 생각했는데요. 어떤 권력 앞에서도 숙이지 않고 진실을 찾을 사람이라고 생각했어요. 나보다 어리기도 하고 이상한 점도 많았지만, 배울 것이 참 많은 사람이라고 여겼어요. 그런데 멈춰 달라뇨? 지금 청탁하는 겁니까?"

박철우 검사가 이한영을 노려봤다. 그 눈빛에 상황을 모르는 송나연 기자도 몸이 굳어지는 것을 느꼈다.

하지만 이한영은 여전히 엷은 미소를 지우지 않았다.

"정의만 생각하는 검사님과 물불 안 가리는 기자님 앞에서 제가 청탁을 하겠습니까? 제가 그렇게 멍청해 보였다면 실망인데요."

"지금 무슨 말을 하는 거예요!"

"아침에 우리 법원장님이 박철우 검사님께 준 USB, 그거 내가 찾은 거예요."

"네?"

"내가 찾은 거라고요. 김진한 부장에게 의심받지 않으려면 법원장님의 도움을 받을 수밖에 없었어요."

"USB가 이한영 판사님이 찾은 거라고요?"

"아니, 그 전에 백이석 법원장님이 박철우 검사님을 어떻게 알고 지명해서 법원에 오라고 했겠어요? 조금만 생각해봐도 답이 나오지 않나요?"

박철우 검사는 머쓱해진 표정을 지을 뿐 반론하지 못했다.

송나연 기자가 입을 막고 쿡쿡거리며 웃기 시작한다.

"헛짚었네, 헛짚었어. 박철우 프로님, 헛똑똑이예요. 전 이한영 프로님이 하는 것은 다 믿어요, 히힛."

박철우 검사가 괜히 송나연 기자를 향해 인상을 찌푸린다.

"웃지 마요. 나도 다 이유가 있어서 그런 거예요. 갑자기 법원의 수석부장이 와서 신문실을 차지하고 그다음엔 이한영 판사님이 와서 수사를 멈춰 달라는데, 오해를 안 하겠어요?"

"헛똑똑이."

"아, 진짜."

"이거 기사 쓰면 진짜 재밌겠죠?"

"쓰기만 해요! 내가 지금도 슈퍼맨 검사라는 것 때문에 얼마나 놀림을 받는데요!"

송나연 기자가 꾸벅 허리를 굽힌다.

"죄송합니다, 슈퍼맨 검사님."

"하지 마요!"

"궁탱이 판사도 있는걸요."

"그건 기사로 안 나갔잖아요!"

박철우 검사와 송나연 기자는 옥신각신한다. 그 모습에 이한영은 자신도 모르게 크게 웃었다. 최근 김윤혁이나 김진한 부장 등 때문에 인상만 쓰고 지냈다. 하지만 이들을 만나니 기분이 좋아진다.

지음(知音)이라는 말이 있다. 속마음을 알아주는 친구라는 뜻인데, 같은 목표를 향해 나아가는 박철우 검사나 송나연 기자가 그렇지 않을까 여겨졌다.

이한영은 기분 좋게 웃으며 두 사람의 잔에 술을 채웠다. 그리고 옥신각신하던 잡담은 오래가지 않았다. 이한영이 본론을 입에 담았기 때문이다.

"김진한 부장이 비리 감추는 일을 제게 부탁했어요."

박철우 검사가 눈썹을 꿈틀거렸다.

"그래서요?"

"조만간 김진한 부장의 아내를 만나고 자금을 건네주던 브로커를 만날 거예요. 그럼 뭐가 어디에 어떻게 감춰져 있는지 제 손에 모두 들어오겠죠?"

박철우 검사가 긴장된 표정으로 술잔을 들어 입에 댔다.

"그걸 까발리면 이한영 판사님이 노출되는 거 아녜요? 백이석 법원장님까지 섭외해서 숨기려고 했으면서……."

이한영이 고개를 저었다. 그리고 송나연 기자의 잔을 채우며 입을 열었다.

"그걸 오픈하는 것은 내가 아니라 송나연 기자님이 할 겁니다."

"좋아요."

송나연 기자는 거침없이 받아들인다.

이한영의 시선이 이번엔 박철우 검사에게 향한다.

"검사님은 김진한 부장을 신문하면서 계속 아무것도 못 찾고 있다는 식으로 분위기를 깔아주세요."

"분위기는 내가 또 잘 깔죠. 그런데 질질 끌다가 구속 풀려서 활개 치고 다니는 거 아녜요?"

"지은 죄가 많아요. 그럴 일은 절대 없을 겁니다."

"지은 죄?"

"네."

상대의 틈이 드러났을 때 망설이는 것은 멍청한 짓이다. 단숨에 목을 틀어쥐어 명줄을 끊어야 한다.

* * *

"아, 이러면 안 되는데……."

구치소 민원실장이 난처한 듯 미소를 짓자 유세희가 가방을 만지작거린다. 그녀의 하얀 손에 들려 나온 것은 책이었다.

그녀가 상큼하게 웃으며 민원실장 앞에 책을 놓았다.

"들고 오느라 무거웠네요. 한번 읽어보셨으면 해서요."

"아…… 이거 참. 제목이 또 ≪죄와 벌≫이네."

민원실장은 슬쩍 책을 열어 본다. 하얀 봉투가 보인다. 에스로펌의 막내딸이 직접 내민 봉투다. 절대 섭섭하지 않을 액수가 들어 있을 거다.

민원실장이 어색하게 웃으며 고개를 끄덕였다.

"책을 좋아하는 사람은 믿을 수 있죠. 편안히 접견하세요. 나머진 제가 다 알아서 해놓겠습니다."

"감사해요."

유세희의 시선이 변호사 접견실을 향해 틀어졌다.

변호사 접견실.

김윤혁을 찌르고 잡힌 황기남이라는 이름의 남자가 눈을 껌뻑이고 있었다.

"누, 누구세요?"

"에스로펌에서 왔습니다."

황기남이 고개를 갸웃거렸다. 국선변호인이 와야 하는데, 대한민국 최고 변호사 집단 중 하나인 에스로펌에서 왔다고 하니 이해할 수 없는 모양이다.

앞에 앉은 남자가 서류를 꺼내 테이블 위에 펼쳤다.

"가족 동의는 받았습니다. 이제 황기남 씨의 변호는 에스로펌에서 맡게 될 겁니다."

"저, 저는 돈이 없는데요."

남자가 빙긋이 미소를 지으며 고개를 저었다.

"누군가가 모두 냈습니다. 그러니까 걱정하지 말고 변호를 받으시면 됩니다."

"누군가요? 그게 누구죠?"

"그건 차차 말씀드리기로 하고, 먼저 설명드려야 할 게 있어요. 저는 황기남 씨의 사정을 확인하러 온 사람이고요. 변호를 맡을 변호사님은 내일쯤 오실 겁니다."

"아, 네."

멍한 눈으로 고개를 끄덕이는 황기남. 그의 앞에 앉은 남자는 이한영이었다. 이한영이 깍지 낀 손으로 턱을 괴며 입을 열었다.

"그럼 바로 사정을 알아보기로 하죠. 누가 시킨 겁니까?"

"네?"

"얼마 받기로 했습니까?"

모든 걸 알고 있다는 이한영의 눈빛에 황기남의 표정이 당황으로 물든다.

이한영이 다시 찔러 들어간다.

"지금 황기남 씨가 찌른 판사는 생사를 오가고 있어요. 만약 죽기라도 하면 살인죄."

"……."

"주변에서 살인을 저지르고 3년, 5년 살다가 나온 놈들 보고 혹시 그 정도만 받지 않을까 하는 착각은 마세요. 황기남 씨가 찌른 사람은 판사입니다. 모든 판사들이 황기남 씨의 인생을 끝장내기 위해 기다리고 있어요."

황기남의 입에서 무거운 한숨이 흐른다. 예상했지만 잔인한 진실을 직접 듣는 것은 전혀 다르기 때문이다.

이한영이 강한 눈빛으로 황기남을 쏘아보며 냉랭한 목소리를 늘어놓았다.

"흔한 이야기죠. 아기가 태어나는데 취업도 안 되고, 세상살이는 팍팍하고, 부모님이 아프신데 건강보험을 내지 못해서 무자비한 병원비를 그대로 내야 하고. 사채까지 끌어다 쓰셨더라고요?"

박철우 검사를 통해 알게 된 그의 뒷이야기를 말한 것뿐이었지만 황기남의 얼굴엔 핏기가 사라졌다. 하지만 그뿐이다. 그는 어떤 말도 하지 않는다.

이런 말에 넘어가 진실을 토해낼 거라고는 생각하지 않았다. 돈으로 움직인 사람은 그 돈을 넘어서는 베팅이 필요하다.

이한영이 툭 던지듯 말했다.

"1억 받았죠?"

이번에도 황기남은 대답하지 않았다. 하지만 그의 목울대가 울컥거리는 걸 이한영은 놓치지 않았다. 1억을 받았다는 거다.

1억, 많은 돈이지만 서울에 아파트 전세조차 얻을 수 없는 돈이다. 그 돈에도 잔인한 일을 저질렀다는 것은 사회의 슬픈 단면이며, 그걸 이용해 먹는 김진한 부장은 반드시 처단해야 할 대상이었다.

이한영이 책상을 탕, 치며 강하게 입을 열었다.

"2억 드리죠."

지금껏 닫혀 있던 황기남의 입에서 드디어 목소리가 터졌다.

"2, 2억요?"

"2억 받고 진실을 말하세요. 돈이 급해 어쩔 수 없었다는 식으로 재판갑시다. 안타까운 사연으로 조금의 참작은 될 겁니다. 어쩌면 태어날 아기가 초등학교에 들어가는 걸 볼 수는 있겠네요."

황기남의 눈에 망설임이 가득 떠올랐다.

이한영은 그 틈을 놓치지 않고 상대의 욕망을 찔러 들어갔다.

"2억을 선택하면 빚 청산하고 부모님 수술은 물론 작은 가게도 차릴 수 있을 겁니다. 하지만…….”

이한영은 일부러 말을 끊었다. 상대의 머릿속에 작은 희망을 집어넣기 위해서다. 그리고 잠시 후, 다시 그의 머리를 혼란하게 만들었다.

“1억을 선택하면 급한 불만 끄는 겁니다. 돈을 벌 구멍이 없으니 가족은 다시 빚의 구렁텅이에 빠지겠죠. 게다가 황기남 씨는 어떤 참작도 받지 못한 채, 아무리 빨라도 애가 중학교에 들어간 뒤에야 세상에 나올 겁니다. 어쩌면 시집, 장가가는 것만 겨우 볼 수도 있겠네요. 그러게 판사는 왜 건드셔서…….”

이한영은 희망과 절망을 던져 뒀다. 황기남은 이제 결정해야 한다.

그의 충혈된 눈동자가 갈피를 잡지 못하고 있을 때, 이한영이 빙긋이 웃으며 그의 결정을 재촉했다.

“선택하세요.”

* * *

“오늘은 설렁탕 말고 뼈다귀해장국 먹고 싶은데, 그것 좀 시켜봐요.”

김진한 부장의 말에 앞에 앉아 있던 검사가 한숨을 내쉬며 자리에서 일어섰다. 검사는 얼마 전, 김윤혁이 사고당한 현장에서 브리핑했던 사람이다.

신문을 받아도 권력이 있는 사람과 없는 사람은 다르다. 검사 앞이었지만 김진한 부장은 전혀 위축되지 않은 채 능글맞게 웃으며 말하고 있다.

“날 잡아둬도 나올 게 없으니까 이만 끝냅시다. 세상에 나처럼 깨끗한 사람이 어디 있다고. 뭐 하는 건지 모르겠어, 흐흐.”

검사가 김진한 부장을 흘겨보며 말했다.

“뼈다귀요?”

“뼈, 많이 달라고 해요. 그거 얼마 한다고 두 개씩만 넣는 양심 없는 가게가 많단 말이야.”

그때 신문실의 문이 열리고 박철우 검사가 들어왔다.

"뭐 해?"

"점심 시킵니다. 여기가 음식점도 아니고 맨날……."

박철우 검사가 김진한 부장에게 시선을 향하며 브리핑했던 검사에게 말했다.

"두 개 시켜 드려."

"두 개요?"

"그래."

그 말에 김진한 부장이 킬킬대며 웃었다.

"부부장 오시니까 말이 좀 통하네, 흐흐. 그래, 내 뒷조사해서 나온 것 좀 있습니까? 없으면 그만 끝내죠. 이게 뭐야? 매일 조사받고 탈탈 털어도 먼지만 나오잖아요?"

박철우 검사는 말없이 김진한 부장을 바라봤다.

김진한 부장이 등을 의자에 기대며 느긋하게 말을 이었다.

"박철우 부부장, 승진이 조금 느렸죠? 이게 라인을 잘못 타서 그래요. 내가 검찰 쪽에도 사람 좀 아니까 여기서 나가면 박철우 부부장을 이끌어 줄 라인을 소개해주죠."

"감사하네요."

"감사하긴, 내가 여기서 편하게 있을 수 있는 게 다 부부장 덕인데요. 그 정도는 해줘야지."

김진한 부장은 빙긋이 웃으며 박철우 검사를 바라봤다.

그가 며칠간 지켜본 박철우 검사는 우직한 사람이다. 이런 사람을 강신진 수석 부장 아래에 넣을 수만 있다면 중요한 순간에 쓸 수 있을 것 같다는 생각을 하고 있었다.

그런데 박철우 검사의 표정이 이상하다. 싸늘한 눈으로 김진한 부장을 보고 있다.

김진한 부장이 미간을 찌푸리며 물었다.

"뭐야? 왜 그래요?"

"아직 돈에 관한 비리는 나오지 않았는데요."

"그거면 됐지, 뭐 다른 게 있어요?"

"김윤혁 판사."

단 한마디에 김진한 부장의 안색이 허옇게 질려간다.

"기, 김윤혁이 왜? 주, 죽었어요?"

박철우 검사가 고개를 저었다.

"찌른 놈이 자백했습니다. 교사한 사람이 있다고요. 누군지는 알고 계시죠?"

바로 상황 파악이 됐나 보다. 김진한 부장의 시선이 툭 땅으로 떨어졌다.

"모, 모함이야……!"

"청부를 받은 놈들은 돈을 받지 못할까 봐 목숨 걸고 증거를 만들어 두죠."

"모함이야!"

"해장국 두 그릇 든든히 드시고 밤새 이야기 좀 나눕시다, 김진한 부장님."

김진한 부장이 고개를 든다. 1분도 지나지 않은 시간이지만 그의 얼굴이 10년은 늙어 있었다.

그가 한숨 같은 소리로 입을 연다.

"저, 전화 한 통만 씁시다."

"그러세요."

휴대폰을 건네받은 그가 떨리는 손으로 강신진 수석 부장의 번호를 누르려 한다. 하지만 거기까지다. 통화 버튼을 누르지 못한다.

자신을 살려줄 수 있는 사람은 오직 강신진 수석 부장이기 때문이다. 언제가 되든 기다리면 강신진 수석 부장은 그를 다시 반석에 올려줄 거다. 여기서 강신진 수석 부장을 끌어들일 수 없었다.

끝내 전화를 걸지 못한 김진한 부장이 휴대폰을 테이블에 내려놓으며 미친놈처럼 웃기 시작했다.

"크크크크크…… 으하하하!"

"그래, 알았어. 계속 상황 지켜보다가 바뀌는 게 있으면 연락 주도록 해."

휴대폰을 내려놓는 강신진 수석 부장의 표정을 살피던 유성쇼핑의 장태식 사장이 물었다.

"무슨 일이야?"

고급 한정식집이다. 강신진 수석 부장은 유성쇼핑의 대표 장태식 사장과 만나고 있었다.

장태식 사장의 질문에 강신진 수석 부장이 아쉽다는 얼굴로 손을 탁탁 털며 입을 연다.

"들고 있던 바둑돌 하나가 떨어졌어."

김진한 부장을 말하는 거다. 강신진 수석 부장의 표정은 아쉬움으로 가득하지만 장태식 사장은 픽 웃는다.

"바둑돌이야 널리고 널린 거잖아?"

강신진 수석 부장이 고개를 저었다.

"난 바둑돌 하나가 소중한 사람이라……."

하지만 거기까지였다. 지금 상황에서 떨어진 바둑돌을 신경 쓸 시간은 없었다.

강신진 수석 부장이 놓여 있던 휴대폰을 옆으로 치우며 장태식 사장을 향했다.

"자금을 지원해 줬으면 좋겠어. 지금 대법원장을 치우고 새로운 대법원장을 올릴 생각이야. 아직 내 힘이 미약하니 다른 사람을 설득하려면 돈이 필요하지."

"대법원장을 바꿔?"

"그래."

수석 부장 따위가 대법원장 교체를 운운하면 충분히 비웃음을 사고도 남을 일이다. 하지만 상대는 강신진이다. 그가 말하면 정말 가능할 것만 같았다.

장태식 사장이 빙긋이 미소를 그리며 고개를 끄덕였다.

"대법원장이 바뀌면 난 뭘 얻을 수 있지?"

"유성전자의 백혈병 사건을 해결할 수 있겠지."

"그래서 지금 필요한 자금은 유성전자 사건을 담보로 이야기하는 건가?"

강신진 수석 부장이 고개를 저었다.

"그래서는 수지가 맞지 않아. 유성전자가 목전에 왔을 땐 더 큰 자금을 요구할 거야."

돈을 요구하지만 비굴하지 않다. 당당한 모습이다.

장태식 사장이 뭔가를 계산하듯 손가락으로 책상을 툭툭 건드리며 물었다.

"그럼? 지금은 뭘 담보로?"

"자네 아들내미가 벌인 사건."

장태식 사장의 미간이 팍 찌그러졌다.

초등학교 6학년인 그의 아들 장용준은 얼마 전, 친구 다섯 명과 함께 한 여자아이를 집단 폭행한 일로 사람들의 입에 오르내리고 있었다.

장태식 사장이 그 일을 떠올리며 어이없다는 목소리로 말한다.

"말이 나와서 그런데 애들 싸움이 소송이나 되는 문제냐? 용준이가 내 아들인 걸 알고 돈 받아 처먹으려고 지랄하는 거지. 내가 우리 애한테 물어보니까 장난으로 했다더라. 당한 여자애도 장난인 거 아니까 웃으면서 놀았다고 하고. 그런데 뭐? 다리가 부러지고 정신분열에 우울증? 어미가 미친 거지. 우울증은 나도 있어!"

강신진 수석 부장이 말없이 끄덕이자 장태식 사장은 계속해서 억울함을 토로한다.

"도대체 뭐 하는 집구석이길래 애들 싸움을 법정까지 끌어들이나 해서 알아봤거든? 뭐 하는 집인 줄 알아? 엄마 혼자 애 키우고 있다더라. 생활보호대상자라 나라에서 나오는 돈 받아먹고 산다는데, 알지? 그 돈이 다 내가 낸 세금이야. 고마움도 모르는 파렴치한 새끼들. 그런 새끼들이 사회적 배려 대상자로 학교에 들어와서 문제를 일으키고 있어!"

장태식 사장이 짜증이 난다는 듯 머리를 쓸어 넘기며 다시 술잔을 들었다. 하지만 마시지 않고 물끄러미 강신진 수석 부장을 바라본다.

"내 말이 틀린 건 아니지? 법 공부한 사람이 얘기 좀 해봐."

강신진 수석 부장은 옳고 그름을 말하지 않는다.

"해결해주지."

그의 성격을 잘 아는 장태식 사장이 고개를 끄덕였다.

"얼마나 필요해?"

피해자가 원하는 몇억은 장태식 사장의 자산을 기준으로는 푼돈일 뿐이다. 하지만 장태식 사장은 피해자에게 돈을 주지 않는다. 그의 인생에서 벌레보다 못한 '거지'에게 피를 빨리는 것은 용납할 수 없는 자존심의 문제였다.

* * *

"날이 제법 더워졌어."

강신진 수석 부장이 술잔을 내려놓으며 앞을 바라봤다. 그의 앞에는 이한영이 앉아 있었다.

강신진 수석 부장은 장태식 사장과 헤어진 후 곧바로 이한영을 찾았다. 이곳은 값싼 안주로 유명한 낡은 술집으로 항상 사람이 북적거리는 곳이다. 비밀 이야기를 할 때 다른 사람이 없는 프라이빗한 공간을 찾기도 하지만 지금처럼 떠들썩한 분위기를 찾기도 한다. 이런 곳에서 녹취는 상상도 할 수 없기 때문이다.

강신진 수석 부장의 표정을 살피던 이한영이 어렵게 입을 열었다.

"김진한 부장님의 일은 들으셨습니까?"

강신진 수석 부장이 고개를 끄덕인다.

"안타까운 일이야."

강신진 수석 부장이 주변을 빙 둘러보며 말을 이었다.

"이 술집은 김진한이하고 자주 왔어. 주변이 시끄러워서 우리가 어떤 이야기를 해도 상관없는 곳이었지."

옛 기억을 더듬으며 가게를 둘러보던 강신진 수석 부장의 시선이 이한영에게서 멎었다. 그리고 무거운 입술을 움직인다.

"미안한 부탁을 하고 싶어서 불렀어."

"말씀하십시오."

강신진 수석 부장이 휴대폰을 꺼내 기사를 찾아 이한영 앞에 놓았다. 이한영의 시선은 자연스레 휴대폰 화면으로 향한다.

–재벌 4세, 학교폭력. 어긋난 사랑

–폭력 사태로 얼룩진 재벌 4세가 다니는 초등학교, 연간 학비만 3천만 원

–재벌의 남다른 자식 사랑?

강신진 수석 부장이 입을 연다.

"알고 있지?"

"이따금 뉴스에 나와서 알고 있습니다."

모른 척 말했지만 잘 알고 있었다. 유성그룹 장태식 사장의 아들 장용준이 여자아이를 야구방망이로 폭행한 사건이다. 언론에서는 중학교도 가지 않은 미성년자라며 이름을 밝히지 않았지만 SNS에서는 일파만파

퍼지고 있었다.

전생에서도 유명한 사건이었지만 유성그룹의 힘이 들어갔는지 그 결과는 누구나 예상하듯 흐지부지 끝나고 말았다.

강신진 수석 부장이 말했다.

"미성년자라 형사처벌은 어렵다고 생각했는지 피해자 측에서 민사를 걸었어. 자네에게 배당되도록 손써 두겠네."

"가해자의 손을 들어주라는 겁니까?"

"그래."

잠시 어떤 말도 이어지지 않았다. 시끄러운 분위기의 술집이지만 두 사람 사이엔 냉랭한 기운이 돌았다.

강신진 수석 부장이 잔을 내려두며 말을 이었다.

"난 모든 사람들이 법을 지키며 사는 세상을 만들고 싶어. 그렇게 된다면 단지 돈과 권력이 없다는 이유로 갑질을 당하거나 부실 공사의 비극적인 참사는 없을 거야."

"……."

"많은 사람들은 얼마 안 되는 월급으로 가정을 꾸리고 행복을 느끼는 평범한 삶을 살지. 하지만 이들은 상대적 박탈감을 느끼고 있어. 누구나 똑같이 법을 지키며 사는 게 아니라는 걸 알기 때문이야. 법을 지키지 않으면 떵떵거리고 살고! 법을 지키면 거지처럼 산다는 잘못된 걸 알고 있기 때문이야!"

강신진 수석 부장의 목소리는 낮지만 강했다.

그가 다시 입을 열었다.

"난 이것을 바로잡고 싶어."

가만히 강신진 수석 부장의 말을 듣던 이한영이 가볍게 한숨을 내뱉었다.

"가해자의 손을 들어주라고 말씀하신 것도 법에 어긋나는 일입니다."

이한영이 그가 했던 말의 모순을 날카롭게 찌르고 들어가자 강신진 수석 부장이 안타까운 미소를 지으며 자신의 손을 들어 손바닥을 바라본다.

"비록 내 손엔 피와 오물이 묻지만, 내가 닦고 만들어낸 세상에서 살 사람들은 깨끗한 옷과 신발을 신게 될 거야. 이방원이 피로 일궈낸 왕자의 난으로 세종은 태평성대를 만들어냈지 않나?"

강신진 수석 부장의 시선이 이한영에게 향한다. 그리고 쭉 손을 내밀어 악수를 권한다.

"난 고아로 자라났지만 내 새끼들을 고아로 키우고 싶지 않아. 고물상 집 아들내미로 자란 자네는 자신의 자식들이 다른 일을 하길 원할 거야. 마찬가지로 지금의 더러운 세상을 후손에게 물려줄 수는 없어. 이상적인 세상을 만들려면 사람이 필요해. 그런데 사람을 움직이고 먹이는 것은 돈이야. 조선의 선비들처럼 명분에 얽매이지 말고 후손을 위해 손을 더럽혀 줬으면 좋겠어. 미안한 부탁이야."

"제가 이 일을 하면 수석 부장님께 돈이 들어옵니까?"

강신진 수석 부장이 고개를 끄덕이자 이한영이 곧바로 묻는다.

"무엇을 하실지 궁금합니다."

"우선은 대법원장을 갈아치울 거야."

강신진 수석 부장은 더는 말하지 않았다. 하지만 그것만으로 충분했다.

이한영은 재빨리 전생의 기억을 되짚기 시작했다. 지금 있는 전흥우 대법원장은 짧은 임기만 마친 후 쫓겨나버리고 만다.

'그게 지금부터 준비됐던 거구나. 여기서부터 강신진의 힘이 막을 수 없을 정도로 커지는 걸까?'

그때 강신진 수석 부장이 내민 손을 흔들며 사람 좋게 웃는다.

"내민 손을 민망하게 할 텐가?"

이한영의 시선이 테이블에 놓인 강신진 수석 부장의 휴대폰을 향했다.

'유성전자 장태식 사장의 아들 장용준, 이놈의 손을 잡아 달라고? 그건

안 되지.'

이한영의 시선이 다시 강신진 수석 부장의 손을 향했다.

'그런데 이 손을 잡으면 한 발짝 더 다가설 수 있어. 장용준도 해결하고 강신진의 신임도 받을 방법. 그리고 이들의 계획을 무너뜨릴 방법!'

이한영의 눈빛에 퍼런 불꽃이 일렁였다. 그는 강신진 수석 부장의 손을 덥석 잡았다.

"열심히 하겠습니다."

서슬 퍼런 눈빛이지만 강신진 수석 부장이 보기엔 뜨거운 눈빛이었다.

* * *

-사법 파동이 시끄러운 가운데, 현직 부장판사가 단독판사를 살해하기 위해 청부업자를 고용한 충격적인 사건이 벌어졌습니다. 검찰은 청부업자를 고용한 부장판사가 얼마 전 비리 혐의로 구속된 사람이라고 밝혀 더 큰 충격을 주고 있습니다. 검찰은…….

-살인 청부업자를 고용한 부장판사가 사채업자를 통해 20억 원대의 자금을 세탁한 사실이 드러났습니다. 드림일보의 송 모 기자는 명동 사채업자를 조사하던 중 이와 같은 의혹을 찾아 세상에 알렸습니다. 일각에서는 사법 개혁을 외치는 전흥우 대법원장이 취임한 후 연이어 터지는 판사의 비리로…….

이한영은 라디오를 끄며 핸들을 틀었다.

차가 멈춰 선 곳은 서울에서도 '귀족 학교'라 불리는 초등학교 앞. 유성그룹 장태식 사장의 아들 장용준이 다니는 곳이었다.

이한영은 고개를 틀어 학교의 앞을 바라봤다. 끝날 시간이 되었는지 학생들을 데려가기 위한 부모들의 차량으로 가득했다. 누가 봤다면 독일제 자동차 전시장으로 착각할 정도다.

모자를 눌러쓰고 내린 이한영은 차에 등을 기댄 채 시간을 확인했다.

'올 때가 됐는데…….'

그때 이한영의 눈에 거들먹거리며 나오는 학생이 보였다. 바로 장태식 사장의 아들 장용준이었다.

초등학교 6학년이라고 들었는데, 얼핏 보면 성인으로 볼 정도로 덩치가 크다. 저런 덩치의 아이가 또래를 향해 야구방망이를 휘둘렀다는 사실이 끔찍하기만 했다.

장용준이 정문 앞으로 나오자 기다렸다는 듯 검은색 차량이 멈춰 섰다. 곧바로 차 문이 열리고 두 명의 남자가 내리더니 장용준을 향해 허리를 굽힌다. 장용준은 어른들이 자신에게 인사하는 걸 당연하게 여기며 열린 뒷문으로 걸어가 차에 올랐다.

인사했던 한 남자가 장용준이 탄 뒷문을 닫으며 시선을 들었다. 남자의 시선이 닿은 곳에 이한영이 있다. 이한영과 눈을 마주친 남자가 남들 모르게 씩 웃는다. 그 남자는 석정호였다.

석정호가 뭉그적거린다고 느꼈나 보다. 장용준의 날카로운 목소리가 들린다.

"안 가요? 영어 과외할 시간이에요!"

"아, 갑니다. 가요."

석정호는 이한영을 향해 빙긋이 미소를 그린 후 운전석으로 달려갔다.

장용준 학교폭력 사건은 여론의 관심을 받는 사건이었다. 유성그룹의 경호를 담당하는 팀장은 기자들이나 혹시 모를 시민단체의 테러를 막기 위해 인상이 험악하고 주먹질을 잘하는 사람을 우선해서 뽑았다. 그게 석정호였다.

석정호가 탄 차가 떠나는 것을 보던 이한영은 다시 정문 앞으로 시선을 돌렸다. 송나연 기자가 보인다. 그녀는 정문에 서서 부모의 픽업을 받지 않는 학생을 찾아 걸어갔다.

"학생, 물어볼 게 있는데요."

털레털레 걸어가던 학생이 고개를 들어 그녀를 향한다.

"누구세요?"

"아, 난 드림일보 기자. 송나연이라고 하는데……."

하지만 잘못 선택했나 보다.

갑자기 나타난 학생의 엄마가 그 앞을 홱 막아선다.

"뭐예요? 기자라고?"

"아, 네."

"우린 할 말 없어요! 우리 애랑 아무 상관도 없고요!"

"아뇨. 그냥 묻고 싶은 게 있어서……."

"됐어요!"

엄마는 날카롭게 말하며 학생의 손을 잡고 빠르게 차로 걸어간다. 그러면서 들리는 목소리…….

"엄마가 저런 사람이랑 말하지 말랬지! 용준이랑 같이 졸업하는 게 좋은 거야. 알았어? 이 학교는 사회배려 대상잔지 뭔지 거지 같은 걸 받아서 분위기를 망치고 있어!"

송나연 기자의 얼굴이 당혹의 빛으로 차올랐다. 이 학교 학부모에게 피해자의 모습은 보이지 않았다. 그저 자기 자식의 미래를 위한 인맥이 필요할 뿐이었다.

* * *

"고생 많았어요."

며칠 후 밤, 이한영은 한 옥탑방에서 송나연 기자와 석정호를 맞이했다.

송나연 기자가 두 손 가득 비닐봉지를 들고 들어오며 입을 열었다.

"조망 좋네요. 산5번지라고 해서 도대체 뭔가 했는데……."

뒤따라 들어오던 석정호가 픽 웃는다.

"진짜 산만 있죠? 한영이가 최대한 끝에 있는 집을 알아보라고 해서요."

두 사람이 안으로 들어가자 길쭉한 테이블에 앉아 있던 박철우 검사가 가볍게 손을 들었다.

"늦었네요?"

송나연 기자가 맑게 웃으며 꾸벅 허리를 굽혔고, 석정호는 조금 어색하게 웃으며 고개를 숙인다. 석정호에게 검사라는 직업은 아직 어려운 모양이다.

옥탑방은 작은 원룸이었다. 가구와 가전제품이라고는 작은 냉장고 하나와 노트북 그리고 박철우 검사가 앉은 긴 테이블이 전부다. 하지만 방을 벗어나면 확 트인 시야가 눈을 즐겁게 해주는 곳이기도 했다.

송나연 기자가 들고 왔던 비닐봉지에서 캔맥주와 과자를 꺼내 세팅한 후 자리에 앉자, 이한영이 가볍게 손뼉을 치며 입을 열었다.

"아직 소개하지 못한 사람도 있지만, 일단 여기가 우리 아지트입니다."

소개하지 못한 사람은 투자자 이순호였다. 전생에서 이순호는 투자 사기를 치다가 인생을 망쳤지만, 지금은 이한영의 손바닥에 올라 건실히 투자하는 중이다.

박철우 검사가 눈을 동그랗게 뜨고 묻는다.

"아지트요? 판사님이 사는 원룸이 아니고?"

"앞으로 자주 만날 텐데, 그때마다 호프집에 갈 수는 없잖아요. 앞으로 여기서 모이죠."

"아지트라……."

박철우 검사가 방을 죽 둘러볼 때, 이한영이 그들 앞에 각각 키를 내려놓으며 말을 이었다.

"장소를 이곳으로 잡은 이유는 주택가지만 구석에 있어서 주차가 편해요. 그리고 혹시나 미행이 붙어도 여기까지 들어오는 차가 없어서 쉽게 알아챌 수 있어요. 키는 각자 하나씩 드렸으니까 필요할 때가 있으면 언제든 자유롭게 쓰세요."

키를 만지작거리던 송나연 기자가 즐거운 듯 웃는다.

"어렸을 때 이런 아지트 갖고 싶지 않았어요? 친구들이랑 옹기종기 모여서 막 세계 정복을 꿈꾸고 그런 거요. 꿈을 이룬 것 같아서 좋아요. 건배!"

그녀가 맥주 캔을 들어 올렸다.

즐거운 담소가 이어진다. 어색해하던 석정호도 알코올이 들어가자 큰 목소리로 떠들어댔다.

한참 웃고 떠들던 목소리가 잠잠해졌을 때 이한영이 캔맥주를 내려두며 정색하고 입을 열었다.

"그럼 이제 일을 시작해야죠?"

그 한마디에 긴장감이 내려앉았다. 시시덕거리던 음성은 사라지고 모든 사람들은 이한영의 불을 뿜는 눈을 바라보았다.

이한영이 송나연 기자를 향했다.

"그동안 학교 앞에서 인터뷰하셨잖아요? 나온 거 있어요?"

송나연 기자는 매일같이 학교 앞을 찾아가 인터뷰를 시도했었다.

그녀가 고개를 끄덕인다.

"이렇게 힘든 인터뷰는 처음이었어요. 뭘 물어보려고 하면 학부모가 와서 뭐 하는 짓이냐고 화를 내니까 답이 없더라고요. 하지만 거절당한 인터뷰로 소설을 쓰는 게 기자의 덕목 아닌가요? 히히."

그녀가 가방에서 정리한 서류를 꺼내 테이블에 놓았다. 모든 이들은 그녀가 꺼낸 서류를 손에 들어 읽기 시작했다.

피해 학생의 이름은 정혜진. 사회배려 대상자로 입학했다. 그녀의 엄마는 혼자서 아이를 키우느라 학원비도 벅찼다. 그래서 딸이 좋은 학교에 다니면 공부도 잘하고 큰 기회도 잡을 수 있을 거라고 생각했다. 하지만 짧은 생각이었다.

이 학교는 학비만이 전부가 아니었다. 스쿨버스비만 해도 연간 300만 원. 거기에 해외 봉사활동이나 영어 집중 강습비 등등을 합치면 서민의 지갑으론 감당할 수 없는 금액이 되어버린다.

그래도 거기까지면 좋았다. 문제는 정혜진이 수학경시대회 등에서 꽤 많은 상을 탔다는 거다. 돈이 없어 약자였던 정혜진은 어느새 시기의 대상이 되었고, 결과적으로는 괴롭힘의 대상이 되었다.

박철우 검사가 머리를 긁적였다.

"여기에 다니는 학생들이 대부분 기업가나 연예인 자제들이죠?"

송나연 기자가 답한다.

"네, 아빠가 의사면 가난하다고 놀림당한대요."

"이런 놈들이 돈 퍼부어서 공부 잘하고 나중에 국회의원이나 고위직에 앉아 있을 거잖아요? 나 참, 세상이 어떻게 되려고."

박철우 검사가 고개를 저었다.

이한영의 시선이 석정호를 향했다.

"가지고 왔지?"

"당연하지."

석정호가 주머니에서 USB를 꺼내 테이블에 놓았다. 그러자 모든 사람들의 시선이 USB에 집중한다.

이한영이 USB를 들어 노트북에 꽂을 때 석정호가 말했다.

"제가 몇 주간 장용준의 운전기사 겸 경호원을 했거든요. 블랙박스에 녹화된 영상을 매일같이 USB에 저장해 뒀죠. 예의범절이 바른 학생이니까 놀라지 말고 들으세요."

노트북에서 도로의 모습이 펼쳐지는 것과 동시에 석정호와 장용준의 목소리가 들렸다.

-도련님, 의자를 발로 차시면 운전하기가 힘듭니다.

—아저씨, 나 수업 있다고! 한 달에 얼만 줄 알아? 아저씨 월급보다 비싸! 늦으면 아저씨가 내줄 거야? 월급 이백오십 받는다며?

—저기, 도련님.

—시간 안에 도착하지 못하면 아저씨도 잘라버린다? 얼굴은 곰같이 생겨선 운전도 둔하게 하네.

장용준은 유성그룹을 등에 업은 초등학생이다. 어릴 때부터 왕자로 자라 모두가 고개를 조아리는 세상에서 살아왔다. 그래서 이따위로 되었다. 황당하지만 현실이다.

모두의 시선이 석정호에게 향했다.

송나연 기자가 묻는다.

"진짜 저렇게 말했어요?"

들었으면서도 믿기지 않는 모양이다.

석정호가 민망하게 웃으며 입을 열었다.

"10초 늦었다고 딱밤도 열 대 맞았어요."

황당한 표정을 짓고 있던 박철우 검사가 갑자기 배를 잡고 웃기 시작했다. 뜬금없는 웃음소리에 모두의 시선이 그에게 향한다.

한참을 웃던 박철우 검사가 손을 저으며 입을 열었다.

"아, 미안해요. 얼마 전에 오바른 판사 테러당했을 때가 기억나서요. 그때 봤던 석정호 씨는 피를 뒤집어쓴 악마 같았는데, 초등학생한테 딱밤 맞았다니까 갑자기 웃기네요."

석정호가 어색하게 웃으며 머리를 긁적였다.

"오바른 판사를 테러했던 애들한테 맞았을 때보다 딱밤이 더 아팠어요. 자존심도 상하고. 내가 이렇게까지 해야 하나 생각도 들고."

이한영이 미안한 표정으로 석정호를 바라봤다.

"고생했다."

"고생한 만큼 벌줘라. 그래야 내가 다리 뻗고 자지. 지금도 그 생각 하면 자다가 이불킥 해."

이한영이 고개를 끄덕이며 박철우 검사를 바라봤다.

박철우 검사가 가방에서 녹음기와 서류 뭉치를 꺼냈다.

"피해자 엄마가 학교 교사들을 직무 유기로 형사고소 했어요. 이건 그동안 조사한 거예요. 자기들끼리 이미 입을 맞췄는지 쉬쉬하고 있는데, 읽어보면 장용준이 유성그룹의 핏줄이라 덮어주려고 한 게 많아요."

이한영이 앞에 놓인 서류와 USB, 녹음기를 모두 송나연 기자 앞으로 밀었다.

송나연 기자가 눈을 깜빡일 때 이한영이 입을 연다.

"기사 써주세요. 물론 기자님 이름으로 들어가선 안 됩니다."

"기사요?"

"네."

송나연 기자의 시선이 석정호에게 향했다.

"괜찮을까요? 기사로 나가면 석정호 씨가 어려워지는 거 아녜요? 얼굴도 팔렸잖아요."

"제 목소리만 빼주세요. 넣어도 상관없는데, 녹음된 내 목소리를 내 귀로 들으니 민망스럽네요."

"진짜 괜찮아요?"

"내일부터 출근하지 않을 거니까 상관없어요."

"그래도……."

끝까지 걱정스러운 송나연 기자를 보며 이한영이 말했다.

"장용준의 경호팀을 보면 하루도 못 견디고 나간 사람이 많았어요. 그래서 경호를 관리하는 팀장은 덩치만 보고 사람을 뽑았죠. 석정호가 낸 이력서의 이름과 경력, 주소는 모두 허위예요. 그러니까 걱정할 필요 없어요."

이한영의 말을 듣고서야 걱정이 풀렸나 보다.

송나연 기자가 힘차게 고개를 끄덕였다.

"넵! 해외에 서버를 둔 업체를 통해서 돌릴게요."

이한영이 캔맥주를 들어 올렸다.

"그럼 또 마시죠."

* * *

다음 날, 장태식 사장의 손가락이 모니터를 향했다.

"이거 뭐야!"

그가 가리킨 곳엔 송나연 기자의 기사가 보였다. 바로 그의 아들 장용준에 관한 거다.

비서실장이 더듬더듬 입을 연다.

"그, 그게, 연예인 뒷조사나 하고 다니는 업체인데, 한국에 있는 사업장 주소를 찾아가 보니까 빈 상가였고, 중국에 서버가 있어서 흔적을 찾을 수가 없습니다. 지금 중국 측에 연락해서 쫓고 있으니까……."

비서실장의 이름은 하태준. 오랜 시간 장태식 사장 옆에 붙어 있는 충실한 개다.

장태식 사장이 무너지듯 한숨을 토해냈다. 그 한숨 소리에 하태준 비서실장은 바르르 떨었다. 동시에 쾅, 장태식 사장이 책상을 내리찍는다. 그리고 그의 시퍼런 안광이 열중쉬어 자세로 선 경호팀장에게 닿았다.

경호팀장이 마른침을 삼키는데, 장태식 사장이 무섭게 물었다.

"블랙박스 가져간 새끼 몰라?"

석정호를 이야기하는 거다. 경호팀장은 식은땀을 흘리며 입을 열었다.

"죄송합니다. 연락처 같은 게 다 가짜여서……."

"확인도 안 하고 뽑았어? 이 새끼가 기자였겠네! 기사 쓰려고 접근한 거고!"

“죄송합니다.”

장용준의 지랄맞은 성격 탓에 견디는 사람이 없어서 인상만 보고 뽑은 게 문제였다.

그때 장태식 사장의 휴대폰이 울렸다. 강신진 수석 부장이다. 발신 번호를 확인한 장태식 사장이 비서실장과 경호팀장에게 나가라고 손짓했다.

그들이 떠나자 장태식 사장은 휴대폰을 손에 쥐었다.

“말해.”

-언론이 떠들고 있어. 언론을 막는 것은 자네의 일 아니었나?

“아니, 그게! 씨발, 기자 새끼들이!”

-기자가 중요한 게 아니야. 우린 결과만 보잖아. 언론이 쉬쉬하면 사건을 조용히 끝내줄 수 있지만, 언론이 시끄러우면 어려워. 난 우리 애들을 총알받이로 쓰고 싶지 않아.

강신진 수석 부장의 목소리는 차분하다. 하지만 장태식 사장의 목소리는 격양되어 있었다.

“선고 끝날 때까지 덮으면 되는 거잖아! 기다려. 일단 계획대로 가!”

-언론 덮어. 그러지 않으면 도와줄 수 없어.

쾅! 휴대폰을 책상 위로 집어 던진 장태식 사장의 얼굴이 붉게 타오른다.

“돈 달랄 때는 언제고! 이제 와서!”

충혈된 눈으로 허공을 쏘아보던 장태식 사장이 어금니를 세게 악물었다.

“씨발, 내가 법의 힘을 빌릴 약한 사람은 아니잖아?”

잠시 화를 식힌 그가 책상에 놓인 벨을 꾹 누른다.

“하태준더러 들어오라고 해!”

* * *

그 시각, 이한영은 김윤혁의 병실 앞에 섰다.

지키고 서 있던 경찰이 이한영의 얼굴을 알아보고 몸을 틀어 비켜선다.

"감사합니다."

이한영은 가볍게 고개를 숙이고 병실로 들어섰다.

생명유지장치에 몸을 의존한 채 눈을 감고 있는 김윤혁이 보였다. 아직 의식은 돌아오지 않았다. 언제 일어날지도 모르는 상황이다.

이한영은 김윤혁의 침대 옆에 앉아 가방에서 신문을 꺼내 들었다. 신문엔 김진한 부장판사와 김윤혁의 얼굴이 나란히 보인다.

이한영이 큰 소리로 기사를 읽기 시작했다.

"정의를 꿈꾸던 판사, 비리 판사의 청부 살인에 중태에 빠지다. 서울중앙방법원 김윤혁 판사는 같은 법원에서 근무하는 김진한 부장의 비리를 알게 됐다."

김진한 부장의 비리가 계속해서 나오며 김윤혁은 영웅 취급을 받고 있었다. 거기엔 잘생긴 외모도 한몫해서 사람들의 관심은 뜨거웠다.

이한영은 계속해서 기사를 읽어 내려갔다.

"법원 관계자에 따르면 김윤혁 판사는 약자를 돕고 강자에겐 강한 판사였다. 그가 빨리 일어나 정의를 보여줬으면 한다. 드림일보 송나연 기자."

물론 김윤혁이 영웅 취급받는 이유는 이한영이 송나연 기자에게 부탁했기 때문이다.

김진한 부장의 뒤에는 강신진 수석 부장이 서 있다. 활활 타오르던 사건이 어느 순간 식어버리면 쥐도 새도 모르게 밖으로 나올지 모른다. 이한영은 그것을 막기 위해 김윤혁을 장작으로 사용해 불씨를 이어가고 있었다.

기사를 모두 읽은 후 이한영은 김윤혁을 바라봤다. 핏기가 돌지 않아 거뭇했지만 잘생긴 얼굴의 바탕은 남아 있었다.

'어서 일어나라. 법의 심판을 받아야 할 놈이 병원에 누워 있으면 안 되는 거잖아.'

이한영은 신문을 덮어 옆에 내려둔 후 주머니에서 휴대폰을 꺼냈다.

포털사이트의 실검엔 예상했던 대로 유성그룹이 올라오고 있었다. 그 아래로 사건이 벌어진 초등학교의 이름이 연이어 올라온다. 송나연 기자가 타 업체를 통해 올린 기사가 효과를 발휘하는 중인 것이다. 강신진 수석 부장을 통해 이 사건의 청부를 받은 이한영은 여론을 이용해 청부의 얽매임에서 벗어나려 하고 있었다.

이한영은 휴대폰을 주머니에 넣은 후 주먹을 쥐었다가 펴며 손바닥을 바라봤다. 모든 일은 이한영의 손바닥에서 노는 중이었다.

“내일은 피해자가 어떤 어려움을 겪으며 공부를 했는지 올려주세요. 불씨가 꺼지지 않게 계속 올려야 할 겁니다.”

이한영은 병원 건물을 빠져나가며 송나연 기자와 전화하고 있었다.

재벌과 서민의 싸움에서 서민이 이기기는 어렵다. 장태식 사장은 판사를 매수하고, 언론을 장악했다. 피해자가 세상을 향해 비명을 질러도 방음장치가 된 것처럼 아무도 듣지 못한다.

하지만 그들은 몰랐다. 세상엔 이한영이 있었다. 그리고 이한영에겐 어벤저스 같은 팀이 있다. 상대가 재벌이라 해도 서서히 절벽으로 밀어붙이는 중이다.

“그럼 부탁드립니다.”

–네, 나중에 아지트에서 봬요!

이한영이 전화를 끊을 때 한 고급 자동차가 병원 앞에 급하게 멈춰 섰다. 이한영의 시선은 자연스레 그쪽으로 향했다. 자동차의 문이 벌컥 열리더니 장태식 사장의 비서실장 하태준이 다급히 내린다.

하태준의 얼굴을 본 순간, 이한영의 입가에 빙긋이 미소가 걸렸다.

‘하태준, 오랜만이네.’

전생에서 장태식 사장 옆에서 온갖 더러운 짓을 도맡아 하던 놈이다. 꼴을 보니 지금도 다르지는 않은 것 같다.

이한영의 시선이 병원으로 향했다.

이 병원엔 김윤혁과 오바른뿐만 아니라 피해자인 정혜진도 있다. 그렇다면 하태준 비서실장이 온 이유는 뻔하다. 피해자를 협박 또는 회유해 재판을 끝내려는 속셈이다.

'전생으로 돌아와도 너희 방식은 변한 게 없냐?'

이한영은 손바닥을 쥐었다가 펴봤다. 그리고 몸을 돌려 그가 들어간 곳을 따라 들어갔다.

* * *

"누, 누구세요?"

피해자 정혜진 옆에 앉아 있던 그녀의 엄마는 갑작스레 들어온 한 남자를 보며 물었다. 하지만 남자는 답이 없다. 무서운 얼굴로 딸을 쏘아볼 뿐이었다. 그 눈빛은 평범하지 않고 지옥처럼 어두웠다.

남자가 들어오기 전까지 입을 벌린 채 멍하니 있던 정혜진은 웅크린 자세로 파들파들 떨기 시작했다.

"누구시냐니까요!"

엄마도 남자가 무서웠다. 하지만 모성애라는 것은 두려움을 이기는 법이다.

여전히 대답 없는 남자. 그는 장태식 사장의 비서실장 하태준이었다.

하태준 비서실장이 고개를 틀어 엄마에게 향했다. 인간 같지 않은 눈빛에 그녀가 움찔할 때, 음습한 목소리가 흐른다.

"정혜진 양의 어머니 되십니까?"

엄마가 고개를 끄덕인다.

"네. 누……구세요?"

하태준 비서실장이 품에서 명함을 꺼내 그녀 앞에 내밀었다.

"유성쇼핑 장태식 사장님의 비서실장 하태준이라고 합니다."

"유, 유성쇼핑요?"

"합의를 봤으면 합니다. 저희 사장님께선 일이 커지는 걸 원하지 않으십니다."

초등학교 6학년 여자아이에게 돈을 밝히는 꽃뱀이라며 욕하던 게 유성쇼핑이다. 그런데 갑자기 합의라니…….

엄마가 황당한 표정을 짓는데, 하태준 비서실장이 한 발 다가섰다.

"소송에 요구하신 돈이 3억. 하지만 합의한다면 5억 드리죠."

"5, 5억요?"

"네."

떨리는 눈동자의 엄마를 뒤로하고 하태준 비서실장은 몸을 돌려 창가로 향했다. 그리고 페트병에 담긴 꽃을 들어 올리더니 뚝, 뚝, 가지를 꺾기 시작했다.

남의 병실에 찾아와 꽃을 꺾는 것은 상당히 무례한 행동이지만 그녀는 뭐라 할 수 없었다. 그녀에겐 꺾이는 가지가 마치 자신의 목처럼 느껴졌기 때문이다.

하태준 비서실장이 고개만 틀어 엄마를 노려본다.

"얼마 전까지 공장에 나가 주야로 일했다고 들었습니다. 지금은 애가 아파 병원에 계시면서 그마저도 수입이 끊긴 상황이고요. 그런데 5억이면 지방에 내려가서 30평대 아파트를 사고도 남을 돈입니다. 남은 돈으로 애 치료비도 하고 김밥집도 차릴 수 있겠네요. 어쩌시겠습니까? 합의 보시겠습니까?

하태준 비서실장은 다시 뚝, 가지를 꺾으며 병실의 분위기를 공포로 몰아갔다.

"저, 저기요……."

"대한민국이라는 땅에서 우리와 싸워 이길 수 있는 사람은 없습니다.

생각 잘하세요."

엄마는 마른침을 삼켰다.

합의를 보면 5억.

끝까지 싸워서 겨우 이기면 3억.

아니, 솔직히 이기기도 힘들다. 바보가 아닌 이상 합의를 보는 게 당연하다. 오히려 이런 제안을 건네는 유성그룹이 이상한 거다.

엄마가 고개를 끄덕였다.

"좋아요. 합의 볼게요."

순간, 하태준 비서실장의 입가에 악마 같은 미소가 지어졌다.

"잘 생각하셨습니다. 하지만 조건이 있어요."

"조, 조건요?"

엄마의 마음이 덜컥거렸다.

하태준 비서실장은 꺾은 나뭇가지를 페트병에 콱콱 소리가 날 정도로 쑤셔 넣으며 말했다.

"지금 벌어진 모든 일, 그쪽이 돈을 바라고 한 일이라고 인터뷰해주십시오."

엄마의 미간이 찌푸려졌다. 하태준 비서실장은 그녀의 표정을 상관하지 않고 말을 이어갔다.

"장용준은 아무 잘못이 없다. 용준이는 우리 아이가 가난하다고 멸시한 적 없다. 용준이와 우리 딸은 원래 친하게 지냈다. 그런데 딸이 아프고 병원비가 많이 들게 되자 돈을 구하기 위해 어쩔 수 없이 거짓말했다. 이렇게 말해주십시오."

"뭐라고요?"

"현명하게 생각하세요. 말 한마디로 천 냥 빚을 갚는다 하는데, 어머니는 인터뷰 한 번으로 5억을 버는 겁니다. 5억."

"우, 우리 애보고 정말 꽃뱀이 되라고요?"

하태준 비서실장의 입꼬리가 치솟는다.

"아니었습니까?"

"뭐, 뭐라고요?"

하태준 비서실장이 엄마를 향해 한 발 내디딘다. 무서운 얼굴이 가까워지자 엄마는 한 발 물러섰다. 하지만 하태준 비서실장은 집요하게 다가서며 다시 입을 연다.

"아니었습니까? 돈을 원한 거잖아요. 말해봐요. 3억을 원했던 거잖아요. 그보다 많이 준다는데, 왜요? 뭐가 문젠데?"

"우, 우리 딸의 인생을 값싸게 넘길 수 없어요. 꽃뱀이라뇨!"

"하! 미치겠네. 뭔 인생? 아줌마 딸이 평생 벌어서 5억 만질 수 있을 것 같아요? 절대! 절대 못 만져요! 알잖아? 뉴스에서 개나 소나 5억, 10억 하니까 그게 쉬워 보여요? 월급 200도 못 받던 사람에게 5억을 준다는데, 그 정도 각오는 해야지?"

"돈이 문제가 아니잖아요!"

비명을 지르듯 말했지만 하태준 비서실장은 아랑곳하지 않는다.

"아줌마, 나도 월급쟁이라 이렇게 말하는 거 싫어요. 하지만 이성적으로 생각하세요. 우리와 싸워서 이길 수 있다고 생각하는 거 아니죠? 같잖은 시민단체가 찾아와서 재벌의 갑질 어쩌고 하며 쑤시니까 어깨가 들썩입니까? 시민단체가 정의를 부르짖으면서 끝까지 싸우자고 해요?"

"이, 이봐요."

"아줌마, 잘못 생각하는 거예요. 상대는 재벌이에요. 재벌이라는 사람들은 괴물이에요. 평범한 사람은 괴물을 이길 수 없어요. 그리고 그렇게 싸워봤자 우리는 돈이 나갈 뿐이지만 아줌마는 만신창이가 될 뿐이에요. 1심, 2심, 3심! 적어도 5년! 그 시간을 견디면서 싸울 수 있어요?"

그녀는 대답하지 못했다.

하태준 비서실장의 시선이 스르륵 정혜진에게 향한다. 그가 웃으며 말을 잇는다.

"딸이 얼굴 팔릴까 봐 걱정인 거죠? 걱정하지 마요. 애들은 크면서 얼굴이 변해요. 지금 한 번 쪽팔려도 몇 년 지나면 세상 사람들은 지금의 일 다 잊어요. 연예인도 자숙하고 돌아오면 받아주는 세상이에요. 그러니까 잘 생각해보시고 명함에 적힌 번호로 연락 주세요."

그 말을 끝으로 하태준 비서실장은 그녀의 옆을 스쳐 병실을 벗어나 복도로 나왔다.

탕! 강하게 문을 닫은 그가 방금 나온 병실을 바라본다.

"병신 같은 것들."

비웃음으로 가득한 눈으로 병실을 노려보던 하태준 비서실장이 휴대폰을 손에 들었다. 장태식 사장에게 보고하려는 거다.

"네, 사장님. 하태준입니다. 피해자 엄마와 만났습니다."

-뭐래? 합의한대?

"할 겁니다. 돈에 연연하지 않는 척했지만, 아시지 않습니까? 결국 돈을 선택할 겁니다."

하태준 비서실장은 통화를 이어가며 복도를 걸어갔다.

그가 복도에 있는 의자를 막 스쳐 지나자 고개를 숙이고 있던 남자가 시선을 들었다. 이한영이다.

이한영은 하태준 비서실장의 뒷모습을 무섭게 쏘아봤다.

잠시 후 병실.

망연자실한 표정으로 앉아 있던 정혜진의 엄마는 세상이 떠나갈 듯 한숨을 내뱉었다. 그녀가 어렵게 손을 펴자 하태준 실장의 명함이 보였다. 명함을 바라보는 그녀의 눈동자에 망설임이 가득했다. 잠깐 창피하면 5억을 벌 수 있다. 끝까지 싸우면 단 하나도 못 받을 수 있다. 고민은 당연한 거다.

그때 침대에 앉아 있던 딸의 목소리가 들렸다.

"난 아무 잘못 없어! 아니야! 내가 잘못했어! 미안해! 정말 미안해! 아니야! 난……!"

그녀의 시선이 다급히 딸에게 향했다. 벽에 등을 기대고 있던 딸은 무서운 것을 보는 듯 몸을 파르르 떨고 있다.

그녀가 다가가 딸을 꼭 안았다.

"혜진아, 엄마 옆에 있어. 괜찮아, 괜찮아."

그녀의 손이 딸의 등을 토닥인다. 하지만 딸은 계속 중얼댔다.

"미안해. 살려줘. 때리지 마. 시키는 대로 다 할게……."

* * *

"아, 힘들게 왔는데."

이한영은 정혜진의 엄마가 잘못된 행동을 할까 봐 송나연 기자를 불러 말리려 했다. 학교의 인터뷰를 진행하던 송나연 기자는 정혜진의 엄마와도 안면을 텄기 때문이다.

하지만 그럴 필요가 없었다. 열린 병실의 문틈으로 명함을 구겨 쓰레기통에 넣는 정혜진의 엄마를 봤기 때문이다.

송나연 기자가 헉헉대며 이한영을 본다. 하지만 그녀의 웃음은 싱그럽다.

"저는 그럴 줄 알았어요. 여자는 약하지만 엄마란 강한 존재라는 말이 있잖아요. 어느 엄마가 딸이 꽃뱀으로 낙인찍히게 하겠어요? 요즘 SNS가 발달돼서 평생을 쫓겨 다닐 걸 알 텐데요, 히히."

"그러네요. 넘어갈 거라고 생각한 제가 바보였네요."

"그런 의미로 밥 사 주세요."

"어떤 거? 국밥?"

"국밥은 1년 동안 내가 사야 하니까 그거 말고 보쌈!"

이한영과 송나연 기자는 병원을 빠져나와 주차장으로 향했다. 차에 오르던 이한영이 멈칫거리더니 고개를 틀어 병원을 바라봤다.

그는 판사다. 돈 때문에 살인을 저지른 가족 관계를 수없이 봐왔다. 그래서 정혜진의 엄마도 돈을 선택할 거라고 생각했나 보다.

이한영의 입가에 조용한 미소가 걸린다. 재판을 앞두고 멋진 선택을 한 정혜진 엄마의 모습 때문이다. 비록 힘든 과정일 테지만 반드시 이길 수 있다는 생각이 들었다.

* * *

"오늘이 재판이지?"

"네."

이한영을 바라보던 강신진 수석 부장은 그 말을 끝으로 한동안 입을 닫았다. 그저 고심으로 가득한 얼굴로 앉아 있을 뿐이었다.

이한영이 허리를 굽혔다.

"어떤 걱정을 하고 계시는지 알고 있습니다. 하지만 재판의 첫날입니다. 선고일 전에만 여론이 식는다면 문제없을 겁니다."

송나연 기자가 계속해서 불씨를 댕기며 여론은 폭발 직전이었다. 미적지근 발을 빼고 있던 메이저 언론사도 달려들었고, 일각에서는 유성쇼핑에 대한 불매운동까지 벌어지고 있을 정도다.

이런 상황에서 이한영이 유성쇼핑 장용준의 손을 들어주면 어떤 일이 벌어질지 예측하기도 힘들었다.

강신진 수석 부장이 허리를 굽히고 있는 이한영을 바라봤다. 화약통을 등에 지고 불길을 향해 달려가겠다는 의지가 보인다. 그 모습은 누가 봐도 충신이었다.

강신진 수석 부장이 자리에서 일어나 창가로 걸어갔다. 많은 취재진이 보인다. 멀리서 봐도 대한민국에 존재하는 대부분 언론사가 다 와 있는 것만 같다.

강신진 수석 부장의 입에서 혀 차는 소리가 들리자 이한영이 다시 허리를 굽힌다.

"걱정하실 일 없도록 잘하겠습니다."

강신진 수석 부장이 고개를 끄덕였다.

"오늘은 듣기만 해. 불필요한 행동은 보이지 말고. 나머지는 내가 더 알아보도록 하지."

"네."

똑똑똑, 노크 소리가 들렸다.

강신진 수석 부장이 몸을 돌리며 입을 연다.

"들어와."

문이 열리고 민사의 이성대 부장이 들어왔다.

이한영의 전생에서 대법관 중 한 명이었던 사람으로, 욕심도 많고 포악한 자다. 김진한 부장이 구속당한 이후로 강신진 수석 부장의 일을 돕고 있었다.

이한영은 물끄러미 이성대 부장을 바라봤다.

'이성대…….'

전생의 기억을 되짚어 그에 대한 일을 하나라도 끄집어내려는 거다. 그럼 분명 도움이 될 일이 있다. 이한영의 시선이 천천히 달력으로 향했다.

'이쯤인가, 주식이 폭락했다고 성질내고 다니던 게? 도움이 될 수 있을 것 같은데…….'

이성대 부장이 생각에 빠진 이한영을 슬쩍 보고 픽 웃는다.

"오늘부터 큰일 하지?"

전생을 되짚는 모습이 유성그룹 장용준의 일로 고민하는 것으로 보였나 보다.

"아, 네."

고개를 끄덕이자 이성대 부장이 이한영의 등을 토닥인다.

"열심히 해."

그 말을 끝으로 이성대 부장은 이한영에게 나가라고 눈짓했다. 강신진 수석 부장과 중요한 할 말이 있는 모양이다.

이한영이 두 사람에게 허리를 굽히고 방을 벗어났다.

탁, 문이 닫히자 강신진 수석 부장이 통장을 꺼내 책상 서랍 위에 놓는다.

"이한영이가 하는 재판의 계약금으로 30억을 받았어. 가지고 있다가 의원들 입에 기름칠 좀 해줘."

"언제부터 시작할까요?"

"천천히 해. 급하면 체하니까."

그들은 몰랐다. 이한영이 문밖에서 그 목소리를 듣고 있었다. 귀를 대고 있던 이한영의 미간이 찌푸려진다.

'계약금으로 30억?'

강신진 수석 부장의 대법원장을 바꾸기 위한 계획이 꿈틀거리고 있었다.

그리고…….

법원 앞은 난리가 났다.

카메라 플래시가 터지는 가운데, 하태준 비서실장이 변호사와 함께 차에서 내려 법정으로 걸어갔다.

기자들이 두 사람에게 몰려든다.

"장태식 사장님은 안 오시는 겁니까?"

"피해 학생에게 사과는 하셨습니까?"

시끄러운 목소리에 하태준 비서실장이 걸음을 멈추며 입을 열었다.

"진실은 법정에서 가려질 겁니다. 허위 보도하지 마시고 조용히 법원의 결정을 기다리죠."

그 말이 끝이다. 그는 다시 앞서 걷기 시작한다.

이어서 피해자인 정혜진의 엄마가 법정으로 들어왔다. 기자들의 시선은 모두 그녀에게 향한다.

"한말씀 해주십시오!"

"정혜진 양이 괴롭힘당한다는 말을 들었을 때 어떤 심정이셨습니까?"

앞서 걷던 하태준 비서실장이 고개를 틀어 정혜진의 엄마를 향했다. 정혜진의 엄마와 하태준 비서실장의 눈빛이 마주친다.

하태준 비서실장이 픽 웃으며 소리 내지 않고 입 모양으로 말했다.

'기회는 이제 없어, 꽃뱀!'

카메라엔 찍히지 않았다. 하지만 정혜진의 엄마는 그 입 모양을 봤다. 주먹을 꽉 쥔 그녀가 소리 없이 운다.

* * *

—정혜진 양의 건강 상태는 호전될 기미가 보입니까?

—가해자의 부모가 유성쇼핑의 장태식 사장이라는 것을 알고 계셨습니까?

텔레비전의 화면으로 정혜진의 엄마가 법정으로 들어가는 모습이 보였다.

그 모습을 보며 장태식 사장은 소파에 앉아 강신진 수석 부장과 전화를 하는 중이었다.

"누구? 이한영?"

—난 내 식구를 다치게 하고 싶지 않아.

"걱정하지 마. 자네 식구 안 다쳐."

—여론이 꺼지지 않으면 우리도 어쩔 수 없다는 걸 알아줬으면 좋겠어.

장태식 사장은 머리를 쓸어 넘겼다.

계약금까지 받아놓고 저런 말을 하니 짜증이 나는 거다. 하지만 여론을 잠재우겠다고 호언장담했으니 할 말은 없다.

그가 한숨을 내뱉으며 입을 열었다.

"최종 선고 전에 연예인 스캔들이 하나 터질 거야. 한송아라고 한물간 배우 있는데, 알지?"

–한송아? 영화 나오던 애?

"그래, 몇 년 전에 섹시 어쩌고 하며 인기 있던 애 있어. 그 애가 사채 갚느라 힘든가 봐. 5억 주고 비디오를 받기로 했다. 그거면 되겠지?"

–과정은 필요 없어. 결과를 보여줬으면 좋겠어.

"멍청한 인간들이 내 자식 재판에 관심이나 있겠어? 한송아라는 여배우에게 비디오가 있다고 하면 끝이야."

장태식 사장은 미간을 찌푸리며 통화를 종료했다. 그가 어이없다는 듯 고개를 젓는다. 텔레비전에서는 하태준 비서실장과 정혜진의 엄마가 마주 보고 선 장면이 나오고 있었다.

"하태준 저 새끼가 저 아줌마만 잘 구슬렸어도……. 하, 씨발."

잠시 인상을 찌푸리던 장태식 사장이 크게 외친다.

"아들!"

그 목소리에 계단에서 장용준이 내려온다.

"네, 아빠."

"이리 와봐."

장용준이 쪼르르 달려와 무릎에 앉자 장태식 사장이 귀엽다는 듯 머리를 쓰다듬는다. 방금까지 찌푸리고 있던 인상은 온데간데없다.

장태식 사장이 장용준과 부자의 정을 나누고 있을 때, 텔레비전에선 정혜진의 엄마가 눈물을 흘리고 있었다.

* * *

"모두 일어나주십시오!"

법정 경위의 큰 목소리에 법정 안에 있던 모든 사람들이 자리에서 일어섰다.

그리고 이한영이 법대에 섰다.

이한영의 서늘한 시선이 하태준 비서실장에게 향한다.

'너도 끝이다.'

이한영이 천천히 자리에 앉으며 입을 열었다.

"그럼 시작하죠. 원고 측에서는 누가 출석했습니까?"

"원고 대리인 박민제 변호사와 원고 김숙인 출석했습니다."

김숙인은 정혜진의 엄마 이름이다. 딸의 옆에서 병원 생활을 해서 그런지 얼굴은 몹시 초췌했고, 언제 울었는지 눈동자는 충혈되어 있었다.

잠시 그녀를 보던 이한영이 고개를 돌려 피고에게 향했다.

"피고는요?"

"피고 대리인 김정대 변호사 출석했습니다."

"피고는 안 왔나 보죠?"

"네."

"좋습니다. 앉으세요."

양측이 자리에 앉으며 본격적으로 재판이 시작됐다.

먼저 피해자 측 박민제 변호사가 자리에서 일어나 입을 연다.

"초등학교 6학년 여학생의 평균 키가 152.3센티미터. 하지만 정혜진 양은 10센티미터나 작은 141센티미터입니다. 동년배보다 체구가 작은 정혜진 양은 4학년 때부터 지금까지, 약 2년이라는 시간 동안 괴롭힘을 당해왔습니다. 머리에 껌 붙이기! 교과서에 침 뱉기! 실내화 훔쳐 화장실에 버리기! 가해자들은 야구방망이까지 손에 들었습니다. 대인관계에 두려움을 느낀 정혜진 양은 조현병과 정체불명의 우울증 진단을 받았고……."

정혜진의 엄마 김숙인은 고개를 숙이고 있다. 딸이 괴롭힘당한 사실이

나열될 때마다 어깨가 들썩거린다. 울고 있는 거다. 굵은 눈물방울이 뚝뚝 떨어지는 걸 숨기기 위해 고개를 숙인 거다.

반면에 방청석 가장 앞자리에 다리를 꼬고 앉은 하태준 비서실장은 여유롭다. 여배우의 스캔들이 터지면 시끄러웠던 여론은 언제 그랬냐는 듯 사그라질 게 뻔한 데다, 재판장인 이한영 역시 자신들 편이라고 알고 있어서다.

피해자의 엄마 김숙인의 애처로운 표정을 보던 하태준 비서실장이 피식 웃는다.

'그러게 그냥 5억 받지 그랬어. 그럼 우리도 편하고, 그쪽도 좋았을 텐데. 재벌이랑 싸워서 이길 수 있다고 생각한 거야? 판사가 정의롭다고 생각하는 거야? 판사도 사회적으로 성공한 사람이야. 약자의 편이 아니야. 결국은 우리 쪽이야, 병신, 크크크.'

그는 입 밖으로 터져 나오는 웃음을 참기 위해 고개를 숙이고 안경을 고쳐 썼다.

그 모습을 이한영이 지켜보고 있었다.

'언제까지 웃을 수 있을까?'

궁금했다.

그때 피해자 측 박민제 변호사의 진술이 끝났다.

이한영의 시선이 유성쇼핑 측의 김정대 변호사에게 향했다.

"답변서 및 준비서면의 요지를 말해주세요."

김정대 변호사가 시작부터 큰 목소리로 외쳤다.

"존경하는 재판장님! 이 사건의 피해자는 장용준 군입니다! 다들 알다시피 장용준 군의 아버지는 유성쇼핑 장태식 사장입니다! 작은 구설에도 세상은 온갖 비난의 화살을 쏘아댑니다! 단지 돈이 많다는 이유죠! 원고는 이것을 이용했습니다!"

법정이 술렁이기 시작한다.

김정대 변호사가 빙긋이 미소를 그리며 다시 한번 강하게 말한다.

"정혜진 양은 평소에도 건강이 좋지 않았습니다. 공장에서 주야로 일하던 원고는 딸의 막대한 병원비를 벌기 위해 아이들 사이의 작은 장난을 빌미로 소송을 걸었습니다. 이름이 알려진 장태식 사장인 만큼 구설에 오르지 않기 위해 합의를 볼 것으로 예상한 겁니다."

뻔뻔한 말이다.

피해자의 엄마 김숙인이 핏줄이 죽 그어진 눈으로 김정대 변호사를 노려본다.

하지만 김정대 변호사는 아랑곳하지 않았다.

"장용준 군은 초등학교 6학년입니다. 세간에서는 재벌의 아들이다, 어떻다 말이 많지만 장난기 많은 어린이일 뿐입니다. 그 아이도 지금 상처를 입었습니다. 그래서 본 변호인은 이 재판이 끝나면 장용준 군의 명예 회복을 위해 명예훼손으로 고소할 생각입니다."

피해자 측 박민제 변호사가 테이블을 쾅, 내리치며 자리에서 일어섰다.

"이의 있습니다! 피고 측 대리인은 지금……!"

* * *

탁탁탁, 복도를 걷는 소리가 들렸다. 이성대 부장이 법정을 향해 가는 소리였다. 이성대 부장은 김진한 부장이 구속되며 그 일을 떠맡은 판사다.

그가 불만으로 가득한 말투로 입을 삐죽인다.

"하, 내가 이런 귀찮은 일까지 해야 해? 이한영의 재판을 보고 챙겨주라고?"

김진한 부장이 했던 업무 중 하나가 아래 판사들을 다독이는 일이다. 그래서 이성대 부장 역시 아래 판사들을 챙겨야 했지만 왕래가 없던 그에겐 귀찮고 불편한 일이기만 했다.

법정을 향해 걷던 이성대 부장의 눈에 멀찍이 서 있는 남녀가 보였다. 멀리서 보기에도 예쁜 여자는 누군지 몰랐지만 남자는 익숙하다. 바로 에스로펌의 조세헌 변호사다.

이성대 부장이 반가운 미소를 지으며 조세헌 변호사 앞으로 다가갔다.

“오늘 재판이 있나 봐요?”

조세헌 변호사가 고개를 틀어 이성대 부장을 향했다.

“아, 오랜만이에요, 이성대 부장님.”

“요즘 에스로펌 분위기 어때요? 유진광 씨가 구속되면서 흉흉하지 않아요?”

유진광은 백이석 법원장의 아내에게 뇌물을 건네다가 잡힌 에스로펌의 장남이었다.

조세헌 변호사가 힐끗 옆에 있는 여자를 바라보며 답했다.

“뭐, 똑같죠.”

여자를 바라본 것은 이성대 부장에게 유진광의 일을 더 말하지 말라는 신호였다.

눈빛의 의미를 알아챈 이성대 부장이 여자를 향했다. 순간 이성대 부장의 눈이 커진다. 멀리서 볼 때도 예쁘다고 생각했지만 가까이서 보니 쉽게 마주할 수 없는 미인이었기 때문이다.

이성대 부장이 여자를 향해 빙긋이 미소를 지으며 입을 열었다.

“민사합의부에 있는 이성대 부장 판삽니다.”

“유세희라고 해요.”

“유세희 씨? 많이 들어본……?”

이성대 부장이 눈알을 데구루루 굴린다. 그러다 그녀가 누군지 퍼뜩 떠올랐나 보다.

“아이고, 막내 따님이셨군요. 처음 뵙겠습니다. 요즘 잘나가신다고 들었어요, 흐흐흐."

유진광이 구속되면서 유세희는 승승장구하는 중이었다. 조세헌 변호사를 대동한 것은 물론이고 어느덧 에스로펌에서 중추적인 역할을 하고 있었다.

잠시 대화를 이어간 후 이성대 부장이 나중에 보자는 말과 함께 법정 안으로 사라졌다.

다시 적막해진 복도에서 조세헌 변호사가 유세희에게 묻는다.

"된 겁니까?"

"네."

조세헌 변호사가 망설이는 표정을 지으며 어렵게 입을 연다.

"유세희 팀장님, 이성대 부장의 능력은 좋지만 질이 좋지 않아요. 오죽했으면 유진광 팀장도 가까이하지 않았겠어요. 안면을 트는 것까지는 좋지만 더 접근하지는 않았으면 좋겠습니다."

유세희가 픽 웃는다.

"방금 한 말은 날 위해주는 것 같네요? 유진광이 나와도 내 옆에 있겠다는 뜻으로 받아들여도 좋을까요?"

조세헌 변호사가 어깨를 으쓱할 때 유세희가 복도를 걸어 나가며 말을 이었다.

"걱정하지 마요. 저런 남자는 내 스타일 아니니까."

"그럼 왜 안면을 트려고 하신 겁니까?"

"글쎄요."

그녀도 잘 몰랐다. 그녀가 조세헌 변호사를 대동하고 이성대 부장과 인사를 나눈 이유는 갑자기 이한영이 전화를 걸어 지금의 상황을 부탁했기 때문이다.

잠시 이한영과의 통화를 떠올린 그녀가 말했다.

"어쩌면 이성대 부장과의 만남도 내 커리어를 높여줄 수 있을 것 같네요."

"그게 무슨 소립니까?"

"글쎄요."

그녀는 더 말하지 않고 조용히 미소만 지었다.

이한영이 부탁한 일을 하면 성공한다는 것, 그건 그녀의 머릿속에 각인된 하나의 공식이었다.

* * *

"을 제1호증으로 학교 생활기록부를 증거로 제출합니다! 원고 정혜진 양이 평소에도 내성적인 성향이 있었고, 대인관계가 좋지 않았다는 것을 입증하기 위함입니다!"

유성쇼핑 측의 김정대 변호사가 증거를 제출하며 재판은 막바지로 치닫고 있었다.

김정대 변호사가 계속 말했다.

"을 제2호증으로 원고 정혜진 양의 일기를 제출합니다! 원고 정혜진 양이 평소 친구들과 이상 없이 지냈다는 걸 입증하기 위해섭니다."

그 말에 피해자 측 변호사 박민제가 벌떡 일어섰다.

"이의 있습니다! 학교에 제출한 일기는 어머니와 선생님께 걱정을 끼치지 않기 위해 거짓으로 작성된 겁니다. 증거로 받을 수 없습니다!"

김정대 변호사가 삐딱하게 웃는다.

"원고 측 대리인, 억측이에요. 정혜진 양은 그 일기로 학교에서 상도 받았어요. 상을 받을 때는 가만히 있다가 인제 와서 거짓이었다고요?"

박민제 변호사가 노려봤지만 김정대 변호사는 그러거나 말거나 말을 잇는다.

"그리고 당시 학생들이 정혜진 양을 배려해주었다는 것을 입증하기 위해 장용준 군과 정혜진 양의 담임교사인 강인주 씨를 증인으로 신청합니다. 강인주 씨의 말에 따르면 같은 반 친구들은 방과 후에 남아 정혜진 양이 어려워하는 공부를 가르쳐주기도 했다고 합니다. 그런데 자신들이 도와줬던 정혜진 양이 갑자기 아이들을 고소했으니 교실 분위기는 엉망이라고 합니다. 이렇게 보니 다른 학생들도 피해자네요."

박민제 변호사가 뛰쳐나갈 기세로 일어섰다.

"이의 있습니다! 피고 측 대리인은 재판과 상관없는 이야기를 하고 있습니다!"

김정대 변호사도 지지 않는다.

"재판과 상관없다뇨! 아이들이 정혜진 양을 얼마나 배려하고 아꼈는데요! 다른 학생들이 수십만 원짜리 가방을 들고 다닐 때, 정혜진 양은 만 얼마짜리 가방을 들었답니다! 활기찬 학생이었다면 값싼 가방을 들어도 당당했겠지만 정혜진 양은 그렇지 못한 모양이에요! 그래서 한 학생이 자기가 들고 있던 고가의 가방을 정혜진 양에게 줬답니다. 그 학생이 누군지 아세요? 바로 장용준 군이에요! 알겠습니까? 누가 지금 피해자라는 겁니까! 상처를 입은 것은 장용준 군도 마찬가지예요!"

정혜진의 엄마 김숙인의 입에서 세상이 떠나갈 듯 한숨이 흘렀다. 그날이 떠올랐기 때문이다.

어느 날, 마트에서 이월상품 세일을 대대적으로 하자 김숙인은 가방을 사서 딸에게 선물했다. 그날 딸은 빨간색의 새로운 가방을 들게 됐다며 뛸 듯이 좋아했다.

그런데 며칠 후 딸은 빨간 가방이 아니라 비싼 명품이기는 하지만 낡고 더러운 다른 가방을 들고 왔다. 안에는 뭔지 모를 쓰레기로 가득했다.

그게 뭐냐고 물어보니 딸은 아무렇지도 않게 말했다.

"이거? 가위바위보 해서 가방에 쓰레기 넣기를 했는데, 내가 졌어."

"네 가방은?"

"이게 비싼 거라며? 친구들이 빌려줬어. 좋은 거야."

워낙 대수롭지 않게 말했기에 그게 정말인 줄 알았다. 하지만 나중에 알고 보니 딸의 빨간 가방은 쓰레기 소각장에서 태워진 것이었다.

잠시 옛 생각을 떠올린 엄마 김숙인이 고개를 들어 김정대 변호사에게 시선을 향했다.

"아녜요. 그거 아니에요."

흐느끼는 목소리다. 하지만 김정대 변호사는 픽 웃는다.

"뭐가 아닌데요? 가방 받았잖아요? 그거 몇백만 원 하는 거예요!"

"아니라고요!"

김숙인이 벌떡 일어서며 비명처럼 외쳤다.

하지만 법정의 분위기는 싸했다. 그 느낌에 그녀가 주변을 둘러봤다. 방청석에 앉은 모든 사람이 차가운 시선으로 자신을 노려보고 있다.

그들은 유성쇼핑 장태식 사장이 심어둔 사람들이었다. 법정의 분위기 역시 재판에 영향이 있는 만큼 장태식 사장은 그들을 고용했는데, 그 사람들이 그녀를 쏘아본 것이다.

김숙인과 눈을 마주친 그들이 작게 입을 열었다.

"딸 팔아서 돈 벌려고 하네."

"저런 것도 어미라고."

김숙인의 몸이 사시나무처럼 파르르 떨렸다. 그녀가 무너지듯 주저앉으며 중얼댄다.

"저…… 그만할래요. 변호사님, 죄송해요. 인제 그만해요. 못 하겠어요."

"저기, 어머님."

변호사가 다그치듯 말했지만 김숙인은 고개를 젓는다.

"죄송해요, 변호사님……."

그때 이한영의 사무적인 목소리가 법정을 울렸다.

"증인, 증거 모두 채택합니다. 양측에서 제출한 서증에 대하여 의견이 있거나 더 신청할 증거가 있습니까?"

피고 측 김정대 변호사가 여유롭게 입을 연다.

"없습니다."

이한영의 시선이 박민제 변호사에게 틀어졌다.

"원고 측은요?"

"자…… 잠시만요."

입술을 꽉 깨물며 생각에 빠졌던 박민제 변호사가 김숙인의 귀에 얼굴을 가까이 가져다 대며 속삭이기 시작했다.

딱딱하게 얼굴이 굳어진 김숙인이 박민제 변호사를 바라본다.

"저, 정말요?"

그 모습을 지켜보던 하태준 비서실장이 빙글 미소를 지었다. 그리고 휴대폰을 들어 메시지를 적기 시작한다.

-김정대가 생각보다 잘하는데요? 걱정할 필요 없을 것 같습니다. 지금 상대는 코너에 몰렸습니다. 뭘 해보려고 애쓰는데, 표정 보니까 진흙탕이네요.

하태준 비서실장이 전송 버튼을 꾹 누를 때 갑자기 박민제 변호사가 벌떡 일어섰다.

"추가 증거 제출하겠습니다! 얼마 전, 유성쇼핑 장태식 사장의 비서실장 하태준 씨가 정혜진 양의 병실을 찾아와 합의를 종용했습니다. 갑 제5호증으로 명함을 제출하겠습니다."

하태준이 눈동자가 튀어나올 듯 커졌다.

'명함?'

동시에 유성쇼핑 측 변호사 김정대가 일어선다.

"유성쇼핑은 구설에만 올라도 손해가 막심합니다. 아시겠지만 최근 근거 없는 장용준 군의 영상에 불매운동까지 벌어졌습니다. 이런 상황에 합의를 권하는 것은 당연한 겁니다. 그런데 명함이 증거라뇨?"

이한영의 시선이 박민제 변호사에게 향했다.

"명함이 전부입니까?"

박민제 변호사가 힘차게 고개를 저었다.

"아뇨. 하태준 씨가 합의를 종용했을 당시 정혜진 양의 어머니인 김숙인 씨에게 한 말을 녹취한 파일이 있습니다. 갑 제6호증으로 제출하겠습니다!"

하태준 비서실장은 눈만 깜빡거리고 있었다. 아직 상황이 이해되지 않은 모양이다.

그가 뒤늦게 벌떡 일어섰다.

"녹취? 그, 그게 뭐야? 녹취했다니!"

박민제 변호사가 녹음기를 꺼내 빙그르르 돌리며 입을 열었다.

"당사자 간의 녹취는 합법입니다."

하태준 비서실장의 얼굴이 참혹하게 일그러진다. 언제까지 웃을 수 있을까 궁금했는데, 첫 번째 일정이 끝나기도 전에 그의 얼굴에서 여유라는 단어가 사라졌다.

그가 곤란해 보이는 얼굴로 더듬더듬 입을 연다.

"그, 그럴 리가 없잖아!"

그때 들려온 이한영의 사무적인 목소리는 하태준 비서실장이 듣기엔 귓구멍에 칼날이 꽂히는 느낌이었다.

"증인과 증거 모두 채택합니다."

이한영의 시선이 법정을 훑었다.

멀리 이성대 부장이 앉아 있는 게 보인다. 오늘 재판에서 별말 하지 말라고 해서 가만히 있었다. 하지만 이미 이 상황을 모두 예상하고 그 전에 준비는 끝내 뒀다.

하태준이 병원에 왔던 날, 그 뒤를 쫓은 이한영은 병실 문틈으로 볼펜형 몰래카메라를 집어넣고 그들의 목소리를 녹취했다. 그리고 송나연 기자를 통해 녹취한 볼펜형 몰래카메라를 박민제 변호사에게 건넨 거다.

박민제 변호사는 그 녹음기를 김숙인이 녹취한 것처럼 꾸며 증거로 넘겼다. 변론 기일과 선고 기일을 남겨둔 상황이었지만 이미 게임은 끝났다.

법정을 떠나던 이한영이 고개를 돌려 하태준 비서실장을 힐끗 바라봤다. 언제 주저앉아도 이상하지 않을 얼굴이었다.

* * *

"변론 기일 전에 합의 보고 재판 끝나겠죠?"

사무실로 올라가던 길, 윤슬혜 판사가 증거로 제출된 녹취록을 읽으며 말했다. 음성 녹음이나 비디오 촬영 등을 증거로 제시할 때 문서로 만들어 제출해야 하는데, 그걸 녹취록이라고 한다.

이한영이 고개를 끄덕였다.

"그러겠지? 녹취록이 알려지면 망신이란 망신은 다 당할 테니까 합의 보겠지."

"다행이네요. 재판이 길어지면 피해를 보는 것은 피해자 측인데……."

이한영은 진동을 느끼고 휴대폰을 꺼내 들었다.

-커피숍으로 와.

이성대 부장이다.

이한영이 법복을 벗어 윤슬혜 판사에게 건네며 말했다.

"미안. 이성대 부장님이 잠깐 보자고 하거든. 잠깐만 나갔다 올게."

"올 때 저희 커피도 사 주시면 안 돼요?"

"어떤 거?"

"전 라테요. 이소이 판사는?"

"전 마키아토요. 아이스."

이한영은 그녀들을 뒤로한 채 법원 밖으로 향했다.

막 문을 벗어나 계단으로 향하던 그의 귓가에 낯선 여성의 목소리가 들렸다.

"이한영 판사님?"

이한영이 고개를 돌렸다.

익숙한 얼굴, 하지만 희미한 모습.

'누구지?'

분명 알고 있는 얼굴이다.

이한영이 기억을 더듬는데, 그녀가 다가오며 품에서 신분증을 꺼내 보인다.

"서부지검 김진아 검사라고 합니다. 잠깐 얘기 좀 할 수 있을까요?"

'김진아?'

이한영의 눈에 반가움이 가득 실렸다.

김진아 검사는 전생에서 장태식 회장을 코너까지 몰아붙였던 검사다. 다시 생을 살며 박철우 검사에게 그렇게 소개해 달라고 했지만 깜깜무소식이었던 그녀가 이한영을 찾아온 것이다.

02

이한영이 자판기에서 뽑은 음료를 건네자 김진아 검사가 가볍게 받아 든다.

"감사합니다."

"어쩐 일로 찾아오셨죠?"

그녀가 힐끗 이한영을 보더니 고개를 젓는다.

"아녜요. 제가 잘못 본 것 같네요."

"잘못 보다뇨? 어떤?"

"혹시 돈을 받으셨나 생각했거든요. 괜히 의심해서 죄송합니다."

죄송하다는 말은 거짓이다. 그녀는 '돈'을 거론한 직후 이한영의 표정을 눈에 담고 있었다. 일부러 잘못 봤다는 말을 하고 상대의 반응을 체크하는 수법이다.

하지만 이런 쪽으로는 이한영이 선수였다.

“돈이라뇨? 어떤 돈을 말씀하시는 거죠?”

“장용준 재판요. 혹시 유성쇼핑에서 판사님께 청부하지는 않았나 궁금했거든요. 제가 요즘 맡은 게 그쪽이라서요. 언짢으셨다면 죄송해요.”

‘유성쇼핑?’

전생을 되짚어보면 그녀는 천신만고 끝에 장태식을 잡아 법정에 끌어 앉혔고, 이한영은 징역 15년을 선고했었다. 하지만 그게 끝이었다. 이한영의 판결은 파기환송 되었고 장태식은 결국 집행유예로 풀려나버렸다. 이한영이 잘못한 것은 아니지만 판사로서 미안한 것은 어쩔 수 없었다.

‘그러니까 장태식을 잡으려고 지금부터 움직였던 건가? 이유가 뭐지? 어쨌든 괜히 미안해지네.’

이런 생각을 이어가고 있는 동안에도 김진아 검사는 계속해서 이한영을 관찰하고 있었다.

“그래도 판사님을 직접 뵈니까 돈을 받고 그럴 분은 아닌 것 같아서…….”

이한영이 장난스레 미소를 그렸다.

“아, 받았어요.”

“네?”

난데없는 대답에 김진아 검사가 깜짝 놀랐다.

이한영은 슬쩍 웃으며 고개를 저었다.

그녀는 날카로운 눈매로 이한영을 관찰하려 했지만 아직 어리고 경험이 적어서 그런지 귀엽기만 하다.

“받았다고요. 한 30억 받았나? 지금 검사님께서 드시는 음료도 받은 돈으로 사는 건데요?”

그녀가 황급히 자신의 손에 든 음료를 본다.

“저기요, 이한영 판사님. 징닌하지 마시고요.”

“제가 장난을 왜 해요?”

"지, 진짜예요?"

"처음 본 검사님을 앞에 두고 거짓말하겠어요?"

"저, 저기, 이한영 판사님. 지금 하시는 말씀은……."

"증거로 제출하려고요? 에이, 세상이 우리 편이에요. 검사님은 날 잡을 수 없어요."

"이한영 판사님? 마지막으로 묻겠습니다. 정말입니까?"

김진아 검사의 목소리가 사무적으로 변했다. 눈빛엔 칼날 같은 서늘함마저 채워지고 있다.

하지만 이한영은 여전히 여유롭다.

"검사가 할 수 있는 일이 뭐예요? 끌고 와서 법정에 앉히는 거, 그게 전부잖아요? 그다음엔 누가 판결을 내리죠? 바로 판사잖아요. 지금처럼 그렇게 하시면 절대 못 이깁니다."

그녀의 품에서 번쩍이는 수갑이 꺼내진다.

"장난이든 아니든, 일단 진지하게 들어보고 싶습니다."

순간…… 지금까지 웃고 있던 이한영의 눈빛이 싸늘하게 변한다.

"천둥벌거숭이. 그렇게 경거망동하면 죽어."

낮은 목소리다. 하지만 김진아 검사가 듣기엔 천둥 같은 호령이었다. 수갑을 꺼내던 그녀의 몸이 굳어지고 나서도 이한영의 말은 계속해서 그녀를 찔러 들어갔다.

"하는 행동과 말투에 유성그룹을 찢어 죽이고 싶다는 게 눈에 보이는데 어떤 멍청이가 넘어오겠어? 그런 식으로 장태식을 잡아 법정에 올리려면 10년, 20년이 걸려. 아니, 잡아 올려도 금방 나오고 말지. 그다음은? 유성그룹의 보복을 받을걸."

모든 걸 알고 있다는 눈빛과 말투에 김진아 검사는 심장이 터질 것만 같았다.

"지, 지금 무슨 말씀을 하는 거예요?"

이한영이 빙긋이 미소를 그렸다. 그 미소에 얼어붙었던 공기가 단숨에 풀어진다.

"몸을 숨기세요. 그리고 기다리세요. 마음이 급하면 걸려요. 혼자서 몰아치려다가 다른 사람이 다칠 수도 있고요."

"이한영 판사님?"

"오늘 밤 9시, 산5번지에 있는 옥탑방으로 오세요."

"산5번지요? 거긴 왜?"

"유성쇼핑에서 30억 받았다니까요. 그거 잡으려고 오신 거 아니었어요?"

김진아 검사는 이한영이 무슨 말을 하는지 도무지 알 수가 없었다. 그녀가 큰 눈을 깜빡일 때 이한영은 손목을 들어 시간을 확인한 후 몸을 돌린다.

"전 부장님과 약속이 있어서 먼저 가겠습니다. 밤에 뵙죠."

김진아 검사의 큰 눈이 이한영을 좇았다.

'산5번지?'

* * *

'여기에 집이 있다고?'

양손으로 핸들을 잡은 김진아 검사는 고개를 내밀고 창밖을 둘러봤다. 차 한 대가 겨우 지나갈 정도로 좁은 도로다. 그것도 가파른 경사다.

차가 빼곡히 들어선 주택가를 지날 때부터 이상했는데 막상 이 길에 들어서자 이한영이 장난친 것은 아닌지 의심이 가기 시작했다. 하지만 내비게이션은 계속해서 직진하란다.

김진아 검사는 한숨을 내뱉으며 핸들을 꽉 잡았다. 그리고 설마 판사라는 양반이 거짓말을 했겠냐는 생각과 함께 액셀러레이터를 꾹 밟았다. 작은 자동차는 경사 길을 힘겹게 올라간다.

잠시 후 그녀는 주차한 차에서 몸을 내려 계단을 올라 옥탑방을 향했다. 마지막 계단을 올라 옥상의 문을 열자 난간 너머로 펼쳐지는 아름다운 서울의 야경이 눈에 들어왔다. 지금껏 미간을 찌푸리고 있던 김진아 검사는 자신도 모르게 싱그러운 미소를 그린다. 하지만 잠시다.

"오셨네요?"

그녀는 언제 웃었는지 미소를 싹 지우고 다시 날카로운 눈매로 돌아왔다. 그리고 고개를 돌리자 이한영이 보인다.

"네."

"그럼 들어가시죠."

이한영이 몸을 슥 돌려 옥상 끝에 있는 옥탑방으로 향했다.

옥탑방 안은 시끌벅적했다.

긴 테이블에 캔맥주가 뒤엉켜 있고, 석정호와 송나연 기자 그리고 박철우 검사는 킬킬대며 웃음꽃을 피우고 있었다.

"궁예 탱탱볼, 궁탱이 이한영이래. 크하하하하!"

배를 잡고 웃는 석정호에게 송나연 기자가 묻는다.

"이한영 판사님요, 학교 다닐 때도 어디로 튈지 몰랐어요?"

"아뇨. 항상 튀어서 학교에 없었어요."

"엥?"

"학교에 없었다고요. 점심 먹고 오면 책상을 화장실에 넣어 두고 튀어서요, 크크크크."

"진짜 수업을 땡땡이친 거예요?"

"잉? 못 들었어요? 한영이 엄청 사고뭉치였는데."

박철우 검사가 과자를 입에 넣으며 석정호 앞으로 몸을 바짝 당긴다.

"대학에 가서 뒤늦게 공부했다는 이야기는 들었는데, 사고뭉치라는 말은 또 처음 듣네. 한번 말해봐요. 궁금하네요."

석정호가 슬쩍 문을 본다. 언제 들어올지 모르는 이한영의 눈치를 보는 거다. 그러더니 조심스레 입을 연다.

"한영이가 남들 괴롭히는 학생은 아니었고요. 그냥 장난이 심했죠. 뭐 가벼운 얘기를 해보자면, 우리 어렸을 때 채팅해서 번개 하는 거 유행했잖아요. 남녀 즉석 만남. 흐흐."

박철우 검사가 고개를 끄덕이자 석정호가 말을 잇는다.

"우리가 어렸을 때 여자들이랑 만남 한번 가져보겠다고 채팅에 열중했는데, 한영이는 원래 그런 걸 안 했거든요? 그런데 한 친구가 채팅하는 걸 가만히 보더니 갑자기 한다는 거예요."

송나연 기자가 맥주를 입에 대며 다급히 묻는다.

"왜? 왜? 여자 만나려고? 와, 상상도 안 돼요. 저 얼굴로 여자를 꼬시려고 했단 말이에요? 무서워서 다 도망갔겠다."

석정호가 짐짓 진지한 표정으로 고개를 저었다.

"아뇨. 한영이는 그런 범주의 사나이가 아니었어요. 한영이는 남자를 꼬시려고 했죠."

충격적인 말이다.

모두 멍할 때, 송나연 기자가 헛기침을 하며 물었다.

"남자? 판사님이 그쪽을 좋아해요? 말 좀 해봐요. 무슨 말이에요?"

분위기가 끓어올랐을 때 석정호가 마시던 캔맥주를 탁 놓으며 입을 열었다.

"여자인 척해서 남자들과 채팅을 했어요. 그리고 속아 넘어온 남자들에게 자기는 흰색 티셔츠를 좋아하니까 그거 입어 달라고, 또 목마르니까 사이다를 들고 있으라고 말했어요."

박철우 검사의 표정이 묘해진다.

"흰색 티셔츠? 사이다?"

석정호는 모르고 신나게 떠든다.

"네, 그래서 올림픽공원에서 쉰아홉 명의 남자들이 흰색 티셔츠를 입고 사이다를 들고…….”

그때 돌연 박철우 검사가 고개를 푹 숙였다.

“……이한영 개새끼…….”

석정호가 어색하게 웃는다.

“설마…… 아니죠……?”

박철우 검사의 목소리가 사무적으로 흐른다.

“석정호 씨, 8월 15일 광복절 맞아요?”

석정호가 벌떡 일어나더니 박철우 검사에게 고개를 숙였다.

“박철우 검사 형님. 죄송합니다! 저도 재밌어서 같이 했어요!”

박철우 검사가 무서운 눈으로 석정호를 노려봤다.

“고등학생이 대학생을 속여?”

“죄송합니다!”

“내가 그날을 잊지 못해! 얼마나 창피했는지 지금도 그 생각만 하면 이 불킥 하고 있어! 이거 사기예요! 맞죠? 공소시효는 내 마음대로야! 아직 안 끝났어! 내가 이한영과 석정호 그리고 그 일당! 사기죄로 다 처넣는다!”

서슬 퍼런 목소리에 송나연 기자가 배를 잡고 웃기 시작했다.

“대박! 슈퍼맨 검사님이 흰 티셔츠에 사이다 들고 이한영 판사님을 기다렸대! 푸하하하하!”

한참을 떠들던 그때, 문이 삐걱 열리고 이한영이 들어왔다.

박철우 검사가 희번덕거리는 눈으로 이한영을 보며 외쳤다.

“선량한 남자를 속인 꽃뱀!”

“꽃뱀요? 뭐가요?”

이한영은 이들이 어떤 대화를 하는지 알지 못했기에 눈만 깜빡였다.

박철우 검사가 계속 말했다.

“광복…….”

하지만 그의 말은 이어지지 못했다.

이한영의 뒤에서 나온 사람은 김진아 검사였다. 박철우 검사가 그녀를 보고 말을 더듬었다.

"어? 김진아 검사?"

김진아 검사도 박철우 검사를 보고 놀라긴 마찬가지였나 보다.

"부부장님?"

이한영이 박철우 검사와 김진아 검사를 번갈아 봤다.

"뭐야? 박철우 검사님, 김진아 검사님 알고 있었어요? 그런데 왜 지금까지 소개 안 했대요?"

박철우 검사가 민망하게 웃자 김진아 검사가 이한영을 봤다.

"소개요?"

"뭐, 그런 거 있어요. 어쨌든 만나게 됐으니 상관없습니다. 일단 앉으세요."

김진아 검사는 이 상황이 이해되지 않는 모양이다.

검찰에서도 유명한 열혈 검사 박철우가 헝클어진 모습으로 앉아 있고, 그 앞에는 곰처럼 생긴 사내가, 그 옆에는 얼굴은 예쁜데 옷을 막 입은 여자가 있으니 이들의 모임을 선뜻 머리로 이해하기가 힘들었다.

상황을 정리한 것은 이한영이었다.

"이쪽은 서부지검 김진아 검사님. 박철우 검사님은 알고 있으니까 넘어가고, 여기는 제 친구 석정호. 이분은 드림일보 송나연 기자님이세요. 인사는 차차 하죠. 지금 해봤자 정신없을 테니까요."

김진아 검사가 자리에 앉자 송나연 기자가 그녀의 앞에 캔맥주를 놓는다.

"드세요. 원샷, 원샷."

"아, 제가 차를 가지고 와서……."

"대리운전 여기까지 와요, 히히."

송나연 기자는 맥주를 홀짝인다.

이한영이 손뼉을 쳤다.

"그럼 이제 본론을 말할까요?"

떠들썩했던 분위기가 금세 차갑게 식으며 모두가 이한영을 바라봤다.

김진아 검사는 마른침을 삼켰다. 딱 이 상황만 봐도 이한영이 이들에게 어떤 존재라는 걸 알 수 있었기 때문이다.

'도대체 뭐야?'

이한영이 테이블에 두 손을 짚고 낮은 목소리로 입을 열었다.

"유성쇼핑 장태식 사장의 아들 장용준의 재판이 있었잖아요. 유성의 손을 들어주는 조건으로 계약금 30억을 받았습니다."

"30억?"

"아, 제가 받은 것은 아니고요. 아직 누가 우두머린지도 말씀드릴 수는 없습니다. 하지만 청부한 돈을 보관하는 사람은 말씀드릴 수 있습니다. 바로 서울중앙지방법원 이성대 부장입니다."

"이성대 부장요?"

박철우 검사의 말에 이한영이 고개를 끄덕였다.

"아세요?"

"오가며 인사한 사람이죠. 그런데 이성대 부장을 잡자는 거예요?"

이한영이 고개를 휘휘 저었다.

"아뇨. 이성대 부장도 끄나풀이에요. 그런 놈은 잡아봤자 똑같은 다른 놈이 또 나옵니다."

박철우 검사의 성격은 급하다. 돈을 받은 나쁜 놈이 눈에 보인다는데 잡지 않는다 하니 답답했다.

"이성대 부장이 보관하는 30억. 잘 세탁된 대포 통장 속에 들어 있습니다. 그 말은 이 돈으로 유성쇼핑까지 들쑤실 수는 없다는 말입니다. 어찌어찌 이성대 부장을 잡을 순 있겠지만 그 사람은 꼬리일 뿐이죠."

"그래서요?"

박철우 검사가 삐딱하게 입을 연다.

하지만 이한영의 이어진 말은 그의 상상을 벗어났다.

"놈들이 나쁜 짓 할 30억, 우리가 가집시다. 그래서 좋은 일에 써봅시다."

* * *

그 시각, 강신진 수석 부장은 김윤혁의 병실에 앉아 있었다. 가만히 김윤혁을 바라보던 강신진 수석 부장이 입을 연다.

"눈 떠."

그 말에 김윤혁이 번쩍 눈을 뜬다. 그리고 자리에서 일어나 강신진 수석 부장을 향해 허리를 굽힌다.

강신진 수석 부장이 옅은 미소를 지었다.

"건강해 보여서 다행이군."

"염려해주신 덕분입니다."

"그래, 생각은 많이 해봤나?"

김윤혁이 고개를 끄덕이자 강신진 수석 부장의 입가에 걸린 미소가 짙어진다.

"어떤 선택을 했지?"

김윤혁이 침대에서 일어나더니 강신진 수석 부장을 향해 큰절을 올린다.

"살려주셔서 감사합니다! 앞으로 다른 생각 하지 않고 최선을 다하겠습니다!"

간절한 목소리에 강신진 수석 부장이 김윤혁을 향해 천천히 무릎을 꿇었다. 그리고 그의 등을 토닥이며 다정한 목소리로 말했다.

"난 자네를 죽이려 한 적이 없어. 혼낸 것뿐이야."

"죄송합니다."

"그만 일어나. 큰일을 해야 할 사람이 쉽게 절하고 그러는 거 아니야."

얼마 전, 김윤혁이 깨어났다는 소식을 그 누구보다 빠르게 전해 들은 강신진 수석 부장은 서둘러 병원을 찾았다. 병원에 선이 닿아 있기에 가능한 일이었다.

깨어난 김윤혁을 향해 강신진 수석 부장이 한 말은 몇 마디가 전부였다.

"세상엔 아직 의식이 돌아오지 않은 것으로 하지. 다른 사람에게 알리지 말도록."

"나와 대적하겠나? 대적하지 않고 내 옆에 있다면 자네는 꿈꾸던 삶을 살 수 있어."

"자네가 일어난 이유를 생각해봐. 대답은 천천히 듣지."

김윤혁은 강신진 수석 부장의 옆에 붙어 부귀영화를 꿈꾸기로 했다. 권력과 명예욕이란, 자신을 찌른 패거리의 우두머리라 할지라도 상관하지 않을 만큼 무서운 거다.

뒷짐을 진 강신진 수석 부장이 창가로 걸어가며 말했다.

"자네가 깨어난 걸 아는 사람은?"

"의료진과 수석 부장님 외에는 없습니다."

"가족들은?"

"모르고 있습니다."

"잘했어, 아주 잘했어."

창밖을 보는 강신진 수석 부장의 입가에 흡족한 미소가 걸린다.

잠시 그의 뒷모습을 바라보던 김윤혁이 어렵게 묻는다.

"그런데…… 왜 숨기라고 하시는 겁니까?"

"자네는 영웅이 되는 중이야."

김윤혁의 눈동자에 의문이 들었다.

'영웅?'

그러고 보니 깨어난 것을 숨기고 누워 있던 때 이한영이 찾아왔던 적이 있다. 당시 이한영은 가지고 온 신문을 들고 영웅 어쩌고 하는 기사를 읽었다.

김윤혁이 시선을 틀어 강신진 수석 부장을 향한다. 강신진 수석 부장의 낮은 음성이 들린다.

“김진한 부장은 비리를 뒤집어쓴 악마가 되었어. 반면에 자네는 정의로운 판사가 되었지.”

강신진 수석 부장이 몸을 돌려 김윤혁을 향했다. 그의 입가에 빙긋이 미소가 걸려 있다. 그가 뚜벅뚜벅 김윤혁을 향해 걸어오며 입을 연다.

“자네는 영화 속 주인공같이 일어나게 될 거야. 세상은 자네가 일어난 것을 모두 기뻐할 거야. 언론과 여론은 자네를 주목하겠지. 단 한 번에 세상의 관심을 받는 판사. 그게 자네가 될 거야.”

“그날이 언제일지 알 수 있을까요?”

강신진 수석 부장이 픽 웃는다.

“누워 있는 게 지루한가? 하긴, 젊은 자네가 종일 병실에만 있기는 답답하겠지.”

“죄송합니다.”

“아니야. 자네가 일어날 시기는 두 날 중 하나가 될 거야. 하나는 김진한 부장이 실형을 선고받는 날, 다른 하나는 대법원장이 교체되는 날이지.”

사람들은 이성적인 척하지만 미신적이며 상징적인 것을 좋아한다. 비리와 싸우다가 사경을 헤매던 판사가 중요한 날 깨어나게 된다면, 김윤혁은 자연스레 스타가 될 거다. 스타의 언동은 대중을 움직일 수 있다. 그것은 강신진 수석 부장이 꿈꾸는 일에 큰 도움이 될 것이었다.

그리고…….

이 병원엔 또 한 명의 판사가 있었다.

바로 오바른 판사다.

그가 김윤혁의 병실에 귀를 대고 있었다. 언제나 보안을 중요시하는 강신진 수석 부장이 문 앞을 지키고 있던 경찰을 잠시 다른 곳에 보냈기에 가능한 일이었다.

오바른 판사가 마른침을 삼켰다.

'김윤혁이 깨어나 있었다고?'

오바른 판사가 휴대폰을 꺼냈다. 그리고 이한영에게 메시지를 보내려 했다. 그런데 그 순간, 뚜벅뚜벅 문을 향해 걸어오는 소리가 들렸다. 그러니까 병실의 문이 열리려는 거다.

당황한 오바른 판사가 주변을 살폈다. 김윤혁의 병실은 중앙에 있다. 긴 복도를 피해 도망치기엔 시간이 없다.

'씨발!'

오바른 판사가 불안한 눈동자를 이리저리 움직일 때 문이 확! 열리며 강신진 수석 부장이 밖으로 나왔다.

복도엔 아무도 없었다. 강신진 수석 부장은 병원을 벗어나기 위해 성큼성큼 걸었다.

"누구세요?"

"아, 죄송합니다. 병실을 잘못 찾아왔나 보네요."

오바른 판사는 바로 옆 병실에 들어가 있었다.

붕대를 칭칭 감고 있는 환자, 옆에는 보호자가 보인다. 황당한 표정의 보호자를 보며 오바른 판사가 어색하게 웃는다.

"여기 병실 참 넓고 좁네요. 쾌적하기도 하고요."

"넓고 좁다고요?"

"아뇨. 넓고 좋다고요. 그럼 어서 쾌차하시길 바랍니다."

오바른 판사가 문을 열고 슬쩍 밖을 확인했다. 강신진 수석 부장은 이미 병원을 떠난 뒤였다. 오바른 판사는 두근거리는 가슴에 손을 대고 크게 한숨을 내쉬었다.

* * *

—김윤혁이 깨어 있었어!

"그래?"

이한영은 옥탑방 밖에서 오바른 판사와 통화하고 있었다.

오바른 판사는 이한영이 대수롭지 않게 답하자 조금 김이 새는 모양이다.

—안 놀라?

김윤혁이 깨어 있었다는 것은 조금은 예상하던 일이었다.

"아, 깜짝 놀랐네. 그런데 무슨 대화를 했는지도 들었어?"

—강신진 수석 부장 목소리가 낮잖아. 그래서 전부는 못 들었는데, 영웅? 스타? 그런 걸 기획하는 모양인데?

전화를 끊으며 이한영은 픽 웃었다.

김윤혁의 스타 메이킹은 이한영이 송나연 기자를 통해 진행하던 일이다. 그런데 그걸 또 강신진 수석 부장이 이용하고 있다.

'목적은 다르지만 진행 과정은 같네. 나쁘지 않아.'

강신진 수석 부장은 김윤혁을 스타로 만들어 자기 일에 도움을 받으려 한다.

하지만 이한영이 김윤혁을 스타로 만드는 이유는 조금 다르다. 우선은 김진한 부장 사건의 불씨가 계속 타오르길 바라는 마음이었다.

그리고 두 번째.

스타의 몰락은 그 파장이 걷잡을 수 없이 크다. 정상에 올라갔을 때 멱살을 잡고 땅에 떨어뜨리면 거대한 폭탄이 되어 강신진 수석 부장에게까지 타격을 줄 수 있을 거였다.

잠시 생각하던 이한영은 몸을 돌려 다시 옥탑방으로 들어갔다. 이성대 부장이 보관하는 30억에 관한 이야기를 하던 중이었다. 오바른 판사에게 전화가 오며 잠시 대화를 멈췄지만 계속해서 진행해야 했다.

이한영이 테이블 앞에 서서 입을 열었다.

"전화가 와서 잠시 대화가 멈췄네요. 죄송합니다. 그럼 계속 말하겠습니다. 30억은 대법원장 교체에 사용될 돈 중 일부입니다. 정치권에 바를 더러운 돈이죠."

"대법원장 교체?"

"네."

테이블에 앉아 있던 모든 사람의 입이 턱 막혔다. 그만큼 상상할 수 없는 이야기였기 때문이다.

무거운 공기를 뚫고 박철우 검사가 입을 연다.

"이한영 판사님, 대법원장이 멋대로 하면서 사법부가 힘들다는 건 알아도 대법원장 교체라뇨? 그건 대통령이 나서도 힘든 일이에요."

다름 아닌 대법원장이다. 행정부, 입법부, 사법부로 나뉘는 삼권분립의 대한민국에서 의전 서열 3위다. 아무리 문제가 있다 해도 쉬운 일이 아니었다.

하지만 이한영은 고개를 휘휘 젓는다.

"탄핵당할 겁니다."

"타, 탄핵?"

"판사는 탄핵이나 금고 이상의 벌이 아니면 파면되지 않죠. 대법원장에게 금고를 주는 것은 불가능하잖아요. 그럼 남은 것은 국회를 움직여 탄핵하는 겁니다."

대법원장을 상대로 한 거대한 이야기다. 몸을 오싹하게 할 정도의 서늘한 분위기가 모두의 몸을 찌르고 있었다.

그 와중에 이한영만이 태연하다. 이미 전생에서 겪었던 일이기 때문이다.

전생을 되짚어보면 올가을쯤부터 전흥우 대법원장을 향한 탄핵의 바람이 불어오고 불만을 품은 판사들이 불을 지피며, 사법부는 사법 파동 이상으로 흔들리기 시작한다. 결국 전흥우 대법원장은 그 열풍을 이기지 못하고 사퇴를 선언한다.

그다음 대법원장이 되는 사람이 중앙선거관리위원회 위원장인 이호열이었다. 물론 이호열 위원장 뒤에는 강신진 수석 부장이 서 있었고, 이때부터 사법부는 강신진 수석 부장의 손에 농락당하기 시작한다. 그건 막아야 했다. 막을 수 없다면 이한영이 힘을 얻을 때까지라도 시기를 늦춰야 한다.

이한영이 말을 이었다.

"30억을 빼앗으면 그 사람들의 음모가 진행되는 속도를 늦출 수 있습니다."

박철우 검사가 손을 들었다.

"진행 속도가 늦춰진다는 말은 막을 수 없다는 건가요?"

"민심이 천심이라는 말이 있어요. 전흥우 대법원장에 대한 판사들의 불만이 큰 만큼 탄핵이든 뭐든 끌려 내려오는 것은 시간문제일 뿐이에요."

이한영은 잠시 말을 멈추고 그들을 바라봤다. 이제 본심을 꺼내야 할 시간이다. 쉽지 않은 일인 만큼 한 명이라도 동조하지 않으면 무산될 가능성이 컸다.

이한영이 무겁게 입을 열었다.

"그래서 전 이 시기를 이용해 백이석 법원장님이 대법원장이 되었으면 합니다."

다시 모두 황당한 표정이 되었을 때 박철우 검사가 말했다.

"우, 우리가 백이석 법원장님을 대법원장으로 만들자고요?"

"네."

송나연 기자가 묻는다.

"우리가 킹 메이커가 되는 거예요?"

"네."

박철우 검사가 픽 웃으며 머리를 긁적였다.

"우리같이 힘없는 사람들이 뭘 할 수 있을지는 몰라도 백이석 법원장님이 대법원장이 되는 건 찬성이에요."

이번엔 석정호가 손을 들었다.

"난 대법원장이 누가 되든 관심 없지만 한영이 네가 하는 거라면 해야지. 그런데 이성대 부장이 가지고 있다는 30억을 어떻게 가지고 오겠다는 거야?"

"사기."

"잉? 사기?"

석정호만 눈을 동그랗게 뜬 게 아니다. 박철우 검사도 황당한 표정이었다.

"지금 대한민국 검사를 사기판에 끌어들이려고요?"

송나연 기자도 멍하다.

"저, 이거 기사 써도 될까요?"

박철우 검사가 미간을 찌푸렸다.

"당연히 안 되죠!"

"농담, 농담. 조크."

다행히 반대하는 사람은 없었다.

지금껏 조용히 있던 김진아 검사 역시 유성그룹과 관계가 있다는 말 때문인지 동의하는 모양이다.

이한영이 다시 강하게 입을 열었다.

"그럼 앞으로 어떻게 할지 방법은 전문가와 상담 후 다음에 모일 때 말씀드릴게요."

"전문가?"

"말씀드렸잖아요. 아직 소개하지 않은 멤버가 있다고요."

전문가란, 전생에서 투자 사기로 인생을 망친 이순호였다.

* * *

"부부장님, 잠시만요."

대리운전을 기다리는 박철우 검사를 향해 김진아 검사가 다가갔다.

"왜? 무슨 일 있어?"

"이거 정상적인 건가요?"

"어떤 거?"

"이한영 판사가 하는 일요."

박철우 검사가 픽 웃으며 주머니에서 담배를 꺼내 입에 문다. 뿌연 연기를 내뱉으며 그가 말했다.

"예전에 이한영 판사가 송나연 기자에게 말했다더라. 1 더하기 1이 3으로 불리는 세상에서 아무리 2가 답이라고 해도 알아주는 사람 없다고."

"그건 궤변이에요."

"궤변이 아니라 현실이지. 너도 겪어봐서 알잖아? 배고파서 빵 훔친 아저씨, 아기 주려고 분유 훔친 애 엄마. 다 쉽게 구속됐고 쉽게 실형 받았어."

"……."

"그런데 수천억 해먹은 재벌집 장남은 우리가 기를 쓰고 잡아넣으려 해도 중간에 막히고, 출근했더니 사건이 종결됐고, 어떻게든 법정에 앉혔더니 무혐의 또는 집행유예. 아니야? 정의로운 검사는 개뿔."

김진아 검사는 아무 말도 하지 못했다.

그녀가 손을 꽉 쥐는데, 박철우 검사가 한숨처럼 연기를 내뱉으며 말했다.

"이성대 부장이 유성쇼핑의 돈을 받아서 대법원장을 만들어내면 어떻게 될 것 같아? 자금을 지원해준 유성쇼핑은 법 위에서 놀게 되는 거야. 그럼 우리는 언제나처럼 야동 배포한 아저씨나 10만 원 횡령한 버스 기사나 기소하고 있을 거고. 그랬으면 좋겠어? 그럼 네가 좋아하는 유성은 절대 못 잡는 거야."

쓰린 현실에 쓴웃음을 짓는 김진아 검사를 향해 박철우 검사가 빙긋이 미소를 그리며 말을 이었다.

"이한영 판사 한번 믿어봐. 내가 충남에서부터 봐 왔는데, 의심되는 부분은 많아도 더러운 사람은 아니야. 그리고……."

말끝을 흐린 박철우 검사가 힐끗 김진아 검사의 표정을 살피더니 말을 이었다.

"어쩌면 네 원한을 풀어줄 수도 있을 거야."

잠시 후, 대리운전 기사가 왔다. 차를 타고 집으로 향하며 박철우 검사는 창밖을 바라봤다.

평소보다 어둡고 무거운 표정을 짓고 있던 박철우 검사가 낮은 목소리로 혼잣말을 내뱉는다.

"이한영 판사, 김진아 검사. 안 만났으면 했는데……."

* * *

백이석 법원장실 앞에 선 이한영은 큰 숨을 들이마셨다.

수없이 들락날락한 법원장실이지만 지금은 정말 호랑이 굴에 들어가는 느낌이었다. 백이석 법원장에게 대법원장에 오르라고 권유할 생각이었기 때문이다.

평안 감사도 하기 싫으면 않는다고, 백이석 법원장이 거부하면 세워 뒀던 계획이 죽도 밥도 되지 않는다.

문으로 손을 가져다 대던 이한영은 차마 노크를 하지 못하고 멈칫거렸다. 전생을 살고 현생을 살며 세상을 보는 시야가 상당히 트인 이한영이다. 하지만 이 일만은 어떻게 될지 예상할 수가 없었다. 백이석 법원장은 자리에 연연하지 않고 정의를 울부짖는 맹수다. 그런 그에게 거대한 음모의 소용돌이로 들어오라고 말하는 것은 쉬운 일이 아니었다.

이한영은 굳은 눈빛으로 문을 두들기기 위해 손을 들었다. 하지만 이번에도 두들기지 못한다. 한숨을 내쉬던 이한영이 갑자기 뭐가 웃긴지 쿡쿡대기 시작했다.

'미치겠네. 피라미 대행 판사가 법원장에게 대법원장을 권유하는 거야?'

사법부라는 거대한 조직에서 이한영은 먼지다. 그런 먼지가 태양 같은 법원장을 앞에 두고 하늘 같은 대법원장을 운운한다는 게 웃기기만 했다.

'이래 죽나, 저래 죽나. 한 번 죽어봤잖아?'

실컷 웃고 나니 긴장이 풀렸나 보다. 이한영은 거침없이 문을 두들겼다.

"이한영 판삽니다!"

안으로 들어간 이한영은 백이석 법원장의 표정을 살폈다.

곧 대법관으로 가는 백이석 법원장이다. 기뻐해도 모자랄 시간인데, 표정이 심란해 보인다. 현 사법부의 상황상 대법관의 자리가 호락호락하지 않을 거라는 걸 알고 있기 때문이다.

이한영이 소파에 앉자 맞은편에 백이석 법원장이 앉았다. 하지만 두 사람 사이에 대화는 없었다. 비서가 들어와 찻잔을 놓고 나갈 때까지 침묵이 지배할 뿐이었다.

먼저 입을 뗀 것은 백이석 법원장이었다.

"그래, 어쩐 일인가?"

이한영이 고개를 들었다. 백이석 법원장의 심란한 표정이 정면으로 보인다.

그 순간, 이한영은 자신의 허벅지를 둑둑 토닥이며 생각에 빠졌다. 입을 열기 직전까지 어떻게 하면 설득할 수 있을지 고민하는 거다.

백이석 법원장의 목소리가 다시 흐른다.

"어쩐 일이냐니까?"

채근하는 목소리다. 대화를 더 미룰 순 없었다.

"법원장님도 대법원장과 대적하실 생각입니까?"

건방진 질문이었다.

백이석 법원장의 미간은 당연히 확 찌푸려진다. 하지만 잠시다. 그는 이한영을 믿고 있다. 이한영은 쓸데없는 질문을 하지 않는다. 분명 의도가 있겠거니 하며 차분히 답했다.

"사리사욕을 채운다면…… 그건 막아야지."

대적하겠다는 말이다.

이한영이 빠르게 물었다.

"박주호 대법관님은 잘 지내고 계십니까?"

백이석 법원장의 동기 박주호 대법관은 전흥우 대법원장에 맞서다가 옷을 벗은 사람이다. 이한영의 질문은 이번에도 뜬금없었다. 하지만 백이석 법원장은 내색하지 않고 답해줬다.

"박주호야 잘 지내고 있지. 요즘 등산에 빠져서 정맥을 탄다고 난리야."

백이석 법원장의 대답을 끝으로 이한영이 죽은 듯이 입을 닫으며 다시 침묵의 시간이 찾아왔다.

하지만 백이석 법원장은 느긋하게 이한영의 말을 기다렸다. 평소와 달리 말을 빙빙 돌리는 이한영의 모습이 어떤 중요한 말을 꺼내기 위해 고민하는 것처럼 보였기 때문이다.

하지만 이한영의 입에서 나온 소리는 이번에도 건방진 말이었다.

"대법원장과 대적하겠다는 말씀, 그러면 법원장님께서도 옷을 벗고 등산이나 다니실 거라는 뜻입니까? 그렇게 알고 있으면 되는 것입니까?"

"이한영 판사!"

급기야 벼락같은 목소리가 터져 나왔다. 하지만 이한영은 위축되지 않는다. 기다리던 시간이었기 때문이다.

이한영은 백이석 법원장을 향해 몸을 당겨 앉으며 빠르게 말을 이었다.

"지금 사법부의 판사들은 크게 네 부류가 있습니다. 하나는 전흥우 대법원장에게 꼬리를 쳐서 권력의 과실을 나눠 먹는 사람들!"

"뭐라?"

"다른 하나는 옷을 벗으며 불만을 표현하는 사람들! 또 하나는 대법원장과 대법원이 무슨 일을 벌이든 상관하지 않고 자기 일을 하는 판사들입니다."

"지금 무슨 말을 하는 거야!"

큰 호통 소리에 이한영은 입을 닫았다. 백이석 법원장의 목소리에 위축돼서가 아니다. 본론에 들어가기 전 잠시 숨을 고르는 거다.

그리고 이한영의 목소리가 냉랭하게 울렸다.

"마지막 한 부류는 대법원장을 갈아 치우려는 판사들입니다."

백이석 법원장의 몸이 멎는다. 그가 서늘한 눈빛으로 이한영을 쏘아본다.

"지금 뭐라고 했나? 대법원장을 갈아 치운다고?"

"네. 갈아 치운다고 했습니다. 그 세력은 이미 차기 대법원장이 될 후보도 지정했습니다."

백이석 법원장이 어금니를 꽉 물었다. 사법부의 판사들이 대법원장을 끌어내릴 음모를 짜고 있다니, 백이석 법원장은 듣기 싫다는 듯 고개를 저었다.

하지만 이한영은 거침없이 말했다.

"그들이 내세운 차기 대법원장 후보는 중앙선거관리위원회 이호열 위원장입니다."

"이호열?"

"네."

백이석 법원장은 다시 강하게 이한영을 노려봤다. 거짓을 말하고 있는지 확인하려는 거다. 하지만 이한영의 눈동자엔 한 점의 거짓도 보이지 않았다.

백이석 법원장이 주먹을 세차게 쥐며 이호열 위원장을 떠올려봤다. 이호열 위원장은 능력이 없는 사람이다. 그가 대법원장에 오른다면 지금 전 흥우 대법원장처럼 망나니가 되거나 누군가의 인형 노릇을 할 게 뻔했다.

'누가 이호열을 밀어준다는 거지?'

동시에 백이석 법원장의 머릿속에 이호열 위원장과 가까이 지내는 인물들의 이름과 얼굴이 주욱 나열되기 시작했다. 판사, 정재계 인물들이 떠올랐다가 사라지길 반복한 끝에 마지막에 딱 한 사람의 모습이 남았다.

'강신진!'

백이석 법원장의 눈에 힘이 들어갔다.

강신진 수석 부장이 전면에 나선 적은 없다. 그는 언제나 모습을 드러내지 않고 뒤에 서 있는 사람이다. 하지만 야망도 있고, 능력도 있으며, 판사들에게 신망도 있다.

'강신진이 뒤를 밀어준다면?'

백이석 법원장은 조용히 눈을 감았다.

생각해보면 강신진 같은 인물도 없다. 그가 보이지 않는 손의 역할을 한다면 사법부는 빠르게 안정될 거다. 하지만 뛰어나서 문제다.

사법부란 사람의 인생을 좌지우지하는 곳! 아무리 뛰어난 인물이 있다 해도 한 사람에게 장악된다면 편협한 집단이 될 뿐이다.

'강신진의 손에 좌지우지된다면 사법 파동이 아니라 그 이상의 일이 일어날 수도 있어.'

백이석 법원장이 생각에 빠져 있는 동안 이한영은 조용히 기다렸다. 그리고 잠시 후, 생각이 끝났나 보다. 백이석 법원장의 호랑이 같은 눈동자가 이한영을 쏘아봤다.

그 순간, 이한영은 백이석 법원장의 머릿속을 들여다본 것처럼 입을 열었다.

"생각하신 그대로입니다."

엄청난 이야기에 백이석 법원장의 얼굴은 굳어졌다. 하지만 이한영은 말을 멈추지 않는다. 여기까지 들어왔을 땐 이미 브레이크를 치운 후다.

"전흥우 대법원장을 내리고 이호열 위원장을 그 자리에 올릴 준비는 이미 진행되고 있습니다."

"자네가 그걸 어떻게 알고 있지?"

"제가 누구와 가까이 지내는진 알고 계시지 않습니까?"

"끔."

백이석 법원장의 입에서 짙은 고민 소리가 흘렀다.

이한영이 천천히 자리에서 일어선다. 그리고 백이석 법원장을 향해 정중히 허리를 굽혔다.

"이호열 위원장이 대법원장이 된다면 공평했던 사법부는 한쪽에 치우칠 겁니다."

대답은 들려오지 않는다.

이한영이 다시 말한다.

"전 법원장님께서 대법원장이 되셨으면 좋겠습니다."

백이석 법원장은 고개를 젓는다.

"이한영 판사, 난 대법원장이 될 생각이 없어. 자리에 연연했다면 자네가 줬던 병역 비리 문서를 상납하고 진작에 대법관이 되었을 거야."

이한영이 굽혔던 허리를 펴며 백이석 법원장의 표정을 살폈다. 그의 눈엔 고민조차 없다. 논리로 설득할 수 없다면 그 이상을 뱉어야 한다.

"알겠습니다. 법원장님이 떠난 뒤 사법부는 이호열 위원장의 손에 들어가 망가질 겁니다. 신념을 품은 판사들은 옷을 벗거나 신념을 버릴 겁니다."

"……."

"이호열 위원장은 전흥우 대법원장보다 더 위험한 사람입니다. 전흥우 대법원장의 세력은 모래성같이 급조된 자들이지만 이호열 위원장에게는 굳건한 세력이 있으니까요. 그때가 되면 끌어내릴 사람도 없어서 사법부는 이호열 위원장과 그 세력에 의해 마음대로 놀아나고 있을 겁니다. 하지만 걱정하실 필요는 없습니다. 법원장님이 은퇴하신 후의 일이기 때문에 사법부의 일은 모른 척하시고 박주호 대법관님과 등산 다니면서 좋은 경치 보시길 바랍니다."

"입 닥쳐!"

꽈앙!

백이석 법원장이 테이블을 주먹으로 내리찍었다. 무섭게 타오르는 백이석 법원장의 눈동자가 이한영을 노려본다. 붉게 타오른 얼굴, 숨소리마저 거칠다. 분노를 이기지 못하고 있는 거다.

하지만 이한영은 칭찬받기 위해 백이석 법원장 앞에 선 게 아니었다. 이한영은 말을 멈추지 않았다.

"법원장님은 사리사욕을 채우시는 분이 아닙니다. 그래서 공평한 사법부를 위해 움직여주셨으면 했습니다. 제가 하는 말이 건방지다는 거 압니다. 하지만 이미 전흥우 대법원장을 끌어내릴 화살은 쏘아졌습니다. 이런 상황에 모른 척하시는 건 오히려 사법부를 위하는 게 아니라 외면일 뿐입니다."

"그만. 나중에 이야기하지."

백이석 법원장의 목소리는 갈라져 있다. 짧은 시간 만에 상당히 지친 모양이다. 하지만 이한영은 '나중에 이야기하지'라는 말에 집중했다. 그것은 여지를 남겨 뒀다는 거다.

그가 다시 한번 허리를 굽혔다.

"법원장님께서 결정만 하신다면 준비하도록 하겠습니다. 그리고 앞으로는 전화만 드리겠습니다."

백이석 법원장이 고개를 틀어 허리를 굽힌 이한영을 향했다.

"전화만 하겠다고?"

"네."

전화만 한다는 것은 강신진 수석 부장의 방을 들락거리며 첩자 노릇을 하겠다는 거다. 백이석 법원장은 대답하지 않고 고개만 끄덕였다.

"알아서 해."

이한영이 떠난 자리, 백이석 법원장은 여전히 소파에 앉아 있었다. 테이블에 놓인 차는 이미 차갑게 식은 뒤다.

그가 낮은 목소리로 중얼댔다.

"대법원장?"

생각조차 해본 적이 없던 일인데, 늙은 몸에 피가 들끓는다. 백이석 법원장이 고개를 저었다.

"피라미 판사의 말을 듣고 가슴이 뛰다니, 나도 늙었나 봐."

이한영이 부장 대행을 맡고 있기는 하지만 엄연히 단독판사다. 그런 피라미가 대법원장을 운운하는 게 더 웃긴 일이다. 하지만 이상하게 혈기가 솟구쳐 올랐다. 젊었던 시절, 진실과 정의라는 단어만 가슴에 새긴 채 날뛰었던 그날이 다시 돌아온 것만 같다. 분명 가시밭길이 펼쳐지겠지만 그 길을 달리고 싶어졌다. 백이석 법원장이 한숨을 내뱉었다.

성공하면 대법원장.

하지만 실패하면…… 끝이다.

* * *

"네, 알겠습니다."

이한영이 통화를 종료하며 휴대폰을 내려놓자 석정호가 묻는다.

"법원장님이지? 뭐라셔?"

"어, 결단 내리셨네."

백이석 법원장이 가시밭길의 결단을 내렸다.

석정호가 주먹을 꽉 쥔다.

"좋아! 이제 준비하면 되겠네."

"응, 이순호더러 오라고 해."

석정호가 바로 휴대폰을 든다.

잠시 후, 이순호가 옥탑방으로 찾아왔다.

전생을 돌아보면 이순호는 투자 사기로 인생을 망쳤던 사람이다. 하지만 지금은 이한영의 손바닥에서 성실히 투자만 하고 있다.

"어쩐 일로 찾으셨어요? 여긴 어디래요?"

이한영과는 몇 번 만나긴 했지만 옥탑방에선 처음이었다.

이순호가 테이블에 앉을 때 이한영이 그의 앞에 캔맥주를 뜯어 놓으며 말했다.

"30억을 투자받을 수 있는 사기, 메이킹 할 수 있겠어?"

"네? 투자 사기요?"

"응."

이순호가 눈을 깜빡였다. 하지만 점차 웃기 시작한다. 그 웃음에 자신감이 가득 배어 있었다. 급기야 엉덩이를 살짝만 걸터앉으며 매우 건방진 포즈를 잡는다.

"제가 또 국가를 위해서 머리를 써야 하는 건가요? 지금까지 투자만 시켜서 이게 뭔가 했는데, 이제야 국정원다운 일이 나오고 있군요. 누구죠? 마약범? 아니면 중국이나 필리핀 계열 폭력배들?"

"국정원?"

이게 무슨 말인가 싶었는지 이한영이 석정호를 향했다.

석정호 역시 어깨를 으쓱한다.

"몰라. 국정원 아니라고 했는데도 이놈은 끝까지 네가 국정원 아니면 그 위의 007 같은 비밀 요원이래. 얼굴이 딱 북한으로 넘어가기 좋게 생겼다나?"

이순호가 픽 웃는다.

"국정원이나 비밀 요원 맞잖아요? 속이려 하지 마세요. 전 다 알고 있어요. 그게 아니면 앞으로 어떤 원자재가 뜨고 지는지 딱딱 맞히지 못하죠."

이한영은 이순호의 원활한 투자를 위해 기억나는 미래의 일을 알려주고 있었다. 이미 인생을 살아봤으니 들어맞는 것이 당연한데, 이순호에겐 그런 정보를 지닌 이한영이 비밀 요원으로 보였나 보다.

이한영이 고개를 저었다.

"됐고, 설계나 해봐."

"상대가 누군데요?"

"판사."

"판사요?"

"응. 판사가 불법 자금을 가지고 있어. 우리는 그 돈을 뺏어 올 거고."

이순호의 눈이 동그랗게 커졌다.

"판사가 사기를 당할까요? 매일 만나는 게 사기범들일 텐데?"

"그러니까 쉬울 수도 있어. 자기는 절대 속지 않는다고 자부하는 사람일수록 넘어오면 끝이니까."

"개인에게 30억 뜯어먹기는 쉽지 않을 것 같은데요……."

"그래서? 어려워?"

이순호는 눈동자를 데구루루 굴렸다. 그러더니 힘차게 고개를 끄덕인다.

"이런 건 어떨까요?"

"어떤 거?"

"예전에 금에 투사하년 매달 20~30퍼센트 이익을 읻을 수 있다고 사기 친 일당이 있어요. 뭐, 결과는 뻔하죠. 사람들에게 받은 투자금으로 돌려막기로 이자를 주다가 100억을 투자받은 시점에 도주했죠. 이런 거 비슷하게……."

석정호가 픽 웃는다.

"그러니까 투자금의 20퍼센트를 준다고 하면서 꼬시자고? 판사가 잘도 넘어오겠다."

이순호가 민망한 듯 웃는다.

"그건 그렇죠? 저도 안 넘어올 것 같아요, 흐흐."

하지만 이한영은 웃고 있지 않다.

"괜찮은데?"

석정호가 황당해한다.

"엥? 이게 괜찮다고?"

"응, 괜찮아. 나도 그 사기 사건 알고 있거든."

"그럼 판사들도 다 알고 있는 거 아냐?"

"다 알고 있지. 그러니까 괜찮지."

"무슨 소리 하는 거야?"

이한영은 빙긋이 미소를 그리며 이순호의 어깨를 토닥였다.

"스케치북에 그림을 그려봐."

"진짜요?"

말을 꺼낸 이순호도 황당해하는 얼굴이다.

하지만 이한영은 뭔가 생각이 있는 얼굴로 고개를 끄덕인다.

"응, 해봐."

* * *

며칠 후 이한영은 옥탑방에서 박철우 검사, 석정호 그리고 이순호와 함께 있었다.

"일단 이런 투자가 있다는 걸 알리는 게 우선이잖아요? 방법이 있을까요?"

이한영이 입을 연다.

"이성대 부장은 출근 전 집 근처 골프연습장에서 골프를 쳐. 퇴근 시간이 일정하지 않은 직업이라 퇴근 후보단 출근 전을 이용하는 편이야."

이순호가 손뼉을 쳤다.

"그럼 그때 접근해야겠네요? 그런데 평소 안면을 튼 지인이라면 더 좋을 것 같은데요."

"적임자가 있어."

이한영이 고개를 틀었다. 그곳엔 박철우 검사가 맥주를 홀짝이고 있었다.

눈을 마주친 박철우 검사가 황당한 표정을 짓는다.

"저요?"

"이성대 부장 만난 적 있죠?"

"오가다가 인사는 하죠."

"그럼 됐네요. 검사님, 골프 칠 줄 아세요?"

"스크린에서 몇 번 휘두른 게 전부예요. 공도 겨우 맞혀요."

"그것도 됐네요."

이한영의 말에 박철우 검사가 머리를 잡아 뜯는다.

"그러니까 나보고 바람잡이를 하라는 거죠?"

"네."

"나, 대한민국 검사 박철우예요!"

"그러니까 더 믿음이 가죠. 다른 말씀은 하지 마시고……."

박철우 검사의 입에선 한숨만 흐른다.

* * *

"내가 뭐 하는 짓이냐."

박철우 검사는 하품을 하며 골프채를 휘두르고 있었다.

대한민국 검사에게 바람잡이를 하라니, 한숨만 나올 일이다. 하지만 또 일을 맡으면 열심히 하는 성격의 박철우 검사다.

딱! 공이 시원하게 날아간다.

'그래도 오늘은 잘 맞네.'

억지로 나오긴 했지만 뭔가 일이 잘 풀릴 모양이다. 그때 박철우 검사 옆에서 낯선 목소리가 들렸다.

"박철우 부부장님?"

박철우 검사가 고개를 돌리자 이성대 부장이 보였다.

"이성대 부장님? 아이고, 안녕하세요! 여기 다니시나 봐요?"

"아침에 운동할 겸 몇 개 치고 출근합니다. 부부장님은요?"

"전 이제 좀 배워보려고 나왔죠, 하하."

이성대 부장은 박철우 검사의 옆에 자리를 잡으며 골프채를 들었다.

"박철우 부부장님이 골프 치는 줄은 몰랐네? 이럴 줄 알았으면 필드도 같이 나가고 하는 건데요."

"그러게요."

이성대 부장이 채를 휘두르자 공이 쭉 뻗어 나갔다.

박철우 검사가 손뼉을 친다.

"나이스 샷입니다. 꽤 잘 치시네요."

칭찬은 언제나 기분 좋게 만드는 마법이다. 이성대 부장이 즐거운 목소리로 입을 연다.

"끝나고 요 아래 추어탕 하는 곳 있는데, 먹고 갈래요?"

"아침에 여는 곳이 있어요?"

"여기 정말 처음이시구나? 추어탕 유명해요."

박철우 검사가 조금 어색한 표정을 지었다.

"추어탕…… 갈아서 나오는 건가요?"

"왜? 통으로 있으면 못 드시나?"

"가리는 게 많아서요, 흐흐."

"열혈 검사로 소문난 분이 추어탕을 못 드시다니, 이거 참 신기합니다. 갈아서 나오니까 걱정하지 마세요."

"그럼 좋습니다."

기분 좋게 대답한 후 공을 치기 위해 자세를 잡는 박철우 검사의 귀에 이한영의 목소리가 들리는 것 같았다.

—이성대 부장은 인맥 만드는 걸 좋아하는 사람이에요. 조금의 안면만 있어도 친근하게 굴고 시사를 권하죠. 꼭 시사 같이 하세요.

박철우 검사가 고개를 저었다.

'하필이면 추어탕이냐…….'

박철우 검사는 추어탕을 좋아하지 않았다.

잠시 후, 두 사람은 추어탕집에 앉았다.

깨가 듬뿍 들어간 국물을 뜨던 중 박철우 검사의 휴대폰에 진동이 울렸다. 발신 번호에 '석정호 검사'라는 이름이 뜬다.

"어, 정호야. 뭐? 그 새끼들이 또 움직인다고?"

—네. 어떻게 할까요?

"일단 내버려둬. 아직은 못 잡는 거 알잖아? 한 1년 정도 지나면 실체가 드러날 거야."

박철우 검사가 짜증 난다는 듯 휴대폰을 내려놓자 이성대 부장이 묻는다.

"왜? 무슨 일이에요?"

"제가 은밀히 접근하는 놈들이 있어요. 그놈들 잡아서 점수 좀 팍팍 얻으려고요."

"누구? 어떤 놈들인데요?"

"몇 년 전에 금 투자로 100억대 사기 쳤던 놈들 있잖아요."

이성대 부장이 고개를 끄덕인다.

"아, 알아요. 이자로 20~30퍼센트 준다고 속였던 놈들이요?"

"아시네. 그놈들이 출소하자마자 또 움직이네요? 아직은 법에 어긋나는 것도 없고 해서 기다리는 중입니다."

박철우 검사는 추어탕으로 숟가락을 가져다 대며 힐끗 이성대 부장의 표정을 살폈다. 순간, 박철우 검사의 머릿속에 다시 이한영의 목소리가 들린다.

―이성대 부장은 욕심이 많아요. 곧 투자했던 주식이 떨어질 테니까 살짝 건들고 기다리면 알아서 미끼를 물 거예요.

이한영의 목소리를 떠올리며 박철우 검사가 입을 연다.

"이 사기꾼들이 처음에는 20~30퍼센트, 어쩔 땐 50퍼센트까지 이자를 줬어요. 투자금 뺀다는 사람한테도 쿨하게 줬고요. 그런데 그게 다 투자금 돌려막기였던 거죠. 그걸 모르는 사람들은 회수도 잘되고 이자도 따박따박 들어오니까 영혼까지 끌어모아서 돈을 갖다 박은 거예요."

박철우 검사는 미끼를 던졌다. 하지만 이성대 부장의 표정엔 변화가 없다.

'조금 더 깊게 들어가?'

박철우 검사가 다시 입을 연다.

"내가 이놈들 사기 수법을 보고 이런 생각마저 해봤어요."

"어떤 생각요?"

"우리는 이놈들의 사기가 시작될 때를 알잖아요? 그때 딱 두 달만 1억 정도 넣었다 빼면 어떨까 하고요. 그럼 이자도 듬뿍 받고 원금 손실도 없잖아요, 흐흐."

이성대 부장이 재밌다는 듯 손뼉을 친다.

"그거 좋은 투자법이네요, 하하하."

"아이고, 농담입니다. 재미 삼아 말한 거예요. 그런데 검사나 판사가 이런 생각을 하는 걸 보면 돈이 참 무서워요."

* * *

"이한영 판삽니다."

"들어와."

이한영이 강신진 수석 부장실의 문을 열고 안으로 들어갔다. 강신진 수석 부장의 앞에는 고민으로 가득한 이성대 부장의 얼굴이 보인다.

고개를 숙여 인사한 이한영이 이성대 부장 옆에 앉으며 물었다.

"안 좋은 일이 있으신가 봅니다?"

대답은 강신진 수석 부장이 했다.

"아침부터 누가 차를 테러한 모양이야."

"차요? 어쩌다가?"

이성대 부장이 짜증 난다는 듯 머리를 헝큰다.

"운동하고 나왔더니 사이드미러가 깨져 있고 휠에 기스 나고. 아, 진짜."

강신진 수석 부장이 묻는다.

"잡을 수는 없는 거야?"

"주변에 CCTV나 다른 차의 블랙박스가 없어서요. 아, 돈 좀 깨지겠네요."

"큰일 하기 전에 액땜했다고 생각해."

이성대 부장이 크게 한숨을 내쉰다.

"그래야죠. 아, 앞으로 돈 나갈 일 많은데. 어떤 미친놈이 아침부터……."

그 미친놈은 석성호였다.

이한영은 이성대 부장의 돈이 물 빠진 독처럼 새어나가길 바라고 있었다. 그래서 오늘 아침, 박철우 검사가 이성대 부장과 식사하는 동안 석정호에게 부탁해 벌인 일이다. 모두 이한영의 계획이었지만 이성대 부장은 꿈에도 생각 못 할 것이다.

강신진 수석 부장의 얼굴이 이한영에게 향한다.

"그래, 할 말은?"

"장태식 사장님의 아들 재판, 피해자와 합의되었답니다."

장태식 사장 측이 학교폭력의 피해자에게 수억 원을 주며 사건이 종결됐다. 비서실장의 협박과 같은 합의 종용이 알려지기 전에 서둘러 입막음한 거다.

강신진 수석 부장은 알고 있었는지 대수롭지 않게 답한다.

"그래?"

이한영이 조금 걱정스러운 표정으로 눈치를 보다가 입을 열었다.

"재판이 제대로 이뤄지지도 않았는데, 괜찮나요?"

"괜찮다니? 합의 봤으면 된 거 아닌가?"

"……계약금 때문에 걱정됩니다."

유성쇼핑 장태식 사장에게 받은 계약금을 말하는 거다.

강신진 수석 부장이 고개를 휘휘 저었다.

"신경 쓰지 마. 그건 그쪽이 잘못한 일이야. 재판 전에 괜히 나서서 분란을 일으켰으니 장태식 사장도 할 말이 없을 거야. 계약금을 뱉어낼 필요도 없는 거고. 우리가 아쉬운 것은 잔금을 못 받는 정도야. 하지만 그것도 신경 쓸 필요 없어."

"네."

보고할 말이 끝났다. 이한영은 자리에서 일어나 두 사람에게 허리를 굽혔다.

"그럼 들어가보겠습니다."

"그래, 고생하고."

이한영은 그들을 스쳐 지나며 다시 한번 이성대 부장의 표정을 살핀다.

'아직은 괜찮네. 그런데 계속 멀쩡할 수 있을까? 며칠 후부터 주식이 떨어질 텐데.'

이한영은 주식에 관해선 잘 모른다. 대충 흐름만 알고 있을 뿐이다. 하지만 이성대 부장이 주식 및 투자를 좋아한다는 것과 이 시기쯤 주식이 폭락한다는 것은 잘 알고 있었다.

전생에서 이성대 부장은 주식이 떨어졌다며 입에 욕을 달고 살았었다.

* * *

북한의 탄도미사일 발사에 한국은 물론 일본 주식시장이 출렁이고 있습니다. 한반도의 지정학적 리스크가 재부각되는 것으로 풀이됩니다. 코스피 지수는 전 거래일보다…….

손가락으로 책상을 툭툭 치던 이성대 부장이 고개를 젓는다.

"하, 씨발."

그의 시선이 닿아 있는 곳은 모니터다. 뚝뚝 떨어진 주식 그래프가 보인다. 손실만 해도 어마어마하다.

그가 한숨을 내뱉고 있을 때 똑똑똑, 노크 소리가 들리더니 방문이 삐걱 열렸다.

"과일 드세요."

이성대 부장의 아내다.

이성대 부장이 한숨을 푹 내쉬며 자리에서 일어서자 아내가 묻는다.

"회사에서 힘들어요?"

"힘들긴."

이성대 부장은 서재를 떠나 거실로 나왔다. 테이블 위에 쟁반에 담긴 딸기가 보인다. 소파에 앉은 이성대 부장이 포크를 들어 딸기를 쿡 찌를 때 아내가 옆에 앉으며 입을 연다.

"아버님 칠순 어떻게 할 거예요? 이제 슬슬 준비해야죠."

"칠순? 가을이잖아? 벌써 준비할 필요가 있어?"

"가족끼리 하는 거면 집에서 해도 상관없지만 사람들을 불러야 하지 않아요? 친척만 해도 몇 명인데요. 그래서 예약도 해야 하고 아버님은 가족사진도 찍었으면 하는 눈치시던데……."

"가족사진? 얼마야?"

"컷당 해서 이것저것 찍으면 백쯤 나갈 것 같아요."

이성대 부장이 한숨을 내쉬며 머리를 쓸어 넘겼다. 투자했던 주식도 떨어지고 있는데, 돈 나갈 구멍투성이다.

"기다려봐."

여기까지면 좋겠지만 아내는 또 입을 연다.

"그리고……."

"왜? 뭐 또 있어?"

"혜연이가 방학 때 어학연수 가고 싶다는데요. 그게 지금 예약해야 한대요. 지금도 늦었다는데……."

혜연이는 이성대 부장의 첫째 딸이다. 대학교 3학년으로 방학마다 외국을 나가고 있다.

이성대 부장이 고개를 저었다.

"기다려봐."

잠시 후, 컴퓨터 앞에 앉은 이성대 부장은 다시 주식 그래프를 보기 시작했다.

'오르겠지?'

북한의 도발은 있었던 것이고 주식은 항상 출렁였다. 그래서 기다리면 오를 걸 알고 있었지만, 당장 돈이 급하다.

잠시 멍하니 모니터를 보던 이성대 부장이 마우스를 움직였다. 그리고 포털사이트로 들어가 '베트남 부동산 투자 설명회'를 검색했다.

홈페이지를 훑어보던 이성대 부장이 픽 웃는다.

"사기꾼 새끼들이 꼼꼼히도 준비했네."

주한 베트남 대사의 사진까지 걸어 놓고 꽤 그럴듯하게 보이는 홈페이지를 운영하고 있었다.

그가 화면을 넘긴다.

'이번이 첫 투자 설명회.'

이런 방식의 투자 사기꾼은 한 번에 게임을 끝내지 않는다. 세 번, 네 번, 다섯 번, 계속해서 투자 설명회를 이어가며 호구들을 손에 모은다. 게다가 마지막에 돈을 갖고 튀기 전까지는 꽤 짭짤한 수익률을 보장하기도 한다.

그의 귓가에 박철우 검사의 목소리가 들리는 것 같았다.

-우리는 이놈들의 사기가 시작될 때를 알잖아요? 그때 딱 두 달만 1억 정도 넣었다가 빼면 어떨까 하고요. 그럼 이자도 듬뿍 받고 원금 손실도 없잖아요.

이성대 부장이 마른 입술을 핥았다.

'치고 빠져?'

이성대 부장이 톡톡, 손가락으로 책상을 두들기기 시작했다.

'사기꾼에게 사기 치는 방법. 그래, 하이 리스크 하이 리턴이야. 게다가 나는 판사잖아? 이놈들 뒷조사해서 언제 튈지 알아내는 건 어려운 일도 아니야.'

욕심은 사람의 눈을 멀게 한다. 아무리 똑똑한 사람도 바보로 만들어내는 게 욕망이다.

그가 휴대폰을 손에 들었다.

"아, 임 검사님? 나 중앙지법 이성대 부장이에요. 하나 물어볼 게 있어서요. 몇 년 전에 금 투자 사기 쳤던 일당 있잖아요? 그놈들 조사했던 파일 좀 보내줄 수 있나?"

이성대 부장과 통화하는 임 검사는 금 투자 사기 일당을 검거하고 수사했던 사람이다.

-다 끝난 사건을 왜요? 이미 형 다 살고 출소한 놈도 있어요.

"아, 다 끝난 사건인 건 아는데, 확인해보고 싶은 게 있어서요."

-알겠습니다. 메일로 보내드리면 될까요?

통화를 종료한 이성대 부장이 느긋하게 기지개를 켜며 중얼댄다.

"적을 알고 나를 알면 위태롭지 않다, 흐흐흐."

이성대 부장이 손바닥을 비빈다.

"이제 실탄이 필요한데……."

그의 시선이 슬쩍 모니터로 향한다. 떨어진 주식이 눈에 들어온다.

'손해를 감수하고 팔아? 이걸 팔고 여기서 이득을 얻으면 몇 퍼센트 이득인 거지?'

그는 아직 강신진 수석 부장이 맡긴 돈을 쓸 생각은 없다. 하지만 자신도 모르게 이한영의 손바닥으로 올라가고 있었다.

* * *

"주택가 산다며?"

"아, 네."

"불편하지 않아?"

"어릴 때 살던 집보다는 훨씬 넓어서요. 불편한 점은 없습니다."

며칠 후 이한영은 점심시간을 이용하여 이성대 부장과 식사를 하고 있었다. 메뉴는 콩국수다.

이성대 부장이 젓가락으로 면을 올리며 말한다.

"고물상 한다고 하지 않았어? 그거 돈 좀 되지 않아?"

"고물상을 하신 지는 얼마 안 됐어요. 그 전에는 아버지가 리어카로 폐지를 주우셨고요."

"아, 그래? 그런데 판사가 된 거면 용 난 거네? 요즘 흔치 않은데. 신기해. 노력 많이 했나 봐, 흐흐."

잠시 대화가 끊겼다.

이리저리 주변의 눈치를 보던 이성대 부장이 이한영을 향해 몸을 당기며 작은 목소리로 입을 열었다.

"이한영 판사, 목돈 좀 있나?"

"목돈요?"

"그래, 언제까지 주택가에서 살 수는 없잖아. 내가 좋은 투자처를 알고 있는데……."

딱 봐도 보인다.

주식도 떨어진 상황에서 베트남 투자 사기꾼들에게 돈을 넣고 싶은데, 현금이 없는 거다.

이한영이 난처하게 웃으며 고개를 저었다.

"가진 돈이 1천만 원 정도밖에 없어요."

"1천만 원? 그동안 뭐 했어?"

"모르겠어요. 월급이 들어와도 쑥 빠져나가니까 돈 모으기가 힘드네요."

이성대 부장이 안타까운 눈으로 이한영을 바라봤다.

"아이고, 조금만 일찍 서울에 올라왔어도 내가 뒤를 꽉 봐줄 텐데."

"부장님이 투자통이라는 소문은 익히 들었습니다. 어디 괜찮은 데 없나요?"

투자통이라는 말이 기분이 좋았나 보다. 이성대 부장이 젓가락을 까딱거리며 가르치듯 말했다.

“일단 큰 거 한 장부터 만들어. 그때까지는 죽어라 모아야 해. 알았어?”

“넵.”

“그런데 큰 거 만드는 게 쉬운 일이 아니잖아? 그렇지?”

“그렇죠.”

“강신진 수석 부장님 옆에 딱 붙어 있으면 좋은 일이 많이 생길 거야. 가끔 유성 장태식 사장님이 용돈을 꽂아 주시기도 하니까. 알았어?”

완전히 같은 편이라고 생각했는지 뒷돈을 받은 이야기를 서슴지 않고 꺼내고 있었다. 그 이야기는 모두 이한영의 머릿속에 차곡차곡 박히는 중이었다.

식사를 마치고 법원으로 가면서도 이성대 부장의 투자 이야기는 끊이지 않았다.

“일단 어머니나 아는 사람을 통해 차명계좌를 틀어야 해. 우리 같은 사람은 괜히 돈 많게 보이면 안 좋은 거야.”

한참을 이어지던 목소리는 길거리에서 참외를 파는 리어카 앞에서 멈췄다. 참외를 파는 사람은 20대 후반으로, 건실하게 생긴 청년이다.

이성대 부장이 그 앞으로 걸어간다.

“장사 잘돼?”

청년이 고개를 굽힌다.

“안녕하십니까, 이성대 부장님?”

이성대 부장이 뒷짐을 지고 리어카에 오른 참외를 슥 둘러본다. 그러자 청년이 비닐봉지를 뜯어 참외를 담기 시작한다.

그 모습을 보며 이성대 부장이 말한다.

“너, 아버지가 트럭 운전했다고?”

"네."

"공부 좀 하지 그랬냐? 그럼 여기서 참외 안 팔고 좀 괜찮은 직업 갖고 있었을 텐데."

"하하, 사정이 여의치 않아서요."

이성대 부장이 뜬금없이 이한영을 본다.

"야, 이 새끼야, 핑계 대지 마. 여기 이 판사는 아버지가 리어카를 끌었어. 그래도 열심히 해서 잘 먹고 잘살고 있잖아?"

난처한 것은 이한영이었다. 하지만 청년은 얼굴에 최대한 미소를 지우지 않은 채 참외가 담긴 봉지를 이성대 부장에게 건넸다. 이성대 부장이 비닐봉지를 건네받는다. 그리고 돈도 내지 않고 성큼성큼 걸어간다

이한영이 황당한 표정으로 청년을 바라본다. 청년이 머쓱한 얼굴로 입을 연다.

"괜찮아요. 맛있게 드세요."

이성대 부장이 고개를 틀어 오지 않고 머뭇거리는 이한영을 보며 외쳤다.

"빨리 와!"

"아, 네."

이한영이 이성대 부장 옆에 섰다. 이성대 부장이 손에 든 참외를 들어 올리며 입을 열었다.

"돈은 이렇게 버는 거야."

"네?"

참외를 강탈해 와 놓고 돈을 버는 거라니.

이성대 부장의 입가에 걸린 미소가 짙어진다.

"돈이라는 건 한정적이잖아? 뺏고 뺏기는 거란 말이지. 그럼 생각해봐. 돈 많은 놈한테 뺏는 게 쉬울까, 아니면 없는 놈한테 뺏는 게 쉬울까?"

이한영은 대답하지 않았다.

이성대 부장이 씩 웃으며 말한다.

"돈 없는 놈의 것을 뺏는 게 쉬운 거야. 약자니까. 넌 아직 어려서 모르겠지만 세상은 이런 거다, 흐흐."

"네."

"티끌 모아 태산이야. 그리고 어렵게 공부해서 이 위치에 올라왔으면 즐기고 살아야지?"

"네."

이성대 부장이 엄지손가락으로 참외 파는 리어카가 있는 곳을 가리키며 계속 입을 연다.

"저 새끼 트럭 운전하는 아비가 보험사기단한테 걸렸었어. 보험사기단 잡기가 쉽지 않은 거 알지? 법으로 해결 안 될 때도 있잖아? 그래서 저 새끼가 보험사기 쳤던 놈들에게 폭력을 행사한 거야. 그런데 그 사기단 놈들이 보통이냐? 오히려 저놈을 고소해서 재판에 세운 거야. 그때 재판장이 나였고."

"그래서요? 재판 결과는 어땠어요?"

"어떻긴? 1년이었나, 2년 줬지. 그런데 나도 사람이라 저 새끼가 불쌍한 거야. 그래서 오며 가며 저놈 보면 격려 인사하고 있다."

"격려 인사요?"

"응, 격려 인사."

* * *

이한영은 옥탑방에 들어와 있었다.

석정호, 이순호 그리고 박철우 검사는 테이블에 한가득 놓인 참외에 눈만 껌뻑였다.

박철우 검사가 참외를 손에 들며 입을 연다.

"참외 농사하세요?"

이한영이 손을 저었다.

"집에 가지고 갈 분은 가져가세요. 맛은 보장해요."

"허 참."

"계속 맛볼 수 있는 거 아니니까, 듬뿍 가지고 가세요."

오늘 점심, 이성대 부장과 법원에 들어왔던 이한영은 다시 밖으로 빠져나가 참외 파는 청년을 찾아갔다. 그리고 리어카에 있는 모든 참외를 산 후 이성대 부장의 더러운 꼴을 보지 않게 다른 장사 장소를 알려줬다.

박철우 검사와 석정호, 이순호가 쇼핑백까지 동원해 참외를 담았지만 워낙 양이 많아 그런지 남는다.

남은 것을 냉장고에 넣었을 때 이한영이 손뼉을 짝 쳤다.

"그럼 이제 일해야죠?"

박철우 검사가 손을 든다.

"이성대 부장이 정말 나타날까요?"

이번 주 토요일, 이들은 호텔에서 첫 번째 사기 설명회를 기획하고 있었다. 이제 문제는 이성대 부장이 정말 그 자리에 나타날 것인가다. 만약 이성대 부장이 오지 않는다면 호텔 대관료와 아르바이트생의 비용만으로도 어마어마한 손실을 입을 것이었다.

하지만 이한영은 걱정 없는 표정으로 고개를 끄덕였다.

"나타날 겁니다. 점심을 같이 먹었는데, 계속 투자 이야기만 했어요. 최근 주식도 떨어지고 했으니 반드시 접근할 거예요. 똥파리가 똥을 피한다는 건 말이 안 되죠."

이한영의 시선이 이순호에게 향했다.

"준비는?"

이순호가 투실투실한 얼굴로 씩 웃는다.

"제가 이런 거 꼭 해보고 싶었거든요. 배우부터 무대까지 모두 세팅 완료입니다. 금 사기 쳤던 일당 중에 출소한 사람이 있거든요? 그 사람도 섭외해 놨으니까 걱정하지 마세요."

이한영이 이순호의 어깨를 툭툭 쳤다.

"마지막까지 긴장을 풀어선 안 돼. 상대는 판사야. 셀 수 없이 많은 범죄들이 머릿속에 들어 있어."

"옙! 방심하지 않겠습니다! 이번 사기 성공해서 맛있는 거 먹죠!"

사기라는 말에 박철우 검사가 미간을 찌푸린다.

"그런데 사기꾼이라는 말, 안 쓰면 안 돼요? 나 대한민국 검사 박철우예요. 나쁜 짓 할 돈을 뺏어서 좋은 일에 쓰겠다는 거니까 사기꾼 말고 협객이나 뭐 그런 좋은 말 있잖아요? 그런 거로 합시다."

석정호가 기분 좋게 웃는다.

"협객 석정호, 멋지네. 한영아, 그걸로 하자. 사기꾼은 너무 나쁜 놈 같아 보인다."

"이름이야 적당히 갖다 붙이죠."

석정호가 의자에 등을 기대며 입을 연다.

"그런데 이성대 부장이 처음부터 30억을 집어넣을까?"

이한영이 고개를 저었다.

"아니, 이번엔 5천이나 1억 정도 할 거야."

"그럼 30억은 언제 해?"

"기다려봐."

* * *

'20층, 사파이어홀.'

이성대 부장은 호텔의 엘리베이터 앞에 서 있었다.

'베트남 부동산 투자 설명회'라는 입간판이 엘리베이터 옆에 보인다.

"븅신들."

이성대 부장은 다시 정면을 바라봤다. 엘리베이터의 문이 스르륵 열린다. 그가 성큼 한 발 디뎌 엘리베이터에 오른다.

엘리베이터의 문이 닫히자 로비에 앉아 있던 모자 쓴 남자가 고개를 들었다. 이한영이었다.

"이성대 부장, 지금 엘리베이터 탔어."

20층, 사파이어홀.

십여 개가 넘는 원탁에 사람들이 가득 앉아 있다.

석정호가 마이크를 잡고 입을 열었다.

"대표님이 나오시면 큰 목소리로 호응해주세요. 그래야 더 알찬 정보가 나올지도 모르잖아요. 알았죠?"

모인 사람은 모두 방청객 아르바이트로 구한 사람들이다. 결혼식 하객 아르바이트도 있듯이 이런 설명회에도 머릿수를 채우기 위한 전문 아르바이트생이 있었다.

양복이 아니라 평상복에 모자를 쓰고 있어서 그런지 이성대 부장은 박철우 검사를 모르고 스쳐 지나고 있다.

박철우 검사가 성큼성큼 이성대 부장에게 다가가 그의 팔을 확 낚아챘다.

"부장님!"

화들짝 놀란 이성대 부장이 고개를 틀어 박철우 검사를 향한다.

"부부장님? 여긴 어쩐 일이에요?"

박철우 검사가 작은 목소리로 답한다.

"나야 이 새끼들의 동향을 파악하려고 왔죠. 그런데 부부장님은요? 진짜 하려고요?"

"흐흐, 좀 봐줍시다. 투자가 법적으로 어긋난 일은 아니잖아요?"

“사기잖아요! 그러다 당하면 어쩌려고요?”

이성대 부장이 멋쩍게 웃었다.

“내가 이놈들 잡았던 임 검사를 통해서 소스도 받고 수법도 연구했는데, 이번이 첫 번째 설명회니까 앞으로 몇 번은 더 남았더라고요. 아직은 안전해요.”

“위험해요.”

박철우 검사의 만류에 이성대 부장이 가볍게 손을 든다.

“욕심 안 부리고 손 뗄 겁니다. 그리고 어머니 명의로 할 거니까 나중에 수사할 때 내 걱정 말고 쑤셔도 됩니다.”

“하, 이거 진짜 위험한데…….”

“수사 들어가기 전에만 말해줘요. 그럼 그 전에 뺄 테니까요, 흐흐흐.”

“안 되는데…….”

이성대 부장이 박철우 검사의 팔을 툭 친다.

“말해주는 게 어려운 일은 아니잖아요. 그럼 내가 뽀찌 좀 찔러 드릴게.”

“뽀찌요?”

“두둑하게.”

“그럼 안…… 돼도 되게 해야겠죠?”

“그럼 부부장님만 믿고 들어가겠습니다, 흐흐.”

이성대 부장은 자신감 넘치는 얼굴과 함께 몸을 돌렸다. 하지만 그는 입구에서 또 한 사람을 만났다.

“유세희 팀장님?”

에스로펌의 유세희였다. 그의 목소리에 유세희가 몸을 돌렸다.

“누구……?”

기억을 못 하는지 고개를 갸웃거리는 그녀에게 이성대 부장이 한 발 다가서며 작게 말한다.

“그때 인사했는데요. 중앙지법 이성대 부장입니다.”

“아, 안녕하세요. 당연히 기억하고 있어요. 낯선 장소라 헷갈렸나 봐요.”

유세희가 생긋 웃자 이성대 부장이 방금보다 더 작게 말한다.

“혹시 여기에 투자하려고 하시는 건가요? 여기 사기예요!”

“알아요.”

“아신다고요?”

“네.”

유세희는 구불거리는 머리카락을 귀 뒤로 넘기며 붉은 입술을 움직였다.

“이런 사기는 3개월 정도까진 투자성이 좋잖아요. 그래서 용돈 조금 넣으려고요.”

이성대 부장이 손뼉을 짝 치며 호탕하게 웃는다.

“하하하하, 역시 뭘 아는 분입니다. 투자는 그렇게 해야죠.”

하지만 유세희의 표정은 좋지 않다.

“그런데 판사님이 여기에 계신다는 것은 이미 법망에 올랐다는 건가요?”

“아뇨, 아뇨. 저도 투자하러 왔습니다. 혹시 위험 시그널이 오면 알려드릴게요.”

“아, 그럼 감사해요. 연락 주세요.”

유세희가 작은 손가방에서 명함을 꺼내 이성대 부장에게 건넸다.

* * *

“시작했어?”

—어, 시작했어.

이한영은 호텔을 벗어나며 석정호와 통화하고 있었나.

석정호가 한숨을 내쉰다.

—아, 이게 뭐라고 떨리냐. 죽겠네. 넘어올까?

"넘어올 거야."

박철우 검사는 물론이고 유세희까지 집어넣으며 이성대 부장의 머릿속에 이번 투자가 괜찮다는 것을 계속해서 심어주는 중이었다.

30억을 뺏고 그들이 주춤거릴 때 백이석 법원장을 대법원장으로 만들고 강신진 수석 부장의 팔다리를 하나씩 제거한다. 그게 이한영의 목표였다.

통화를 종료한 이한영이 고개를 들어 하늘을 바라봤다. 시원한 바람에 의해 구름이 움직이며 멈춰 있던 역사가 도도하게 흐르기 시작했다.

03

베트남 부동산 투자 설명회가 한창인 시각, 이한영은 호텔을 나와 법원에 들어와 있었다.

그가 향하는 곳은 이성대 부장의 사무실이다. 토요일이었기에 출근한 사람이 많이 없어서 그런지 복도에는 이한영의 발소리만 저벅거린다.

그때 휴대폰에 진동이 울렸다.

"어, 정호야."

–지금 막 끝났어.

"이성대 부장은 어때?"

–기분 좋겠지. 자기가 우리를 속인다고 생각하잖아. 그런데 이 좀팽이 같은 놈이 고작 1억 담그고 갔어. 대포 통장에 30억이나 있는 사람이 고작 1억이 뭐야?

"예상했던 거잖아."

-그런데 넌 어디야? 우리 이제 삼겹살 먹으러 갈 건데.

"난 못 갈 것 같아. 고생한 사람들은 네가 챙겨줘."

이한영은 통화를 종료하며 다시 시선을 앞으로 향했다.

이성대 부장이 30억을 건들지 않을 거라는 것은 예상하던 일이다. 아무리 간이 부어도 강신진 수석 부장이 맡긴 돈을 함부로 쓸 사람은 아니었다. 그래서 이한영은 이성대 부장의 간을 배 밖으로 꺼내기 위해 그의 사무실로 향하는 중이었다.

전생을 되짚어보면, 이 시기의 이성대 부장은 주식이 떨어졌다며 울상을 짓고 다녔었다. 하지만 잠시였다. 얼마 지나지 않았을 때 언제 시무룩했었냐는 듯 방긋방긋 웃고 다녔다. 그가 투자했던 비상장 회사가 코스닥에 등록되며 큰 이득을 얻었기 때문이다. 중요한 것은 그 회사가 정상적인 방법으로 돈을 버는 회사가 아니라는 거다. 그 회사는 문제가 있었다.

여기까지 전생을 기억한 이한영은 얼굴을 쓸어내렸다. 이놈의 기억력은 항상 중요한 곳에서 멈춰 있다. 아무리 머릿속을 헤집어도 떠오르는 것은 여기까지다. 이한영은 이성대 부장이 투자한 회사의 이름과 그 회사에 어떤 문제가 있었는지를 기억하지 못하고 있었다.

그나마 다행인 것은 이성대 부장은 법원의 업무용 컴퓨터에 자신의 투자 포트폴리오를 꽤 자세하게 준비해 둔다는 거다. 이한영은 그 포트폴리오를 보고 회사의 이름을 찾을 계획이었다. 회사의 이름만 찾아낸다면 문제를 찾는 것은 어렵지 않은 일이다. 그리고 그 문제를 파고들어 회사를 들쑤시면 이성대 부장이 기다리던 상장은 물 건너가게 된다. 당연히 투자했던 돈 역시 사라진다.

사람은 이득보다 손실에 민감하다. 손해가 생기면 어떻게든 메꾸려 한다. 이한영은 그런 본성을 찌르려 했다.

잠시 후 이성대 부장의 사무실 앞에 서서 미리 준비했던 사무실 키를 손에 들었다. 그리고 손을 뻗어 문을 열려고 하는 순간, 벌컥 문이 열린다.

'뭐야? 누가 있어?'

문을 열고 나온 사람은 이성대 부장의 배석판사였다.

"이한영 판사님? 오늘 출근하셨네요?"

"어? 주말인데 출근했어?"

"네, 일이 끊이질 않네요. 좌배가 몸이 아프다고 해서 저 혼자 고생이에요."

정답게 말하는 배석판사지만, 이한영의 가슴은 타들어갔다.

이성대 부장이 투자한 회사를 확인할 시간은 오늘이 적기다. 적기를 놓치면 일정은 틀어진다. 일정이 틀어지면 변수라는 게 튀어나온다. 그럼 이성대 부장이 어디로 튈지 예상할 수가 없다. 그런데 배석판사가 자리하고 있으면 확인할 시간을 확보할 수 없다.

'어쩌지?'

어떻게 해야 할지 고민하고 있을 때 터벅터벅 발소리와 함께 귀에 익은 목소리가 들렸다.

"오셨어요?"

고개를 돌려 보자 윤슬혜 판사가 보인다.

이한영은 이성대 부장의 배석판사가 보지 못하도록 몸을 틀어 그녀를 향했다. 그리고 입 모양만으로 그녀에게 말한다.

'얘 좀 데리고 나가. 시간 좀 끌어.'

눈치가 빠른 윤슬혜 판사다. 그녀가 이한영에게 허리를 굽힌다.

"이한영 판사님, 저 박윤수 판사랑 이야기 좀 하고 사무실에 들어가면 안 될까요?"

이한영이 고개를 끄덕였다.

"한 30분이면 되지?"

30분은 끌어 달라는 거다. 윤슬혜 판사는 찰떡같이 알아듣는다.

"30분요? 그 정도면 충분해요."

"그럼 얘기하고 와. 들어올 때 커피 사 올 수 있을까?"

"커피요? 어떤 거요?"

"글쎄, 생각해볼게. 전화해."

들어오기 전에 전화하라는 말이다. 이번에도 알아들은 윤슬혜 판사가 작은 얼굴을 끄덕이며 이성대 부장의 배석판사에게 시선을 돌렸다.

"박윤수 판사님, 잠시 의논할 게 있는데요."

"의논? 나랑?"

"네, 제가 우배석을 맡고 있기는 하지만 경력이 짧잖아요. 그래서 좌배석판사를 어떻게 가르쳐야 할지 고민이에요."

잠시 후 이한영은 이성대 부장의 사무실에 들어와 모니터를 보며 포트폴리오를 찾고 있었다. 하도 폴더가 많아 찾는 게 만만치 않다. '이건가?' 하고 열어 보면 쓸데없는 문서만 가득하다.

이한영이 고개를 저을 때 휴대폰에 진동이 울렸다. 윤슬혜 판사에게 온 메시지다.

—지금 이성대 부장님 들어갔어요.

이한영의 미간이 찌푸려졌다.

'법원엔 왜 들어온 거야!'

바삐 움직이던 이한영의 손이 멈춘다.

'여기서 끝내?'

변수보다 더 피해야 할 것은 걸리는 거다.

'하나만 더!'

이한영은 마우스를 움직여 또 다른 폴더로 들어가 봤다. '자투'라는 이름의 폴더가 보인다.

'거꾸로 하면 투자?'

서둘러 클릭해 들어가서 문서를 열었다. 포트폴리오가 맞다. 하지만 회사의 이름이 너무 많다. 일일이 찾기엔 시간이 부족하다.

이한영의 시선이 재빨리 벽에 걸린 시계로 향한다.

'이성대 부장이 사무실에 들어올 시간은 빠르면 3분! 아슬아슬한데…….'

다른 것은 필요 없다. 이성대 부장이 투자했던 회사의 이름만 찾으면 된다. 그럼 숨어 있던 기억의 조각이 떠오를 거다.

이한영은 일단 스크롤을 움직였다.

'3분, 3분!'

* * *

이성대 부장이 복도를 걷고 있었다.

베트남 투자 설명회가 마음에 들었는지 콧노래까지 흥얼거린다. 한참 걷던 그가 픽 웃는다.

'사기꾼을 등쳐 먹는 판사. 이거 영화로 나와도 괜찮겠는데? 뭐 어쨌든, 사기꾼 새끼들이 오늘 말한 게 월 10퍼센트. 1억에 10퍼센트면 1천만 원.'

손가락을 꼽아보던 이성대 부장이 고개를 저었다.

'몇 년 전에 사기 칠 땐 20~30퍼센트를 주겠다고 하던 놈들이 왜 이렇게 적게 준다는 거야?'

그가 엘리베이터에 오른다. 엘리베이터의 숫자는 바뀌어가고 있다. '띵' 소리와 함께 엘리베이터가 멈춘다. 이성대 부장이 다시 복도를 걷기 시작한다. 뚜벅뚜벅 복도를 울리던 그의 발소리가 멈췄다.

사무실 앞이다.

아직 이한영은 이성대 부장의 사무실에 있었다.

이성대 부장의 손이 콱 문고리를 움켜잡는다. 그리고 벌컥 연다. 동시에 이성대 부장이 허리를 굽혔다.

"늦어서 죄송합니다."

이곳은 강신진 수석 부장의 사무실이었다.

소파에 앉아 있던 강신진 수석 부장이 느긋하게 자리에서 일어선다.

"좋은 일 있나 봐?"

"제가 기분 좋을 일이 뭐가 있겠습니까?"

"투자가 잘되는 모양이군."

"네?"

"이성대 부장이 웃고 다닐 땐 돈 벌 때잖아? 그렇지?"

이성대 부장이 멋쩍은 표정으로 머리를 긁적이는데, 강신진 수석 부장이 그의 옆을 스친다.

"그만 가지. 기다리고 계시겠어."

두 사람은 사무실을 빠져나왔다. 복도를 걷는 강신진 수석 부장의 앞으로 이한영이 보인다.

이한영이 허리를 굽히자 강신진 수석 부장이 미소를 지으며 입을 연다.

"이한영 판사, 주말에도 나와서 일하는 건가?"

"밀린 일이 있어서요."

이성대 부장이 이한영의 어깨를 툭툭 두드린다.

"쉬엄쉬엄해. 몸 상해."

간단한 인사 후 두 사람은 이한영의 옆을 지나간다.

그리고 앞을 향해 걷던 이한영의 고개가 뒤로 틀어진다. 이한영의 이글거리는 눈동자에 강신진 수석 부장과 이성대 부장의 뒷모습이 보인다.

이한영의 손이 이성대 부장을 향해 천천히 뻗어졌다. 그리고 그의 뒤를 잡듯 주먹을 꽉 움켜쥐었다.

'넌 끝났어.'

* * *

"이 회사가 밀수 조직이라고요?"

"네."

며칠 후 밤, 이한영은 옥탑방에서 박철우 검사와 만나고 있었다.

박철우 검사가 머리를 쓸어 넘긴다.

"여기, 상장 준비하는 회사 아녜요? 그런 걸로 아는데……."

"상장 준비 회사 맞아요."

"그런데 밀수한다고요?"

박철우 검사는 못 믿겠는지 몇 번을 되물어본다. 하지만 이한영은 언제나처럼 가볍게 끄덕일 뿐이었다.

"네."

잠시 고민스러운 표정을 짓던 박철우 검사가 흔쾌히 답했다.

"한번 알아볼게요."

그런데 이번엔 항상 끄덕이던 이한영이 고개를 젓는다.

"알아보는 게 아니라 쑤셔야 해요. 이놈들이 가지고 오는 원단에 시계, 옷, 신발 등 이미테이션이 엄청나요. 수사가 늦으면 늦을수록 우리나라에 널리 깔릴 겁니다."

"알았어요. 쑤셔보죠. 그런데 밀수하는 건 어떻게 알았어요? 이번에도 궁예?"

"궁예라고 하죠."

어차피 더 물어봐도 말해주지 않을 이한영이다. 그걸 알기에 박철우 검사는 입을 닫고 테이블에 놓인 자료를 챙겨 가방에 넣었다.

이한영은 박철우 검사를 보며 며칠 전 이성대 부장의 사무실에서 알아낸 그의 투자 포트폴리오를 떠올렸다. 이성대 부장은 이 회사가 상장된다는 정보를 듣고 5억을 투자했다. 그리고 상장이 되어 몇 배로 뛰어오를 날만 기다리고 있었다. 하지만 그가 가진 지분은 이한영이 개입하며 휴지 조각이 되어 사라지게 될 거다.

박철우 검사가 가방을 손에 들고 일어서다가 뭔가 떠오른 듯 입을 열었다.

"아, 맞다. 중요한 이야기를 안 할 뻔했네. 혹시 임중민 부부장 알아요, 우리 지검 사람인데?"

"임중민 부부장요?"

"임중민 부부장이 예전에 금 사기꾼들을 일망타진했던 사람이거든요. 그런데 이성대 부장이 임중민 부부장한테 금 사기꾼들에 관해서 물어봤나 봐요. 그런데 임중민 부부장이 보통 눈치가 아녜요. 이성대 부장의 주변을 빙빙 돌며 놈들이 또 사기를 치지는 않는지 찾는 모양이네요."

"임중민, 임중민……."

몇 번 임중민의 이름을 되뇌던 이한영이 인상을 일그러뜨렸다.

임중민 부부장, 집요한 사람이다. 승진에 도움이 된다면 약한 사람들을 중심으로 어떻게든 죄를 만들어 이용한다. 물론 강자한테는 그러지 않는다.

'그놈이 꼬리를 밟았으면…….'

이한영이 고개를 들었다.

"임중민 부부장한테 이성대 부장이 투자했다는 이야긴 안 했죠?"

"당연히 안 했죠."

"검사님은 모른 척하세요. 그리고 그쪽이 움직일 때, 전화만 주세요."

"그럼 되겠어요? 임중민 부부장 끈질긴데."

걱정으로 가득한 박철우 검사의 얼굴을 보며 이한영은 자신 있다는 눈빛을 보였다. 박철우 검사는 그 눈빛에 엷은 미소를 짓는다. 이한영의 나이가 어리긴 하지만 이런 때는 정말 믿음이 가기 때문이다.

박철우 검사가 옥탑방을 빠져나가며 입을 연다.

"일단, 무역회사부터 쑤십니다. 내일 바로 움직일게요."

* * *

줄을 서듯 길게 이어진 트럭을 지나 검찰과 경찰의 차가 큰 창고 앞에 섰다. 경찰이 탄 봉고차가 한두 대가 아니다. 계속해서 멈춰 서고 있다.

트럭에서 원단을 꺼내던 사내들이 봉고차에서 내리는 경찰들을 본다. 일사불란하게 선 경찰들이 사내들을 쭉 둘러싸자 창고를 관리하는 사람이 인상을 찌푸리며 앞으로 나왔다.

"뭡니까?"

경찰들이 많이 왔지만 주눅 들지 않은 얼굴이다. 그의 앞으로 박철우 검사가 섰다.

"중앙지검 박철우 검삽니다. 밀수품이 있다는 말을 들어서요. 조사 좀 하겠습니다."

"밀수품이 여기 왜 있어요! 뒤져봐서 없으면? 우리가 일 못 한 시간을 당신들이 책임질 거요?"

뻔뻔한 얼굴로 고래고래 악쓰는 관리자를 보며 박철우 검사가 어이없다는 듯 고개를 저었다.

"아무리 공권력이 땅에 떨어졌다지만 검사 앞에서 소리치는 양반은 오랜만에 보네."

"죄가 있어야 검사도 무서운 거지! 씨발, 이게 뭐 하는 짓이야!"

"영장 있고요. 지금부터 방해하시는 분은 공무집행방해죄로 골치 아플 겁니다."

그 말과 동시에 경찰들이 박철우 검사의 옆을 스쳤다.

관리자가 몸을 돌려 다시 악을 지른다.

"막아!"

그동안 건실한 회사인 척 무역을 하던 회사가 밀수를 해온 것으로 밝혀졌습니다. 이들은 원단을 수입하며 그 사이에 시계와 가방 등의 이미테이션을 함께 들여왔습니다. 제보를 받은 검찰은…….

창고는 물론 회사의 사무실까지 압수수색을 하는 모습이 그대로 화면에 보였다. 동시에 느긋하게 앉아 텔레비전을 보던 이성대 부장의 얼굴에 핏기가 사라졌다.

"무, 무슨 말이야? 밀수라니?"

열심히 더러운 짓 해서 모은 5억이 사라지는 순간이었다. 말이 5억이지 현금으로 만들기는 정말 어려운 돈!

심장이 쿵쾅거리는 것은 물론이고 손도 파르르 떨린다. 들고 있던 볼펜도 툭 떨어뜨렸다. 눈에는 핏줄이 벌겋게 서 있다.

"씨발……."

그가 전화를 손에 든다.

투자한 회사로 전화를 걸어 어떻게든 원금을 회수하고 싶은 마음이다. 손이 떨려 제대로 버튼을 누르기도 힘들다. 그런데 어렵게 전화를 걸었음에도 회사는 전화를 받지 않는다.

"씨발!"

그가 쾅쾅쾅, 테이블을 내리찍었다. 분노와 초조한 표정이 복합적으로 그의 얼굴에 담겨 있었다.

마지막으로 다시 쾅, 테이블을 찍을 때 그의 휴대폰에 전화가 걸려 왔다. 그가 희번덕거리는 눈으로 빠르게 휴대폰을 향했다. 혹시나 투자했던 회사인가 하는 생각이다.

그런데…….

–베트남 투자 회삽니다. 지난번에 1억 투자하셨던 사장님 맞죠?

"아, 네!"

—예상보다 빨리 이득이 생겼습니다. 그래서 투자자분들을 기쁘게 해드리고 싶은 마음에 일정보다 이르게 이자를 넣어 드리게 됐습니다.

"이, 이자요? 얼마죠?"

"이번은 10퍼센트네요. 그러니까 1천만 원이죠."

이성대 부장은 오늘 5억을 잃고 1천만 원을 얻었다.

마른침을 삼키며 눈동자를 굴리는 이성대 부장은 머릿속으로 계산기를 빠르게 두들기고 있었다.

'냉정하게 생각하자. 5억이 날아가긴 했지만 아직 기회가 없는 것은 아니잖아? 리스크는 항상 있는 거야. 리스크를 기회로 만드는 사람이 승자야!'

아무리 사기꾼들이라 해도 약속된 기일보다 먼저 수익을 챙겨 주지 않는다. 그것도 투자했던 회사의 지분이 휴지 조각이 되었을 때 기다렸다는 듯 전화하는 것은 의심해야 한다. 하지만 한순간에 사라진 5억이라는 금액이 그의 눈을 멀게 하고 있었다.

수화기 너머로 목소리가 들려온다.

—어떻게 하시겠습니까? 이익금을 받으시겠어요, 아니면 재투자할까요?

"재투자하죠."

—네, 알겠습니다. 계속해서 좋은 수익을 올리도록 노력하겠습니다.

'하이 리스크 하이 리턴…….'

잠시 그렇게 있던 이성대 부장이 자리에서 일어나 방을 빠져나온다.

문을 열고 나온 사무실에는 한창 일하는 배석판사들이 보인다. 터벅터벅 자신의 책상으로 걸어간 그가 열쇠로 서랍을 열어젖혔다. 그리고 깊게 한숨을 내쉬며 대포 통장을 손에 들어 만지작거린다.

'할까?'

사기꾼 놈들이 보장한 최소 이율은 월 10퍼센트. 30억을 넣어 두면 한

달 만에 3억을 손에 쥘 수 있다. 두 달이면 6억이다. 그럼 지금 잃은 5억을 만회하고도 1억을 더 얻는 거다.

통장을 빙그르르 돌리던 이성대 부장이 포털사이트에 '베트남 부동산 투자'를 검색해 사이트로 들어간다.

'일정이 어떻게 되나…….'

사기꾼 일당의 설명회 일정을 확인한 이성대 부장이 자리에서 일어나더니 다시 사무실 안의 독립된 자기 방으로 향했다.

"에이치호텔이죠? 다음 달 8일에 베트남 부동산 투자 설명회가 있던데, 맞나요?"

―네, 계획되어 있습니다.

"엘호텔이죠? 다다음 달 15일에 베트남 부동산 투자 설명회가 있던데, 맞나요?"

이성대 부장은 사이트에 올라온 모든 호텔에 전화를 걸었다. 그리고 마지막으로 다시 휴대폰을 귀에 댄다.

"아, 임 검사님? 나 이성대 판사예요. 오늘 시간 어때요? 한번 봤으면 좋겠는데."

이성대 부장이 연락한 임 검사의 이름은 임중민.

몇 년 전 금 사기꾼들을 일망타진했던 검사이며, 얼마 전 이성대 부장에게 사기꾼들의 명단과 수법 등이 적힌 기록을 넘겨준 사람이기도 하다.

전화를 끊은 이성대 부장은 깊게 한숨을 들이켰다가 내쉬었다.

'딱 두 달. 두 달이면 원금을 회수할 수 있어. 내가 어떻게 모은 돈인데!'

시뻘게진 이성대 부장의 눈동자엔 욕망이 가득 들어차 있었다.

* * *

그날 밤, 옥탑방.

박철우 검사가 휴대폰을 내려두며 시선을 돌렸다.

"이성대 부장이 임중민 부부장과 만나는 모양이네요."

"확인하고 싶은가 보네요."

"확인?"

이한영이 고개를 끄덕였다.

"그거 아세요? 사람들이 가지고 싶었던 물건을 사잖아요? 그런데 그 후에도 계속해서 인터넷에서 후기를 찾아본대요. 이때의 특징이 재밌는 게, 구매 전에는 부정적인 평가의 글도 열심히 보던 사람이 구매 후에는 긍정적인 평가만 찾아본다는 거예요. 자신이 올바른 소비자였다고 합리화하기 위해서죠. 지금 이성대 부장도 똑같다고 보면 돼요. 임중민 부부장에게 사기꾼들의 수법을 직접 들으며 자신은 손해 보지 않을 거라는 걸 확신하는 단계죠."

박철우 검사가 고개를 저으며 이한영의 앞에 마주 앉는다.

"내가 걱정하는 건요, 그러다 임중민 부부장이 쑤시고 들어오면 어떻게 하냐는 거예요. 이성대 부장이 계속 이런 걸 물어보면 임중민 부부장은 잡을 시기가 됐다고 생각할 수 있거든요."

박철우 검사의 표정엔 걱정의 그늘이 가득했지만, 이한영은 대수롭지 않게 어깨를 으쓱해 보였다.

"그럼 그건 나름대로 도움이 되겠네요."

"그게 왜 도움이 돼요? 위험한 거지!"

"박철우 검사님이 미리 언질만 주시면 다 알아서 잘될 겁니다. 그게 나쁜 놈들은 망하고 정의는 살아 있다는 순리예요. 순리는 거스를 수 없어요."

뜬구름 잡는 소리에 박철우 검사가 혀를 찬다.

"순리는 개뿔……. 뭐 어쨌든, 그래서 이성대 부장이 넘어온다는 겁니까?"

"네, 넘어올 겁니다."

“정말 이해가 안 돼요. 이성대 부장이 바보도 아니고……. 뻔히 사기라는 걸 알고 있으면서 넘어온다고요? 그것도 자기 돈도 아닌 윗사람이 맡긴 대포 통장을 들고?”

여기까지 함께 진행해 왔지만 박철우 검사는 여전히 미심쩍나 보다.

하지만 이한영은 이번에도 대수롭지 않다.

“두 달을 버티면 손해 본 5억을 회수하고 1억을 손에 쥘 수 있어요. 이성대 부장은 당연히 레이스 할 거예요. 사기당하는 사람 중에 바보는 없어요. 욕심이 눈을 멀게 하는 거죠.”

“궁예네, 궁예.”

“우리, 내기 하나 할까요? 이성대 부장이 2주 안에 넘어온다는 것에 보쌈에 족발.”

“나 참. 보쌈 족발 받고 그날 밤 소주 무한대, 콜?”

“좋아요.”

그때 이한영의 휴대폰에 진동이 울렸다.

충남에서 함께 서울로 올라온 임정식 수석 부장이다.

“네, 부장님.”

-어디야? 집이야? 술 한잔하자.

* * *

“너, 백이석 법원장님께 무례한 행동을 했다며?”

지글지글 익어가는 곱창을 앞에 두고 임정식 수석 부장이 이한영에게 술을 따르며 묻는다.

며칠 전, 이한영은 백이석 법원장을 찾아가 대법원장이 되어 달라고 이야기한 적이 있다. 임정식 수석 부장이 그 말을 들었나 보다.

임정식 수석 부장이 술을 입에 털어 넣으며 말을 잇는다.

"백이석 법원장님도 독고다이 인생이셨잖아. 주변에 사람이 있겠어? 믿을 만한 사람이 너 아니면 나지. 나한테 말씀하시더라고, 네가 시건방진 소리를 했다고."

"죄송합니다."

"단독판사가 부장 대행하니까 진짜 부장인 줄 알아?"

"죄송합니다."

"아니지. 부장이라 해도 꺼내지 못할 말을 꺼내고 있어? 하룻강아지 범 무서운 줄 모른다더니."

"죄송합니다."

이한영은 죄송하다는 말만 거듭했다. 하지만 그 눈빛에 미안함은 보이지 않았다.

이한영의 눈을 보던 임정식 수석 부장이 픽 웃었다.

"말로만?"

"가슴속 깊이 죄송합니다."

임정식 수석 부장이 젓가락을 든 손을 휘적거리며 저었다.

"됐어. 어쨌든, 내가 백이석 법원장님 서포트하기로 했다. 그러니까 잘 해라."

"서포트요?"

예상하지 못했던 말에 이한영이 눈을 동그랗게 떴다.

"그래, 인마."

임정식 수석 부장은 별것 아니라는 표정으로 술잔을 들어 입에 댄다. 이한영은 그런 그를 가만히 바라봤다.

임정식 수석 부장은 집, 법원, 가끔 곱창집이 인생의 전부인 사람이다. 그러니까 말과 행동만 거칠 뿐이지 법 외의 다른 것은 잘 모른다. 당연히 권모술수가 난무하는 싸움에 어울리는 사람은 아니다. 하지만 그 덕에 책잡힐 일도 없었다.

'임정식 수석 부장님이 할 수 있는 일?'

이한영이 생각에 빠져 있을 때 임정식 수석 부장이 잔을 테이블에 내려두며 입을 열었다.

"말해봐. 내가 뭘 하면 되겠냐?"

"고작 단독판사 따위가 수석 부장님께 지시할 수는 없죠."

처음 했던 말의 말꼬리를 잡아끌자 임정식 수석 부장이 확 인상을 찌푸린다.

"에이, 진짜. 농담하지 말고 빨리 말해. 일단 전흥우 대법원장이 끌려 내려오는 것은 그럴 수 있다고 치자. 그런데 대법원장은 대통령이 임명하지 우리끼리 투표해서 뽑는 자리가 아니잖아. 그렇지?"

"네."

"대통령의 귀에 법원장님의 이름이 들어가려면 보좌진과 만나서 손바닥을 비벼야 하는데, 너 아는 사람 있어?"

"아뇨."

"그럼 어떻게 하려고?"

"일단 청와대에 전화를 걸어보려고 하는데, 거기에 계신 분들이 저를 만나지는 않겠죠?"

"야, 내가 가도 문전박대야."

이한영이 소주잔을 잡았다. 그리고 지금까지와 다른 검은 눈동자로 임정식 수석 부장을 바라본다.

"수석 부장님. 제가 만나는 여자가 누군지 알죠?"

"윤세희?"

"유세희요."

"그래, 에스로펌 막내딸. 지금도 만나냐?"

싸움의 첫 번째는 자신의 패를 까지 않는 거다. 그래서 이한영은 유세희를 만날 때도 최대한 조심스럽게 만나고 있었다.

이한영이 입을 열었다.

“에스로펌 대표라면 청와대에 계신 분들을 만날 수 있어요.”

“에스로펌?”

“네.”

임정식 수석 부장이 고개를 저었다.

“에스로펌 대표 아들이 지금 어디 있지? 구치소에 있잖아. 이유가 뭐야? 백이석 법원장님께 뇌물을 주다가 걸려서야. 그런데 도와주겠냐?”

“에스로펌 유선철 대표는 회사가 우선인 사람이에요. 백이석 법원장님이 대법원장을 노리고 있다면 어떻게든 도와줄 겁니다. 비즈니스와 감정은 다른 법이니까요.”

이한영의 설명이 이어지자 임정식 수석 부장은 잠시 멍한 표정을 지었다. 이한영이 배석일 때부터 지켜봤던 임정식 수석 부장이다. 어리다고만 생각했는데, 어느새 훌쩍 커서 자신의 머리 위를 날아가고 있는 것 같았다. 백이석 법원장이 이한영을 확고히 믿는 것이 이제야 이해가 갔다.

이한영의 말을 들으며 임정식 수석 부장은 홀로 술을 따라 마신다.

“한영아, 청출어람이라는 말 알아?”

청출어람, 제자가 스승보다 더 나음을 비유하는 고사성어다. 뜬금없는 말에 이한영이 고개를 끄덕이자 임정식 수석 부장이 다시 잔을 채우며 말을 잇는다.

“그거 실제로 겪으면 되게 기분 더러운 말이네. 제자에게 엎어진 스승. 네 머리가 클 때 난 뭐 했을까?”

“네?”

“됐어. 한편으로는 기쁘기도 한 말이니까. 자, 다시 본론으로 돌아가자. 청와대는 네가 알아서 할 일인 거지?”

“네.”

“그럼 내가 할 일은?”

말을 하면서도 임정식 수석 부장은 픽 웃는다. 한참 아래 후배에게 지시를 받는 게 웃겨서다. 하지만 방금 했던 말처럼 한편으로는 기쁘기도 했다. 모두가 이한영의 대학만 보고 무시했을 때 그 혼자 크게 될 놈이라고 믿었기 때문이다.

임정식 수석 부장은 이한영의 말을 기다렸다. 그런데 이한영이 머뭇거리고 있었다.

"야, 그냥 말해. 네가 뭔 지시를 해도 안 놀라고 따를 테니까."

"정말요?"

"그래."

"그럼 전흥우 대법원장님을 찾아가주십시오."

"뭐?"

생각하지도 못했던 말이다. 안 놀란다고 말했던 임정식 수석 부장이 눈을 크게 떴다. 임정식 수석 부장은 백이석 법원장 아래에서 그를 대법원장에 올릴 생각을 하고 있었다. 그런데 현 대법원장인 전흥우를 만나라니!

"그게 무슨 말이야?"

임정식 수석 부장이 눈을 부릅뜨자, 이한영이 입을 열었다.

"우리만 청와대의 윗분들을 만나는 게 아닙니다. 중앙선거관리위원회 이호열 위원장 측도 마찬가지로 만나고 다닐 겁니다. 우리가 한 발 걸으면 그쪽은 두 발을 걷는다고 생각하셔야 합니다."

"그거랑 전흥우 대법원장님을 찾는 게 무슨 상관이야?"

"전흥우 대법원장님은 계속해서 칼을 휘두르고 있습니다. 일반 판사들로는 모자라서 수뇌부까지 치려고 합니다. 그 칼은 이호열 위원장에게도 향할 겁니다. 수석 부장님이 대법원장의 아래에서 그 칼이 되어주신다면……."

"내가 이호열 위원장의 목을 쳐라?"

"네, 이런 싸움에서 이기려면 상대가 나쁜 놈이라는 걸 입증해야 한다고 생각해요."

"허 참."

임정식 수석 부장은 다시 소주를 입에 털어 넣는다. 얼굴에는 고심이 가득하다. 백이석 법원장의 서포트를 한다고 결정했을 때부터 세력 싸움을 해야 한다는 것은 어렴풋이 예상했다. 하지만 전홍우 대법원장의 아래로 들어가 칼이 되라니…….

임정식 수석 부장은 자신의 손을 물끄러미 본다.

'결국 피를 묻혀야 하나?'

망설이는 임정식 수석 부장을 보며 이한영은 조용히 그의 대답을 기다렸다. 이런 일은 스스로 결정해야 한다. 남이 손에 등을 떠밀려서는 절대 할 수 없는 일이기 때문이다.

한참 동안 주먹을 쥐었다 펴던 임정식 수석 부장이 고개를 들었다. 큰 결심을 한 눈이다.

"하지."

"어려운 결정 감사합니다."

이한영이 자리에서 일어나 허리를 굽혔다.

* * *

집으로 향하는 길.

휘적휘적 걸어가는 이한영의 입가엔 잔잔한 미소가 걸려 있었다. 지금의 계획은 강신진 수석 부장이 사법부의 중심으로 올라서는 것을 막는 거다. 즉, 이호열 위원장이 대법원장이 되는 거대한 역사의 흐름을 뒤트는, 절대 쉽지 않은 과정이다.

그런데 다름 아닌 임정식 수석 부장의 결단을 들었다. 사리사욕 없이 법만 생각하며 대법원에서 일어나는 일에는 관심도 없는 임정식 수석 부장이다. 그런 사람이 이호열 위원장을 경계하며 백이석 법원장의 손을 잡았다는 것은 일이 진행되는 과정에서 일반 판사들의 지지를 얻을 수 있다는 이야기다. 민심은 곧 천심이다. 사법부에선 일반 판사들의 마음이 곧 하늘과 같다.

이한영이 고개를 들었다. 하얀 달빛이 어둠 속의 등불이 된 것처럼 앞을 비춰주는 것 같다. 달빛을 따라 길을 걸으면 거대했던 역사를 뒤틀 수 있다는 자신감이 생긴다.

이한영이 시원한 표정으로 팔을 쭉 펼쳐 달빛을 받아들인다. 어려운 일이겠지만 승산이 보이고 있었다.

그때 이한영의 휴대폰이 울렸다. 이순호다.

—이성대 부장! 걸려들었어요! 직접 사무실로 찾아온다고 전화 왔어요!

이한영은 이성대 부장이 찾아오는 날이 최소 이주일은 될 것이라고 예상했다. 하지만 그는 더 빠르게 움직였다. 임정식 수석 부장의 결단에 이어 기쁜 소식이 이어지고 있었다.

전화를 끊으며 이한영은 다시 하늘을 바라봤다. 등불처럼 보였던 하얀 달이 서산으로 넘어가고 있다. 방금 봤던 달과 분명 같은 달인데 지금은 또 다르게 보인다. 서산으로 넘어가는 달이 이호열 위원장의 몰락처럼 보였다.

"다른 움직임은 안 보여요. 평온해요."

—다행이네요. 그럼 일 진행하겠습니다.

다음 날, 박철우 검사는 복도를 걸으며 이한영과 통화하고 있었다.

오늘은 이성대 부장이 돈을 들고 사무실에 찾아온다는 날이다. 쉬운 일도 아니고 위험이 사방에 깔린 작업인 만큼 이한영은 돌다리를 두들기듯 박철우 검사에게 전화해 다른 검사의 움직임을 살피고 있었다.

—이제 몇 시간 후면 끝납니다. 마지막까지 긴장해주셨으면 좋겠어요.

“네, 그러죠.”

박철우 검사가 전화를 끊었다.

그때…….

“박철우 부부장님!”

박철우 검사가 몸을 돌렸다. 복도 끝에서 평검사가 그를 향해 달려오고 있다.

“왜? 무슨 일 있어?”

“임중민 부부장님이 찾으세요.”

헐떡거리는 평검사를 보며 박철우 검사가 고개를 갸웃거렸다.

“나를?”

“네.”

“알았어.”

대수롭지 않게 답했지만 박철우 검사의 가슴엔 싸한 느낌이 들어섰다.

임중민 부부장은 이성대 부장을 통해 금 투자 사기꾼이 다시 움직인다고 알고 있었다. 게다가 그는 타산에 예민한 사람이다. 승진하기 위해선 어떻게든 큰 건수를 잡아야 한다며 난리를 쳤다.

‘뭐지? 친하지도 않은 임 부부장이 나를 왜 찾아?’

친하지 않은 게 문제가 아니다. 임중민 부부장은 박철우 검사를 좋아하지 않는다. 지방에서 올라온 박철우 검사가 연이어 큰일을 터뜨리고 있기 때문이다.

박철우 검사가 마른 입술을 혀로 적셨다. 알 수 없는 불길한 느낌이 사라지질 않았다.

잠시 후 박철우 검사는 임중민 부부장 앞에 섰다.

책상에 앉아 있던 임중민 부부장이 금테 안경을 고쳐 쓰며 박철우 검사를 노려본다. 그의 입꼬리가 재수 없게 말려 올라가 있다.

“박철우, 요즘 잘나가?”

"아닙니다."

"뭐가 아니야? 밀수 회사 잡아서 털고 칭찬 좀 받았잖아?"

박철우 검사는 대답하지 않았다. 두 사람 사이에 서늘한 기운이 오간다. 먼저 입을 연 것은 박철우 검사다.

"……무슨 일로 부르셨습니까?"

임중민 부부장이 피식 웃는다.

"너, 요즘 몰래 하는 거 있다며? 뒷주머니 차고 있냐?"

"그런 적 없습니다."

"까고 있네."

임중민 부부장이 천천히 일어서더니 박철우 검사를 향해 뚜벅뚜벅 걸어온다. 그리고 어깨를 툭툭 치며 말을 잇는다.

"너, 사기꾼 새끼들 쫓고 있다며?"

"……!"

박철우 검사의 미간이 찌푸려지는 것과 동시에 임중민 부부장의 재수 없는 미소가 점점 더 짙어졌다.

"박 부부장, 혼자만 잘났다고 까부는 것 같은데, 어쩌냐? 난 지금 그 새끼들 잡으러 갈 건데? 이런 일은 빨리 먹는 게 임자야."

순간 박철우 검사의 가슴이 철렁했다. 설마 했던 일이 실제로 벌어진 거다.

당황한 표정의 박철우 검사를 보며 임중민 부부장이 계속 말을 잇는다.

"기분 나빠 하지 마. 원래 금 투자 사기꾼 새끼들은 내 거야. 그러니까 같은 식구끼리 밥 뺏어 먹고 그러지 말자. 넌 밀수 잡은 것으로 만족해. 그것만 해도 귀염받고 좋잖아?"

"부부장님, 지금 제가……."

"그만하라고."

어떻게든 설득해보려 했지만 위협적인 목소리만 들려온다. 하지만 박철우 검사는 멈출 수 없었다.

"부부장님, 제가 쫓던 사건입니다. 그러니까 마무리를 할 수 있게……."

"두 번 말하게 할래? 여기서 끝내."

"부부장님."

"그만. 난 지금 잡으러 간다."

임중민 부부장은 몸을 휙 돌리더니 옷걸이를 향해 걸어갔다.

그의 뒷모습을 보던 박철우 검사가 입술을 꽉 깨문다. 그의 머릿속엔 어떻게든 막아야겠다는 생각밖에 없었다.

박철우 검사가 다급히 임중민 부부장의 팔을 잡는다.

"뭐야?"

임중민 부부장의 싸늘한 시선이 닿을 때 박철우 검사가 빠르게 입을 열었다.

"부부장님, 놈들은 아직 위법적인 행동을 한 게 없습니다. 조금 더 기다렸다가……."

"아마추어야? 꼭 죄가 있어야 잡아? 우린 검사야. 일단 체포하고 죄는 그다음에 만들면 되는 거야. 선체포, 후자백. 알았어? 그러니까 팔 놔."

"노, 놈들의 본거지는 알고 계십니까? 본거지를 털지 않으면……."

"그것도 모르고 잡으러 갈까?"

성큼성큼 책상으로 걸어간 임중민 부부장이 서랍을 열더니 명함 하나를 꺼냈다. 그것은 이한영이 이성대 부장을 엮기 위해 만든 명함이었다.

'저게 어떻게 임중민 부부장의 손에 있는 거지?'

답은 빠르게 들려왔다.

임중민 부부장이 명함을 보며 말한다.

"어제 이성대 부장과 만났거든. 이성대 부장이 화장실에 간 사이에 가방 좀 뒤졌더니 이런 명함을 가지고 있더라."

박철우 검사의 눈동자가 떨려 왔다. 명함엔 사무실의 주소가 똑똑히 적혀 있었다.

'젠장!'

박철우 검사가 주먹을 꽉 쥐는데, 임중민 부부장이 옷을 걸쳐 입은 후 그의 앞으로 다가온다.

"박 부부장, 하나만 물어보자. 이성대 부장이 놈들을 왜 신경 쓰는 거야? 명함은 왜 가지고 있고? 혹시 들은 거 있어? 요즘 골프 같이 친다며?"

"어, 없습니다."

"그래? 알아보면 되겠지."

임중민 부부장이 박철우 검사의 옆을 스쳐 지나간다.

박철우 검사의 얼굴은 딱딱하게 굳어 있었다.

'어쩌지?'

이 사기 사건의 최대 분수령이다. 임중민 부부장을 막지 못하면 모두 엉망이 되고 만다. 어떻게든 막아야 했다. 하지만 어떻게? 답이 보이지 않는다.

'씨발!'

박철우 검사가 몸을 돌렸다.

임중민 부부장은 이미 사무실을 벗어났는지 보이지 않는다. 빠르게 달려 복도로 나가자 그의 뒷모습이 보인다.

"임중민 부부장님!"

"아, 왜?"

임중민 부부장은 귀찮다는 표정을 얼굴 가득 보이고 있다. 박철우 검사가 숨을 들이마시며 말했다.

"저, 저도 같이 하면 안 되겠습니까?"

"뭐?"

"저도 같이 하고 싶습니다!"

임중민 부부장이 어이없다는 듯 웃었다.

"새끼, 우직한 척은 혼자 다 하더니, 완전 여우네. 그렇게 승진하고 싶냐? 이름 좀 올려줘?"

임중민 부부장의 재수 없는 미소를 보며 박철우 검사가 어색하게 웃었다.

"제가 지방에서 와서……."

"따라와, 새꺄."

"감사합니다!"

"너, 라인 없지?"

"없습니다."

"꼴통 새끼, 내 라인으로 들어와. 형이 사건 나눠 먹으면서 확실하게 키워줄게."

지방에 있다가 서울에 온 지 얼마 안 된 박철우 검사다. 하지만 짧은 시간에 오바른 판사의 테러 사건이나 최근 밀수 사건 등 굵직한 걸 터뜨리고 있었다. 임중민 부부장은 그런 박철우 검사가 옆에 있으면 자신의 이름도 빛날 거라 판단한 것이다.

박철우 검사는 크게 허리를 굽힌다.

"감사합니다! 그럼 딱 5분만 기다려주십시오! 사무실에 가서 나갈 준비하고 오겠습니다!"

"빨리 다녀와."

"넵!"

박철우 검사는 사무실을 향했다. 계단을 오르는 그의 표정은 편치 않았다.

코너를 돌아 임중민 부부장의 시선에서 멀어졌을 때 박철우 검사는 서둘러 휴대폰을 꺼내 귀에 댔다.

"이한영 판사님, 지금 우리 쪽에서 거기 사무실 쑤시러 가요."

—네?

"임중민 부부장이 지금 출발한대요!"

* * *

"지금부터 아무것도 만지지 마요."

신신당부하는 이순호를 보며 석정호가 고개를 갸웃거렸다.

"아무것도?"

"어제 지문 없애는 작업 했어요. 그러니까 아무것도 만지지 마세요."

"아……."

이해했다는 듯 고개를 끄덕이는 석정호다.

그들은 서초구에 있는 사기꾼, 그러니까 협객 사무실에서 이성대 부장을 기다리고 있었다.

이성대 부장이 직접 찾아온다고 선언해서 그런지 사무실은 매우 분주했다. 사기 전문 아르바이트생들이 업무를 보는 척 앉아 있었고, 이순호는 책상 사이사이를 지나다니며 지시를 내리는 중이었다.

"바쁜 척해주세요! 키보드나 물건엔 절대 손대지 말고요! 혹시나 잡히면 어떻게 한다고요?"

"우린 아르바이트생이라 아무것도 몰라요!"

사기 전문 아르바이트생들이다. 이런 일엔 빠삭했다.

그들의 모습을 보던 석정호는 책상으로 걸어가 앉았다. 그가 보는 모니터엔 건물의 외부 주차장의 모습이 보인다.

그리고 얼마 지나지 않았을 때 이성대 부장의 차가 멈춰 서는 게 화면에 나타났다. 그걸 본 석정호가 벌떡 일어서며 외쳤다.

"준비!"

모두의 눈에 긴장감이 확 차오른다.

그리고 잠시 후, 사무실 문이 벌컥 열리며 이성대 부장이 나타났다. 전쟁터에 나선 것처럼 비장하게 사무실을 훑은 이성대 부장의 시선이 마지막으로 멈춘 곳은 대표이사실이었다.

그가 뚜벅뚜벅 대표이사실로 향했다. 대표이사실에는 금 투자 사기를 쳤던 사기꾼이 앉아 있었다. 그의 이름은 김우용이다. 김우용은 숨을 들이마셨다가 내쉬며 손바닥을 비비고 있다. 긴장을 푸는 행동이다.

그리고 대표이사실의 문이 열린다.

동시에 사기꾼 김우용의 얼굴에 긴장의 빛이 사라지고 능글능글한 웃음이 채워진다.

"아이고, 오셨습니까? 어서 앉으십시오."

이성대 부장이 김우용의 얼굴을 살피며 소파에 앉는다. 김우용이 맞은편에 앉으며 입을 열었다.

"오는 데 힘들지는 않으셨어요?"

"힘든 건 없었는데, 요 앞에 사고가 났어요. 그래서 차가 막혀 혼났습니다."

"앞으로 돈 많이 벌어서 차 안 막히는 나라만 골라 여행 다니셔야겠네요, 하하하하."

가식적인 웃음소리가 사무실을 채웠다.

그렇게 잠깐의 인사말이 끝나고 사기꾼 김우용이 몸을 당겨 앉는다.

"그래, 큰돈 넣으신다고요?"

"아, 네. 이율이 높은데 안 넣을 수가 있나요?"

"그래서 얼마나?"

"30억."

"30억요?"

"네, 월 10퍼센트 이율을 맞춰 줄 수 있겠습니까?"

김우용이 픽 웃는다.

"30억에 10퍼센트면 3억이네요? 그거 얼마나 된다고 그러십니까? 10퍼센트가 아니라 잘만 되면 20~30퍼센트도 받을 수 있습니다."

마주 본 두 사람이 빙긋이 미소를 그린다. 두 사람은 서로가 서로에게 사기 친다는 걸 잘 알고 있었다.

그 시각, 석정호는 건물을 빠져나와 외부에 달아 놓은 CCTV를 철거하고 있었다. 이제 이성대 부장이 투자하면 게임은 끝이다. 그 전에 주변에 설치했던 모든 걸 정리해야 한다.

석정호에게 이순호가 다가와 입을 열었다.

"조금 이따 이성대 부장이 이쪽으로 나오면 우리는 반대쪽 출구로 가면 되는 거죠?"

"응, 챙겨 가야 할 거 있나?"

"아르바이트생 명단만 빼면 될 것 같아요."

"사기꾼놈 여권은?"

"그건 제 주머니에 있고요."

"굿."

그때 석정호의 휴대폰이 울렸다.

"어, 한영아."

* * *

박철우 검사와 임중민 부부장이 탄 승용차가 달리고 있었고, 그 뒤를 경찰들이 탄 봉고차가 쫓고 있었다.

임중민 부부장이 입을 연다.

"우리 박 부부장도 욕심이 있나 봐? 위에 올라가고 싶은 욕심."

박철우 검사가 멋쩍게 웃었다.

"욕심 없는 사람은 없겠죠, 흐흐."

웃고 있지만 웃는 게 아니다. 박철우 검사의 속은 까맣게 타들어가고 있었다. 박철우 검사의 입에서 무거운 한숨이 흘렀다.

지금까지 이한영의 계획은 짜맞춘 톱니바퀴처럼 잘 돌아가고 있었다. 하지만 하필이면 오늘! 잘 짜인 톱니바퀴에 이물질이 꼈다.

'젠장! 어떻게 해야지?'

박철우 검사의 한숨 소리를 들은 임중민 부부장이 고개를 튼다.

"왜? 긴장돼?"

"아뇨. 괜찮습니다."

"우리 검사들도 책상에만 처박혀 있으면 안 되는 거야. 가끔은 이렇게 현장에 나가서 나쁜 놈도 잡고 그래야지."

"네, 그렇죠."

박철우 검사는 어색하게 웃으며 품에 있는 휴대폰을 슬쩍 꺼내 왼손에 들었다. 그리고 임중민 부부장 몰래 이한영에게 메시지를 보냈다.

—사거리 지나고 있음. 앞으로 10분 후면 도착.

메시지를 보낸 박철우 검사가 왼쪽 가슴에 손을 대본다. 사무실이 가까워지며 가슴이 두근거리는 것은 어쩔 수 없나 보다.

'이한영 판사가 뭔가를 준비했을까? 했겠지? 해야지. 했을 거야. 그런데 법원에 있는 이한영 판사가 뭘 할 수 있지? 할 수 있는 게 없잖아!'

믿을 수 있는 것은 이한영뿐이었다. 하지만 이한영은 법원에 있다. 절망적인 상황이다.

박철우 검사는 두 눈을 꾹 감았다.

그때!

끼이이이익!

타고 있던 승용차가 갑자기 멈춰 섰다. 급제동 때문에 출렁거렸는지 임중민 부장이 의자를 잡고 운전석을 노려본다.

"뭐야?"

운전하는 수사관은 나이가 지긋한 사람이다. 하지만 임중민 부부장은 가차 없이 반말하고 있었다.

"앞에 사고가 났나 차가 막히는데요."

"뭐?"

임중민 부부장이 앞을 노려본다. 지금까지 막힘 없이 오던 길인데, 2차선으로 바뀌며 앞이 꽉 막혀 있다. 신호까지 있어서 정체는 더 심하다.

임중민 부부장이 미간을 찌푸렸다.

"하, 씨발. 사이렌 켜고 반대편 차선으로 들어가."

"반대편 차선요? 역주행하라는 말씀이세요?"

"살살 가면 되잖아! 지금 우린 작전 중이야!"

"아, 네."

임중민 부부장이 팔짱을 끼며 고개를 흔든다.

"조용히 가려고 했는데, 시끄럽게 사이렌 소리를 들어야 하네."

수사관이 조용히 핸들을 틀며 액셀을 밟는다. 그들이 탄 차는 반대편 차선으로 넘어갔다.

그 순간, 쾅!

역주행하던 그들의 차는 정상적으로 달려오던 차와 부딪혔다. 다행히 2차선의 좁은 도로였고 속도가 붙지 않았기에 충격은 크지 않았다.

하지만 임중민 부부장이 얼굴을 일그러뜨리며 소리를 질렀다.

"씨발, 뭐야! 운전도 똑바로 못하고!"

수사관이 난처한 표정으로 눈을 깜빡거린다.

"그, 그게, 멀리서 오던 차가 갑자기 속력을 내서……."

"잘 보고 했어야지!"

노기를 터뜨리는 임중민 부부장을 보며 박철우 검사가 입을 열었다.

"부부장님, 제가 내려서 보겠습니다."

"바쁘니까 빨리빨리 해결해."

차에서 내린 박철우 검사가 사고 난 차를 살핀다.

'범퍼만 살짝 나갔네.'

상대 차의 문이 벌컥 열리더니 거대한 덩치의 남자가 뒷목을 잡고 내린다.

석정호였다.

"왜 역주행을 하고 지랄이야! 외국에서 살다 왔어? 여기가 미국이야!"

박철우 검사는 멍하다. 뜬금없이 나타나 화를 내는 석정호가 헛것이 아닐까 하는 생각마저 들었다. 하지만 현실이다. 곰 같은 덩치의 석정호가 인상을 일그러뜨리며 박철우 검사를 노려본다.

"아저씬 뭐야? 왜 뒷좌석에서 나와!"

하지만 박철우 검사의 대답이 들려오지 않는다.

석정호가 답답하다는 표정을 지으며 박철우 검사만 볼 수 있게 얼굴을 돌렸다. 그리고 어울리지 않게 한쪽 눈으로 윙크를 해대며 낮은 목소리로 말한다.

"아씨, 연기하는 거잖아요. 연기 몰라요?"

그제야 이해했다. 이한영이 보낸 거다.

박철우 검사가 살짝 고개를 끄덕이자 다시 석정호가 얼굴을 찌푸린다.

"사과부터 해야지! 뭐 하는 거야!"

"죄송합니다."

"됐고, 운전한 사람 좀 나와보라고 해."

석정호는 박철우 검사를 스쳐 임중민 부부장이 탄 차를 향해 성큼성큼 걸어갔다.

스쳐 가는 석정호에게 박철우 검사가 속삭이듯 입을 열었다.

"운전석에 계신 분, 나이 많아요."

"넵!"

어느새 임중민 부부장이 탄 차에 도착한 석정호가 툭툭 문을 두들기자 창문이 스르륵 열렸다. 운전하던 수사관이 보인다. 하지만 석정호의 시선은 수사관을 넘어 뒤에 있는 임중민 부부장에게 꽂혔다.

"뭐야? 재벌이야? 젊은 놈이 왜 뒷자리에 다리 꼬고 앉아 있어?"

난데없이 재벌 소리를 들은 임중민 부부장이 황당한 표정을 지었다.

"뭐요? 재벌?"

"그래, 씨발! 재벌이니까 돈 많다고 역주행해도 괜찮은 거야? 벌금 내면 장땡이냐? 서민은 차선 지키면서 열심히 살고 있는데! 모범을 보여야지! 모범!"

임중민 부부장이 손으로 이마를 짚으며 한숨을 내쉰다.

"수사관, 해결 좀 해."

하지만 석정호는 오히려 더 억지를 부린다.

"네가 나와, 이 새끼야! 왜 어르신을 보고 뭐라 하는 거야! 돈 많으면 다야? 돈 많으면 다냐고!"

석정호의 목소리가 크긴 컸나 보다. 차가 밀려 지루했던 사람들이 창문을 열고 석정호의 모습을 구경하기 시작했다.

시선이 집중되자 임중민 부부장의 미간이 더욱 찌푸려졌다.

"이봐요! 돈 많으면 이런 차 타겠어요! 우리, 검찰이에요! 지금 수사 중이고요! 사이렌 안 보여요? 계속 이러면 공무집행방해죄로 체포합니다!"

"헐, 경찰? 경찰이면 역주행하다가 사고 내고 체포하는 거야? 와, 대박. 무전유죄 유전무죄네. 그래서? 출동 중이었으면 뭐? 나 지금 팔에 금 갔어. 아파. 여기 많이 아프다고!"

"경찰이 아니라 검찰이라고요!"

"뭐요? 검찰? 그러니까 검사?"

"네, 그러니까 좀 비켜줘요! 사고 처리 부분은 모두 배상해드릴 테니까 걱정하지 마시고! 지금 작전 중이니까 우리 빨리 가야 해요!"

"아, 배상해주나요? 그럼 살펴 가십시오. 바로 차 빼겠습니다, 흐흐."

느닷없이 태도를 바꾼 석정호가 능글맞게 웃는다. 그리고 자신의 차로 돌아가 운전석에 올랐다. 하지만 푸르르릉, 시동이 걸리지 않는다. 다시 브레이크를 밟고 힘차게 시동을 걸었지만 마찬가지로 바람 빠지는 소리만 들린다.

몇 번 더 시동 거는 걸 시도하던 석정호가 다시 차에서 내리며 민망하게 웃는다.

“방금 사고 나면서 고장 난 것 같은데요.”

뒷자리에 앉아 있던 임중민 부부장이 머리를 쥐어뜯는다.

“가지가지 한다, 씨발.”

말 그대로 개판이다.

그때 박철우 검사는 휴대폰을 들어 시간을 확인했다. 석정호가 조금 시간을 벌어주긴 했지만 여전히 아슬아슬하다.

‘10분만 더 끌었으면 좋겠는데…….’

그가 입술을 쓸어 만질 때 휴대폰에 진동이 울렸다. 모르는 번호다. 받지 않으려 하는데, 석정호가 박철우 검사의 옆을 스치며 낮게 말한다.

“받으세요. 한영이에요.”

말을 마친 석정호는 임중민 부부장이 탄 차로 향해 능글맞게 웃는다.

“어쩌죠? 유턴해서 가셔야 할 것 같은데……. 제가 뒤 봐드릴게요.”

“됐어요. 보험이나 부르세요.”

“보험이야 부르면 오는 거고요. 제가 죄송해서 그러죠.”

석정호가 임중민 부부장의 혼을 빼놓고 있을 때 박철우 검사가 전화를 귀에 댔다.

이한영의 목소리가 들린다.

―박철우 검사님, 걱정하지 마시고 이성대 부장한테 전화하세요.

“이성대 부장한테요? 지금?”

―네, 계속해서 전화하세요. 임중민 부부장한테 이성대 부장이 돈 넣으러 갔다고 말해도 됩니다.

“무슨 소리예요? 이해할 수 있게 설명 좀 해줘봐요.”

―느긋하게 전화할 시간은 없잖아요. 부탁드릴게요.

전화가 뚝 끊겼다. 상황을 알 수 없는 박철우 검사는 눈살을 찌푸린다.

'도대체 뭐야? 이성대 부장한테 전화하라니……. 도대체 왜?'

하지만 생각을 더 이어갈 수가 없었다.

"안 타?"

임중민 부부장이 잔뜩 짜증이 난 얼굴로 말한 것이다. 박철우 검사가 타자 수사관이 차를 돌리기 시작한다.

"되는 게 없어, 씨발."

임중민 부부장이 욕을 내뱉을 때 박철우 검사가 어렵게 입을 열었다.

"임중민 부부장님."

"왜?"

"제가 방금 프락치의 연락을 받았는데요."

"프락치? 그런 것도 키우냐?"

"네, 이번 사기 꼭 잡고 싶어서요."

"그런데?"

"법원의 이성대 부장이 그쪽에 돈을 넣으러 가는 모양입니다."

임중민 부부장의 미간이 확 일그러졌다.

"뭐? 그게 무슨 소리야?"

"그러니까 이성대 부장이 단기로 투자하고 싶었던 모양이에요. 이런 놈들이 단기 투자로는 괜찮잖아요."

임중민 부부장이 얼굴을 쓸어내린다.

"아, 이성대 부장. 그래서 사기꾼 새끼들이 어떻게 움직이냐고 물어본 거였어? 하, 그 양반. 돈 좋아하는 줄은 알았지만 무모해."

"어떻게 할까요?"

"됐어. 우리가 가도 손해 보는 거 없잖아?"

"그래도 연락 좀 하겠습니다. 혹시 모르니까요."

"그렇게 해."

임중민 부부장이 창밖을 볼 때 박철우 검사는 휴대폰을 손에 들어 이성대 부장에게 전화를 건다. 그런데 받지 않는다. 통화 연결음만 들린다. 한 번, 두 번 전화를 걸었지만 마찬가지다.

임중민 부부장이 박철우 검사를 본다.

"왜? 안 받아?"

"네."

"내버려 둬. 사기 소굴에 들어갔으면 10분 후에 우리랑 마주치겠네."

휴대폰을 내려둔 박철우 검사의 시선이 창밖을 향했다. 시간을 끌었지만 사무실은 가까워지고 있었다. 박철우 검사의 표정은 초조했다.

* * *

그 시각, 사무실.

사기꾼 김우용과 이성대 부장이 힘차게 악수하고 있었다.

이성대 부장이 입을 연다.

"그럼 잘 부탁드립니다."

"맡겨주신 돈 열심히 불려보겠습니다. 30억으로 300억 만들고 우리 회사 홍보 좀 해주십시오, 하하하하!"

힘차게 말하는 사기꾼 김우용을 보며 이성대 부장이 고개를 끄덕였다.

'사기꾼 새끼야, 거짓말도 좀 되게 해라. 300억이 뭐야?'

하지만 표정엔 드러나지 않는다. 호탕한 웃음을 내뱉을 뿐이다.

"그렇게 되면 홍보가 뭡니까? 광고라도 해드려야죠, 하하하하!"

그 말을 끝으로 이성대 부장은 몸을 돌려 대표이사실을 벗어났다.

* * *

"여기 맞아?"

임중민 부부장이 손에 든 명함을 보고 묻자 앞좌석에 앉아 있던 수사관이 고개를 끄덕였다.

"네, 여기 맞습니다. 내비 따라 왔잖아요."

"그럼 가볼까?"

임중민 부부장이 거만한 얼굴로 차에서 내렸다.

동시에 따라온 봉고차에서 경찰들이 내리자 임중민 부부장이 경찰들을 향해 몸을 돌린다.

"3층 302호. 베트남 투자 사기꾼 일당이 지금 영업 중입니다. 한 놈도 빠짐없이 검거해주시기 바랍니다."

엘리베이터가 없는 작은 건물에 경찰들의 발소리가 저벅저벅 울리기 시작했다. 가장 뒤에서 임중민 부부장과 박철우 검사가 따라 올라갔다.

박철우 검사는 입이 바짝바짝 마르고 있었다.

'끝났을까? 어떻게 된 거야?'

걱정으로 가득하지만 조용한 건물은 답을 주지 않는다.

박철우 검사의 심각한 표정을 본 임중민 부부장이 느긋하게 말했다.

"박 부장아, 내가 네 이름 빼고 내 공으로 돌릴 것 같아? 네 이름 올려줄 거니까 걱정하지 마."

"감사합니다."

"그리고 혹시 이성대 부장과 만나도 걱정하지 마. 나도 그 양반이랑 친한데, 몹쓸 짓 할 것 같아?"

"아, 네."

임중민 부부장은 거만하게 웃으며 계속해서 계단을 올랐다. 그런데 가장 먼저 올랐던 경찰의 목소리가 이상하다.

"아무것도 없습니다!"

임중민 부부장의 표정이 찌푸려진다.

"뭔 소리예요? 그놈들이 거기에 있다는 거 다 알고 왔는데."

"정말 아무것도 없습니다. 공실이에요."

"미치겠네."

지금껏 느긋하던 임중민 부부장이 다급히 계단을 올라갔다. 하지만 경찰의 말이 맞다. 302호는 텅 비어 있었다.

"이게 뭐야?"

무섭게 일그러진 임중민 부부장의 시선이 박철우 검사에게 틀어진다.

"너, 아까 프락치 안다고 했지?"

그런데 박철우 검사는 멍한 눈으로 공실을 바라볼 뿐 말이 없었다.

'뭐지? 여기에 세팅했었잖아? 어디로 간 거야?'

이 사무실을 준비할 때 박철우 검사도 와서 과정을 지켜봤었다. 그런데 그 모든 게 거짓인 것처럼 아무것도 없다.

하지만 그의 생각은 계속 이어지지 못했다.

"야! 박철우!"

임중민 부부장의 큰 목소리에 박철우 검사가 황급히 시선을 돌렸다.

"네?"

"전화해봐, 어서!"

"어, 어딜요?"

"프락친가 뭔가한테!"

"아, 네."

박철우 검사가 휴대폰을 꺼냈다. 그리고 이한영에게 걸려 왔던 모르는 번호를 꾹 눌렀다. 통화 연결음이 이어졌지만 당연히 연락되지 않는다.

"안 받는데요?"

"뭐?"

* * *

이성대 부장은 계단을 걸어 내려오고 있었다.

그런데 경찰과 박철우 검사가 올랐던 좁은 계단이 아니다. 다른 장소다. 넓고 쾌적한 계단이다.

주차장으로 내려와 차에 오른 이성대 부장이 차 내부를 두리번거린다. 깜빡하고 두고 간 휴대폰을 찾는 거다.

"여기 있네."

그가 손을 뻗어 휴대폰을 손에 쥔다. 박철우 검사에게 스무 통이 넘게 온 부재중 전화가 보인다.

"뭔 전화가 이렇게 많이 와 있어?"

순간 이성대 부장의 머릿속에 불길한 생각이 스쳤다.

'설마 오늘 검찰이?'

이성대 부장이 빠르게 번호를 누른다.

"박철우 검사님? 왜, 무슨 일이에요?"

그런데 박철우 검사의 목소리가 아니다.

–부장님, 저 임중민 부부장인데요!

"네, 임중민 검사님. 왜요?"

–부장님, 돈 넣은 거 아니죠?

"네? 무슨……."

"이 새끼들, 튀었어요!"

"무슨 소리를 하는 거예요? 나 지금 사무실에서 막 내려왔는데."

–네? 우리도 지금 사무실 앞에 있는데?

"나도 사무실 앞이라고요!"

–우리, 사기꾼들 명함에 적힌 주소로 찾아왔는데요? 여기 맞아요, 6길.

이성대 부장이 눈을 깜빡였다.

그는 임중민 부부장을 만난 후 사기꾼들의 명함을 잃어버렸다. 그래서 놈들의 홈페이지에 있는 전화번호로 전화를 걸어 사무실의 주소를 알아냈다.

'뭐지?'

뭔가 이상했다.

전화기 너머 임중민 부부장의 다급한 목소리 때문인지 아니면 다른 이유 때문인지, 이성대 부장의 심장도 쿵쾅쿵쾅 뛰기 시작한다.

하지만 최대한 차분히 묻는다.

"임중민 부부장, 명함에 주소가 6길이라고 적혀 있다고요?"

-네!

"여기 건물엔 18길이라고 적혀 있는데……."

수화기 너머에서 웅성거리는 소리가 들렸다.

-18길이 어디야? 가까워? 10분? 바로 가!

임중민 부부장이 다시 이성대 부장에게 말한다.

-부장님, 그놈들 우리가 꼬리 밟는 걸 눈치챈 것 같아요. 그러니까 거기에 있다가 놈들이 도망치는지 확인 좀 해줘요!

'꼬리가 밟힌 걸 눈치챘다고?'

이성대 부장에게 다른 목소리는 들리지 않았다.

싸한 느낌만 들 뿐이다.

'설마? 아니지. 내가 방금 내려왔잖아?'

머뭇거릴 수는 없었다. 이성대 부장이 서둘러 차에서 내려 계단을 뛰어올라갔다.

1층, 2층, 3층, 4층! 그리고 사무실 문을 확 연다.

아무도 없다.

그 많던 직원들이 연기처럼 사라졌다.

"씨발!"

그가 고개를 돌린다.

이 건물의 출입구는 두 개!

'내가 내려왔던 곳은 아니야! 그럼 반대편!'

그가 엘리베이터의 버튼을 꾹꾹 눌렀다. 하지만 올라오는 속도가 더디다.

'젠장!'

이성대 부장은 다시 계단을 따라 밖을 향해 달려갔다.

한 번에 세 개, 네 개씩 계단을 뛰어넘는다. 그러다가 콰당탕탕, 바닥에 넘어져버렸다. 무릎이 까지고 피가 흘렀지만 아픈 것에 신경 쓸 시간은 없었다. 황급히 일어나서 다시 뛴다.

'안 돼, 안 돼!'

밖으로 나온 이성대 부장은 주변을 두리번거렸다. 역시 아무도 없다. 일반 사람들만 거리를 걸어 다닐 뿐이었다. 이성대 부장이 자신도 모르게 털썩 주저앉았다.

"이런 씨발!"

이성대 부장이 주먹을 쥐고 아스팔트를 내려찍기 시작했다. 벌겋게 충혈된 눈엔 분노만 가득하다.

"죽여! 잡아 찢어서 죽여!"

그때 그의 뒤로 임중민 부부장이 빠르게 달려왔다.

"이성대 부장님! 놈들은?"

이성대 부장이 홱 고개를 돌려 임중민 부부장을 향했다. 광기로 가득한 눈동자다. 미친 눈동자가 쏘아보자 임중민 부부장은 자신도 모르게 뒤로 물러선다.

"왜, 왜 그래요?"

순간 이성대 부장이 빠르게 일어서 그의 멱살을 꽉 잡아 흔들기 시작했다.

"너 때문이야, 이 새끼야!"

"네?"

"너 때문에 그 새끼들이 냄새 맡고 튄 거라고! 너만 가만히 있었으면 다 된 건데! 그러니까 어서 가서 지문이든 뭐든 다 찾아내!"

"무슨 소리 하는 거예요! 이거 좀 놓고 말해요!"

두 사람의 시뻘건 시선이 맞닿았을 때 이성대 부장의 휴대폰이 울린다. 이성대 부장이 황급히 주머니에서 휴대폰을 꺼내 본다. 혹시나 사기꾼일까 하는 마음에서이다. 하지만 아니다. 강신진 수석 부장이었다.

이성대 부장은 눈을 꽉 감았다. 참아보려 했지만 그의 몸은 사시나무 떨듯 떨리기 시작했다. 지금 이 순간, 이성대 부장에겐 사신보다 무서운 대상이 강신진 수석 부장이었다.

이성대 부장의 눈동자에 영혼은 보이지 않았다. 그가 전화를 받기 위해 손가락을 움직여본다. 하지만 버튼도 제대로 누르지 못한다. 겨우 손가락에 힘을 줘서 통화 버튼을 누르자 강신진 수석 부장의 천 근 같은 목소리가 들려왔다.

–어디야?

"저, 저, 지금 바, 밖에 있습니다."

–목소리가 왜 그래?

"아무것도 아닙니다."

–들어와. 오후에 이호열 위원장님 만나기로 했어.

뚝 끊긴 전화를 보며 이성대 부장이 망연자실한 표정으로 몸을 돌렸다. 그의 눈에는 임중민 부부장도, 박철우 검사도 보이지 않았다. 그저 잠시 후 마주할 강신진 수석 부장이 두려울 뿐이었다. 차를 향해 걸어가는 이성대 부장의 다리는 여전히 후들후들 떨리고 있다.

그의 뒷모습을 보며 박철우 검사가 담배를 입에 물었다.

'쓰레기 같은 새끼.'

* * *

"어, 정호야."

-지금 김우용인가 뭔가 하는 사기꾼, 배 태워 보냈다.

"돈은 다 찾았어?"

-이거 현금화하는 것도 일이었어. 자금 세탁하는 새끼가 수수료를 많이 불러서 한참 실랑이했네.

이한영은 석정호와 통화하고 있었다.

"고생했어. 오늘은 족발 사 먹자."

-이런 날에는 배불리 먹어야지. 그럼 밤에 봐!

작전이 성공적으로 끝나서 그런지 석정호의 목소리는 들떠 있었다.

전화를 끊은 이한영은 몸을 돌려 창밖으로 시선을 옮겼다.

'이제 다음 할 일을 해야지.'

강신진 수석 부장 세력의 30억은 일단 끊었지만 그걸로 놈들을 고꾸라뜨릴 수는 없다. 잠시 달리는 속도를 늦출 뿐이다. 하지만 그것만으로도 큰 성과였다.

창밖을 보는 그의 눈동자엔 앞으로의 계획이 파노라마처럼 스쳐 가고 있었다. 그리고 항상 마지막엔 강신진 수석 부장이 서 있었다.

앞에서는 사람을 위하는 척, 세상을 위하는 척, 법을 위하는 척하면서 뒤로는 자신의 이득만을 꾀하는 위선적인 인간.

그 강신진 수석 부장의 모습이 앞에 섰을 때 이한영은 주먹을 꽉 쥐었다. 그런 인간이 대한민국의 정점에 서는 것만큼은 막아야 했다.

'기다려라.'

이한영은 천천히 휴대폰을 귀에 댔다.

잠시 후 유세희의 목소리가 들린다.

"도와주셔서 감사합니다."

유세희는 이한영의 부탁을 받고 이성대 부장을 엮기 위한 호텔 설명회장에 나타났었다.

이한영이 계속 말한다.

"이번 주 토요일에 뭐 하세요? 시간 괜찮다면 뵙고 싶은데요."

–토요일요? 좋아요.

"그럼 주말에 뵙겠습니다."

이한영은 휴대폰의 통화 종료 버튼을 눌렀다.

유세희를 만나 유선철 에스로펌 대표의 도움을 받아야 한다. 그러면 청와대 라인과 연결될 수 있다. 상대가 멈칫거리는 사이 치고 올라가야 한다.

이한영의 눈엔 칼날 같은 서늘함이 가득했다.

그때…….

"무슨 생각을 그렇게 하세요?"

시선을 돌려 보니 윤슬혜 판사가 서 있다. 그녀가 테이크아웃 잔에 담긴 커피와 작은 쇼핑백을 쑥 내민다.

"이건 아이스 아메리카노요. 그리고 이건 도넛이에요. 점심 먹고 오면서 사 왔어요. 드세요. 판사님은 아무것도 안 드셨잖아요."

"고마워. 잘 먹을게."

윤슬혜 판사가 이한영의 옆에 서서 그가 바라보는 창가에 고개를 내밀어본다.

"뭐 있어요? 아무것도 안 보이는데……."

"아, 그냥 경치가 좋아서."

그렇게 말했지만 서울이다. 건물만 보인다.

윤슬혜 판사가 "풉" 하고 웃음을 터뜨린다.

"건물 좋아하시는 거 보니까, 도시 남자네요."

이한영이 커피를 입에 대며 말한다.

"그런데 아버지는 언제 서울에 올라오신대?"

"우리 아빠요? 어? 서울 올 준비 하시는 거 어떻게 아셨어요? 서울에 와서 망하면 창피하다고, 아무한테도 말하지 않았다고 하셨는데."

어떻게 알긴, 당연히 전생을 통해 알고 있다.

윤슬혜 판사의 아버지 윤관호 변호사는 꽤 유능한 사람이다. 전생에서도 이 시기쯤 서울에 올라와 활약했었다. 특검에도 올라가며 정계의 인물들과 각별하게 지냈던 것으로 알고 있다.

잠시 옛 기억을 더듬은 이한영이 입을 열었다.

“윤관호 변호사님이 윤 판사 같은 예쁜 딸을 서울에 보내 놓고 가만히 계실 분이 아니잖아? 매일 걱정돼서 전화하시지 않아?”

“예뻐요? 우리 아빠는 좀 꾸미고 다니라고 하시던데.”

“예뻐.”

겉으로 보기엔 어리지만 이한영은 인생을 다시 살고 있다.

사실 그의 나이는 꽤 많다. 그래서 어린 조카를 보는 듯 말했지만 윤슬혜 판사는 괜히 민망하게 웃는다.

“어서 도넛 드세요. 딸기잼 들어 있어요.”

* * *

그 시각, 서울에 있는 한정식집.

그곳에는 강신진 수석 부장과 이성대 부장이 앉아 있었다. 그리고 그들의 맞은편엔 중앙선거관리위원회 위원장인 이호열이 앉아 있다. 이호열 위원장은 강신진 부장의 세력이 대법원장으로 올리려는 사람이다.

30억이라는 돈을 사기당한 이성대 부장의 표정은 좋지 않다. 가시방석에 앉은 표정이다.

하지만 아직 그 사실을 모르는 강신진 수석 부장은 이성대 부장을 상관하지 않고 이호열 위원장을 보며 입을 열었다.

“차부터 바꾸셔야겠습니다.”

이호열 위원장이 고개를 갸웃거린다.

“차를 바꾸라고? 멀쩡한데 바꿀 필요가 있을까?”

"국회의원들도 선거철이 되면 차를 바꿉니다. 검소한 모습으로 서민에게 다가갈 수 있는 이미지를 위해서죠. 위원장님도 조만간 언론에 이름이 오르내리실 텐데, 그 첫 번째 이미지가 자동차가 될 겁니다."

"허 참."

"제 지인 중에 유성쇼핑 장태식 사장이 있습니다. 그 돈 많은 사람도 업무용으로는 국산 차를 타고 있지요. 그런데 참 웃긴 게, 그걸 본 사람들이 장태식 사장이 검소하다고 말해요. 장태식 사장의 취미 중 하나가 자동차를 모으는 건데 말이죠."

잠시 고민하는 표정을 짓던 이호열 위원장이 고개를 끄덕인다.

"그래, 자네가 그렇다면 따라야지. 어떤 것으로 바꾸면 되겠나?"

"출고된 지 7년쯤 된 중형차면 되겠습니다."

"중형차? 좁은데……."

강신진 수석 부장이 고개를 저었다.

"사람들은 높은 자리에 앉은 공직자일수록 검소해야 한다고 생각해요. 자신들의 옆집에서 흔히 볼 수 있는 자동차, 자신들도 탈 수 있는 자동차, 그것도 7년이나 된 차. 그런데 그걸 몰고 다니는 대법원장. 사람들은 진정으로 서민을 위하는 대법원장이 탄생한다고 좋아할 겁니다."

"중형차, 중고차……. 국회의원들도 그러고 다닌다고?"

"친근한 이미지를 위해섭니다."

"국회의원 양반들이 얼마나 재산이 많은데 중형차를 타고 다니겠어? 내가 아는 의원만 해도 집에 독일 차가 몇 대야. 사람들도 머리가 있지, 그런 것에 속아 넘어간다고? 안 속아."

이호열 위원장이 어이없다는 표정으로 손을 저었지만 강신진 수석 부장의 표정엔 변화가 없었다.

"머리가 있다면 그러고 살지 않겠죠. 생각이 있다면 끌려다니지 않겠죠. 선거철에 던져 주는 거짓 공약에 넘어가는 사람들이 그들입니다. 자기가 믿는 정당이라면, 어떤 더러운 짓을 해도 손뼉 치는 사람들이 그들입니다. 그들의 이름이 서민입니다. 위에 앉아 있는 사람들은 서민을 이용합니다. 그럼 우리도 그들을 이용해야죠."

강신진 수석 부장이 이글거리는 눈빛으로 이호열 위원장을 쏘아본다.

분명 이호열 위원장이 강신진 수석 부장보다 몇 단계는 위의 사람이다. 하지만 분위기를 보면 그렇지 않다. 끌려가는 것은 이호열 위원장 측이었다.

이호열 위원장은 크게 한숨을 마셨다. 그리고 단번에 술을 비워낸 후 탁, 잔을 내려 두며 입을 열었다.

"좋아. 그렇게 하지."

강신진 수석 부장이 고개를 돌려 이성대 부장을 향했다.

"7년 된 중고차 알아봐. 위원장님 이름으로 뽑아 놓도록 해."

"네? 중고차요?"

이성대 부장의 눈빛이 이상하다. 평소와 달리 어딘지 모르게 힘이 없다.

잠시 그를 보던 강신진 수석 부장이 다시 이호열 위원장을 향했다. 이상하긴 했지만 지금은 이성대 부장의 상태를 알아볼 시간이 아니었다.

강신진 수석 부장이 계속 말한다.

"그리고 집도 옮기셔야 할 것 같습니다."

"차를 바꾸는 것만이 아니라 이사도 하라고?"

"집값이 비싼 곳은 피하시고 가정부도 잠시 빼두십시오. 집은 34평이 좋겠네요."

"그렇게까지 해야 하나?"

"지금 사시는 집은 너무 비쌉니다. 판사 월급이 얼마나 된다고 그런 집에 살 수 있겠습니까? 의심하는 사람이 많을 겁니다. 대법원장으로 지명된다고 끝이 아닙니다. 청문회에서 우리와 반대편에 선 의원들은 집요하게 물고 늘어질 거예요."

이호열 위원장의 표정이 어둡다. 집은 이사할 수 있어도 가정부까지 빼라는 말이 너무하기 때문이다. 손에 물 한 번 묻히지 않고 산 아내가 살림을 제대로 할 수 있을지부터가 걱정이었다.

하지만 그것도 잠시였다. 강신진 수석 부장의 묵직한 목소리가 그의 귀에 박힌다.

"잠시입니다. 길어야 몇 달만 고생하시면 대법원장에 오를 수 있습니다. 그다음엔 위원장님이 어디에 살든 사람들은 상관하지 않을 겁니다."

"좋아. 그렇게 하지. 끝인가?"

"아뇨. 하나 더 있습니다."

"또 뭐?"

이호열 위원장은 난처한 표정을 지었다. 하지만 강신진 수석 부장은 말을 멈추지 않았다.

"첫째 아드님이 지금 병역 특례를 받고 있죠?"

이호열 위원장의 첫째 아들은 유성그룹 하청 업체에서 연구원으로 병역 특례를 받고 있었다. 물론 더러운 방법으로 들어간 거다.

이호열 위원장이 고개를 끄덕이자 강신진 수석 부장이 계속 말했다.

"둘째가 따님이죠? 바이올린 켜다가 로스쿨에 입학했다고요?"

이호열 위원장이 눈을 감았다. 아무리 강신진 수석 부장이 자기편이라고 하지만 치부를 들추는 것은 쓰리기 때문이다.

"이미 진행된 일인데, 말해 무엇하겠나? 그건 어쩔 수 없어."

"앞선 두 가지의 일은 제가 알아서 처리하겠습니다. 하지만 막내 아드님의 병역 문제는 일단 뒤로 미뤄 두시는 게 좋을 것 같습니다."

"그게 무슨 소리야?"

"면제를 주시려는 거, 알고 있습니다."

이호열 위원장의 표정이 무너진다. 그가 한숨을 푹 내쉬며 간절한 목소리로 입을 연다.

"강 수석 부장, 그건 좀 봐주자. 내 막내아들이 여간 똑똑한 놈이 아니야. 그런 놈이 군대 가서 머리가 굳으면 어떡해? 알잖아? 요즘에 군대 가면 노예고 바보야. 그 시간에 공부하면 장차 국가를 위해 큰일을 할 애라고."

신체 건강한 청춘 남자라면 다 가는 군대다. 하지만 이호열 위원장에게 자기 자식만은 특별한 모양이다.

강신진 수석 부장이 고개를 끄덕인다.

"군대에 가라는 게 아니에요. 면제받는 시기를 늦추자는 거예요. 위원장님께서 더 이상의 치부는 만들지 않았으면 좋겠습니다."

강신진 수석 부장의 꾸짖는 듯한 목소리가 이어진다.

"우리가 전흥우 대법원장을 치우면 그 자리를 차지하기 위해 똥파리들이 몰릴 겁니다. 주제도 모르고 나서는 사람들이 많을 거예요! 그럼 어떻게 되겠습니까? 놈들 역시 청와대 인물들과 접선해 우리의 허물을 넘겨줄 겁니다. 그렇게 서로를 물고 뜯고 지지고 볶을 겁니다. 만약 그때 막내 아드님의 병역 비리가 터지면 어떻게 될 것 같습니까?"

이호열 위원장은 한숨을 내뱉는다. 정상의 자리에 서는 게 만만치 않음을 느끼고 있는 거다.

강신진 수석 부장의 목소리가 계속 흘렀다.

"장남과 장녀, 이미 벌어진 일은 최대한 덮겠습니다. 하지만 진행 중인 것은 잠시 멈췄으면 합니다."

이호열 위원장은 눈을 감았다. 대법원장이 되겠다고 강신진 수석 부장과 손잡은 이상 되돌아갈 길은 없었다. 전진뿐이다.

이호열 위원장이 허탈한 표정으로 고개를 끄덕였다.

"그렇게 하지."

* * *

강신진 수석 부장과 이성대 부장은 엘리베이터를 타고 1층으로 내려가고 있었다.

강신진 수석 부장이 입을 연다.

"저런 비리는 윗선에서 끝내야 해. 지금은 필요해서 참고 넘어가지만 우리가 만들 세상은 깨끗할 거야. 그게 우리가 더러운 짓을 하는 이유니까."

강신진 수석 부장의 목소리는 어딘지 모르게 씁쓸하다. 그런데 이런 말을 건네면 보통은 받아쳐줘야 할 이성대 부장이 조용하다.

강신진 수석 부장이 고개를 틀어 이성대 부장을 본다.

"표정이 왜 그래? 안 좋은 일 있나? 말해. 우리 사이에 못 할 말이 어디 있어?"

하지만 이성대 부장은 대답하지 못한다. 더듬을 뿐이다.

"저, 저기……."

강신진 수석 부장이 다정히 입을 연다.

"무슨 일이야?"

"그, 그게……."

이성대 부장이 울먹거리는 표정을 짓는다. 그러더니 엘리베이터 바닥에 바짝 엎드린다.

예상치 못한 행동에 당황한 강신진 수석 부장이 그의 몸을 일으키려 할 때, 이성대 부장의 피를 토하는 목소리가 엘리베이터를 가득 채웠다.

"죄송합니다! 30억을 사기당했습니다!"

"뭐?"

"수석 부장님이 주신 통장의 30억을 사기당했습니다!"

강신진 수석 부장의 얼굴이 심각할 정도로 굳어졌다.

"뭐라?"

04

"죄송합니다! 죽여주십시오!"

법원, 강신진 수석 부장의 방.

이성대 부장은 머리를 땅에 처박고 있었다.

늦은 밤이기 때문인지, 아니면 강신진 수석 부장의 싸늘한 냉기 때문인지 이곳은 적막하다. 그저 이성대 부장의 목소리만 들릴 뿐이었다.

"죽여주십시오!"

절규에 찬 소리지만 강신진 수석 부장은 답하지 않는다. 노여움으로 가득한 눈동자로 이성대 부장을 노려볼 뿐이었다.

다시 한번 이성대 부장의 목소리가 터져 나왔다.

"죄송합니다!"

이성대 부장은 그렇게 서너 번을 더 외치고 나서야 기다리던 강신진 수석 부장의 목소리를 들을 수 있었다.

"설명해봐."

이성대 부장이 다급히 말했다.

"제가 정신이 나갔나 봅니다. 한 달에 3억을 보장해준다는 말에 혹해서 그만……. 그런데 중앙지검의 임중민 부부장이 놈들의 냄새를 맡고 쫓아서……."

횡설수설한다. 강신진 수석 부장은 이성대 부장이 한 말의 의미를 확실히 하기 위해 중점을 물었다.

"그래서 지문도 없었고 흔적도 남아 있지 않았다는 거야?"

"예……."

"통장의 돈은 바로 빠져나갔고?"

"예……."

"고개 들어."

이성대 부장이 머뭇머뭇 고개를 들었다.

순간 콱, 이성대 부장의 머리에 둔탁한 충격이 느껴졌다. 동시에 쇠가 바닥에 나뒹구는 소리가 들린다. 재떨이가 바닥에 굴러다니고 있었다. 강신진 수석 부장이 집어 던진 거다.

이성대 부장의 이마에서 뚝뚝 피가 떨어졌다. 하지만 소리도 지르지 못한다. 그대로 다시 고개를 숙일 뿐이다.

"죄송합니다!"

"이성대 부장."

"네!"

"나가봐."

"용서해주십시오!"

"나가봐."

"제발……."

"나가!"

"수석 부장님!"

울컥거리며 간절히 말했지만 강신진 수석 부장의 목소리는 들려오지 않았다.

이성대 부장은 나라를 잃은 표정으로 자리에서 일어나 허리를 굽혔다. 그리고 비틀비틀 강신진 수석 부장의 방을 떠났다.

* * *

딱!

테이블에 5만 원권 지폐 묶음이 부딪치는 소리가 났다. 두꺼워서 그런지 소리도 둔탁하다.

"소리도 좋다!"

돈다발을 들고 웃던 석정호가 이한영을 휙 보며 말을 잇는다.

"이걸로 나 뺨 좀 때려줘."

"뺨은 왜?"

"돈으로 맞아보는 게 소원이었어, 흐흐흐."

석정호가 이한영에게 돈다발을 건네고 지그시 눈을 감는다. 그의 입가에는 행복한 표정이 가득하다. 하지만…… '빡!' 하는 소리와 함께 석정호는 고통스러운 얼굴로 이마를 비볐다.

"뺨 때리라니까 이마는 왜 때려! 그것도 모서리 부분으로 때리면 어떡해!"

"아파?"

"그럼 아프지!"

"돈으로 맞고 싶다며?"

"이렇게 세게 때리는 거 말고 살짝!"

"한 번 더 때려줄게."

"됐어!"

이한영, 석정호와 이순호 그리고 박철우 검사와 송나연 기자가 옥탑방에 앉아 승리를 자축하고 있었다. 테이블 위에는 5만 원권이 수북이 쌓여 있다. 이성대 부장에게 뺏은 돈이다.

박철우 검사가 영웅담을 늘어놓기 시작했다.

"임중민 부부장이랑 사무실에 딱 갔는데, 아무도 없는 거예요. 텅 비어 있는 거야. 분명 내가 그 사무실을 세팅했는데, 아무것도 없으니까 황당스럽기도 하고. 나도 뒤통수 맞은 줄 알았잖아요!"

박철우 검사가 임중민 부부장의 이야기를 꺼냈던 날, 이한영은 바로 사무실을 옮겼다.

박철우 검사가 캔맥주를 들며 말을 잇는다.

"말이나 좀 해주지. 간 떨려서 혼났네."

"하하, 죄송합니다."

"됐어요. 잘됐으면 다행이지. 건배하죠."

박철우 검사가 맥주를 들자 모두 따라 든다. 그들의 맥주가 허공에서 맞부딪쳤다.

석정호가 족발을 안주 삼아 먹으며 이한영에게 말한다.

"아까 교통사고 났을 때 내가 차에서 딱 내리니까 박철우 검사님 표정이 어땠는지 알아? 고등학교 때 술 마시다가 검찰총장 만난 얼굴이었어. 좆 됐다, 이 표정. 흐흐흐."

박철우 검사가 눈살을 찌푸린다.

"아, 진짜. 사고 난 차에서 아는 사람이 나오는데 안 놀라는 게 이상한 거 아닌가?"

승리의 자리는 즐거운 거다. 너도나도 영웅담이 쏟아져 나온다. 큰 웃음소리가 사라질 줄 모르고 이어진다.

하지만 딱 한 사람만이 조용했다. 바로 송나연 기자다. 다른 사람이 웃을 때 같이 웃기는 하지만 평소와 달리 입을 다물고 있다.

박철우 검사가 송나연 기자에게 시선을 향했다.

"그런데 기자님은 그동안 어디에 있었어요? 한동안 얼굴 안 보이던데."

송나연 기자가 기다렸다는 듯 활짝 웃는다.

"환경적으로 어려운 분들을 찾아 전국 방방곡곡을 쏘다녔죠. 희귀병으로 고통받는 아이들, 국비 지원을 못 받는 소년 소녀 가장이나 독거노인 분들을 많이 만나고 다녔어요."

"어려운 분들?"

박철우 검사가 기억을 더듬는지 눈동자를 올린다. 그러고 보니 이 사기를 시작할 때 그런 말을 했던 것 같다.

송나연 기자가 테이블에 있는 돈을 손에 들며 말을 이었다.

"여기에 있는 돈, 어려운 분들을 위해 쓴다고 했던 거 아녜요?"

박철우 검사가 눈을 깜빡이며 이한영을 본다.

"그렇게 말하긴 했는데, 정말 전부 어려운 사람들에게 기부할 건가요?"

"혹시 돈 필요하세요? 그럼 몇억 챙겨 가시고."

"그게 아니라 백이석 법원장님을 대법원장으로 만들려면 돈이 필요하잖아요? 나쁜 건 알지만 그게 현실이잖아요? 의원들한테 좀 찔러주고 할 거라면……."

이한영이 고개를 저었다.

"이 돈을 정치자금으로 쓰지는 않을 거예요. 언젠가는 그런 일도 해야 할지 모르겠지만 이번에는 피하고 싶어요."

백이석 법원장은 돈이 없다. 그를 서포트 하는 임정식 수석 부장도 마찬가지다. 그런데 돈이 없는 그들이 국회의원들과 뒷돈을 거래한다면 강신진 수석 부장은 의심의 눈을 부릅뜰 거다. 그건 피해야 했다. 그리고…….

"더러운 짓을 하는 것보다 좋은 일을 하는 게 더 큰 도움이 될 거예요."

박철우 검사가 이한영을 설득하기 위해 말을 이어간다.

"이한영 판사님의 말도 맞는데, 그렇다곤 해도 나중을 위해서 일부는 가지고 있는 게 좋지 않을까요? 돈 필요할 때마다 걷을 수도 없고, 여기에 있는 사람들의 월급을 합친다 해도 얼마 되지도 않잖아요?"

"일부는 가지고 있을 거예요."

박철우 검사가 다행이라는 표정으로 가슴을 쓸어내린다.

"그렇죠?"

"네. 총무는 송나연 기자님이 맡아주세요."

"옙!"

송나연 기자의 대답을 들으며 이한영이 모두의 앞에 섰다.

"돈을 사용하는 방법에 이의 있으신 분, 또는 돈이 필요하신 분은 말씀하세요."

아무도 입을 여는 사람이 없다. 째깍거리는 시계 초침 소리가 들릴 정도로 적막할 때, 박철우 검사가 말한다.

"난 콜. 돈 벌려고 사기를 친 것도 아니고 지금까지 이한영 판사님 믿고 왔는데, 계속 믿어보죠."

석정호가 느릿하니 손을 든다.

"나도 괜찮아. 할머니 할아버지 돕는 거잖아? 남은 돈으론 계속 나쁜 놈들 혼내주는 거고. 그럼 좋지, 흐흐."

이순호도 마찬가지다.

"저도요."

수북이 쌓인 돈을 앞에 두고도 이들의 목소리와 눈빛에 아쉬움은 없었다. 진심 어린 의지만 있을 뿐이었다.

그들을 보며 이한영은 고개를 끄덕였다.

전생에선 느끼지 못한 감정이 이한영의 마음을 간질이고 있었다. 전생에서는 항상 위를 노리던 사람들, 돈을 벌기 위해 혈안이 된 자들만 주변에 있었다. 어떻게든 남을 끌어내리고 자신이 그 자리를 차지하기 위해

악귀같이 싸우던 괴물들만 존재했다.

그런데 지금은 아니다. 이한영은 지금 자신의 주변에 정말 좋은 사람들이 있다고 느꼈다.

이한영이 입을 연다.

"마시죠."

* * *

잠시 후 이한영과 박철우 검사가 옥상으로 나왔다.

옥탑방 안의 떠들썩한 목소리를 들으며 박철우 검사가 담배를 입에 문다.

"이한영 판사님, 김진아 검사한테서 아직 연락 없었죠?"

김진아 검사를 만난 것은 이성대 부장을 타깃으로 사기의 계획을 짜던 날이다. 그 이후로 김진아는 나타나지 않았다.

이한영이 고개를 끄덕이자 박철우 검사가 말을 잇는다.

"김진아 검사가 우리랑 엮이기 싫은 모양이네요. 계획 다 듣고도 안 오는 거 보면 그런 거 아니겠어요? 다른 곳에 흘리지 않은 것만으로 감사한 거지."

박철우 검사의 입에서 뿌연 연기가 흘렀다. 그가 재떨이에 재를 털며 계속 말했다.

"앞으로 김진아 검사는 빼고 합시다."

"원치 않으면 함께할 수 없겠죠."

이한영의 목소리엔 아쉬움이 컸다.

전생에서 김진아 검사는 유성그룹 장태식 회장을 법정에 앉힌 사람이다. 그녀는 악바리 근성을 보여줄 정도로 집요했다. 그런 그녀가 앞으로의 싸움에 함께해준다면 큰 힘이 될 것이 분명했다.

하지만 여기까지다. 앞으로 어떤 싸움이 벌어질지 모른다. 전생을 지켜

본 이한영조차 예측할 수 없는 지옥의 길이 펼쳐질 거다. 아무리 김진아 검사가 필요하다 해도 원치 않는 사람과 함께할 수 있는 일은 아니었다.

이한영이 생각에 빠져 있을 때, 박철우 검사가 힐끗 그의 표정을 살피며 뭐가 답답한지 담배 연기만 내뿜는다.

* * *

밤은 더 깊어졌다.

강신진 수석 부장은 이마에 손을 짚은 채 그대로 앉아 있었다. 이성대 부장이 떠난 후 지금까지 똑같은 자세다. 누가 봤다면 굳어버린 동상이라고 생각했을지도 모른다.

그렇게 앉아 있던 강신진 수석 부장은 천천히 몸을 젖히며 천장을 바라봤다.

'사람이 중요해. 사람이…….'

김진한 부장이 있었다면 이런 말도 안 되는 일은 벌어지지 않았을 거다.

'김진한의 일을 대신해줄 만한 인재가 없어. 누가 없을까?'

강신진 수석 부장의 머릿속에 순간 이한영의 얼굴이 스쳤다. 하지만 강신진 수석 부장은 금세 고개를 저었다. 아직 이한영은 너무 어리다. 머리는 가지고 있지만 사람들을 이끌어나갈 나이가 부족하다.

강신진 수석 부장은 서랍을 열어 담배를 꺼냈다. 그의 입에 물린 담배에서 뿌연 연기가 흘렀다.

'누가 있을까…….'

그의 머릿속에서 많은 사람들의 얼굴이 나타났다가 사라지기를 반복하기 시작했다. 그러다 툭, 털지 않은 재가 책상으로 떨어져 내렸다. 그 순간, 강신진 수석 부장의 눈이 번쩍였다.

'있어.'

강신진 수석 부장의 입가에 스산한 미소가 맺힌다.

* * *

"이성대 부장님 사기당했대."

"진짜? 그래서 출근 안 한 거야?"

"응. 중앙지검에 있는 연수원 동기한테 들었는데, 한 수억 날렸다더라."

"뒷돈 엄청 받아먹었나 보네."

"그렇게 생겼잖아."

"그런데 부럽다, 날릴 돈도 있고. 넌 통장에 얼마 있냐?"

"마통. 크크크. 넌?"

"나도. 흐흐흐."

다음 날, 이성대 부장이 사기당했다는 이야기가 중앙지방법원 전체에 퍼졌다. 모이는 판사마다 그 이야기다.

그 시각, 이한영은 강신진 수석 부장의 사무실 앞에 서 있었다. 문을 열고 들어가자 느긋하게 앉아 있는 강신진 수석 부장이 보인다.

이한영은 허리를 굽혔다가 펴며 강신진 수석 부장의 표정을 살핀다. 표정은 나쁘지 않다. 30억을 한 번에 날려 먹었지만 대수롭지 않다는 얼굴이다.

강신진 수석 부장이 보던 서류를 덮으며 책상에서 일어섰다.

"앉지."

"아, 네."

"이성대 부장의 일은 들었지?"

"네."

"미안하게 됐어, 자네가 애쓴 일인데 그 돈을 날려 먹었으니."

이성대 부장이 잃은 30억이 이한영이 유성그룹의 청탁을 받아들이며 받은 돈이기 때문이다.

"괜찮습니다. 그런데 앞으로 어떻게 해야 합니까?"

"걱정하지 마. 그건 내가 알아서 할 테니까."

이한영은 강신진 수석 부장의 다음 수를 읽기 위해 물었다. 하지만 강신진 수석 부장은 손을 휘저으며 답하지 않았다.

이한영이 소파에 앉자 강신진 수석 부장이 중앙에 있는 상석에 앉으며 입을 연다.

"소개해주고 싶은 사람이 있어서 불렀어. 이성대 부장, 그러니까 김진한 부장이 했던 일을 대신해 줄 사람이야."

'소개? 이성대 부장의 다음 사람? 혹시 형사의 윤지용 부장인가?'

일전에 김진한 부장을 면회했을 때 이한영이 물었다.

–앞으로 누가 수석 부장님의 옆을 보좌할지 모르겠습니다.

그리고 그 질문에 김진한 부장이 답했다.

–그런 것은 걱정하지 마. 내가 옆에 있었을 뿐이지 보좌할 사람은 많으니까. 민사의 이성대 부장도 있고 형사의 윤지용 부장도 있고, 많아.

이성대 부장은 끝났다. 그럼 다음은 윤지용 부장이다.

'윤지용 부장…….'

이한영이 전생에서 봤던 윤지용 부장을 떠올리고 있을 때 똑똑똑 문을 두드리는 소리가 들렸다.

강신진 수석 부장이 묵직이 입을 연다.

"들어와."

문이 열리고 들어온 사람은 윤지용 부장이 아니다. 칠흑 같은 단발머리에 핏물 같은 붉은 립스틱을 칠한 여자다. 화려하게 색조 화장을 하고 명품으로 휘두른 모습은 판사처럼 보이지 않았다.

분명 미인이지만 좋은 인상은 아니다. 어딘지 모르게 불길하게 느껴진다. 가까이하면 안 된다는 위험신호가 계속해서 이한영의 머릿속을 울렸다.

여자가 이한영을 보며 눈을 가늘게 만들어 웃는다.

'누구지?'

이한영은 전생을 되짚어보며 그녀를 떠올리려 했다. 하지만 기억에 없다. 저런 복장의 판사라면 스치듯 만났어도 기억에 남아 있어야 할 텐데, 전혀 기억나지 않는다.

강신진 수석 부장이 비어 있는 자리를 손가락으로 가리키자 그녀가 사뿐사뿐 걸어와 앉는다.

"이쪽은 이한영."

여자가 붉은 입술로 활짝 웃는다.

"알아요. 핫한 판사잖아요. 언론에도 가끔 나오던데. 뉴스로 보던 것보다 더 사납게 생겼네?"

강신진 수석 부장의 시선이 이한영을 향해 틀어진다.

"이쪽은 장유린 부장."

이한영은 전생을 되짚었다. 하지만 이번에도 마찬가지다. 그녀의 이름은 기억 속에 없다.

장유린 부장이 다리를 외로 꼬아 앉으며 입을 연다. 짧은 치마를 입었지만 상관하지 않는 모양이다.

"넌 나 잘 모르지?"

"아, 네."

"모를 거야. 국회에 파견 나가 있으니까."

"국회요?"

"이달 내로 파견 마치고 복귀할 거야. 이제 같은 식구니까 잘 지내보자."

순간, 풍문으로 들었던 일이 떠올랐다.

유성그룹 회장의 혼외 자식이며 국회의 마녀라고 불렸던 판사. 회장이 사망한 후 사법부를 떠나 장태식 사장과 경영권을 놓고 싸우다가 사라진 사람.

'설마? 그 사람인가?'

이한영의 시선은 다시 장유린 부장을 향한다.

그 눈빛에 장유린 부장이 깔깔대며 웃는다.

"얘 좀 봐? 예쁜 건 알아서 힐끗힐끗 보는 거야? 귀엽네."

* * *

"누구?"

"장유린 부장요."

"진짜? 장유린? 국회 파견 나간 애 맞아?"

다음 날, 이한영은 구치소를 찾아 김진한 부장을 면회하고 있었다. 장유린 부장에 관한 정보를 김진한 부장에게 듣기 위해서다.

이한영이 입을 열었다.

"이번에 국회 파견 마치고 법원으로 복귀한대요."

"와, 이건 아니지."

이성대 부장이 사기당했다는 말을 듣고도 태연히 치킨을 뜯던 김진한 부장이다. 하지만 '장유린'이라는 이름에 석고상처럼 멎어버렸다.

"이성대 그 미친 새끼 때문에 수석 부장님이 결국 장유린을……."

"장유린 부장님이 어떤 분이시길래 그렇게 놀라세요?"

김진한 부장이 들었던 닭 다리를 테이블에 놓고 티슈로 손을 닦으며 말한다.

"일단 되게 똑똑해. 배짱은 물론 실행력도 갖고 있어."

상대를 칭찬하면서도 김진한 부장의 표정은 떨떠름하다.

그가 계속 말한다.

"그런데 위험해. 그 여자의 머릿속에 우리가 바라는 새로운 세상은 없어. 그저 자기 복수를 생각할 뿐이야. 아니지. 복수도 아니야. 그래, 돈. 오로지 돈만 생각해. 돈을 위해서라면 배신이고 뭐고 무슨 짓이든 다 할 사람이야."

"돈요?"

되묻는 이한영을 김진한 부장이 빤히 본다.

"아, 몰랐구나? 장유린 부장 아버지가 유성그룹 회장이잖아. 밖에서 낳은 자식이라 쉬쉬하는 거고."

풍문으로 들었던 사람이 장유린 부장이었다. 하지만 의문은 여전히 남아 있다. 장태식 사장과 강신진 수석 부장은 각별한 사이이다. 그런데 그녀를 섭외했다는 것은 이해하기 어려웠다. 모를 땐 물어봐야 한다.

"장태식 사장님이 기분 나빠하지 않으실까요?"

"장태식 사장님한테 장유린 부장은 바퀴벌레야. 혐오스럽지만 위협이 되진 않아. 수석 부장님이 장유린을 어떻게 하든 관심도 없을걸."

"......."

"어쨌든 조심해. 배신도 문제지만 생긴 것과 달리 과격해. 목적을 위해서라면 무슨 짓을 할지 몰라. 사람 목숨도 가볍게 생각하는 여자니까 지켜보다가 이상한 느낌을 받으면 바로 나한테 오도록 해."

"네."

김진한 부장은 할 말을 다 했다는 듯 다시 치킨을 손에 들었다.

* * *

"이한영이는 어땠어?"

"아, 별로였어요."

강신진 수석 부장의 방.

그는 장유린 부장과 마주 앉아 있었다.

"별로였다?"

"네."

"난 꽤 높게 평가하는데, 그렇게 본 이유가 뭐지?"

장유린 부장의 붉은 입술에 미소가 스며든다.

"손바닥 비비는 능력과 임기응변은 갖추고 있는 것 같았어요. 하지만 거기까지예요. 모래성과 같은 능력일 뿐이죠."

"계속 말해봐."

"잔머리가 있으니까 미숙한 단독판사들 사이에서 뛰어난 것처럼 보일 뿐이에요. 금방 밑천이 드러날 거예요."

강신진 수석 부장이 픽 웃는다.

"그렇게 생각한 이유는?"

"삼류 대학 출신, 운이 좋아서 판사. 더 말해야 하나요?"

"자네도 간판을 보고 사람을 평가하는구먼?"

"가장 객관적이니까요. 삼류가 움직이는 건 뻔해요."

"뻔하다?"

"이한영 판사가 뭘 하고 돌아다니는지 맞혀볼까요?"

장유린 부장의 입가에 기분 나쁜 미소가 채워졌다.

"이한영이가 뭘 하는지 맞힐 수 있다고? 지금쯤이면 사무실에서 기록물을 보고 있지 않을까?"

"아뇨. 구치소에 갔을 거예요."

"구치소?"

확신하듯 말하는 그녀를 보며 강신진 수석 부장의 눈에 호기심이 오른다.

"제가 어떤 사람인지 알아보기 위해 김진한 부장을 만났겠죠."

장유린 부장이 가지런한 이를 드러내며 웃는다. 자기의 생각이 무조건 맞는다는 자신감이다.

강신진 수석 부장이 휴대폰을 손에 들었다.

"확인해보지. 자네가 맞히면 뭘 해야 하나?"

"글쎄요. 그건 생각해볼게요."

강신진 수석 부장은 구치소의 번호를 거침없이 누른다.

"중앙지법 강신진 수석 부장입니다. 혹시 김진한을 면회하러 온 사람이 있습니까?"

–김진한요? 있습니다. 이한영이라는 사람이 왔다 갔습니다.

강신진 수석 부장이 고개를 끄덕이며 휴대폰을 내려놓자 장유린 부장이 환하게 웃는다.

"어떻게 알았지?"

"이한영 판사는 임기응변으로 먹고사는 사람이니까요. 그런 사람은 주변의 정보를 손에 쥐어야 마음이 편하죠. 딱 거기까지인 인물이에요. 수석 부장님이 직접 쓸 인물은 아니에요."

가르치듯 하는 말투에 강신진 수석 부장의 눈동자가 어두워진다. 그 눈빛에 흠칫 놀란 장유린 부장이 서둘러 일어나 허리를 굽혔다.

"장유린 부장, 사람을 쓰고 말고는 내가 판단해. 그리고 날 가르칠 때는 내가 물어본 것에만 대답해줬으면 좋겠어."

"죄송합니다."

자신만만했던 목소리는 사라졌다.

강신진 수석 부장이 알았다는 듯 고개를 끄덕이며 말한다.

"대법원장을 어떻게 해야 할지나 생각해봐."

다시 자리에 앉은 그녀가 입을 열었다.

"생각해봤어요. 순서를 바꾸는 건 어때요?"

"순서?"

"수석 부장님은 30억으로 청와대의 인사를 만나 차기 대법원장으로 이호열 위원장님을 내정한 후, 전흥우 대법원장님을 탄핵하려 하셨잖아요?"

강신진 수석 부장의 계획에서 전흥우 대법원장의 탄핵은 결정된 승리를 확인하는 과정일 뿐이었다. 하지만 그 계획은 이성대 부장이 30억을 사기 당하며 무너져버렸다.

장유린 부장이 말을 잇는다.

"먼저 야당 의원들을 만나서 전흥우 대법원장에 대한 탄핵을 준비하고……."

또각, 또각.

장유린 부장은 강신진 수석부장실에서 나와 복도를 걷고 있었다. 그녀의 눈동자는 방에 있을 때와 다르다. 냉기가 뚝뚝 떨어진다.

'물어본 것에만 대답해줬으면 좋겠어? 사람을 쓰고 말고는 내가 판단해? 웃기지도 않아.'

그때 그녀의 앞에 한 판사가 보였다. 나이가 어린 여성 판사다.

판사가 고개를 숙이자 장유린 부장이 미소를 그리며 작은 목소리로 말한다.

"앞으로도 잘 부탁해."

"아, 네."

"그럼 가."

판사는 누가 볼까 무서웠던지 황급히 그 자리를 떠난다.

장유린 부장이 고개를 돌려 복도를 달리듯 걷는 그녀의 뒷모습을 본다.

'귀여운 애들이 참 많아.'

이한영이 김진한 부장을 찾아갔다는 사실을 안 것은 방금 만난 판사가 연락해줬기 때문이다. 그 소식을 들은 장유린 부장이 곧장 사람을 붙여 이한영의 뒤를 쫓게 해 구치소로 들어간 것을 확인한 것이다. 이것이 강신진 수석 부장에게 이한영의 모든 것을 알고 있다는 듯 호언장담했던 전말이다.

장유린 부장의 시선이 조금씩 틀어졌다. 시선이 멈춘 곳은 강신진 수석 부장실의 문이다. 시퍼런 살기가 담긴 눈동자로 문을 노려보던 그녀가 입술을 꽉 다물었다.

'이한영 그놈이 강신진의 옆에 있으면 안 돼. 어떻게든 떨어뜨려 놔야 해.'

* * *

구치소에서 나온 이한영은 차에 올라 시동을 걸었다. 하지만 출발하지 않는다. 시트에 등을 기대고 생각에 빠진다.

'전생에서 장유린 부장은 강신진 수석 부장에게 선택받지 못했어. 하지만 지금은…….'

역사가 바뀌고 있는 게 와닿는 순간이다.

강신진 수석 부장은 김진한 부장이 꺼리는 사람을 옆에 두고 있다. 게다가 장유린 부장은 장태식 사장과 유성그룹의 경영권을 놓고 맞붙을 사람이다.

'강신진 수석 부장은 장유린과 장태식 중 누구의 손을 들어줄까?'

이한영의 입가에 웃음이 스친다. 자신의 개입으로 역사의 물줄기가 방향을 바꾸고 있다. 어떤 결과가 나올진 아직 알 수 없지만 작은 변화가 보였다는 것에 이한영의 가슴이 쿵쿵 뛰기 시작했다.

그때 이한영의 휴대폰이 울렸다.

"어, 정호야."

–잡았어. 근처 커피숍이야.

"금방 갈게."

이한영이 액셀을 꾹 밟자 차가 부드럽게 움직이며 주차장을 빠져나갔다.

"여기!"

석정호가 손을 흔들었다. 옆에는 한 남자가 고개를 숙이고 있다.

성큼성큼 테이블로 향한 이한영은 말없이 남자를 내려다본다. 그 눈빛에 간담이 서늘해졌는지 남자는 바르르 몸을 떤다.

이한영이 그의 맞은편에 앉으며 석정호에게 물었다.

"이분이야?"

"어."

남자는 고개를 숙인 채 눈동자만 올려 이한영의 눈치를 본다.

하지만 이한영은 그 후로 말이 없다. 느긋하게 소매를 걷어 올리며 창밖을 바라볼 뿐이다. 그러다 커피도 마신다.

적막한 시간이 길어지면 긴장은 풀어지기 마련이다. 남자가 작게 한숨을 내쉴 때 이한영의 서늘한 눈빛이 남자를 향했다. 그러자 단 한순간에 이한영과 남자 사이의 공기가 얼어붙을 듯 차가워진다.

"미행한 이유는?"

"미, 미행 안 했어요. 그냥 볼일이 있어서……."

"법원에서부터 따라붙는 거 봤어요."

"저, 정말 아니에요!"

남자는 최대한 간절하게 말한다. 하지만 이한영의 표정은 변함없이 서늘하다.

이한영이 남자를 향해 몸을 당겨 앉으며 차갑게 말했다.

"장유린 부장이 보냈어요?"

뜬금없이 나온 이름에 남자는 당황했나 보다. 그의 입에서 가쁜 숨이 토해졌다. 그는 장유린 부장의 지시를 받아 이한영을 뒤쫓은 사람이었다.

남자는 입을 꾹 닫았다. 대답 대신 묵비권을 행사하기로 마음먹은 것 같다.

이한영이 석정호를 향해 손을 내밀었다.

"휴대폰 받았지?"

석정호가 남자에게 빼앗은 휴대폰을 테이블에 놓는다. 이한영이 발신 번호를 쭉 훑다가 남자에게 화면을 보인다.

"이 번호, 누구죠?"

"스, 스팸요."

석정호가 인상을 확 찌푸렸다.

"스팸은 햄이고! 저 번호 뭐냐고!"

석정호는 곰 같은 덩치와 무서운 얼굴을 가지고 있다. 그런 사람이 인상을 찌푸리자 남자는 더욱 위축된다.

"모, 몰라요."

이한영이 소리를 낮추어 말한다.

"장유린 부장이 아니라는 거죠? 그럼 제가 한번 알아보죠. 혹시나 해서 말씀드리는데, 전 검찰에 맡길 겁니다. 그럼 장유린 부장은 물론이고 그쪽도 위험해질 수 있어요. 판사의 뒤를 쫓고 멀쩡할 거라고 생각한 건 아니죠?"

남자는 그제야 다급하게 말한다.

"한 번만 봐주세요. 정말 죄송해요."

"어디 흥신소죠?"

"흥신소 아녜요."

말을 빙빙 돌리는 남자를 보며 석정호가 다시 화낸다.

"진짜 답답하네. 확, 씨! 전화번호를 스팸이라고 할 때부터 알아봤다. 내가 이 새끼 오늘 멱딸까? 너, 내가 누군지 모르지? 내가 시장통의 피 묻은 슬리퍼야, 새꺄!"

협박이 통했나 보다. 남자가 다급히 말한다.

"장유린 맞아요! 전 장유린 남자 친구고요! 유린이가 그쪽이 어디로 가는지만 알아봐 달라고 했어요!"

이한영이 빙긋이 웃으며 남자의 휴대폰과 자신의 휴대폰을 테이블에 놓는다. 그리고 두 휴대폰 모두 녹음 앱을 실행시켰다. 남자는 이한영이 뭘 하는지 알 수 없어 눈만 깜빡거릴 뿐이었다.

이한영이 남자의 휴대폰을 그의 앞으로 쭉 밀었다.

"전화하세요."

"네?"

"잘 끝내고 돌아간다고 말하세요. 우리한테 잡혔다는 말은 하지 말고."

"녹음 켜고요?"

"네."

남자가 휴대폰을 향해 손을 뻗는다. 하지만 쉽게 쥐지 못한다. 그의 손이 허공에서 흔들린다.

"망설이지 말고 하세요."

이한영의 목소리는 정중했다. 하지만 남자에게는 두려움으로 들렸다. 이한영의 눈치를 살피던 남자가 눈을 질끈 감으며 콱 휴대폰을 손에 들어 귀에 댄다.

"어, 유린아. 잘 끝났어. 그 사람은 법원으로 가는 것 같아."

* * *

법원 주차장에서 차에 오르던 장유린 부장은 전화를 귀에 대고 있었다.

"어, 고생했어. 이만 들어가고 나중에 봐. 내일? 내일은 바빠. 다음에 만나."

그녀는 통화가 종료된 휴대폰을 조수석으로 던져두며 픽 웃는다.

"병신 같은 것들은 웃기만 해줘도 사랑받는 줄 알지. 동물하고 다를 게 뭐야?"

장유린 부장은 남자가 잡혔을 거라는 생각은 꿈에도 하지 못했다.

* * *

통화 종료 버튼을 꾹 누른 후 눈치를 살피던 남자는 이한영이 손을 내밀자 들고 있던 휴대폰을 건넸다.

이한영은 녹음된 통화를 재생시켜 귀에 대본다.

"휴대폰 좋은 거 쓰시네. 녹음 음질이 깨끗해요."

이한영이 녹음된 파일을 자신의 휴대폰으로 전송시킬 때 남자가 떨리는 목소리로 물었다.

"이제 어떻게 하실 건가요?"

"아저씨는 이제 돌아올 수 없는 강을 건넜어요. 이미 거짓 보고를 했잖아요? 녹음된 증거도 있고요. 한번 거짓말을 한 사람을 장유린 부장이 믿어줄 것 같아요, 그 성격에? 아저씨가 장유린 부장과 만나고 싶다면 이제 계속 거짓말을 할 수밖에 없어요."

남자가 움찔거린다.

"계, 계속 거짓말을 하라고요?"

"네, 앞으로도 장유린 부장은 지금같이 나를 감시하라는 지시를 내릴 거예요. 그럼 아저씨는 어떻게 해야 할까요?"

남자의 목울대가 움직인다. 하지만 대답이 없다. 망설이고 있는 거다. 순간 탕, 이한영이 손바닥으로 테이블을 쳤다. 갑자기 들려온 큰 소리에 남자가 깜짝 놀라 움찔거렸다.

그를 향해 이한영이 찌르듯 말했다.

"선택하세요."

남자는 눈을 질끈 감았다.

"판사님께 보고하겠습니다."

마음에 드는 대답에 이한영이 미소를 짓는다.

"좋아요. 그럼 아저씨에겐 아무 일도 없을 겁니다. 계속 장유린 부장과 행복한 시간을 보낼 수 있을 거예요. 검찰과 만날 일도 없을 거고요."

남자는 앞으로도 이한영의 동태를 살필 거다. 하지만 장유린 부장에게 보고되는 것은 모두 이한영의 의지에 따라 결정된다.

* * *

"이름이 박이중이네."

이한영의 차를 타고 송파로 향하던 중이었다. 석정호는 휴대폰으로 찍은 남자의 신분증을 보고 있었다.

이한영이 핸들을 틀며 물었다.

"명함 찍었지? 뭐 하는 사람이야?"

"명함은 없고 너 차 빼러 갔을 때 뭐 하는 사람이냐고 물어봤는데 건물주래."

"건물주?"

"응, 조물주 위에 건물주님. 돈 많은 양반이 할 일 없이 네 뒤는 왜 쫓고 있냐고 물었더니 뭐라는 줄 알아? 진짜 할 일이 없어서래. 그리고 그 부장인가 하는 여자를 진짜 사랑한다네, 흐흐."

이해되지 않는 소리에 이한영은 고개를 저었다. 세상은 넓고 이상한 사람은 참 많다.

석정호가 휴대폰을 주머니에 넣으며 말한다.

"그런데 저 박이중이라는 아저씨, 믿어도 될까? 그 여자한테 다 말하는 거 아냐?"

"절대. 아까 전화번호를 검찰에 넘긴다고 하니까 장유린 부장이 시켰다고 순순히 말했던 거 기억나지?”

“어? 어.”

“그런 사람은 자기 안위가 1번이야. 사랑이고 뭐고 자기 살길부터 찾는 사람이니까 걱정하지 마.”

그렇게 말하는 사이 시장통 앞에 도착했다. 이한영은 석정호를 내려주고 차를 돌렸다.

법원으로 향하는 이한영의 표정이 점차 변해간다. 석정호와 함께 있을 때와 달리 점차 어두워지는 눈빛으로 세상을 쏘아보고 있다. 이윽고 이한영의 손가락이 툭툭 핸들을 치기 시작했다.

‘법원에서부터 내 뒤를 쫓았다는 건 내가 나가는 걸 알았다는 건데…….’

이한영이 나가는 걸 알고 있던 사람은 윤슬혜 판사와 이소이 판사, 둘 뿐이다.

‘설마?’

여기까지 생각하자 의심은 꼬리를 물고 커져만 간다.

‘이것부터 해결해야겠네.’

* * *

“통화 기록 좀 알 수 있을까요?”

그날 밤, 이한영은 옥탑방이 있는 옥상에서 박철우 검사와 만나고 있었다.

이한영이 쪽지를 넘기자 박철우 검사가 고개를 갸웃한다.

“통화 기록요? 영장 없이?”

“네.”

“아, 진짜 불법적인 일은 잘 시킨다니까.”

의심이 가는 사람은 둘, 윤슬혜 판사와 이소이 판사다. 의심의 씨앗이 뿌리를 내리기 전에 뽑아내야 한다.

박철우 검사는 툴툴대면서도 번호가 적힌 쪽지를 주머니에 쑤셔 넣는다.

"내일까지 알려드릴게요."

"미리 감사합니다."

"그건 그렇고 중앙선거관리위원회 이호열 위원장, 오늘 단기 월세 계약했어요."

"월세?"

"20억짜리 집에서 살던 사람이 7억짜리 아파트 월세를 계약했네요. 이유야 뻔하겠죠? 그놈의 서민 코스프레, 지겹지도 않나, 딱 봐도 잘사는 인간들이? 에이."

짜증으로 가득한 박철우 검사를 보며 이한영이 물었다.

"이호열 위원장의 비리는 아직 못 찾았나요?"

"네, 더 알아봐야겠지만 아직은 없어요."

"20억짜리 집에 살았다면서요? 판사 월급으로는 힘들 텐데요."

"이호열 위원장의 마누라가 잘사는 집 자식이었더라고요. 유산으로 받은 게 많으니……. 일단 가족들을 돌려볼 테니까……."

이한영은 고개를 갸웃거렸다.

'전생에서 뭔가 큰일이 있었던 것 같은데…….'

하지만 이 빌어먹을 기억력은 언제나 중요한 순간에 막혀 있다. 가물가물하니 기억날 듯 나지 않는다.

그때 터벅거리는 발소리가 계단에서 들려왔다.

이한영과 박철우 검사는 계단으로 시선을 돌렸다. 동시에 박철우 검사가 인상을 찌푸린다.

단정한 옷차림의 김진아 검사가 올라오고 있었다.

"그동안 연락 못 드려서 죄송해요."

박철우 검사는 잠시 눈을 감았다.

'오지 않았으면 했는데…….'

박철우 검사는 이한영과 김진아 검사가 함께 있는 걸 원하지 않았다. 하지만 생각과 달리 태연히 입을 열었다.

"바빴어?"

"아뇨. 바쁜 것보다는 제가 사기 현장에 있어도 도움 될 게 없을 것 같아서요. 그래서 다른 걸 조사했어요."

"어떤 거?"

김진아 검사가 가방에서 서류봉투를 꺼내 박철우 검사에게 건넸다. 봉투를 받아 서류를 꺼내 본 박철우 검사의 눈이 크게 떠진다.

"이호열 위원장?"

"네, 제가 잘할 수 있는 것은 이호열 위원장에 관한 조사라고 생각했어요."

서류를 넘겨 보던 박철우 검사가 이한영에게 건넸다.

"읽어보세요."

이한영이 서류를 손에 들어 넘긴다. 순간, 이한영의 눈빛이 일그러진다.

'병역 비리? 부정 입학?'

그들이 저지른 죄 때문에 놀란 게 아니다.

'뭐지? 뭔가 있었는데…….'

뭔가를 놓치고 있다는 싸늘한 생각으로 등이 오싹해질 때 김진아 검사가 말을 이었다.

"일단 첫째 아들의 병역 비리요."

첫째 아들이 유성그룹 계열사에서 특례를 받고 있었다.

"특례 자격은 문제가 되지 않아요. 하지만 회사에 출근하지 않는 것 같아요. 그리고 둘째가 딸이거든요. 지금 한국대학교 로스쿨에 다니고 있는데, 이 부분에서도 냄새가 나요."

이한영은 서류를 한 장 넘겼다.

이호열 위원장에겐 바이올린을 전공한 딸이 있었다. 그런데 뭘 하는진 모르겠지만 1년의 대부분을 외국에서 보낸다. 당연히 수업을 제대로 들었을 리가 없다. 하지만 무사히 졸업했다. 여기까지는 최대한 이해하며 관례라고 생각할 수도 있다. 문제는 로스쿨 입학이다.

김진아 검사가 말한다.

"자기소개서에 아버지가 이호열 위원장이고 친척들이 뭐 하는 사람인지 작성해서 넣은 모양이에요. 면접은 이호열 위원장의 연수원 동기인 교수가 봤고요."

이호열 위원장은 서울 민사지법 판사로 임관해 대법관을 마치고 중앙선거관리위원장에 오른 사람으로, 대한민국 의전 서열 6위다.

그리고 상류층이 상류층으로 머무는 세상, 밑바닥 인생은 밑바닥인 채로 사는 세상을 만들기 위해 혈안인 사람 중 하나였다.

이한영은 서류를 덮고 잠시 생각에 빠졌다. 아까부터 이어진 섬뜩했던 기억을 찾기 위해서다. 하지만 역시나 떠오르지 않는다.

'놓친 기억은 천천히 찾고 일단은 해야 할 일을 하자.'

역사는 새로운 방향으로 흐르기 위해 꿈틀대는 중이다. 머뭇거릴 시간은 없었다.

이한영이 고개를 들어 박철우 검사를 향했다.

"박철우 검사님."

"네."

"잡을 수 있나요?"

"누구? 이호열 위원장?"

"네."

박철우 검사가 고개를 저었다.

"몰라서 묻는 거예요? 이 정도로는 못 잡아요. 위에 있는 새끼들, 이 정도는 다 해 먹고 살잖아요."

"잡을 수 있어요."

"잡으면 유죄 때려 준답니까, 다 한통속인데?"

"멍석은 깔아드릴게요."

박철우 검사가 어이없다는 듯 웃으며 힐끗 이한영의 표정을 살폈다. 그런데 이한영의 눈빛은 진지하다.

"진짜 이걸로 잡으려고요? 이 정도로는 어렵다니까요. 더 큰 게 필요해요."

그러나 여전히 이한영의 눈동자에는 흔들림이 없다.

박철우 검사는 한숨을 푹 내쉬었다.

"몰라요. 일단 준비는 해보죠."

* * *

"이번 주 토요일에 유세희를 만날 겁니다. 유세희를 통해 미팅 약속을 잡을게요. 늦어도 다음 주 금요일까지는 미팅이 가능할 겁니다."

다음 날, 이한영은 사무실 구석에 있는 방에서 임정식 수석 부장과 통화하고 있었다.

−오케이. 백이석 법원장님께 다음 주 저녁 약속은 빼놓으시라고 말씀드릴게.

"네."

−그리고 나도 전흥우 대법원장님을 만났어.

임정식 수석 부장에게 전흥우 대법원장과 친분을 쌓아 달라고 부탁했었다. 전흥우 대법원장이 휘두르는 칼이 이호열 위원장에게 향하길 위해서다.

−대법원장님 주위에 사람이 없어서 그런지 접근하는 게 어렵진 않더라. 조만간 중요한 일을 맡게 될 수도 있을 것 같아. 그런데 이호열 이 양반을 칠 수 있을까? 쉽지 않은 사람인데.

중요한 이야기를 해야 할 시간이다. 이한영이 힐끗 문을 바라봤다. 장유린 부장의 눈과 귀가 이 사무실에 있을지 모를 상황. 누군가 문에 귀를 대고 있다면 통화하는 소리를 들을 수 있다. 조심해야 한다.

"방법은 메시지로 보내드릴게요."

이한영은 임정식 수석 부장과 통화를 종료하고 바로 메시지를 작성했다.

–첫째 아들 병역 특례, 회사에 출근하지 않고 있다는 의혹이 있습니다. 둘째 딸, 로스쿨 부정 입학 의혹이 있습니다.

막 전송 버튼을 누를 때 똑똑똑 노크 소리가 들렸다.

"어, 들어와."

방의 문이 삐걱 열렸다.

윤슬혜 판사다. 문을 꾹 닫은 그녀가 시선을 올려 이한영을 향한다. 그런데 평소와 눈빛이 다르다. 그녀의 눈동자엔 고민이 가득했다.

"왜? 무슨 말 하려고?"

그녀는 조용하다. 말은 못 하고 우물쭈물하고 있다. 순간, 이한영의 머릿속에 장유린 부장의 얼굴이 스친다.

'설마, 윤슬혜 판사가 장유린 부장에게?'

가능성은 희박하다. 하지만 모르는 일이다. 배신이란 가장 믿는 사람에게 당하는 경우가 많다.

이한영이 태연히 입을 열었다.

"무슨 말을 하려고 그렇게 뜸을 들이는 거야?"

주먹을 꼭 쥔 윤슬혜 판사가 최대한 용기를 내듯 말한다.

"이성대 부장님 사건, 이한영 판사님이 하신 거죠?"

예상하지 못한 말에 이한영이 미간을 찌푸렸다.

"무슨 소리야?"

"우동진 부장 때도 그렇고 이번 이성대 부장도 그렇고……."

"내가 사기를 어떻게 쳐? 판산데."

“저도 눈치가 있어요. 지난번에 이성대 부장님 사무실에 몰래 들어가려고 하셨잖아요.”

이성대 부장의 투자처를 알기 위해 사무실에 들어가려 했지만 출근한 배석판사 때문에 들어가지 못한 적이 있었다. 그때 윤슬혜 판사의 도움을 받았었다.

“그거? 이성대 부장님이 나한테 시키신 일이 있는데, 내가 깜빡했거든. 그 자료를 찾으러 들어갔던 거야. 배석판사가 부장님께 말하면 골치 아파지잖아. 그래서 윤슬혜 판사에게 부탁한 거고.”

애써 변명했다. 하지만 윤슬혜 판사는 의심의 눈초리를 지우지 않았다.

“이성대 부장님, 뒷돈을 많이 받는 판사잖아요. 그래서 하신 거 아니에요?”

“아니야.”

“저도 하고 싶어요.”

이한영의 입에서 작게 한숨이 흘렀다.

사실, 윤슬혜 판사도 계획의 한 명으로 넣어 두긴 했다. 하지만 지금은 아니다. 게다가 누가 장유린 부장의 끄나풀인지 모를 상황에서 섣불리 뱃속을 보여줄 수는 없었다.

어떻게 답해야 하나 고민하고 있을 때 이한영의 휴대폰이 울렸다. 박철우 검사다. 발신 번호를 확인하며 이한영이 윤슬혜 판사에게 말했다.

“미안. 전화가 왔네, 나중에 이야기하자.”

이한영은 윤슬혜 판사를 스쳐 방을 벗어났다. 사무실로 나오자 이소이 판사가 일하는 게 보인다. 이한영이 책상에 앉으며 슬쩍 이소이 판사를 바라봤다.

“어려운 거 없어?”

“네, 괜찮아요.”

그녀는 생긋 웃으며 기록물을 넘기고 있다.

이한영이 복도로 향하며 전화를 귀에 댔다.

"말씀하세요."

–어제 말씀하셨던 통화 기록 알아냈어요. 다 넘겨드릴까요? 아니면……?

박철우 검사의 목소리를 들으며 이한영의 눈빛에 서늘한 살기가 담겼다.

* * *

"오늘은 회사에 남아 있어요. 다른 곳 안 가고요."

–누굴 만나거나 통화한 사람은 없었어?

"특별한 것은 없었어요. 그냥 일상적이었어요."

법원의 비상계단.

누군가가 장유린 부장과 통화하며 이한영의 일거수일투족을 보고하고 있다.

–그래, 계속 알아봐줘.

"……네."

누군가는 통화를 끊고 비상계단을 벗어나기 위해 문고리를 꾹 잡는다. 그리고 열었다. 동시에 눈동자가 떨려오기 시작했다. 앞에 있는 사람.

이한영이었다.

이한영이 악마 같은 미소로 웃는다.

"우리, 이야기 좀 할까?"

"이, 이한영 판사님……."

누군가는 이소이 판사였다.

그녀가 주춤주춤 뒤로 물러서자 이한영은 성큼성큼 다가선다.

어두운 비상계단, 천장에 달린 등 하나로 인해 이한영의 그림자가 벽에 일렁였다. 그 그림자는 악마였다. 막다른 벽에 가로막힌 이소이 판사는 더 물러날 수 없었다. 그녀의 큰 눈동자가 사정없이 떨린다.

이한영의 입꼬리가 말려 올라간다. 그리고 쾅, 손바닥으로 그녀의 얼굴 옆에 있는 벽을 내리쳤다. 깜짝 놀라 눈을 질끈 감은 그녀를 향해 이한영의 얼굴이 슥 가까이 다가갔다. 그리고 확, 그녀의 손에 들린 휴대폰을 빼앗았다. 이소이 판사는 아무 말도 못 하고 이한영의 행동을 지켜볼 뿐이었다.

이한영은 느릿하게 통화 기록을 확인하기 시작했다. 역시 장유린 부장의 전화번호가 있다. 이한영의 입가에 걸린 미소가 더 짙어지며 어두운 눈동자가 이소이 판사를 향했다.

"이유가 뭐지? 장유린 부장이 날 감시하는 이유가 뭐야?"

"죄, 죄송해요."

"죄송할 필요 없어. 말해."

"강신진 수석 부장님 옆에 이한영 판사님이 계시면 안 된다고……."

"뭐?"

이해할 수 없는 말이다. 그녀가 계속 말한다.

"그럼 이한영 판사님도 다칠 수 있다고 그랬어요. 그래서……."

"내가 다쳐?"

웃기는 소리였다.

그녀가 고개를 끄덕인다.

"네, 그리고 이한영 판사님이 있으면 장유린 부장님이 하는 일에 방해가 된다고……."

"장유린 부장이 뭘 하려고 하지?"

"거기까지는 모르지만 제 복수를 해주겠다고 했어요."

"복수?"

그녀의 말이 이어진다.

"제 아버지가 교도소에서 돌아가셨거든요."

이소이의 아버지는 유성전자의 하청을 받는 중소기업의 사장이었다.

"아버지가 몇 년에 걸쳐 기술을 개발했는데, 유성전자가 기술 공개를 요구했어요. 공개하지 않으면 더는 하청을 주지 않겠다고 압박하면서요."

이것이 바로 중소기업의 혁신 가능성이 희박해지는 이유다. 이소이의 아버지는 어쩔 수 없이 기술을 공개했고, 결국 모조리 빼앗기고 말았다. 그리고 유성전자는 말도 안 되는 이유를 갖다 붙여 이소이의 아버지를 산업스파이로 고소해버렸다. 당시 판사가 강신진 수석 부장이었다.

"강신진 수석 부장은 누명이었다는 걸 알면서도 아버지에게 형을 선고했어요!"

"그래서?"

"네?"

"그래서?"

이한영의 목소리는 차갑다.

"그래서 강신진 수석 부장에게 복수하기 위해 날 감시했다는 거야?"

"죄, 죄송합니다."

이한영은 삐뚜름한 미소를 지으며 말한다.

"이소이 판사, 장유린 부장이 네 복수를 해줄 것 같아?"

"네?"

"알잖아? 모른 척하는 거야? 장유린 부장은 유성그룹이 가진 돈을 원해. 머릿속에 돈밖에 없어. 네가 가진 원한은 이용 가치가 있을 뿐이야. 그 이용 가치도 고작 내 동선을 파악하는 용도로 쓰는 게 전부고. 안 그래?"

진실은 아픈 법이다. 더욱이 알고 있던 사실을 들으면 충격이 크다. 그녀가 아랫입술을 꽉 깨문다. 울지 않으려 애쓰는 거다.

이한영의 말이 이어졌다.

"그러니까 앞으로도 계속 장유린 부장에게 내 동선을 보고하도록 해."

"네?"

예상하지 못했던 말에 이소이 판사가 눈을 동그랗게 뜬다.

"단, 내가 말한 대로 보고해. 장유린 부장에게 이용당하지 마."

"그, 그럼 제 복수는요?"

"네 복수를 왜 다른 사람에게 맡기는 건데? 복수는 직접 해야지. 내 말을 따르면 강신진 수석 부장님의 옆에 있게 해줄게. 옆에서 지켜보다가 기회가 되면 찔러."

이한영은 몸을 돌려 비상계단을 벗어났다. 복도에 선 이한영이 손바닥을 펴본다. 이소이 판사가 이한영의 손을 잡을지는 모른다. 하지만 장유린 부장에게 섣불리 보고하지는 못할 거다.

건물주 박이중에서부터 이소이 판사까지, 장유린 부장의 눈과 귀를 막았다. 이제 그녀가 중앙지방법원으로 오는 다음 달을 느긋이 기다리면 된다.

이한영의 손바닥에 장유린 부장이 보였다.

'무슨 꿍꿍이를 숨기고 있는진 몰라도 내가 한 수 위야.'

* * *

"야당 대표님은 우리를 도와주기로 했어요."

그날 밤, 강신진 수석 부장은 유성쇼핑 장태식 사장과 함께 서초구에 있는 일식집에서 드림일보의 편집국장을 만나고 있었다. 드림일보는 송나연 기자가 있는 곳이다.

편집국장이 고개를 저었다.

"아무리 그래도 대법원장을 탄핵한다는 기사를 쓸 순 없어요. 다른 신문사에서 먼저 나서준다면 곁다리로 껴볼 수는 있겠지만…… 너무 위험해요."

말꼬리를 흐리던 편집국장이 강신진 수석 부장을 힐끗 본다. 위험하긴 하지만 오가는 게 있다면 도울 수 있다는 눈빛이다.

강신진 수석 부장이 희미하게 웃는다.

"제가 해드릴 수 있는 게 뭐가 있을까요? 지금 여당의 오종탁 의원과 50억 원의 민사소송 중이시죠?"

편집국장의 미간이 찌푸려진다.

몇 달 전, 드림일보가 오종탁 의원이라는 사람의 뇌물 수수 혐의를 폭로한 적이 있다. 평소 사이가 좋지 않던 오종탁 의원을 찍어 누르기 위한 거짓 보도였다. 오종탁 의원은 즉각 명예훼손으로 50억 소송을 걸었고, 상황은 드림일보에 안 좋게 흐르는 중이다.

강신진 수석 부장이 찻잔을 손에 들며 말했다.

"그거 드림일보가 이길 수 있게 조치해 두겠습니다. 그럼 50억 이득을 보시는 건데, 이 정도면 기사를 써주실 수 있겠습니까?"

바라던 것이었나 보다. 편집국장이 무릎을 탁 친다.

"암요!"

편집국장이 떠나고 일식집엔 장태식 사장과 강신진 수석 부장만 남았다.

장태식 사장이 어이없다는 듯 웃는다.

"판사라는 직업이 참 좋아. 돈 없이도 일을 해결하잖아?"

강신진 수석 부장이 고개를 저었다.

"더러운 일이지."

"그건 그렇고, 30억을 사기당했다고? 어떤 멍청한 놈이 사기를 당하고 다녀? 하하하하하!"

장태식 사장이 참았던 웃음을 토해냈다.

강신진 수석 부장은 씁쓸하게 웃는다. 반박할 말이 없기 때문이다.

장태식 사장이 자세를 고쳐 앉으며 강신진 수석 부장을 향해 몸을 당겼다.

"이제 우리 비즈니스를 이야기해야지? 얼마가 필요한가? 나한텐 무엇을 해줄 수 있고?"

"찾아봤더니 유성자동차에서 법인세 부과 처분 취소 소송을 하고 있던데. 금액이 358억이야."

"그래서?"

"반절만 내지 않겠나?"

반절이라 해도 100억이 넘어가는 돈이다. 아무리 수천억을 주무르는 장태식 사장이라 해도 부담스러운 액수였다.

"선거운동을 하는 것도 아닌 대법원장 내정에 그렇게 많은 돈이 필요해? 윗선 몇 명만 핀셋으로 찍어 돈을 꽂아 주면 되는 일 아니야?"

"그다음에 해야 할 일도 있으니까."

장태식 사장의 눈에 고민이 차오른다. 장태식 사장에게도 전흥우 대법원장이 내려간 후 이호열 위원장이 사법부를 쥐는 게 유리했다. 아직 유성전자의 산업재해 소송이 진행되는 중이었기 때문이다.

"자금 세탁하고 쓰기 좋게 만들려면 적어도 3주는 걸릴 거야."

장태식 사장이 정부 당국의 눈만 피해 전해 준다면 하루도 걸리지 않을 일이다. 하지만 장태식 사장은 유성그룹의 경영권을 놓고 형제들과 다투는 중이다. 그들의 눈에 띄지 않을 시간이 필요했다.

강신진 수석 부장이 고개를 끄덕였다.

"그 정도면 충분해."

-사법 파동의 소용돌이 속에 야당이 전흥우 대법원장의 지도력을 문제 삼고 나섰습니다.

-중앙선거관리위원회 이호열 위원장은 전흥우 대법원장이 모든 책임을 져야 한다며 강한 결단을 촉구하고 있습니다.

-전흥우 대법원장이 비리 혐의가 있는 A 판사를 법원행정처에 앉힌 것으로 밝혀졌습니다. 법관의 윤리를 바로 세우겠다던 전흥우 법원장이…….

드림일보에서 시작한 전홍우 대법원장의 탄핵 소식은 이내 다수의 여론이 힘을 합치며 시끄러워지기 시작했다.

여론은 전홍우 대법원장이라는 타깃을 향해 누가 먼저랄 것 없이 때리기 시작했고, 차기 대법원장을 노리는 이호열 위원장은 중간중간 전면에 나서며 불난 집에 기름을 끼얹었다.

"이호열!"

전홍우 대법원장은 책상을 세차게 내리찍었다. 그의 눈이 시뻘겋다.

"이런 개새끼!"

운이 좋게 이 자리까지 왔다 해도 산전수전을 다 겪은 사람이다. 전홍우 대법원장의 눈에 이호열 위원장의 꼼수는 빤히 보였다. 하지만 지금 그가 할 수 있는 일은 없었다. 그저 책상을 두드리며 화풀이하는 게 전부였다.

전홍우 대법원장이 시뻘건 눈으로 분노를 토해내고 있을 때 전화기의 벨이 울렸다.

–중앙지법 임정식 수석 부장이 찾아왔습니다.

전홍우 대법원장은 화를 최대한 억누르며 입을 열었다.

"들어오라고 해."

문이 열리고 임정식 수석 부장이 안으로 들어왔다.

허리를 굽히는 임정식 수석 부장을 보며 전홍우 대법원장이 묻는다.

"어쩐 일이야?"

임정식 수석 부장은 말없이 전홍우 대법원장의 앞으로 걸어간다. 그리고 가지고 왔던 서류봉투를 정중히 그의 책상에 놓았다.

"뭐야?"

"읽어보십시오."

전홍우 대법원장이 서둘러 서류봉투를 열어 본다.

"이건?"

"이호열 위원장 자제들의 부정 의혹입니다."

이한영을 통해 얻은 자료였다.

그 사실을 알 리 없는 전홍우 대법원장의 손이 가늘게 떨렸다.

"이걸 어떻게……?"

"여러 경로를 통해 이호열 위원장이 대법원장님의 자리를 노리고 있다는 걸 들어 왔습니다. 그래서 이전부터 준비하고 있었습니다."

임정식 수석 부장이 천천히 허리를 굽히며 말을 이었다.

"저를 칼로 써주십시오. 이호열 위원장을 치겠습니다."

전홍우 대법원장이 서류와 임정식 수석 부장을 번갈아 본다.

"임 수석 부장."

"저를 믿어주십시오!"

충성에 가까운 목소리였다.

전홍우 대법원장의 시선은 다시 서류로 향한다.

그에게 선택권은 없었다. 여론이 비난을 쏟아내는 중이다. 어떻게든 다른 사람에게 화살을 돌려야 했다. 그런데 자기 대신 화살의 타깃이 될 사람이 이호열 위원장이라면 금상첨화였다.

전홍우 대법원장이 서류를 강하게 콱 움켜쥐며 무겁게 말했다.

"할 수 있겠나?"

"해보겠습니다."

"해본다는 게 아니라 해야 해! 이호열 그 새끼를 구속해! 저 나불대는 입을 틀어막아!"

거칠게 말하는 전홍우 대법원장을 보며 임정식 수석 부장은 등골이 오싹해지는 것을 느꼈다.

이한영이 말한 것과 똑같이 전개되는 상황.

모든 것은 이한영의 손바닥 안이었다.

* * *

테이블이 네 개 있는 커피숍이다. 창가에 앉아 있던 이한영은 손목을 들어 시간을 확인했다.

'15분.'

주말을 이용해 유세희와 만나기로 한 날이다. 하지만 그녀는 15분이 지나도록 나타나지 않았다. 제 버릇 개 못 준다더니, 전생과 마찬가지로 또 늦기 시작한다. 전생에서의 유세희는 30분은 기본이었고 4시간이 넘게 늦은 적도 있었다. 그리고 언제나 뻔뻔한 얼굴로 사과 한번 없었다.

'내가 미쳤었지.'

이한영은 옛일을 떠올리며 짜증으로 가득한 얼굴을 쓸어내린다. 생각 같아서는 지금 당장 일어나고 싶었지만 오늘은 유세희에게 부탁해야 할 게 있다. 바로 백이석 법원장과 유선철 대표의 만남이다.

한평생 손바닥을 비비고 산 적이 없는 백이석 법원장이다. 꼬장꼬장한 성격답게 정계와 연결 고리가 없었다. 그래서 유선철 대표를 만나 정계와 접선할 계획을 하는 거다.

잠시 백이석 법원장을 떠올리던 이한영은 픽 웃음을 터뜨렸다.

'그런 양반이 정치는 어떻게 했대?'

전생에서 백이석 법원장은 옷을 벗은 후 정계에 진출했었다. 지금 생각하면 말도 안 되는 일이다.

"조금 늦었죠? 죄송해요."

생각에 빠져 있을 때 유세희가 나타났다.

이한영이 손목을 들어 시간을 확인한다.

"괜찮습니다. 그럼 바로 가실까요?"

"어딜……?"

이한영은 대답하지 않고 성큼성큼 밖으로 나갔다.

유세희는 가만히 이한영을 바라본다. 이번에도 제멋대로다. 하지만 그녀는 인상을 찌푸리지 않는다.

* * *

그 시각.

비틀비틀, 한 남자가 법원에 나타났다.

바로 이성대 부장이다.

며칠이나 출근하지 않은 그가 초췌한 얼굴로 복도를 걸었다. 그가 향하는 곳은 강신진 수석 부장의 방이다.

도서관에서 자료를 찾아 들고 오던 윤슬혜 판사가 이성대 부장과 마주쳤다.

"어? 안녕하세요."

하지만 이성대 부장은 대답하지 않는다. 그저 앞을 향해 걷고 있다.

그리고 잠시 후, 그는 강신진 수석 부장의 앞에 머리를 조아렸다.

"수석 부장님!"

"나가."

"수석 부장님, 한말씀만 드리겠습니다! 제발 부탁드립니다!"

강신진 수석 부장이 차가운 눈으로 이성대 부장을 바라본다.

"이성대 부장, 난 자네도 의심스러워. 사기를 당했다고 거짓말을 하고 30억을 뒤로 챙기지는 않았는지 의심이 가. 자네가 이럴수록 내 생각은 더 확고해질 거야. 그러니까 어서 나가!"

하지만 이성대 부장은 떠나지 않았다. 머리를 조아린 채 간절하게 말했다.

"복수하고 싶습니다. 제가 복수할 때까지만 벌을 내리는 걸 기다려주십시오!"

강신진 수석 부장의 시선이 이성대 부장에게 향했다. 그러자 이성대 부장이 더 간곡하게 말한다.

"그동안 전 출근도 하지 않고 제가 재판했던 사기꾼들을 찾아다녔습니다."

"자네를 사기 친 사람을 찾아야지, 왜 재판한 사람들을 찾아다녀? 쓸데없는 짓을 하고 다녔어."

"아닙니다. 사기꾼들이 공사 치는 건 다 똑같지 않습니까? 그래서 그 놈들에게 제 주변에서 일어난 일을 설명했더니, 누가 제 뒤통수를 쳤는지 말해줬습니다. 그 대답은 모두 똑같았습니다."

강신진 수석 부장의 눈에 처음으로 흥미가 돌았다.

"그래, 그게 누군가?"

"이성대 부장이 법원에 나타났어요!"

윤슬혜 판사가 다급하게 말했지만 수화기 너머의 이한영은 여유롭다.

―법원? 윤슬혜 판사, 오늘 출근했어? 주말이잖아?

"판사님, 그게 아니라요. 이성대 부장이 강신진 수석 부장을 만나고 있다니까요!"

―괜찮아. 걱정하지 말고 들어가.

"……특별한 일 있으면 전화드릴게요."

―땡큐. 그런데 특별한 일 없을 테니까 집에 가.

통화를 종료한 윤슬혜 판사가 이마에 손을 짚은 채 한숨을 내쉬었다.

그녀는 이한영에게 이성대 부장 사건을 정확히 들은 적은 없다. 하지만 그녀는 이한영이 이성대 부장을 엮었다고 생각하고 있다.

'생각이 있으신 거야?'

그녀의 눈빛은 불인했다.

그 시각, 이한영은 유세희와 함께 서울을 벗어나고 있었다. 창밖을 보던 유세희가 말했다.

"들어가 보셔야 하는 거 아녜요?"

"아, 괜찮아요. 우배석이 열심히 해서 그런 거예요. 안 들어가도 돼요."

"우배석? 동글동글, 계란형 얼굴에 예쁘게 생긴 사람 맞죠?"

"네."

유세희가 천천히 고개를 끄덕이며 다시 창밖을 본다. 뭔가 기분이 나쁜 얼굴이다. 하지만 잠시다. 곧 어이없다는 듯 웃는다.

'내가 뭐가 모자라서 그런 하찮은 애한테 질투를 느껴야 해? 그냥 전화가 온 거잖아?'

윤슬혜 판사의 얼굴을 떨친 그녀가 고개를 저으며 물었다.

"그런데 어디로 가는 거죠?"

"오늘은 제가 모신다고 했잖아요. 혹시 삼계탕 좋아하세요? 경기도에 누룽지 삼계탕을 잘하는 집이 있거든요."

"좋아해요. 그런데 경기도요?"

고개를 갸웃거리는 그녀를 보며 이한영은 조용히 웃었다.

'설마설마하고 있지?'

이한영이 목적지로 잡은 곳은 유세희가 자주 가는 단골 가게였다.

'전생에서 네가 소개해줬던 집이야.'

이한영은 꾹 액셀을 밟았다. 차량이 부드럽게 도로를 스쳐 간다.

한참을 달리던 중 잠시 대화가 끊겼을 때 이한영은 라디오 버튼을 꾹 눌렀다. 라디오에서는 전흥우 대법원장을 지적하는 뉴스가 흘러나왔다.

전흥우 대법원장은 국민에게 죄송하다며 사법부를 안정시키는 데 최선을 다하겠다고 말했습니다. 이에 야당의 대표는 전흥우 대법원장의 퇴진이 안정이라며…….

뉴스를 들으며 이한영이 입을 연다.

"조만간 대법원장이 바뀔지도 몰라요."

"그럴 수도 있겠죠."

유세희는 대수롭지 않게 말한다. 대법원장이니 뭐니 아직 딴 세상의 이야기였다. 하지만…….

"새로운 대법원장을 만드는 데 유선철 대표님의 힘이 들어가면 어떨 것 같아요? 세희 씨가 대표님과 새로운 대법원장의 만남에 가교 역할을 하고요."

"네? 제가 가교 역할요?"

"일이 잘 풀리면 대법원장을 만든 일등 공신이 되는 거잖아요. 칭찬 많이 받을 것 같은데요. 어떻게 생각하세요?"

칭찬이 문제가 아니다. 에스로펌의 대표 자리가 손에 닿을 수도 있다.

유세희의 눈동자가 짙어진다.

그녀의 욕망을 살피며 이한영이 말한다.

"천천히 생각해보세요."

잠시 후, 두 사람은 삼계탕집에 마주 앉았다.

넓은 접시에 담긴 누룽지 삼계탕과 막국수 그리고 겉절이만으로 테이블이 꽉 찰 정도로 양이 많다.

유세희는 조금 놀란 얼굴이었다.

이 가게는 그녀가 평소 자주 오던 곳이다. 그런데 어떻게 알고 찾아왔는지 신기한 모양이다. 하지만 그녀는 이곳에 처음 온 척하고 있다.

"양이 많네요?"

이한영은 삼계탕을 앞접시에 담아 유세희 앞에 놓으며 답했다.

"드세요. 입맛에 맞았으면 좋겠네요."

유세희가 한 숟가락을 떠서 입에 넣는다. 그러더니 활짝 웃는다.

"맛있어요."

이한영은 속으로 크게 웃고 있었다. 처음 먹어 보는 척하는 그녀가 웃겼기 때문이다.

그때 중년의 아저씨가 테이블로 다가왔다.

"오셨어요? 오랜만에 왔네요."

"그동안 바빠서 못 왔어요. 사장님께서 계신 줄 알았으면 인사부터 드리는 건데."

유세희의 큰 눈동자가 사장을 향한다. 평소 무뚝뚝하게 계산만 하던 사장이다. 이 가게에 곧잘 왔지만 웃는 것도 제대로 본 적이 없다. 그런데 이한영에게는 살갑게 굴고 있다.

사장이 힐끗 유세희를 보며 묻는다.

"여자 친구예요?"

이한영이 어색하게 웃는다.

"아, 뭐, 네."

"기억나요? 여자 친구 데리고 오면 내가 맛있는 거 준다고 했잖아요? 기다려봐요. 여자 친구분이 미인이니까 내가 특별히 드립니다, 하하하."

사장은 큰 덩치를 일으켜 성큼성큼 주방으로 걸어갔다. 그러더니 주전자와 술잔을 들고 나와 탁 내려 두며 자신감 넘치는 눈빛으로 말했다.

"국화주예요. 예전엔 선비들이 이거 마시면서 시를 짓고, 풍월을 읊었다고 해요. 아무한테나 주는 거 아니니까 드셔봐요, 흐흐."

이한영이 힐끗 유세희를 향했다.

"한잔 마시고 대리를 불러서 올라가도 될까요?"

유세희가 가볍게 고개를 끄덕인다. 그러자 사장이 기다렸다는 듯 주전자를 들어 이한영의 잔에 술을 채운다. 그리고 유세희의 앞에도 잔을 놓는다.

"예쁜 여자 친구분도 한잔 드세요."

유세희의 잔에도 찰랑거릴 정도로 술이 채워졌다.

"감사해요."

그녀의 말에 사장이 크게 웃는다.

"그럼 말씀 나눠요. 내가 방해한 건 아닌지 모르겠네요."

사장이 떠나고 유세희의 시선이 이한영에게 향했다.

"정말 자주 오시나 봐요."

"예전에는 자주 왔는데, 지금은 바빠서 가끔 들를 뿐이죠. 그건 그렇고, 한번 드셔보세요."

이한영이 술을 권했다.

유세희가 잔을 들며 이한영을 본다.

"이한영 판사님은요?"

"전 운전해야죠."

"아까 대리운전 부른다고……."

"그건 아저씨 있으니까 한 말이죠. 세희 씨를 모시고 어떻게 술을 마시겠어요? 드세요. 드시고 어떤 맛인지 말이나 해주세요."

유세희가 잔을 들어 입에 대며 눈동자만 올려 이한영을 본다. 쌀쌀맞기로 유명한 주인이 술까지 가져다줄 만큼 친화력이 있는 남자. 그녀는 이한영의 또 다른 매력을 느끼고 있었다.

'입맛에도 맞는 것 같고……. 정말 마음에 드네.'

주방으로 들어온 사장을 향해 종업원이 묻는다.

"사장님, 술은 언제 담그신 거예요? 있으면 저도 한잔 주시지……."

"내가 술을 왜 담가?"

"네? 저기 손님들에게 준 거요."

"믠 술? 이, 지거?"

종업원은 사장의 말이 뭔가 이상했나 보다. 잠시 이한영을 보다가 다시 사장에게 시선을 돌린다.

"저 손님, 아시는 분이에요?"

"몰라. 어제 처음 봤어, 흐흐."

"그런데 왜 그렇게 살갑게……."

사장이 주머니에서 만 원짜리를 꺼내 흔든다.

자본주의의 위대함이다.

* * *

"그럼 들어가세요."

아파트 3층 높이는 되어 보이는 높다란 담, 바로 유세희의 집이었다.

이한영이 대문 앞에 선 유세희를 보며 손을 흔들고 있다.

유세희가 말한다.

"오늘 식사 맛있었어요."

"맛있는 곳 많이 알고 있습니다. 앞으로도 자주 가요."

"그리고…… 아까 대법원장 이야기, 아버지께 말씀드려 볼게요."

"네, 부탁드리겠습니다."

유세희는 살짝 고개를 숙인 후 집으로 들어갔다.

동시에 이한영의 표정이 변한다.

밝은 미소를 짓고 있던 입가엔 어느새 쓴웃음이 걸려 있었다. 눈동자에선 참을 수 없는 분노가 뚝뚝 떨어진다.

자동차로 향하던 이한영은 다시 드높은 담을 바라봤다.

전생에서 수없이 드나들었던 곳.

하지만 좋은 기억은 거의 없다. 치욕을 받았던 기억만이 생생하다. 청부재판을 받아들이지 않았다고 뺨을 맞은 일부터 10억의 뇌물을 받았다는 혐의로 구속되는 순간까지, 모든 더러운 기억은 저 집에서 일어났다.

잠시 옛 기억을 더듬던 이한영이 고개를 저었다.

"기분 더럽네."

그때 유세희에게 전화가 왔다. 이한영의 표정은 무섭지만 목소리는 다정하다.

"네, 세희 씨."

—아버지께 말씀드렸어요. 다음 주 목요일에 시간 괜찮으시다는데요.

"네, 그럼 그때로 약속을 잡죠."

이한영의 눈빛에 불꽃이 인다.

에스로펌을 침몰시킬 계획, 강신진 수석 부장을 쓰레기통에 처박을 계획!

하나하나 진척되는 중이었다.

* * *

며칠 후, 어두운 길에서 자동차의 헤드라이트가 빛났다.

남한산성에 있는 한정식집으로 향하는 차다. 가파른 산길이지만 승용차는 부드럽게 위로 향한다. 그 차에 에스로펌 유선철 대표가 타고 있었다.

그리고…….

"오랜만입니다, 유선철 대표님."

"반갑습니다, 백이석 법원장님."

법조계의 두 거물이 만났다.

사실 이 둘의 관계는 껄끄러운 상태다. 유선철 대표의 장남 유진광이 백이석 법원장의 아내에게 뇌물을 주다가 걸려 재판을 받는 중이기 때문이다. 하지만 이들은 서로의 이득을 위해 좋지 않은 감정을 잠시 접어둔 상태였다.

예의상 긴네는 인사말이 오간 후 유선철 대표가 본론을 꺼냈다.

"저는 법조인이지만 법을 팔아 먹고사는 장사꾼이기도 해요. 백이석 법원장께서 대법원장에 오르게 되면, 전 어떤 걸 얻게 되는 겁니까? 아무 이득 없이 도울 수는 없지 않습니까?"

"법에 어긋나지 않는 거라면 얼마든지 해드릴 수 있습니다. 하지만 법에 어긋나는 일이면 어렵겠습니다."

"법에 어긋나지 않는 일이라면 저 혼자서도 얼마든지 할 수 있는데요."

유선철 대표가 냉랭하게 답한다. 동시에 가식적으로 화기애애했던 분위기가 사라지며 순식간에 냉기가 찾아왔다.

백이석 법원장도 지지 않는다.

"그럼, 원하는 걸 말씀해보세요."

법에 어긋나는 말을 하면 당장 박차고 일어나겠다는 기세가 백이석 법원장의 눈동자에 보인다. 도움을 바라고 온 사람의 눈이 아니었다.

하지만 유선철 대표도 만만한 사람은 아니다. 백이석 법원장의 호랑이 눈빛을 마주하고 있지만 잔잔히 웃고 있다.

"제가 바라는 건 어려운 일은 아닙니다. 은퇴 후 딱히 공직에 나가지 않으시겠다면 소일거리 삼아 에스로펌의 고문 자리를 맡아주세요."

예상하지 못한 제안에 백이석 법원장의 눈썹이 꿈틀댔다.

"변호사를 하라고요?"

"직접 현장에 나가 뛰는 일은 없을 겁니다."

대법원장이 퇴임 후 변호사를 하는 건 쉽게 볼 수 있는 일이기도 하다. 하지만 백이석 법원장은 망설인다. 변호사를 생각해본 적이 단 한 번도 없기 때문이다.

유선철 대표가 술잔을 들어 백이석 법원장의 앞에 둔다. 그리고 술병을 들어 빈 술잔을 채운다.

"선택은 법원장님의 몫입니다. 솔직히 말씀드리면, 전 이한영이 아니었다면 법원장님과 만나지 않았을 거예요. 사실 가장 유력한 사람은 이호열 위원장이지 않습니까? 그쪽에 끈을 대는 편이 안전하지요."

백이석 법원장의 얼굴이 굳어진다.

"이한영 때문에 나를 돕는 거다? 그 말씀입니까?"

"네, 사실입니다. 법원장님이 아니라 이호열 위원장이 대법원장이 되면 우리는 상상할 수 없는 손실이 생겨요. 그런데도 전 백이석 법원장님을 찾아왔어요. 이한영의 눈이 얼마나 정확한지 알고 싶거든요. 잠깐의 손실보다 이한영의 눈이 궁금해요."

지금 유선철 대표가 한 말은 백이석 법원장에겐 자존심에 상처를 입히는 말이나 마찬가지다. 또렷한 독사의 눈동자가 백이석 법원장의 호랑이 같은 눈을 쏘아본다. 두 사람 사이에 존재했던 냉기는 이젠 몸을 오싹하게 만든다.

싸늘한 살기와 함께 적막이 가득할 때 백이석 법원장이 무릎까지 치며 커다랗게 웃기 시작했다.

"하하하하하! 나도 그래요!"

"……."

"이한영이 나한테 대법원장을 노려보라고 했어요. 우습게 들릴지 모르겠지만, 그래서 했어요. 이한영이 내 등에 올라타서 뭘 하려는지 궁금했거든요, 하하하!"

유선철 대표도 웃기 시작했다.

"백이석 법원장님의 별명이 호랑이, 내 별명은 독사예요. 독사를 손에 들고 호랑이 등에 탄 이한영이 어디까지 갈지 나도 궁금합니다."

* * *

그리고 또 다른 곳.

강남의 한 룸살롱의 널찍한 방에 많은 사람들이 모여 앉아 있었다.

가장 상석에 강신진 수석 부장이 보인다.

그의 옆으로는 국회 파견 판사인 장유린 부장, 형사의 윤지용 부장, 그리고 서울중앙지방법원은 물론 고등법원과 대법원 행정처까지 내로라하는 부장판사들이 모두 앉아 있었다.

그 숫자는 스물여섯. 모두 강신진 수석 부장의 중추들이다. 그리고 이한영의 전생을 살펴보면, 장유린 부장을 제외하고 한자리씩 차지했던 자들이기도 했다.

강신진 수석 부장의 서늘한 시선이 정면을 향했다.

"지난번에 했던 말, 계속해봐."

모두의 시선이 닿는 곳, 초췌한 얼굴로 노래방 기기 앞에서 서 있던 이성대 부장이 우물쭈물 말한다.

"제가 재판을 했던 사기꾼들을 만나 당했던 일을 설명해줬습니다."

"그랬더니?"

"모두 입을 모아 딱 두 사람이 저를 공사 쳤다고 했습니다."

"그게 누구지?"

"서울중앙지검의 박철우, 임중민 부부장입니다."

05

한 부장판사가 웃기 시작한다.

"그러니까 검사한테 공사 당한 거라고?"

"네."

이성대 부장이 작은 목소리로 대답하자 웃음소리는 노골적으로 그를 비꼬기 시작한다.

"등신 새끼."

"내가 저 새끼, 돈 문제 때문에 큰일 치를 줄 알았어."

한 사람씩 이성대 부장을 향해 말로써 비수를 꽂을 때 강신진 수석 부장이 손뼉을 치며 자리에서 일어섰다.

"조용."

단 한마디에 룸살롱의 분위기가 차갑게 식었다.

강신진 수석 부장의 시선이 장유린 부장에게 향한다.

"생각한 게 있으면 말해봐."

"이성대 부장의 말을 어디까지 믿어야 할지 모르겠어요."

이 자리에서 장유린 부장의 서열이 가장 아래여서 그런지 이성대 부장이 처음으로 발끈한다.

"내가 이렇게까지 된 마당에 거짓을 말하겠어!"

하지만 장유린 부장은 황당한 표정으로 웃는다.

"어머? 왜 화를 내실까? 사기꾼들에게 들은 말이라면서요. 그 말을 100퍼센트 신뢰하는 게 더 웃긴 거 아녜요? 세상에 믿을 게 없어서 사기꾼 말을 믿어요?"

이성대 부장은 '끔' 하는 소리와 함께 입을 닫는다.

장유린 부장이 계속 말했다.

"하지만 신빙성이 있는 말이에요. 첩보를 통해 들었는데, 임중민 부부장이라는 놈의 라인이 황남용 대법관을 대법원장으로 만들 계획을 준비한다네요. 임중민 부부장의 아래에는 박철우 검사가 있고요."

부장판사들이 웃기 시작했다.

"검찰이 왜 사법부에서 지랄이지? 자기들 총장이나 만들라고 해."

"대법원장과 가까이 지내며 자기들 힘을 더 키우고 싶은 모양이네. 개새끼들."

"그건 그렇고, 야, 이성대 부장아. 부장도 아니고 부부장한테 당하면 안 쪽팔리냐?"

목소리가 시끄러워질 때 강신진 수석 부장이 다시 손뼉을 쳤다. 이번에도 그들은 한순간에 조용해진다.

"우리가 만들 새로운 세상, 거기까지 도달하는 과정에 똥파리가 끼어들 건 예상했잖아. 똥파리는 어떻게 해야 할까?"

장유린 부장이 싱긋 웃는다.

"죽여야죠."

* * *

이한영은 박철우 검사와 만나고 있었다.

백이석 법원장과 에스로펌 유선철 대표가 만나는 자리에 함께하고 싶은 마음이 가득했지만 언제 눈에 띌지 모르기에 조심해야 했다.

박철우 검사가 말한다.

"요즘 김진아 검사한테서 연락 와요?"

"아뇨."

이호열 위원장의 비리를 던져 준 후 그녀는 또 소식이 없다.

이한영이 묻는다.

"그런데 김진아 검사가 뭐 하는지 궁금한가 봐요?"

"누가? 내가?"

"네, 김진아 검사의 일을 먼저 말하는 건 항상 박철우 검사님 같은데요."

박철우 검사의 얼굴에 '아차' 하는 표정이 빠르게 스친다. 이한영은 그 표정을 놓치지 않았다.

'뭐지?'

하지만 묻지는 않았다. 물어봐도 대답해줄 위인이 아니기 때문이다.

박철우 검사가 빠르게 말을 돌렸다.

"아, 내가 오늘 보자고 한 건요. 검찰에서도 사법부의 사정을 알고 있다고 했잖아요? 전흥우 대법원장님 위태한 거."

"네."

"임중민 부부장이 지난 사건 이후로 나를 자기 측 라인이라고 생각하거든요. 그래서 이야기하던데, 만약 이번에 전흥우 대법원장이 사퇴하게 되면……."

“황남용 대법관을 대법원장으로 만들 계획을 하고 있죠?”

박철우 검사가 놀란 눈으로 이한영을 본다.

“어? 어떻게 알았어요? 그쪽에서 조심스럽게 움직이는 것 같던데.”

“궁예잖아요.”

박철우 검사가 픽 웃는다.

“이젠 자기 스스로 궁예래.”

당연히 전생을 통해 알고 있던 거다. 전흥우 대법원장이 사퇴한 후 이호열 위원장과 대법원장의 자리를 두고 경쟁했던 유일한 사람이 황남용 대법관이었다.

박철우 검사가 담배를 입에 물며 말한다.

“그건 그렇고 이호열 위원장에 황남용 대법관까지, 백이석 법원장님이 불리한 거 아녜요?”

불리하다. 그들은 백이석 법원장보다 높은 관직을 가지고 있다. 서열로 따져도 그들이 위다. 하지만 유리한 점도 있었다. 그들은 백이석 법원장이 대법원장을 노린다는 사실을 모르고 있다. 게다가 이한영과 박철우 검사가 첩자로 활동하며 이호열 위원장과 황남용 대법관의 동태를 살필 수 있다.

‘우리는 적을 알고 있지만, 적은 우리를 모르고 있어.’

승리의 첫 번째 조건은 이쪽에 있었다. 잠시 생각에 빠졌던 이한영이 다시 박철우 검사를 향했다.

“아, 맞다. 깜빡 잊고 말 안 할 뻔했네요.”

“뭐요?”

“이성대 부장, 등장했어요.”

박철우 검사의 미간이 찌푸려진다.

“에이, 귀찮게 생겼네. 그냥 넘어갔으면 했는데.”

이성대 부장이 박철우 검사를 의심할 것은 예상하던 일 중 하나였다.

“이왕 의심받는 거, 제가 말씀드렸던 대로 움직여주세요.”

* * *

“야, 이렇게까지 해야 해?”

다음 날, 이한영은 임정식 수석 부장과 마트에서 장을 보고 있었다.

“왜요? 시간 낭비 안 해서 좋잖아요. 장도 보고 얘기도 하고.”

“개뿔.”

“마트는 사람이 많잖아요. 누가 따라붙어도 말소리 알아듣기 힘들고요.”

변명이었다. 현재 이한영의 뒤를 쫓는 사람은 장유린 부장이 붙여 놓은 할 일 없는 건물주다. 지금도 뒤에서 몰래몰래 따라붙고 있지만 걱정할 필요가 전혀 없었다. 그가 장유린 부장에게 연락을 취할 때는 이한영이 항상 옆에 붙어 있기 때문이다.

하지만 마트에 온 이유, 그건 가족을 충남에 두고 온 기러기 아빠 임정식 수석 부장을 위해서다. 라면을 담는 임정식 수석 부장을 보며 이한영이 눈을 흘겼다.

“수석 부장님, 어제저녁에도 라면 드시지 않았어요?”

“아닌데. 어젠 백이석 법원장님 따라 한정식집 갔잖아? 거기서 밥 먹었지.”

“그래도 이런 거 드시지 말고 몸에 좋은 냉동식품 드세요. 요즘엔 1인 가구라 해서 좋은 것도 잘 나와요.”

“잔소리냐, 헛소리냐?”

한참 마트를 돌며 이한영이 입을 열었다.

“황남용 대법관도 대법원장 자리를 노리고 있대요.”

“아, 들었어.”

“이호열 위원장과 황남용 대법관이 싸우기 시작할 거예요.”

이한영이 감자를 담으며 계속 말했다.

“뜨거운 싸움이 될 수 있게 불 좀 지펴주셨으면 해요. 활활 탈 수 있도록요."

임정식 수석 부장은 힐끗 이한영을 바라봤다. 배석 때부터 이한영을 봐 왔지만 이런 말을 할 때의 눈빛은 낯설다. 임정식 수석 부장만이 느낄 수 있는 거다.

가만히 이한영을 보던 임정식 수석 부장이 그의 등을 손바닥으로 팡, 쳤다. 갑작스레 느껴지는 통증에 이한영이 미간을 찌푸리며 임정식 수석 부장을 향했다.

"왜 때리세요!"

"인상 풀어, 새꺄. 가만 보면 제 혼자 세상 고민 다 짊어지고 있어, 어린노무 새끼가. 혼자 고민하지 말고 카트나 끌어."

* * *

탕! 탕! 탕!

이호열 위원장이 세차게 책상을 내리쳤다. 그의 얼굴은 도깨비처럼 일그러져 있었다. 그가 번뜩이는 눈으로 앞을 바라본다. 앞에는 강신진 수석 부장과 장유린 부장이 보였다.

이호열 위원장이 무서운 목소리로 말한다.

"전홍우 대법원장, 이 미친 새끼가 내 뒤를 털려고 해? 이게 지금 무슨 일이야! 우리 작전이 밖으로 새어나간 거 아니야? 그게 아니라면 전홍우가 날 건들 수는 없는 거잖아! 말 좀 해봐! 꿀 먹었나? 왜 말을 못 해!"

텔레비전에서는 아나운서의 목소리가 다급하게 들리고 있었다.

—중앙선거관리위원회 이호열 위원장의 장남이 병역 비리를 저지르고 있다는 의혹이 제보되었습니다. 이진택 씨는 유성전자의 하청 기업 연구원으로 병역 특례를 받는 중입니다. 그런데 출근은 하지 않고…….

-이호열 위원장의 딸이 로스쿨에 부정 입학을 했다는 소식이 들려오고 있습니다.

"꺼!"

이호열 위원장의 큰 목소리에 장유린 부장이 리모컨의 전원 버튼을 누른다. 시끄러웠던 텔레비전 소리가 사라지자 공간은 적막해진다.

그때 강신진 수석 부장의 느긋한 목소리가 들렸다. 얼굴이 붉으락푸르락하는 이호열 위원장과 다른 세상에 있는 것 같은 목소리다.

"정면으로 돌파하시죠."

이호열 위원장의 눈썹이 꿈틀댄다.

"뭐?"

"위기는 기회라고 생각합니다."

이호열 위원장이 다시 책상을 '탕!' 하고 내리쳤다.

"그럼 다 까발려지는 거잖아! 나는 괜찮지만 내 새끼들은 어떻게 하라고!"

화를 내는 이호열 위원장과 달리 강신진 수석 부장은 언제나처럼 여유롭다. 그가 시선을 틀어 장유린 부장에게 향했다.

"자네는 어떻게 생각하나?"

"저도 수석 부장님과 마찬가지로 이 상황이 오히려 잘된 것 같은데요?"

잘됐다는 말에 이호열 위원장의 얼굴은 더욱 일그러졌다.

"잘돼? 지금 놀리는 건가?"

"아뇨. 제가 어떻게 위원장님을 놀릴 수 있겠어요? 다만 전흥우 대법원장의 탄핵이 이뤄지기 전에 위원장님이 혐의를 벗고 가는 것도 좋을 것 같아요."

"혐의를 벗고 간다?"

장유린 부장이 소파에서 시뿐히 일어서며 말힌다.

"네, 지금 이 제보도 누가 했는지 뻔하잖아요?"

"전흥우!"

강신진 수석 부장이 손을 저었다.

"위원장님, 꼭 전흥우 대법원장이라고 단정할 수는 없습니다. 황남용 대법관도 도전한다는 말이 들려옵니다."

"황남용이?"

"네."

"새파랗게 짬도 안 되는 새끼가 어디서!"

장유린 부장이 이호열 위원장의 책상 앞으로 다가가며 말했다.

"그래서 잘된 것 같다고 말씀드린 거예요. 혐의를 벗는 건 나중보다 지금이 쉬워요. 만약 전흥우 대법원장이 떠난 후 본격적인 싸움이 시작됐을 때 황남용 대법관이 이 문제를 물고 늘어졌다면 골치 아팠을걸요."

다시 강신진 수석 부장이 말한다.

"탄핵의 시간을 결정하는 건 우립니다. 그때까지 위원장님의 묵은때를 벗고 가는 것도 좋다고 생각합니다."

"그러니까 지금 어떻게 혐의를 벗을 수 있다는 거야?"

강신진 수석 부장이 소파에 등을 기대며 다시 장유린 부장을 본다.

"이야기해봐."

"배우를 하나 섭외해 놓을게요."

"도대체 무슨 이야기를 하는 거야?"

이호열 위원장은 장유린 부장의 말을 하나도 이해 못 하겠다는 듯 눈을 껌뻑인다.

장유린 부장이 계속 말한다.

"배우를 섭외해서 위원장님을 비난할 거예요. 위원장님은 명예훼손죄와 허위사실유포죄로 소송을 거세요. 허위사실유포죄는 형사도, 민사도 가능하죠."

그러니까 피고와 원고, 판사까지 다 손에 넣어서 자기들끼리 짜고 친 후 혐의에서 벗어나겠다는 말이었다.

이호열 위원장이 고개를 끄덕인다.

"검찰이 끼어들면 복잡해질 수도 있으니까 깔끔하게 민사로 처리하는 게 좋겠어."

* * *

"청부 재판, 한 번만 더 하지."

며칠 후, 강신진 수석 부장의 앞에 이한영이 서 있었다.

"어떤 겁니까?"

"뉴스 봤지? 이호열 위원장의 아들딸에 관한 거."

"아, 네."

"난 이호열 위원장을 대법원장으로 올릴 거야. 적당히 약점이 있고 적당히 멍청해. 주무르기 좋은 상대지. 내 뜻을 따라 새로운 세상을 만들기에 적합한 사람이야."

'꼭두각시.'

이호열 위원장은 강신진 수석 부장의 꼭두각시일 뿐이다.

강신진 수석 부장이 계속 말한다.

"그래서 본격적으로 싸움이 시작되기 전에 이호열 위원장의 먼지를 털어주고 싶어."

강신진 수석 부장이 서류를 들어 이한영의 손에 건넸다.

"이한영 판사가 맡을 것은 병역 비리야. 어려울 것은 없어. 피고와 변호사는 섭외해 놓을 테니까 가볍게 끝낸다고 생각해."

짜고 치는 고스톱. 강신진 수석 부장에 의해 더러운 일이 사법부에서 일어나고 있었다. 하지만 강신진은 또 말한다.

"새로운 세상을 위해 어쩔 수 없는 일이야. 우리가 진흙을 밟고 아스팔트를 깔아야 뒤에 올 사람들의 신발이 깨끗할 수 있어. 한 번 더 부탁하도록 하지.”

강신진 수석 부장의 사무실에서 나온 이한영은 복도를 걸었다.

그가 픽 웃으며 고개를 젓는다.

‘자꾸 먹이를 가져다주면 어쩌라는 거야?’

이번 청부 재판도 따를 생각은 전혀 없다. 죄를 지었으면 받아야 하는 게 세상의 이치고 법이다.

사무실 앞에 도착하자 가득 쌓인 기록물이 눈에 보였다. 책상을 가득 채워 바닥까지 서류가 채워지고 있지만 법원의 직원들은 계속해서 카트에서 서류 뭉치를 내린다.

윤슬혜 판사가 문 앞에 선 이한영을 보며 묻는다.

“이게 뭐예요?”

“이호열 위원장님의 아들 문제는 알고 있지?”

이한영의 말에 윤슬혜 판사와 이소이 판사가 고개를 끄덕인다. 최근 시끌시끌한 문제 중 하난데 모를 리가 없다.

“그거야…….”

이한영은 대수롭지 않게 말한 후 팔짱을 끼고 책상에 엉덩이를 걸터앉았다. 쌓이는 기록물을 보며 그의 눈동자가 점차 어두워진다. 지난번 김진아 검사에게 이호열 위원장의 비리를 건네받은 후 느꼈던 위화감이 다시 느껴지고 있었다.

‘도대체 뭐지? 뭔가를 놓치고 있는 것 같은데…….’

직원들이 기록물을 다 놓고 떠난 건 한참 후였다.

윤슬혜 판사가 말한다.

“기록물 정리할까요?”

"아니, 잠깐만."

서류를 손에 집던 윤슬혜 판사가 멈칫할 때 이한영이 손을 휘저으며 말했다.

"한쪽에 몰아 두고 내가 지시할 때까지는 건들지 마."

"네? 건들지 마요?"

기록물이 들어오면 쟁점을 정리해야 한다. 하지만 이한영은 그조차 못하게 하고 있었다. 짜고 치는 고스톱에 고생시키고 싶지 않았기 때문이다. 그리고 이 기록물과 상관없이 사건을 진행할 생각이다. 그래야 이호열 위원장을 내릴 수 있다.

이한영은 책상에 놓인 서류 뭉치를 번쩍 들어 사무실의 구석으로 향했다. 그가 움직이자 윤슬혜 판사와 이소이 판사도 서둘러 서류를 옮기기 시작한다. 많은 양의 기록물이지만 세 사람이 움직여서 그런지 정리는 금방 끝났다.

이한영이 손을 털며 윤슬혜 판사에게 향했다.

"무거운 거 날랐으니까 커피 한잔 마셔야지? 내가 사 올게. 윤슬혜 판사, 뭐 마시고 싶어?"

윤슬혜 판사는 기록물을 치우는 것도 모자라 여유를 부리는 이한영이 이상하게 보였다. 하지만 생각이 있을 거라고 생각하며 순순히 대답한다.

"커피요? 전 라테요. 아이스."

"이소이 판사는?"

"저도요."

이한영은 두 사람의 주문을 받고 밖으로 나갔다.

복도를 걷는 이한영은 다시 생각에 빠진다.

'병역 비리는 내게 줬어. 그럼 부정 입학은 누가 하는 거지? 저런 엉망인 재판을 할 사람이…….'

이한영의 머릿속은 쉬지 않고 계획을 그렸다가 지우기를 반복하고 있었다.

사무실에 이한영은 없었다.

자리에서 일어난 이소이 판사가 이호열 위원장의 기록물이 쌓인 구석으로 향했다. 이한영이 건들지 말라는 기록물이 궁금했기 때문이다.

기록물을 펼쳐 본 그녀가 미간을 찌푸린다.

'이건…….'

딱 봐도 이상하다.

원고 측인 이호열 위원장은 완벽하게 준비를 마쳤는데, 상대인 피고는 구멍이 숭숭 뚫려 있다. 법을 조금만 아는 사람이라면 얼마든지 파고들어 승리를 끌어낼 수 있을 정도다.

'이호열 위원장의 재판이지? 설마 강신진 수석 부장의 청부?'

이소이 판사에게 아직 확신은 없었다. 이럴 땐 확인해봐야 했다. 이소이 판사가 시선을 틀어 윤슬혜 판사를 향한다.

"윤슬혜 판사님."

머리를 헝클며 판례를 찾던 윤슬혜 판사가 고개를 든다.

"어? 왜?"

"죄송한데요, 잠시만요."

윤슬혜 판사가 가까이 다가오자 이소이 판사가 들고 있던 기록물을 건넨다.

"한번 읽어보시겠어요?"

윤슬혜 판사의 눈도 찌푸려진다.

"피고 대리인이 이번 재판에 관심이 없나 봐. 대놓고 지겠다는 것 같네."

"그렇죠?"

"응."

조금 더 경력이 있는 윤슬혜 판사도 이상하다고 말하자 이소이 판사의 생각은 확신에 가까워졌다.

'의혹을 벗기 위해 우리를 이용하는 건가? 그런데 이한영 판사님은 왜 하지 말라는 거지? 강신진의 사람 아니야?'

그러고 보니 이한영은 말했었다.

—내 말을 따르면 강신진 수석 부장님의 옆에 있게 해줄게. 옆에서 지켜보다가 기회가 되면 찔러.

이한영의 말과 행동이 다르다. 이소이 판사는 헷갈리기 시작했다. 그녀가 기록물을 내려 두며 다시 윤슬혜 판사를 향했다.

"하나만 여쭤봐도 될까요? 이한영 판사님요, 어떤 분이세요?"

"어? 어떤 분이라니?"

"그냥…… 충남에서부터 같이 계셨었잖아요?"

윤슬혜 판사는 이소이 판사를 빤히 본다. 같이 일한 지 수 개월이 지났는데, 뜬금없이 묻는 게 이상했기 때문이다.

"글쎄, 어떤 점이 궁금한 건데?"

"성격요."

"성격? 다 똑같지 않나? 착하지도 않고 나쁘지도 않은 그런 분?"

"나쁘지도 않고 그런 분요?"

이소이 판사는 얼마 전, 비상계단에서 마주했던 이한영을 떠올렸다. 그 모습은 분명 악마였다. 장유린 부장도 괴물 같은 사람이지만 이한영은 그보다 더 무서운 악마. 어쩌면 강신진 수석 부장과 비견될 정도의 모습.

잠시 기억을 더듬던 이소이 판사가 다시 묻는다.

"그럼 판사님은 이한영 판사님을 믿으세요?"

"어."

믿느냐는 질문은 상당히 광범위한 거다. 하지만 윤슬혜 판사는 생각하지도 않고 대답한다. 그 목소리에 진심이 담겨 있다.

이한영과 장유린 부장 사이에서 누구의 곁에 있어야 할지 갈등하던 이소이에게는 그녀의 대답이 마음을 울릴 정도로 다가왔다.

윤슬혜 판사가 말한다.

"무슨 뜻으로 물어보는지는 모르겠지만 이한영 판사님은 믿어도 좋을 사람이야. 그건 확신할 수 있어."

* * *

"세상에 제일 못 믿을 사람이 누군지 알아요? 바로 이한영 판사님이에요."

옥탑방의 옥상, 박철우 검사가 이한영을 쏘아본다.

"제가요? 왜요?"

"오늘 이성대 부장이 찾아왔거든요. 계속 말 돌리면서 찌르는데, 아휴. 이 의심, 언제 풀어줄 겁니까?"

이성대 부장은 사기 사건의 주동자로 박철우 검사를 의심하고 있다. 하지만 아직 확신은 없는지 주위만 맴돌 뿐이었다.

"아직은 안 돼요. 조금만 더 불편하게 지내세요. 이유는 아시잖아요? 미끼를 물 때까지만 참아주세요."

"참 나."

박철우 검사가 답답하다는 표정으로 담배를 입에 문다. 그러더니 힐끗 이한영의 표정을 보며 묻는다.

"그런데 표정이 왜 그래요, 돌 씹어 먹은 사람처럼?"

"뭔가를 빼놓은 것 같은데, 그게 뭔지를 모르겠어요."

"빼놓은 것?"

이호열 위원장의 아들딸에 관한 거다. 아무리 기억해내려 해도 떠오르지 않고 있다. 이한영이 고개를 저으며 말했다.

"일단 그건 넘어가고 부탁한 건요?"

"아, 맞다. 잊어버릴 뻔했네."

박철우 검사가 품에서 종이를 꺼내 이한영에게 건넸다.

종이를 펼쳐 본 이한영이 고개를 끄덕인다.

"감사합니다."

"그런데 그거 위험하지 않나? 제가 나서는 게 좋을 것 같은데요."

"별일 없을 거예요. 원래 구린 놈들은 자기 밑 닦기 바쁘잖아요."

"뭐, 잘되겠죠. 혹시 안 좋은 일 있으면 연락하시고요. 그럼 전 위험하니까 이만 갑니다. 마누라가 내 얼굴 잊어버리겠대."

계단으로 향하는 박철우 검사를 향해 이한영이 꾸벅 허리를 굽혔다.

그리고 혼자가 된 이한영은 이호열 위원장의 아들딸에 관한 걸 기억하기 위해 점점 어둠 속으로 빠져들었다. 우선은 지금 상황과 전생의 다른 점을 비교해보는 거다.

전생과 다른 것은 딱 두 가지다.

하나는 백이석 법원장이 대법원장을 노리고 있다는 것.

다른 하나는…….

'이호열 위원장의 아들딸이 병역 비리와 부정 입학으로 골치가 아픈 건 지금이 아니었어.'

인간의 손바닥으로 하늘을 가릴 수는 없다. 애써 감춘 진실은 언젠가 밝혀지기 마련이다. 이호열 위원장의 아들딸 역시 마찬가지다. 이한영의 전생에서 병역 비리와 부정 입학 문제가 터진 건 이호열이 대법원장이 되어 임기의 마지막을 보내고 있을 때였다.

'전생과 달리 6년이 앞당겨져서 비리가 터진 거야. 그때 난 무엇을 하고 있었지? 왜 기억이 안 나지?'

이한영은 연수를 계산하며 손가락을 꼽아봤다. 그러다 순간 미간을 찌푸렸다. 당시는 이한영이 막 부장판사가 되었던 때다. 그리고 에스로펌 유선철 대표에게 청부 재판을 강요받던 시기였다. 복잡한 가정사 때문에 윗선에서 일어나는 일엔 관심이 없었다. 그렇게 관심이 없었는데도 남아 있는 찜찜함. 그건 뭔가 큰일이 있었다는 거다.

그때 휴대폰이 진동을 울리며 이한영의 생각은 멈춰졌다. 발신 번호에 오바른 판사의 이름이 보인다.

"아, 오바른 판사."

—나 없으니까 심심하지 않아?

"심심한 건 오바른 판사 같은데?"

—병원은 진짜 지루해. 와서 나랑 블루마블이라도 하자.

"블루마블 하자고 전화한 거야?"

—아니, 이런 말 하려고 전화한 건 아니고. 김윤혁이 본격적으로 재활운동에 들어갔어.

오바른 판사는 종종 이한영에게 전화해 김윤혁에 관한 일을 전해주고 있었다.

"그래? 한번 찾아가봐야겠네."

—너 찾아오면 재밌겠다. 움직일 수 있는 놈이 의식이 없는 척해야 하는 거잖아? 흐흐흐.

"오바른 판사는 어때? 몸 괜찮아?"

—한 2주 정도만 더 있으면 퇴원해도 될 것 같아. 그럼 그때 봐.

이한영은 통화를 종료하며 휴대폰을 주머니에 넣었다.

이한영의 전생에서 오바른 판사는 죽었다. 하지만 이한영이 개입하며 계속해서 삶을 살아갈 수 있게 되었다. 생각을 이어가던 이한영의 얼굴이 확 일그러졌다.

'죽어?'

기억났다.

잊고 있던 기억의 조각.

이호열 위원장의 아들은 죽는다.

임기의 마지막을 앞두고 비리가 터지며 온몸으로 비난을 받던 이호열 위원장이다. 하지만 아들의 죽음으로 새로운 국면을 맞이했었다. 사람들은 이호열 위원장을 안타깝게 생각했고, 검찰 수사도 도중 중단됐다. 그리고 이호열 위원장은 대법원장을 마친 후 국회로 진출하게 된다. 나쁜 놈이 계속해서 잘 먹고 잘산다는 씁쓸한 이야기였다.

'설마, 이번에도?'

가능성은 적다. 우선 시간이 6년이나 앞당겨졌기에 전생과 똑같은 일이 벌어지리라곤 확신할 수 없었다. 하지만 뭔가 이상하다. 찜찜함이 더욱 커지고 있다.

* * *

–야당에서 전흥우 대법원장에 대한 탄핵을 주장했습니다.

–중앙선거관리위원회 이호열 위원장이 한 시민단체 대표를 고소했습니다. 이호열 위원장은…….

뉴스는 세상을 시끄럽게 하고 있었다.

텔레비전을 틀어도, 라디오를 돌려도 온통 사법부의 일이다. 시민들은 분노했고, 인터넷 기사엔 전흥우 대법원장과 이호열 위원장에 관한 욕설로 채워지고 있었다.

그리고 백이석 법원장은 유선철 대표와 함께 청와대의 인물을 만나고 있었다. 청와대 인사 수석이다.

인사 수석이 찻잔을 손에 들며 입을 열었다.

“대법관으로 간다는 소식을 들었는데요.”

“발표를 며칠 남겨 두고 거절했습니다. 전흥우 대법원장님도 흔쾌히 허락해주셨고요.”

인사 수석이 고개를 끄덕인다.

“대통령님도 지금 사법부의 일 때문에 고민이 많으십니다. 한창 일을 해야 할 1년 차에 사법부 때문에 발목이 잡혀 있으니까요.”

백이석 법원장이 미안한 표정으로 찻잔을 손에 쥐었다.

전흥우 대법원장으로 인해 망가지고 있다지만 백이석 법원장 역시 원로 중 한 사람이다. 책임이 없을 수는 없다.

가만히 있던 유선철 대표가 말했다.

“그래서 그 이후의 일을 논의하고자 연락드렸어요. 만약 야당이 밀어붙여서 대법원장이 바뀌게 되면 그 혼란을 수습할 사람이 필요하지 않습니까?”

인사 수석의 시선이 백이석 법원장에게 향한다.

“대법원장이 되고 싶으시다고요?”

“네.”

“사실 백이석 법원장님에 관한 이야기는 정치하면서도 많이 들어왔습니다. 하지만 완고하다는 소문이 많아서 섣불리 대통령님께 보고드리기가 어렵습니다. 대법원장이라면 대통령님의 뜻과도 잘 맞아야 하는데, 너무 올곧으시면 문제가 되지 않겠습니까?”

“…….”

“올곧지 않고 융통성이 있다는 걸 보여주신다면 제가 한번 생각해보겠습니다.”

백이석 법원장은 호랑이 같은 눈으로 인사 수석을 보며 가만히 앉아 있을 뿐이었다.

인사 수석이 무릎을 손으로 짚어 자리에서 일어서며 말한다.

"아직 준비가 덜 된 것 같은데, 잠깐 말씀들 나누세요. 화장실 좀 다녀오겠습니다."

인사 수석은 그 말을 끝으로 미닫이문을 열고 밖으로 나갔다.

유선철 대표가 손으로 이마를 짚는다.

"돈을 달라는 겁니다. 대통령의 옆에 저런 인간들이 깔려 있으니, 아무리 대통령이 좋은 뜻을 품고 있다 해도 뭐가 되겠습니까?"

한숨을 내쉬던 유선철 대표가 백이석 법원장을 향해 고개를 튼다.

"어쩌실 겁니까?"

백이석 법원장은 대답이 없었다.

수도꼭지에서 물이 쏴 쏟아진다.

"권력은 한철, 돈은 영원히."

손을 넣어 씻던 인사 수석이 거울을 보며 씨익 웃을 때 좌변기가 있는 문이 스르륵 열리며 한 남자가 빠져나왔다. 그러나 인사 수석은 누가 나오든 상관 않고 거울만 봤다.

남자는 성큼성큼 걸어 인사 수석을 스친 후 화장실 입구의 문으로 향한다. 그런데 나가지 않고 문을 잠근다. '딸칵' 하는 소리가 소름 끼치게 들릴 때 인사 수석이 고개를 틀어 남자를 봤다.

남자는 야구 모자를 눌러쓰고 마스크를 착용하고 있었다.

"인사 수석님?"

뭔가 이상하다고 느꼈는지 인사 수석의 얼굴에 공포가 올라온다.

"누, 누구요?"

남자는 석정호였다. 석정호가 품에서 종이를 꺼내 인사 수석 앞에 쑥 내밀었다.

"제가 누군지 말씀드릴 순 없고요. 스폰 받고 계시네요?"

박철우 검사가 이한영에게 전해 준 종이였다. 거기엔 인사 수석이 지금껏 기업과 지역에서 받아먹은 돈의 거래 내역이 빠짐없이 적혀 있었다.

보통 이런 치부를 들키면 겁먹거나 위축되어야 한다. 그런데 인사 수석의 눈동자엔 분노가 떠오른다.

"너, 누구야? 내가 누군 줄 알아?"

"누군 줄 아니까 찾아왔겠죠. 인사 수석님이시잖아요?"

"이 새끼가, 알면서도!"

인사 수석이 눈을 번쩍 뜨지만 석정호는 위축되지 않는다.

"스폰 받은 거 맞죠?"

"고작 그걸로 나한테 협박하는 거야? 마음대로 해. 그 정도는 쉽게 막을 수 있어, 개돼지 같은 새끼야."

"곰 같다는 말은 많이 들었는데, 개돼지는 처음이네요."

석정호가 인사 수석을 향해 한 발짝 내디딘다.

모자와 마스크로 얼굴을 가린 거대한 덩치가 가까이 다가오자 대담한 척하던 인사 수석은 자신도 모르게 한 발 뒤로 물러섰다.

석정호가 얼굴을 가까이 대며 낮은 목소리로 말했다.

"협박하려는 게 아니고 거래하고 싶어서 왔어요."

"거, 거래?"

석정호가 들고 있던 종이를 접어 인사 수석의 와이셔츠 주머니에 쑤셔 넣으며 말한다.

"백이석 법원장님께 돈 같은 것 원하고 그러지 마요. 그럼 모두 조용히 지나갈 거예요."

"백이석? 너, 백이석이 보냈냐?"

인사 수석의 얼굴엔 비웃음이 가득 담겼다. 하지만 이번에도 석정호는 담담하다.

"백이석 법원장님이 그럴 사람으로 보여요? 사람 볼 줄 모르시네."

"똑똑히 들어. 난 이 길로 건물을 떠날 거야. 넌 백이석에게 가서 전해.

이딴 식으로 날 협박해 놓고 대통령님의 귀에 그 이름이 들어가길 바라는 것은 멍청한 짓이라고."

"후회하실 텐데."

"후회는 너 같은 개돼지가 하는 거고. 비켜, 새끼야."

인사 수석이 몹시 불쾌한 얼굴로 석정호의 옆을 스쳐 간다. 그리고 화장실의 문고리를 잡는다.

그때…….

"아드님이 중국에서 대학을 다니고 있죠?"

인사 수석의 손이 뚝 멈췄다.

석정호가 말을 이었다.

"마약 한다고 들었는데……."

"너, 지금 뭐라고 그랬어?"

"다시 말해줘요? 마약."

인사 수석이 붉게 달아오른 얼굴로 석정호를 쏘아봤다.

"무슨 개 같은 소리를 지껄이고 있어? 죽고 싶어?"

"죽는 건 내가 아니겠죠? 중국은 마약 소지만으로도 사형이에요."

"……!"

"아니지. 아버지가 인사 수석이니까 외교적으로 봐주려나? 궁금하지 않아요?"

석정호가 천천히 휴대폰을 손에 들었다. 그리고 버튼을 꾹꾹 누르며 말을 잇는다.

"인사 수석님, 저 지금 중국에 전화하려고 하는데요. 마침 아는 공안이 있거든요. 아, 신호 가네. 어떡해요? 수석님 아들이 마약 한다고 얘기할까요?"

인사 수석의 표정이 무너져 내린다.

당당했던 표정은 이제 없다. 얼굴색은 흙빛으로 변해 있었다. 그가 힘

없는 목소리로 말했다.

“미, 미안하네.”

“대통령님께는 잘 말씀드리겠습니다.”

갑자기 바뀐 인사 수석의 태도에 백이석 법원장과 유선철 대표는 감을 잡기 어려웠다.

유선철 대표가 몸을 끌어당겨 앉으며 말한다.

“그렇게 해주신다면 저희야 감사하지만, 무슨 일이 있었습니까?”

인사 수석은 목이 타는지 물컵을 들어 벌컥벌컥 마신 후 말을 잇는다.

“아뇨. 아무 일 없었습니다. 그리고 제가 권한다 해도 확실한 것은 아닙니다. 최종 선택은 대통령님이 하시는 거니까요. 하지만 최대한 잘 말씀드리겠습니다.”

백이석 법원장은 인사 수석의 표정을 조용히 살피고 있었다.

잠시 후, 유선철 대표와 인사 수석은 차를 타고 떠났다. 하지만 백이석 법원장은 여전히 주차장에 있었다. 차가운 눈빛으로 생각에 빠져 있던 백이석 법원장이 몸을 돌려 한정식집이 있는 건물로 향했다.

* * *

“네, 박철우 검사님. 인사 수석의 아들은 바로 귀국하기로 했습니다. 공항에서 환영해주시면 돼요. 대신 언론에 알리지는 말아 달래요.”

–중국에서 죽는 것보단 한국 감옥에 가는 게 낫다고 생각했나 보네요.

이한영은 석정호와 함께 건물을 벗어나고 있었다.

통화를 종료한 이한영에게 석정호가 말한다.

“내가 머리가 좋아졌나 봐. 네가 외우라고 했던 대사 있잖아? 하나도

틀리지 않고 다 말했어. 연기도 좀 늘었어. 오디션이나 한번 볼까? 흐흐."

"고생했어."

석정호가 인사 수석과 거래하고 있는 동안 이한영은 화장실 밖에서 망을 보고 있었다. 전면에 나서긴 어려웠기 때문이다.

"그런데 인사 수석이 뭐야?"

"응?"

뜬금없는 질문에 이한영이 석정호를 빤히 바라봤다. 정말 모르는 얼굴이다.

"검색해봐."

석정호는 곧바로 휴대폰을 들어 인사 수석을 검색해본다.

"대통령 비서실?"

"응."

"높은 사람이었네? 하긴, 그러니까 그렇게 개돼지라고 욕했구나."

중얼대던 석정호의 얼굴이 점차 굳어진다. 생각해보니 그런 사람을 앞에 두고 협박한 게 섬뜩했나 보다. 그가 휙 이한영을 노려본다.

"나 아까 잘못했으면 큰일 날 뻔했던 거지?"

"응."

"감옥이 문제가 아니라 뉴스에 나올 뻔했던 거지?"

"응."

"그런데 날 보냈냐?"

"믿을 사람이 너밖에 없잖아."

"야! 아무리 그래도! 우리 어머니가 나 하나 보고 사시는데!"

그때 이한영의 휴대폰에 진동이 울렸다.

"어?"

백이석 법원장이다.

"네, 법원장님."

—이리 와.

“네? 어디 계시죠?”

—계속 그 자리에 있어. 당장 튀어 와. 혼자 오지 말고 모자 쓴 덩치 큰 놈도 끌고 와.

이한영이 얼굴을 쓸어 만졌다.

그 표정이 좋지 않았는지 방금까지 성내던 석정호가 걱정스럽게 묻는다.

“왜? 무슨 일이야?”

“가자.”

“어딜?”

* * *

“서, 석정호라고 합니다.”

이한영과 석정호는 한정식집에서 백이석 법원장의 앞에 앉아 있었다.

백이석 법원장과 처음 마주한 석정호는 자신도 모르게 입술이 바짝 말라 가는 것을 느꼈다. 주먹 하나로 거친 삶을 살아온 석정호에게도 백이석 법원장은 크게만 보였다.

백이석 법원장의 호랑이 같은 눈이 이한영을 향한다.

“이한영 판사.”

“네, 법원장님.”

“내가 자존심을 버리고 인사 청탁을 하러 다니는 것은 알고 있지?”

“네.”

“알겠지. 자네가 그려 놓은 길을 가고 있으니 모를 리가 없지.”

그 뒤로 한참 동안 백이석 법원장은 한마디도 하지 않았다. 술잔을 들어 술을 마실 뿐이다.

무거운 공기가 이한영과 석정호를 짓누를 때 백이석 법원장의 눈이 다시 이한영을 향했다.

“이한영 판사, 난 법대로 살아왔어. 도움을 받아 누군가를 만나 부탁을 하고는 있지만 법을 어기지는 않으려고 했어. 자네들이 화장실에 찾아가 인사 수석에게 무슨 말을 했는진 모르지만 떳떳하지는 않을 거야.”

백이석 법원장은 유선철 대표와 인사 수석을 보내고 난 뒤 다시 한정식 집으로 찾아와 CCTV를 확인했다. 그리고 이한영과 석정호가 화장실 앞에서 머무르던 것을 눈으로 보고 말았다.

이한영이 할 수 있는 말은 하나였다.

“죄송합니다.”

“이한영 판사, 내가 신념을 버리면서까지 대법원장이 되면, 얻을 게 무엇인가?”

다정한 목소리지만 순간 방 안엔 무서운 적막이 흘렀다. 대답 여하에 따라 역사가 다시 흔들릴 수도 있는 순간이다.

이한영은 마른침을 삼킨다.

“대법원장이 되신다면 사법부를 지킬 수 있습니다.”

“끝인가?”

“하지만, 법원장님의 안위는 약속드릴 수 없습니다.”

“내 안위를 약속할 수 없다?”

백이석 법원장이 불을 뿜어내고 있다.

이야기를 듣고 있는 석정호는 미칠 지경이었다. 이한영의 어느 말에도 백이석 법원장에게 도움이 될 것은 없었기 때문이다.

하지만 이한영은 거침없이 말했다.

“대법원장의 탄핵 또는 사퇴라는 초유의 사태입니다. 이런 시기에 대법원장이 되시면 잡음이 끊이지 않을 겁니다. 게다가 전흥우 대법원장님과 마찬가지로 법원장님 주변에도 사람이 있지 않습니까?”

지금 이한영은 백이석 법원장이 대법원장에 오른다 해도 전흥우 대법원장처럼 끌려 내려올 가능성이 존재한다는 뜻을 전하고 있었다.

그 말을 이해한 백이석 법원장의 입가에서는 웃음기가 사라졌다.

이한영이 말했다.

“하지만 이호열 위원장이나 황남용 대법관이 대법원장이 된다면 사법부는 사리사욕만을 챙기는 집단으로 전락할 겁니다. 그건 막아야 한다고 생각합니다. 법원장님은 달리 생각하고 계셨습니까?”

이한영은 오히려 백이석 법원장을 다그치고 있었다.

“나도 전흥우 대법원장처럼 사법부의 치욕으로 기록될 수 있겠구먼.”

“그것도 대법원장이 된 후의 일입니다. 결단을 내려주십시오.”

여기서 결단은 이한영이 앞으로 백이석 법원장의 신념에 어긋나는 일을 하겠다는 거다.

백이석 법원장은 잠시 눈을 감는다.

이한영은 말을 멈춘다. 지금은 백이석 법원장의 대답을 기다릴 때다.

째깍거리는 시계의 초침 소리만 들려오기 시작했다. 그리고 백이석 법원장의 싸늘한 시선이 다시 펼쳐졌다. 그 눈빛이 석정호에게 닿는 순간 그는 몸이 굳어지는 것을 느꼈다.

그 순간, 백이석 법원장이 술병을 들어 석정호에게 권한다. 그것도 두 손, 극진히 예의를 갖추는 모습이다.

석정호는 황급히 무릎을 꿇어 잔을 받았다.

“석정호라고요?”

“네? 네.”

“내가 모자라서 고생시키는 것 같아요. 죄송합니다.”

“아닙니다.”

“정말 미안해요.”

백이석 법원장의 목소리엔 진심이 묻어나고 있었다. 석정호는 몸을 돌려 술잔에 입을 댄다.

백이석 법원장이 이한영을 향한다.

"이분 말고 자네를 돕는 사람들이 더 있나?"

"네."

"한번 보고 싶군."

"나중에 약속을 잡겠습니다."

기약 없는 약속이었다.

이것은 이한영이 강신진 수석 부장을 통해 배운 것 중 하나다. 강신진 수석 부장은 자신의 세력을 가까이에 있는 사람에게도 보여주지 않는다. 이한영도, 김진한 부장도 강신진 수석 부장이 얼마나 많은 사람을 손에 쥐고 있는지 알 수 없었다.

이한영이 물었다.

"결단을 내리셨습니까?"

"잔이나 들게. 오늘은 취해야겠어. 수십 년을 지켜온 신념을 버리는 날이 아닌가?"

"죄송합니다."

백이석 법원장은 이한영과 석정호의 잔에 술을 채운다. 잔에 담긴 술은 계속해서 채워지고, 비워졌다.

집으로 돌아가는 길.

석정호가 말했다.

"백이석 법원장님 멋진데? 백수인 나한테 끝까지 존대해주고 대우해주시는 거 봤지?"

"응."

"그런데 백이석 법원장님이 사법부의 치욕이 되는 거야?"

이한영이 걸음을 멈췄다. 그가 석정호를 향해 시선을 튼다.

"정호야, 부탁 하나만 하자."

"보증은 안 서."

"시장통, 네가 먹어라."

백이석 법원장에게 말하면서 떠올린 거다. 백이석 법원장이 대법원장이 된다 해도 위협은 끊이지 않을 게 분명했다. 게다가 강신진 수석 부장 등은 사람을 해치는 데 거리낌이 없는 자들이다. 그들과 싸우기 위해선 완력이 필요하다.

"나쁜 일이 아니라 좋은 일 하려는 거지?"

"응."

"그럼 뭐."

석정호는 고개를 끄덕였다.

대수롭지 않게 대답하고 있지만 사실 석정호의 가슴은 뜨거워지고 있었다.

최근 들어온 이순호만 봐도 주도적으로 투자하며 자금을 만들고 있고, 박철우 검사와 송나연 기자는 말할 것도 없다. 하지만 석정호가 하는 것은 시키는 일만 했을 뿐이다.

석정호가 말했다.

"기억나? 우리 어렸을 때 만화책 보면서 협객 하자고 했었잖아? 내가 꿈을 이루는구나, 흐흐흐."

* * *

다음 날.

박철우 검사는 이한영과 통화하며 중앙지검의 복도를 걷고 있었다.

"저녁에 옥탑방에서 삼겹살 먹을까요? 아니, 고기 먹고 싶어서 그런 게 아니라 인사 수석과 이호열 위원장에 관한 이야기도 좀 하고 그래야 하잖아요?"

한참 말을 하던 박철우 검사가 입을 닫는다. 그의 앞에 사기를 맞았던 이성대 부장이 히죽이며 서 있었기 때문이다.

"다시 전화하죠."

박철우 검사가 휴대폰을 주머니에 넣으며 이성대 부장을 바라봤다.

"이성대 부장님, 정말 나 아니에요. 그때 사기당하지 말라고 전화해줬던 게 나잖아요. 안 받은 건 부장님이고요. 저 찾아올 시간 있으면 어서 들어가서 일하세요. 지금 법원에서 부장님 일 안 한다고 소문났어요."

이성대 부장이 고개를 끄덕끄덕하며 품에서 종이 한 장을 꺼내 건넸다.

"읽어봐요."

"아, 진짜 뭔데요?"

박철우 검사가 종이를 넘겨받아 펼쳤다.

"……!"

박철우 검사의 통화 기록이었다.

박철우 검사의 미간이 찌푸려질 때 이성대 부장이 얼굴을 바짝 가져다 대며 낮은 목소리로 말했다.

"우리 이한영 판사랑 많이 친한가 봐? 마누라보다 통화를 더 많이 했네?"

박철우 검사의 눈동자가 순간 흔들렸다. 하지만 잠시다. 최대한 평정심을 찾으며 입을 연다.

"충남에서부터 알고 지냈잖아요. 친한 건 당연하죠."

이성대 부장이 히죽 웃는다.

"그렇죠. 친하죠. 그런데 이상하지 않아요? 나와 처음 만났던 날, 내가 설명회에 갔던 날, 마지막으로 사기당하던 날. 꼭 그 시간에 맞춰 통화했네요?"

"정확한 증거 없이 직관으로 던지셔도 정말 아닙니다. 그냥 이한영 판사하고 나하고 친해요. 됐어요?"

이성대 부장이 고개를 저었다.

"그거 알아요? 박철우 검사님, 지금 평소보다 말 많아요."

"말은 원래 많아요!"

"됐고, 퇴근하고 연락해요. 이한영이 그놈하고 같이 나오는 거 잊지 말고."

"아, 진짜."

이성대 부장이 음흉한 미소를 그리며 몸을 돌려 사라진다.

동시에 박철우 검사의 얼굴에 당황스러웠던 표정이 사라지며 입술이 대각선으로 휘었다.

'용해. 정말 용해.'

박철우 검사는 느긋하게 휴대폰을 귀에 댔다.

"아, 이한영 판사님. 이성대 부장이 미끼 물었어요."

"고생하셨습니다."

박철우 검사와 전화를 끊은 이한영은 창밖으로 시선을 돌렸다. 뜨거운 바람이 기승을 부리며 동물들마저 늘어지고 있다. 하지만 이한영의 눈빛은 세상과 달리 서늘하다.

강신진 수석 부장의 벽은 거대하게 높다.

그가 백이석 법원장보다 직급이 낮다 해도 싸움은 계급이 아닌 세력으로 하는 거다. 강신진 수석 부장의 곁에는 사람이 많은데, 두려운 것은 그 세력이 얼마나 되는지 모른다는 것이었다. 그렇기에 강신진 수석 부장과 어느 누가 손을 잡았는지 알아내는 것이 첫 번째다.

이한영은 이성대 부장을 통해 강신진 수석 부장의 세력을 엿볼 생각이었다.

* * *

그날 밤.

유세희는 자신의 방 화장대 앞에 앉아 있었다.

"네, 알았어요. 그렇게 하죠."

이한영과 통화를 마친 그녀는 화장대 위에 휴대폰을 두고 씻기 위해 머리를 말아 올렸다. 잠시 거울을 보던 그녀가 자신도 모르게 픽 웃는다.

'이제 백이석 법원장이 대법원장만 되면 되잖아? 이 정도는 도움을 줘야지.'

그녀는 이한영을 통해 유선철 대표와 백이석 법원장의 만남을 주선했다. 일만 잘 풀린다면 이번 일의 일등 공신으로 이름을 올릴 수 있다. 그럼 단번에 언니 유하나보다 위로 올라갈 수도 있다.

잠시 비즈니스를 생각하던 그녀의 머릿속에 순간 이한영의 얼굴이 스쳤다. 그녀의 입가에 자신도 모르게 미소가 걸린다.

"마음에 드네."

그녀가 머리핀을 화장대에 놓고 막 자리에서 일어설 때 문이 벌컥 열렸다. 문 앞에 언니 유하나가 팔짱을 낀 채 서 있는 게 보인다.

유하나가 가소롭다는 듯 말한다.

"대법원장 교체?"

동시에 유세희의 싸늘한 시선이 유하나에게 향한다.

"멋대로 들어오지 말라고 했는데."

"내 동생 세희야, 착각하는 게 있는 것 같아. 요즘 잘나가는 게 네 실력 같아? 아니야. 넌 돌대가리야."

"시비 걸러 왔니? 그런 거라면 좀 나가줄래? 내가 약속이 있어서 준비를 좀 해야 하는데."

"아니, 내 동생이 걱정돼서 온 거지. 머리가 있으면 생각 좀 해봐. 대법원장 교체라는 테이블에 돌대가리가 앉으면 안 될 것 같지 않아?"

유세희가 어이없다는 듯 웃었다.

"유하나, 너 지금 되게 웃겨."

"뭐?"

평소 업무에 관해선 거의 신경도 쓰지 않던 유하나다. 유세희를 상대로는 그만큼 자신이 있었다는 거다. 그런데 지금은 아니다. 유하나가 동요하고 있다는 게 여실히 드러나고 있었다.

유세희가 사뿐히 걸어 유하나의 코앞에서 멈춰 섰다.

"내가 대표가 되면 넌 버진아일랜드로 보내줄게. 거기서 우리 고객들의 페이퍼컴퍼니 만드는 일을 좀 맡아줬으면 좋겠어. 남편이랑 사이도 안 좋은 것 같은데, 바다 보면서 금실도 쌓고 좋잖아?"

"너 진짜!"

"나가. 나 약속 있어."

유세희는 매몰차게 몸을 돌렸다.

그녀의 입가에 다시 미소가 걸린다. 유하나에게 한소리 하고 났더니 십년 묵은 체증이 내려가는 기분이었다.

'이것도 이한영 덕분이네?'

유세희는 기분 좋게 욕실로 향했다.

* * *

"그런데 이성대 부장이 그쪽 라인한테 말하지 않았을까요?"

"절대요."

이성대 부장을 만나러 가기 전, 이한영과 박철우 검사는 커피숍에 앉아 있었다.

확신에 찬 이한영의 말에 박철우 검사가 혀를 찬다.

"확실해요?"

"네, 이성대 부장이 가진 증거는 고작 통화 기록뿐이에요. 아시다시피

감으로 찍고 있는 거죠. 그런 기록을 가지고 그쪽 라인의 대장에게 말했다간 큰일 날걸요."

박철우 검사가 이한영을 슥 보며 어렵게 입을 열었다.

"진짜 궁금해서 그러는데, 이성대 부장이 있는 라인의 헤드는 누구예요?"

"아직은 말씀드릴 수 없어요."

"참 나, 이거 좀 너무한 거 아녜요? 나 못 믿어요?"

강신진 수석 부장에 관한 것은 아직 이야기할 수 없었다. 강신진 수석 부장의 눈치는 김진한 부장보다 몇 수는 위다. 우연히 마주쳤을 때 작은 적개심이라도 보였다가는 위험해질 수도 있었다.

이한영이 고개를 저으며 말한다.

"박철우 검사님이 너무 정의로워서요. 얼마 후에 백이석 법원장님이 대법원장이 된 후, 그러니까 우리 힘이 그쪽과 엇비슷해지면 말씀드릴게요."

"정의롭다는 말이 칭찬 같아서 참습니다."

"멧돼지처럼 앞만 보고 뛴다는 말인데……."

"아, 진짜."

박철우 검사가 인상을 찌푸릴 때 이한영은 손목을 들어 시간을 확인했다.

"슬슬 갈 시간인 것 같은데요?"

"갑시다."

그 시각, 송파에 있는 바.

이성대 부장은 약속 장소에 나와 있었다. 손님도 없고 한산한 곳이다.

이성대 부장은 혀를 찼다.

"약속 장소를 잡아도 꼭 이런 곳을 잡지."

인상을 찌푸린 이성대 부장이 여성 바텐더를 노려본다.

"여기 진짜 칵테일 안 돼요?"

"네, 죄송해요. 장사가 안 돼서……."

"위스키나 줘요!"

위스키가 바에 놓이자 이성대 부장이 바텐더를 흘겨보며 잔을 채운다.

"칵테일이 안 되는 바가 어디 있어?"

"죄송합니다."

"됐어요."

술을 홀짝이던 이성대 부장이 살기가 담긴 눈빛을 보이며 중얼댔다.

"하, 씨발. 임중민 부부장도 같이 나오라고 말했어야 했는데. 그래야 사기꾼 새끼들을 한곳에 몰아넣고 한 큐에 끝낼 수 있는데."

손목을 들어 시간을 확인한 그가 품에서 휴대폰을 꺼냈다. 그런데 휴대폰이 두 개다. 그는 한 휴대폰을 들어 녹음 앱을 실행한 후 품에 집어넣는다.

그때 문이 열렸다.

이성대 부장의 고개가 문을 향해 틀어진다. 이한영과 박철우 검사가 왔나 싶어서 본 건데…… 양복을 빼입은 덩치 큰 남자가 들어오고 있다.

'어? 저 새끼는?'

이성대 부장은 남자의 얼굴을 기억하기 위해 눈동자를 데구루루 굴렸다.

'베트남 설명회 할 때 사회를 맡았던 새끼!'

흔치 않은 인상이라 기억하고 있었다. 분명, 사기꾼들이 호텔에서 설명회를 할 때 사회를 보던 놈이다. 바로 석정호였다.

이성대 부장의 날카로운 시선이 석정호를 좇는다. 석정호는 이성대 부장을 알아보지 못하는 척 반대편 바에 앉아 술을 주문하고 있다.

이성대 부장의 눈살이 찌푸려진다.

'뭐지? 저 새끼가 여기에 왜 있지? 박철우와 이한영이 불렀나? 사기꾼을 앞에 두고 서로 처음 본 것처럼 행동하면서 자기들은 잘못이 없는 것처럼 보이려고?'

이성대 부장은 고개를 저었다.

'아니지. 그건 너무 위험한 거잖아? 저 새끼가 나한테 잡히기라도 하면 어쩌려고? 그럼 그냥 우연인 건가?'

세상에 우연이란 없다. 하지만 혼란스러운 상황에 이성대 부장의 눈동자는 갈피를 못 잡고 있었다. 하지만 잠시다.

'내가 이러고 있을 때가 아니잖아! 30억 때문에 어떤 수모를 당하고 있는데!'

이성대 부장의 머릿속에서는 강신진 수석 부장 아래 있는 판사들의 조롱이 떠오르고 있었다.

-검사한테 공사 당한 거라고?

-내가 저 새끼, 돈 문제 때문에 큰일 치를 줄 알았어.

-이성대 부장의 말을 어디까지 믿어야 할지 모르겠어요.

한때 김진한 부장과 함께 강신진 수석 부장의 총애를 받던 이성대 부장이다. 하지만 지금은 사기나 당한 멍청한 놈으로 인식되며 주요 자리에서 빠지고 있었다. 이 구렁텅이에서 빠져나올 방법은 단 하나, 사기꾼을 잡는 거다.

이성대 부장이 자리에서 벌떡 일어섰다. 그리고 성큼성큼 석정호에게 다가갔다.

"거기."

스트레이트 잔에 술을 따르던 석정호가 고개를 틀어 이성대 부장을 향했다.

"나 부른 거예요?"

"그래, 너."

석정호가 기분 나쁜 표정을 지으며 자리에서 일어섰다. 멀리서 봤을 때도 컸는데, 가까이서 보니까 정말 거대한 덩치다.

하지만 이성대 부장은 물러서지 않았다.

"야, 이 사기꾼 새끼야. 너, 나 몰라?"

사기꾼이라는 말에 석정호의 눈이 꿈틀거렸다. 그리고 주춤주춤 뒤로 물러섰다.

이성대 부장이 석정호를 향해 손가락을 까딱거리며 말한다.

"이리 와, 이 새끼야. 내 돈 30억 어디 있어!"

"저, 전 몰라요! 진짜예요!"

"경찰 부를까? 어디서 수작질이야!"

"정말이에요. 그 금 투자했던 사기꾼 새끼가 다 갖고 튀었어요! 나도 당했다고요!"

"내가 너 같은 새끼들을 한두 번 본 줄 알아? 이리 와, 이 개새끼!"

가운데에 있는 테이블을 두고 두 사람이 빙글빙글 돌고 있을 때 또 바의 문이 열렸다.

이번에 들어온 사람은 유세희다. 테이블을 돌던 이성대 부장이 이마의 땀을 씻으며 그녀를 본다.

"유세희 씨?"

"이……성대 부장님? 뭐 하시는 거예요?"

그때 이성대 부장의 휴대폰에 문자메시지가 왔다는 알람이 떴다. 이성대 부장이 잠시 메시지를 확인한다.

"어?"

알 수 없는 곳에서 1천만 원이 입금되었다는 메시지다.

그가 고개를 갸웃거릴 때 유세희와 석정호가 미소 띤 얼굴로 이성대 부장을 향해 다가간다. 순간 바텐더가 있는 곳에서 플래시가 '팡!' 하고 터졌다.

이성대 부장이 빛이 번쩍인 곳으로 고개를 돌리자 바텐더가 활짝 웃는다.

"스마일."

바텐더는 송나연 기자였다.

이한영은 이 바를 통째로 빌렸다.

* * *

이한영과 박철우 검사는 바가 있는 건물의 지하 주차장에 차를 세웠다. 차에서 내려 엘리베이터로 향하며 이한영이 말한다.

“사기꾼 석정호 그리고 백이석 법원장님을 지지하는 에스로펌의 막내딸 유세희. 이 세 사람이 한 장소에서 다정히 서 있는 사진. 그리고 이성대 부장의 통장엔 돈이 입금된 흔적도 남아 있어요. 그들 라인의 대장이 사진과 통장 내역을 본다면 어떤 생각을 할 것 같아요?”

“이성대 부장이 사기당한 척 쇼를 하고 30억을 ‘슈킹’ 했다고 생각할까요?”

이한영이 고개를 저었다.

“그렇게까지 생각하지 않을 수도 있겠지만 의심은 하겠죠. 이성대 부장은 돈이라면 눈이 뒤집히는 사람이니까요.”

“그래서 이성대 부장이 우리와 손잡는다고요?”

“네.”

강신진 수석 부장은 김진한 부장을 통해 오바른 판사와 김윤혁을 죽이려 했다. 이한영도 전생에서 청산가리를 먹었다. 그렇게 세상에서 지워진 사람이 한둘이 아닐 거다.

강신진 수석 부장 아래 있는 사람들은 기본적으로 그를 두려워한다. 강신진 수석 부장이 사람들을 통제하기 위해 사용하는 공포감. 이한영은 그 공포감을 이용하고 있었다.

엘리베이터에 오른 이한영이 바가 있는 8층 버튼을 누르며 말했다.

“이성대 부장의 머릿속엔 사진과 통장 내역이 넘어가면 죽을 수도 있다는 공포가 자리할 거예요. 살기 위해 우리 손을 잡을 거고, 거기에 좋아하는 돈 좀 던져 주면…….”

바를 향해 올라가던 엘리베이터가 1층에서 멈춰 선다. 그리고 스르륵 문이 열린다.

순간 이한영의 얼굴이 굳어졌다.

낯익은 얼굴이 서 있었다. 짙은 색조 화장에 명품을 두른 여자. 장유린 부장이다.

이한영을 본 그녀가 활짝 웃는다.

“어머? 여기서 보네?”

박철우 검사는 바로 이한영을 모르는 사람처럼 행동하기 시작하며 2층을 눌렀다. 자연스레 장유린 부장의 시선도 엘리베이터의 버튼으로 향한다. 먼저 눌려 있던 8층 버튼을 보며 이한영에게 말한다.

“8층? 바에 가는 거야? 이한영 프로도 여기 아는구나? 나도 조용해서 좋아하거든.”

“네, 저도 조용해서 좋아해요.”

“혼자 왔어? 그럼 같이 한잔할까?”

잘 풀린다 했다.

장유린 부장을 오래 겪어보진 않았지만 그녀의 머리가 비상하다는 것은 알고 있었다. 그녀가 8층에 가면 어떤 식으로 일이 망가질지 모른다.

이한영은 수렁에 빠지는 느낌을 받으며 박철우 검사의 손을 툭 쳤다.

박철우 검사가 고개를 끄덕이며 2층에서 내린다. 그리고 재빨리 전화를 꺼내 송나연 기자의 번호를 누른 후 계단을 향해 달리기 시작했다.

휴대폰에선 통화 연결음만 들린다.

“전화 좀 받아!”

–전화를 받을 수 없어…….

시간이 없다.

엘리베이터는 빠른 속도로 올라가고 있다. 다시 전화를 걸어 송나연 기자가 받는다 해도 상황을 해결할 방법은 없다.

절망적인 상황에 박철우 검사의 미간이 일그러졌다.

'어쩌지? 어떻게 해야 하지?'

그때 휴대폰의 진동이 울렸다. 송나연 기자인가 해서 빠르게 확인했지만 메시지다. 그런데…….

'이한영 판사?'

박철우 검사가 다급히 확인 버튼을 누르자 의미를 알 수 없는 메시지가 보인다.

—경비실을 찾아가세요.

이한영은 장유린 부장의 눈을 피해 메시지를 보내느라 전체적인 내용을 담지 못했다. 그 덕에 박철우 검사의 눈살은 찌푸려졌다.

'경비실? 경비실에 가서 뭘 하라는 거지?'

잠시 생각에 빠졌던 박철우 검사의 눈에 불꽃이 튀었다.

'가능성이 있어!'

박철우 검사는 날듯이 계단을 뛰어내려 갔다.

엘리베이터는 쭉쭉 올라가며 5층을 지나가고 있었다. 이한영이 바뀌는 숫자를 바라보며 마른침을 삼킬 때 장유린 부장이 입을 열었다.

"여기 칵테일 괜찮아. 마셔봤지?"

"그랬나요? 몰랐어요, 맥주만 마셔서."

"이렇게 만난 것도 인연인데, 내가 한잔 살게."

"감사합니다."

이한영은 말을 하면서도 숫자를 보고 있다.

'6층.'

이제 몇 초만 더 올라가면 8층이다. 그곳엔 송나연 기자와 석정호 그리고 유세희와 이성대 부장이 있다. 모든 계획이 망가지기 직전이다.

이한영이 입술을 꽉 다물었다.

박철우 검사만 믿고 있을 수는 없었다. 그가 실패할 경우 이한영 스스로 상황을 벗어날 방법을 찾아야 한다.

이한영의 머릿속이 빠르게 회전하기 시작했다.

'장유린 부장을 회유해?'

답이 아니다.

회유를 한다고 해도 문제다. 장유린 부장은 돈을 위해서라면 배신이고 뭐고 무슨 짓이든 다 할 사람이다. 그런 폭탄을 쥐고 계획을 이어갈 수는 없었다. 회유는 마지막의 마지막에 써야 할 방법이다.

'그럼 다른 방법은?'

초조한 생각이 이어지고 있을 때 엘리베이터는 7층을 지나가고 있었다.

'일단 막아야 해.'

이한영의 시선이 엘리베이터에 적힌 가게 상호로 향했다.

"장유린 부장님, 칵테일 말고 회 어떠세요?"

"회?"

"11층에 일식집 있네요. 갑자기 당기는데, 회 드실래요? 제가 살게요."

"여기 별로야. 회전율이 별로라 안 신선해. 옆 건물에 괜찮은 횟집 있어. 칵테일 한잔하고 가자."

다른 가게로 유도하려 했지만 장유린 부장은 넘어오지 않는다.

이제 8층이다. 문이 열리기 직전이다.

이한영의 머릿속은 다시 복잡한 생각으로 빠져든다.

'결국 회유를 선택해야 하나?'

어쩔 수 없는 선택만을 남겨두고 있을 때 '쿵!' 하는 소리와 함께 엘리베이터가 멈춰 섰다. 동시에 전원이 나가며 엘리베이터 안은 암흑으로 바뀌었다.

"뭐야? 고장이야?"

장유린 부장이 당황한 목소리로 경비실 버튼을 꾹꾹 누른다.

하지만 이한영은 엘리베이터의 벽에 등을 기댄 채 어둠 속에서 미소 짓고 있었다.

그 시각, 건물의 경비는 전화기를 귀에 대고 상황을 설명하고 있었다.

"죄송합니다. 5분만 기다려주시겠어요? 전기공사 하다가 실수를 해버려서요. 금방 가동될 거예요. 정말 죄송합니다."

경비가 전화기를 내려두며 고개를 틀어 옆을 바라본다. 경비의 시선에 박철우 검사가 보였다.

신분증을 품에 집어넣던 박철우 검사가 입을 열었다.

"감사합니다."

"아녜요. 검사님들이 나쁜 놈 잡겠다는데 얼마든지 도와야죠. 그런데 남자가 악당이죠? 흉악하게 생겼던데."

* * *

이한영과 장유린 부장은 바 앞에 서 있었다. 단단히 잠긴 철문 앞엔 '개인 사정으로 하루 쉽니다'라는 종이가 붙어 있었다.

장유린 부장이 문을 당겨봤지만 덜컹거리는 소리만 들릴 뿐 열리지 않는다. 그녀가 미간을 찌푸린다.

"가는 날이 장날이라더니, 엘리베이터는 고장이고 가게는 쉬네."

"아쉽네요. 부장님이 말씀하신 칵테일을 맛보고 싶었는데요."

"어쩔 수 없지. 아까 말했던 일식집 갈까?"

이한영과 장유린 부장은 몸을 돌려 다시 엘리베이터에 올랐다. 곧이어 엘리베이터의 문이 닫히고 아래로 내려가기 시작하자 남자 화장실에서 나온 박철우 검사가 휴대폰을 들어 귀에 댄다.

"상황 끝. 문 열어주세요."

그 말에 잠겨 있던 문이 살짝 열리며 송나연 기자가 고개를 빼꼼 내밀었다.

"갔어요?"

"네."

송나연 기자가 긴장된 숨을 크게 내뱉었다.

"진짜 심장 쪼그라드는 줄 알았어요."

"이성대 부장은요?"

"석정호 씨랑 룸에서 이야기 중이에요. 아무 이야기나 하면서 시간 좀 끌어 달라고 부탁했거든요."

박철우 검사가 픽 웃었다. 열정적으로 쓸데없는 이야기를 이어가는 석정호가 떠올랐기 때문이다.

"석정호란 친구도 참 재주꾼이에요. 아무거나 다 잘해."

박철우 검사의 시선이 마지막으로 유세희에게 향했다. 바에 앉아 있는 그녀는 지금의 소동은 관심 없는 것처럼 보였다. 눈을 마주친 그녀가 살짝 고개를 숙일 때 송나연 기자가 박철우 검사의 귀에 대고 속삭인다.

"예쁘긴 진짜 예쁘죠? 영화배우보다 더 예뻐요."

유세희를 빤히 보던 박철우 검사가 힐끗 송나연 기자를 향했다.

"괜찮아요?"

"뭐가요?"

"아니면 됐어요."

"뭐예요, 싱겁게?"

두 사람의 대화는 이어지지 못했다. 이한영에게 전화가 걸려 오며 박철우 검사의 휴대폰이 진동을 울렸기 때문이다.

"네, 판사님."

–제가 갈 수 있는 상황은 아닌 것 같아요. 대신 부탁 좀 드릴게요. 이성

대 부장 만나서요…….

룸 안에서는 석정호의 쓸데없는 말이 이어지고 있었다.

"우리 동네에서는요, 떡볶이에 계란을 으깨 먹어요! 그런데 강남 애들은 으깨 먹지 않아요! 이걸 어떻게 생각하세요?"

"지금 무슨 헛소리를 계속하고 있어!"

"헛소리라니요! 밀떡이 좋아요, 쌀떡이 좋아요?"

이성대 부장은 황당한 표정으로 석정호를 바라봤다. 석정호의 눈빛은 진지하다.

'이 새끼는 도대체 뭐지? 떡볶이에 뭐가 있는 거야? 암호 같은 건데 내가 파악을 못 하는 건가?'

석정호는 말 그대로 이상한 말을 하며 이성대 부장을 잡아 놓고 있을 뿐이었다. 하지만 모든 게 혼란스러운 이성대 부장의 눈엔 석정호의 쓸데없는 말도 뭔가 의미가 있어 보였다. 하지만 그 생각은 오래가지 못했다. 문이 열리고 박철우 검사가 들어온 것이다.

이성대 부장의 눈에 분노가 차올랐다.

"지금 뭐 하는 거요!"

박철우 검사는 이성대 부장의 신경질적인 목소리를 상관하지 않고 석정호에게 시선을 틀었다.

"고생했어요. 이젠 내가 이야기할게요."

석정호가 자리에서 일어나 밖으로 나가자 박철우 검사의 시선은 다시 이성대 부장에게 향했다. 공간은 적막으로 가득 찬다. 두 사람은 말없이 무서운 눈빛으로 서로를 쏘아볼 뿐이었다.

먼저 입을 연 것은 이성대 부장이다.

"이한영 그 새끼는 어디 있어요?"

"이한영 판사는 우리랑 상관없어요."

"상관없긴, 전화를 그렇게 많이 했는데 상관없다고? 내가 그런 말을 믿을 병신으로 보여?"

"충남에 같이 있어서 친할 뿐입니다. 믿든 말든 그건 부장님 결정이고요."

이성대 부장의 입가에 차가운 미소가 걸렸다.

"이한영에 관한 것은 천천히 알아보면 될 일이고. 박철우 검사, 지금 이런 짓을 하고도 멀쩡할 수 있을 것 같아요?"

"아직 상황 파악이 안 되셨나 보네요."

"뭐요?"

박철우 검사가 이성대 부장 앞에 마주 앉았다. 그가 양주병을 기울여 스트레이트 잔을 채운 후 입에 털어 넣으며 무겁게 입을 열었다.

"멀쩡할 수 있을 것 같냐고요? 네, 멀쩡할 것 같습니다."

박철우 검사의 여유로운 태도에 이성대 부장의 눈동자는 분노로 미쳐 갔다.

"씨발! 나한테 이러고 멀쩡할 수 있을 것 같아? 나, 판사야! 부장판사! 중앙지법 부장판사 이성대라고!"

"이성대 부장님이 누군지 잘 알고 있어요."

"누군지 알면 너희들이 사기 친 30억 내놔! 그것만 돌려주면 모른 척 넘어가주지. 그게 아니면!"

박철우 검사가 고개를 저었다.

"그거 다 불우이웃돕기 했습니다. 어차피 로비에 쓰려고 했던 검은돈이잖아요? 어려운 분들 도와드렸으니까 좋게 생각하세요."

"불우 이웃을 도와? 이런 미친 새끼가!"

이성대 부장의 목소리는 흥분으로 가득 차 있었지만, 박철우 검사는 술을 입에 대며 느긋이 입을 열었다.

"부장님, 지금 생각하셔야 할 것은 그 30억의 행방이 아니잖아요?"

"뭐?"

"밖에 에스로펌의 막내딸이 왜 와 있는지, 그것부터 궁금해야 하지 않을까요? 에스로펌의 막내딸이 고작 30억 먹으려고 이런 사기에 가담했을 것 같아요? 저 여자한테 30억은 우스운 돈일 텐데요."

듣고 보니 이상했다. 이성대 부장의 눈살이 찌푸려진다.

'에스로펌의 막내딸이 왜?'

그 순간 이성대 부장의 귀에 박철우 검사의 목소리가 쑤셔 박히듯 들어왔다.

"백이석 법원장님이 대법원장에 도전하십니다. 에스로펌은 백이석 법원장님을 지지하고요."

이성대 부장도 생각이라는 걸 할 수 있는 사람이다. 그의 눈동자가 데구루루 굴러가기 시작했다.

"서, 설마……?"

"네, 이성대 부장님은 백이석 법원장님을 지지하는 사람들과 다정히 사진을 찍었어요. 그리고 통장에 돈이 입금됐죠?"

이성대 부장이 황급히 휴대폰을 꺼내 확인했다.

"이런 젠장!"

분노가 토해져 나왔다.

방금 사진을 찍히던 순간 휴대폰에 알 수 없는 돈이 입금되었다는 메시지가 왔다. 그때는 이게 뭔가 했는데, 이젠 확실해진다. 이성대 부장의 손이 가늘게 떨리기 시작했다.

박철우 검사의 목소리는 계속해서 차분히 이어졌다.

"그쪽 패거리에서 부장님의 결백을 믿어줄까요?"

"겨, 결백?"

이성대 부장의 머릿속에 강신진 수석 부장이 했던 말이 스쳐 지나갔다.

–이성대 부장, 난 자네를 의심하고 있어. 사기당했다고 거짓말을 하고

30억을 뒤로 챙기지는 않았는지 의심이 가.

이성대 부장이 마른침을 삼켰다.

그의 머릿속엔 이제 강신진 수석 부장에게 당한 사람들의 얼굴이 나타났다가 사라지기를 반복하기 시작했다. 그리고 '어쩌면 나도 당할지 몰라'라는 생각이 강하게 뿌리를 내렸다.

이성대 부장은 목이 타는지 물컵을 손에 쥔다. 하지만 사정없이 떨리는 손 때문에 컵 안에 담긴 물이 사방으로 튀어 흩어졌다.

"나, 나한테 원하는 게 뭐지? 나한테 왜 이러는 거야?"

박철우 검사가 휴대폰을 테이블에 놓고 그를 향해 죽 밀었다. 이호열 위원장의 병역 비리와 부정 입학 사건이 화면에 보인다. 눈동자만 움직여 기사를 본 이성대 부장이 다시 시선을 들어 박철우 검사를 본다.

동시에 박철우 검사가 찌르듯 물었다.

"이런 사람이 대법원장이 되는 걸 바라는 겁니까?"

이성대 부장이 억지로 웃는다.

"백이석 법원장님이 대법원장이 되면 세상이 바뀌나? 어차피 안 바뀌어. 똑같아. 다 거지같이 사는 거야. 너희들도 떨어질 콩고물을 바라면서 백이석 법원장님 지지하는 거 아냐? 이상한 말 하지 말고 나한테 바라는 거나 말해."

박철우 검사가 테이블에 놓인 전화기를 들어 통화 버튼을 눌렀다.

"가지고 오세요."

룸의 문이 열리고 석정호가 공공칠가방 두 개를 테이블 위에 내려둔 후 다시 방을 떠났다.

자리에서 일어난 박철우 검사가 공공칠가방을 가리켰다.

"이 가방엔 5만 원권으로 5억, 이 가방엔 1만 원권으로 1억이 들어 있어요."

"……!"

"이번 사기로 부장님이 손해 본 게 얼마죠? 처음 넣었던 1억하고 밀수 회사 때문에 손해 본 5억. 합쳐서 6억 맞죠?"

박철우 검사가 공공칠가방을 이성대 부장을 향해 죽 밀었다.

"우리 손을 잡으면 오늘 찍힌 사진이 그쪽 패거리에 가는 일은 없을 겁니다. 이 가방은 부장님의 자동차 트렁크에 들어가 있을 거고요."

강신진 수석 부장에게 당하는 것보단 돈도 받고 살아남을 수도 있는 게 당연히 좋은 거다.

"내, 내게 원하는 게 뭡니까?"

대답하면서도 이성대 부장의 눈동자는 가방에서 벗어나지 못하고 있었다.

* * *

–이게 무슨 말인지 모르겠어요.

"뭐라고 했는데요?"

장유린 부장과 횟집에 간 이한영은 잠시 화장실로 나와 박철우 검사와 통화하고 있었다.

–최후의 순간엔 이호열 위원장의 아들을 살해할 수도 있다는데요? 이게 말이 됩니까? 이호열 위원장은 자기들 편이잖아요? 이성대 부장이 거짓말하는 거 아닐까요?

"아뇨. 가능성 있어요."

–가능성이 있다고요?

"네."

–이런 미친! 법을 십행하는 판사들이 사람이나 죽일 생각을 하고 있고!

박철우 검사의 목소리는 화를 이기지 못했는지 바들바들 떨렸다.

전생에서도 그랬다.

이호열 위원장이 궁지에 몰리자 그 아들이 죽었다. 그 과정에서 이호열 위원장이 자기 자식을 죽이지는 않았을 거다. 아무도 모르게 강신진 수석 부장이 움직였을 가능성이 컸다.

자신들의 목적을 위해서라면 같은 편의 자식까지 서슴없이 죽이는 자들.

그러면서 그들은 자신들이 정의라 말한다. 그리고 그런 자들이 사회의 상류층이라 불리며 살고 있다.

통화가 종료된 휴대폰을 주머니에 쑤셔 넣으며 이한영은 무거운 한숨을 내뱉었다.

'너희들이 원하는 세상은 없을 거야.'

이한영의 계획이 진행되어 가고 있을 때 강신진 수석 부장의 계획도 착실히 준비되고 있었다. 바로 전흥우 대법원장을 탄핵하는 계획이다.

강신진 수석 부장의 입김이 닿았는지 언론은 물론이고 의원들까지 나서 전흥우 대법원장을 비판하기 시작했다.

"전흥우 대법원장은 깨끗한 사법부를 만들겠다고 약속했습니다! 하지만 판사들의 비리를 잡고 협박하여 제왕적 권한을 누리려고 했어요! 이게 뭡니까? 전흥우 대법원장은 탄핵당해 마땅합니다!"

하지만 전흥우 대법원장 역시 만만한 사람이 아니다. 그는 이호열 위원장의 자식 문제를 쑤셔 여론의 비판을 바꾸기 위해 온 힘을 다했다.

뉴스를 보던 전흥우 대법원장이 전화기를 귀에 댄다.

"이번 주에 쳐!"

—무립니다. 언론에서 가만히 있지 않을 겁니다.

"사법부가 언제부터 언론을 두려워했다고 하는 거야! 시키는 대로 해!"

—알겠습니다.

통화가 종료되자 쾅, 전화기를 내려두는 소리가 대법원장실에 울렸다. 전흥우 대법원장의 시뻘건 눈이 허공을 노려본다.

토요일, 경기도 과천의 중앙선거관리위원회 앞으로 봉고차가 여러 대 멈춰 섰다. 문이 열림과 동시에 양복을 입은 사내들이 빠르게 내린다. 전흥우 대법원장의 지시를 받은 판사들이었다.

대법원의 판사들이 주말을 이용해 중앙선거관리위원회를 급습하자 뉴스는 다시 시끄러워졌다.

—오늘 오후 2시, 유례없는 일이 벌어졌습니다. 대법원의 판사들이 중앙선거관리위원회로 찾아가…….

—이 사태를 지켜본 검찰은 만약 검사가 영장도 없이 컴퓨터를 확인하고 수색했다면 즉각 구속되었을 것이라며 법 위에 판사가 있는 것 같다고 비판했습니다.

보글보글 된장국 끓는 소리가 들린다.

"아무 일 없지?"

식사를 준비하던 어머니가 고개를 틀어 이한영을 본다. 텔레비전에서 사법부에 관한 별의별 이야기가 다 터져 나오자 걱정되셨나 보다.

"전 괜찮아요. 저런 일에 말단이 낄 수는 없어요."

당연히 거짓말이다.

지금 일어나는 일의 대부분은 이한영의 머릿속에서 나온 계획이었다. 하지만 아들의 손에서 저런 일이 벌어지고 있다는 걸 어머니께 밝힐 수는 없었다.

이한영의 말에 어머니는 조금 안심되었는지 편안해진 얼굴로 입을 연다.

"왜들 저러는지 모르겠어. 세금 내서 월급 주는 게 권력 잡으라고 하는 건 아니잖아? 다 나라 잘되라고 하는 거지. 넌 저러지 마."

어머니가 텔레비전을 보며 인상을 찌푸릴 때 이한영의 휴대폰에 진동이 울렸다. 임정식 수석 부장이다.

이한영이 휴대폰을 귀에 대며 입을 열었다.

"네, 수석 부장님."

–뉴스 봤지? 선관위 털었다.

중앙선거관리위원회 급습을 진두지휘한 이가 임정식 수석 부장이었다.

"고생하셨습니다."

–이제 어떻게 할까?

"일 끝나면 댁으로 가실 거죠? 저녁에 찾아뵐게요."

이한영이 휴대폰을 내려놓자 어머니가 안쓰러운 얼굴로 바라본다.

"또 출근이야? 주말인데 쉬지도 못하고."

"괜찮아요."

"괜찮긴. 좀 쉬어야 여자도 만나고 결혼도 할 텐데. 엄마도 며느리랑 손주 보고 싶어."

이제 이어질 말은 뻔하다. 만나는 여자는 없냐, 동네 어떤 아줌마 딸이 괜찮은데 등등……. 빨리 화제를 전환해야 한다.

"요즘 폐지 값은 어때요?"

"그걸 네가 왜 물어? 그런 건 상관하지 말고. 요즘 만나는 여자는 없어?"

화제 전환 실패다.

이한영은 고개를 숙이고 밥을 먹을 수밖에 없었다.

그날 저녁, 이한영은 곱창집에 앉아 있었다. 그의 앞에는 임정식 수석 부장이 보인다.

"뭐 좀 나왔나요?"

"많이."

"어떤 거요?"

"불법 자금을 눈감아준 게 많아."

선거에는 많은 자금이 필요하다. 특히 박빙으로 치닫는 경우 돈의 중요성은 두말할 필요도 없다.

하지만 정치인이 개인에게 받을 수 있는 후원금은 연간 2천만 원. 후원회를 만들어 모금한다고 해도 연간 1억 5천만 원이 전부다. 선거가 있는 해에는 모금의 한도를 두 배로 늘려주지만, 그 역시 3억이 한계다.

당연히 선거에서 이기기 위한 자금으론 부족하다. 그래서 옳지 못한 정치인 중 몇몇은 대필 작가를 고용해 자신이 쓴 것처럼 출판 기념회를 연다. 몇만 원짜리 책을 수백만 원에 팔아 정치자금을 만들기 위해서다. 그리고 또 몇몇 정치인은 소위 사과 박스, 배 박스라 불리는 돈 박스를 몰래 건네받아 사용하기도 한다.

세상에 공짜는 없다. 이들이 받은 불법적인 정치자금 역시 마찬가지다. 언젠가는 돈을 준 사람에게 특혜를 보장해줘야 한다. 서민들의 표를 받은 의원들이 돈 있는 사람들의 뒤를 봐주는 이유다.

임정식 수석 부장이 무겁게 입을 열었다.

"그런데 이걸로 이호열 위원장을 찌를 수는 없어. 지금 대통령님도 선거를 치를 때 530억의 불법 자금을 받았고 각 당의 대표들도 마찬가지야. 이걸 터뜨리면……."

임정식 수석 부장이 목에 칼을 긋는 시늉을 해 보였다. 끝이라는 말이다.

임정식 수석 부장이 말을 잇는다.

"피라미같이 힘없는 의원들은 단칼에 잡아냈으면서 어깨에 힘 좀 주는 의원들은 죄다 눈감아줬어. 이게 판사냐? 개새끼지."

이한영이 마른 입술을 핥으며 물었다.

"전흥우 대법원장님은 뭐라고 하세요?"

"당연히 답이 없지. 이호열 위원장이 썩은 건 알았지만 이 정도일 줄은 몰랐던 거지. 전흥우 대법원장님의 그릇으론 감당할 수 없는 문제야."

임정식 수석 부장은 답답한지 빈 소주잔을 '탁' 소리가 날 정도로 세게 테이블에 놓는다. 그리고 이한영을 보며 묻는다.

"답 없지?"

언론의 화살을 맞으면서도 중앙선거관리위원회를 털었다. 하지만 꺼내 본 판도라의 상자는 일반 사람이 감당하기 힘든 것이었다.

하지만 상대는 이한영이다.

"아뇨. 답 있어요."

"있어?"

"네."

임정식 수석 부장이 빠르게 몸을 당겨 앉았다.

"뭔데? 말해봐."

"그 자료, 황남용 대법관에게 넘길 수 있을까요?"

황남용 대법관은 이호열 위원장, 백이석 법원장과 함께 대법원장에 도전하는 또 다른 인물이다.

뜬금없는 말에 임정식 수석 부장의 눈동자엔 의문이 가득 담긴다.

"황남용 대법관? 그쪽은 왜?"

"이호열 위원장과 황남용 대법관이 싸우는 게 좋지 않겠어요?"

백이석 법원장은 이호열 위원장과 황남용 대법관보다 직급이 떨어진다.

"황남용 대법관은 교활한 사람이에요. 자기가 안 다치는 수준에서 이호열 위원장을 압박할 겁니다. 두 사람의 네거티브가 시작되면 고래 싸움에 새우가 이득 볼 수 있다는 걸 보여줄 수 있을 것 같은네요."

임정식 수석 부장이 잠시 생각에 빠진다.

"황남용, 황남용."

확실히 교활하다. 전흥우 대법원장은 감당할 수 없는 문서를 교묘하게 이용할 사람이다.

임정식 수석 부장이 고개를 끄덕였다.

"접근해보지."

"감사합니다."

이한영은 소주를 입에 대며 생각했다.

황남용 대법관이 움직이면 이한영은 자신이 원하는 그림을 만들어낼 수 있었다. 그리고…….

'아들 문제까지 건드려서 정신 좀 못 차리게 만들어야겠어.'

* * *

"안녕하세요."

"좋은 아침입니다."

이한영이 사무실로 들어가자 윤슬혜 판사와 이소이 판사가 자리에서 일어나 허리를 굽혔다.

"잘 쉬었어?"

이한영은 가벼운 인사를 건네며 구석에 놓인 사건 기록물로 향했다. 그 기록물은 강신진 수석 부장에게 받은 사건이었다. 그러니까 이호열 위원장 아들의 병역 비리 혐의를 벗기기 위해 짜고 치는 재판이다.

건드려봤자 시간 낭비였기에 사건을 뒤집을 수 있을 때까지 건들 생각이 없었다. 그래서 두 배석판사에게도 지시가 있을 때까지 건들지 말라고 말했었다.

그리고 때가 왔다. 이제는 강신진 수석 부장의 의심을 사지 않고 이 사건을 뒤집을 수 있다.

기록물 앞에 선 이한영이 툭툭 서류를 치자 두 사람의 시선이 주목된다.

"슬슬 시작해야겠지? 윤슬혜 판사, 오늘부터 이호열 위원장 측의 주장에서 빈틈을 찾아."

"네!"

윤슬혜 판사가 눈을 빛냈다. 그동안 이한영이 만지지 말라고 해서 가만히 있었지만 빤히 잘못된 걸 알면서도 가만히 놔두는 게 답답했기 때문이다.

"이소이 판사는 기득권층의 병역 비리에 관한 모든 판례를 찾아서 요약하도록 해."

이소이 판사 역시 크게 고개를 끄덕였다. 그녀는 강신진 수석 부장에게 좋지 않은 감정이 있다. 이한영의 지시는 그녀에게 당연히 좋은 일이다.

윤슬혜 판사가 살짝 손을 든다.

"판사님, 피고 측이 무성의하게 준비했는데, 다시 준비하라고 말할까요?"

이한영이 서류를 손에 들며 답했다.

"아니, 됐어. 그거 우리가 해야 할 일이야."

"우리가요?"

"민사에서 판사가 진실을 찾는 게 이상한 일은 아니잖아?"

민사재판에는 변호사 없이 등장하는 사람도 있고, 흔한 일은 아니지만 지금처럼 무성의한 준비를 한 변호사도 있다. 그럴 땐 판사가 나서서 도와주기도 한다.

이한영이 손에 든 서류를 흔들며 말을 이었다.

"지금부터 이 사건에 관해선 누구한테도 발설하지 말도록 해. 원고는 중앙선거관리위원회 위원장이야. 우리 일이 새어나가면 다 다칠 수도 있어."

"네!"

"그럼 시작하자. 신체 건강한 남자라면 다 가는 군대, 위원장 아들도 보내줘야지?"

두 사람이 다시 고개를 끄덕인다.

이한영의 시선이 이소이 판사에게 향했다.

"이소이 판사는 잠깐 내 방으로 오도록 하고."

이한영이 서류를 내려두며 방으로 들어가자 이소이 판사가 그 뒤를 쫓았다.

이소이 판사가 문을 닫자 이한영이 책상으로 걸어가며 입을 열었다.

"미안한 말 하고 싶어서 불렀어."

"네? 미안한 말요?"

이한영은 서랍을 열어 볼펜 하나를 꺼내 빙글 돌린다.

"녹음기야. 사무실에서 나갈 땐 항상 가지고 다녔으면 해."

이소이 판사는 장유린 부장에게 이한영의 동선을 알리다가 걸린 적이 있다. 지금부터 비밀스럽게 일을 해야 하기에 그녀의 행동에 제약을 걸어둘 필요가 있었다.

지은 죄가 있어서 그런지 이소이 판사는 쉽게 고개를 끄덕인다.

"네, 알겠습니다."

"그리고 휴대폰. 통화할 때 자동으로 녹음될 수 있도록 바꿔줬으면 좋겠는데."

그녀는 다시 고개를 끄덕인다.

"네, 알겠습니다. 그런데 판사님."

"말해."

"판사님이 저를 믿을 수 없다는 건 알고 있습니다. 하지만 이제 그런 짓 하지 않습니다."

"고마워. 하지만 결과로 보여줬으면 해. 말은 믿지 않는 주의라서."

"노력하겠습니다."

이소이 판사가 허리를 굽힌다. 그녀의 얼굴에 기분 나쁜 표정은 없었다.

* * *

"이호열 위원장님의 아들이요. 회사에 출근하지 않았다는 게 사실인가 봐요. 출근해야 할 날에 학교 도서관에서 SNS를 한 사진이 있어요."

윤슬혜 판사가 이호열 위원장 아들의 의혹을 찾아내고 있었다.

이소이 판사가 살짝 손을 들며 말한다.

"저도 찾은 게 있어요. 이호열 위원장님이 2년 전에 그 회사에 투자했네요. 그러니까 아들이 회사에 들어가기 1년 전이요."

이번 사건은 원고와 피고가 짜고 치는 재판이다. 어떤 변호사도 믿을 수 없는 상황에서 이들은 사건을 재구성하고 있었다.

그리고…….

유성전자 하청 업체인 PJM 일렉트로닉스의 연구실.

이호열 위원장의 아들 이태성이 책상에 앉아 책을 읽고 있었다. 다른 연구원들이 바빠 보이는 것과 대조적으로 느긋해 보인다.

옆을 지나가며 힐긋 이태성을 본 연구원이 흡연실로 향하며 선임 연구원에게 말한다.

"저 새끼는 언제까지 오는 거예요?"

"재판 끝날 때까지는 착실히 회사에 출근한다잖아."

"하, 씨발. 바빠 죽겠는데 앉아서 노는 놈 보이니까 짜증 나요."

어느새 흡연실에 도착한 두 사람. 선임 연구원이 담배를 입에 물며 말한다.

"참아. 아빠 믿고 설치는 새끼들이 한둘이야? 재판에서 져서 군대나 갔으면 좋겠다."

"그럼 훈련소에 두 번 가는 거네요? 크크크."

그때, 팍! 웃던 연구원의 얼굴에 두꺼운 책이 날아와 부딪혔다. 책이 바닥에 나뒹구는 것과 동시에 연구원의 코에서 코피가 주르륵 흐른다. 코피도 닦지 못한 연구원이 당황한 얼굴로 앞을 바라보자 이호열 위원장의 아들 이태성이 팔짱을 끼고 서 있다.

비뚜름한 웃음기를 입에 머금은 이태성이 입을 연다.

"다시 말해봐, 새끼야."

"뭐?"

"다시 말해보라고."

이태성이 빙긋빙긋 웃으며 연구원 앞으로 걸어간다. 하지만 연구원은 아무 말도 못 한다.

이태성이 연구원을 보며 비웃듯 픽 웃는다. 그리고 그의 시선이 옆에 있던 선임 연구원에게 향한다.

"아빠 믿고 설쳐?"

이태성이 들고 있던 볼펜으로 선임 연구원의 배를 쿡쿡 쑤시며 계속 말했다.

"그래, 나 아빠 믿고 설친다. 그런데 이 병신 새끼가 세상을 모르네. 이 회사 대주주 중 하나가 우리 아빠야. 너는 언제든지 격오지 근무로 보낼 수 있어. 산 좋고 물 좋은 데서 일할래? 아니면 다시 취준생 할래? 그리고 또 뭐? 훈련소 두 번 간다고? 우리 아빠가 누군지 알지? 절대 그럴 일 없어."

이태성이 남자의 품에서 담배를 꺼내 입에 문다. 그리고 그의 얼굴을 향해 연기를 내뿜자 선임 연구원이 입을 연다.

"저기, 그게 아니고……."

"됐고, 아빠 잘 만난 것도 재능이야. 그러니까 닥치고 병신처럼 살아."

치욕을 당하는 두 남자는 말이 없다. 고개를 숙일 뿐이다.

바닥은 연구원의 코에서 나는 피로 흥건히 젖어가고 있었다.

이태성이 땅에 떨어진 책을 들어 죽 찢은 후 코피가 나는 남자에게 건넸다.

"이걸로 코 막아. 그리고 여기에서 있었던 일, 혹시나 인터넷이나 그런데 갑질이니 뭐니 하면서 올리지 마라. 난 한번 망신당하면 끝이지만 너희는 좆 돼. 어차피 한 달 있으면 난 여기 안 오잖아? 그러니까 참아."

이태성의 나이가 훨씬 어리다.

하지만 그는 선임 연구원의 어깨를 아랫사람 대하듯 툭툭 토닥이고 있었다.

* * *

이한영과 윤슬혜 그리고 이소이 판사가 법정을 향해 바삐 걷고 있다. 법복이 펄럭이는 소리만 복도에 울린다.

그리고 끼이익, 법정의 문이 열리는 순간.

"모두 자리에서 일어나주십시오!"

법정 경위의 큰 목소리에 법정에 있는 모든 사람들이 자리에서 일어섰다.

이한영의 눈동자에 법정이 한눈에 들어온다.

그가 법대에 섰다.

이한영은 법정을 둘러봤다.

이호열 위원장에 관한 관심이 높아져서인지 방청석은 꽉 차 있다. 숨소리도 들리지 않는 적막함. 그들의 눈빛이 원하는 것은 하나, 진실이다. 짜고 치는 고스톱인 것도 모른 채 법정에서 진실이 가려질 것으로 생각하고 있었다.

이한영의 시선은 방청석의 면면을 살피며 계속해서 움직였다. 이호열 위원장과 강신진 수석 부장 등은 보이지 않는다. 이호열 위원장의 아들 이태성만이 원고석에 보일 뿐이다.

그는 다리를 외로 꼬고 비스듬히 앉아 있다. 이따금 휴대폰을 만지작대고 있는 그의 표정은 여유롭다 못해 재수 없었다. 아버지가 대한민국 의전 서열 6위이기 때문이며, 이 재판의 결과를 미리 알고 있기 때문이다.

이한영은 주먹을 꽉 쥐었다. 지금은 재판의 시작이라 여유를 부리고 있지만 마지막 선고 기일이 끝났을 때 이태성의 표정을 사정없이 일그러뜨리고 싶다는 욕망이 치솟아서다.

이한영이 자리에 앉으며 입을 열었다.

"지금부터 서울중앙지방법원 명예훼손 건에 대한 심리를 시작하겠습니다. 먼저 출석 확인하죠. 원고 소송대리인, 참석하셨습니까?"

* * *

콱! 이호열 위원장이 신문을 구겼다. 성에 차지 않았는지 구겨진 신문을 세차게 집어 던지며 이글거리는 눈빛으로 앞을 노려본다.

"이거 어떻게 할 건가!"

강신진 수석 부장의 방이었다. 그의 앞에는 강신진 수석 부장과 장유린 부장이 보였다. 성난 목소리가 들렸지만, 강신진 수석 부장은 느긋한 태도로 바닥에 나뒹구는 신문을 들어 펼쳐 본다.

타이틀 기사가 눈에 들어왔다.

중앙선거관리위원회, 검은돈을 눈감아주다

임정식 수석 부장이 중앙선거관리위원회를 털며 찾아낸 비리였다. 임정식 수석 부장은 이한영의 말에 따라 황남용 대법관에게 자료를 넘겼고, 황남용 대법관은 곧바로 비리를 알리기 시작했다.

기사를 죽 훑어보던 강신진 수석 부장이 대수롭지 않은 태도로 신문을 놓아둔다.

"큰일이 있기 전에는 자잘한 사고들이 일어나는 법입니다. 황남용 대법관의 일은 마음 쓰지 마십시오."

"이걸 어떻게 신경 안 쓸 수 있어!"

"기다리십시오."

붉게 달아오른 얼굴로 강신진 수석 부장을 노려보던 이호열 위원장이 "끔" 하고 소리를 냈다. 강신진 수석 부장의 느긋한 얼굴을 보고 있으면 위기 상황을 풀어나갈 실마리가 있을 것 같다는 생각이 들어서다.

잠시 한숨을 내뱉던 이호열 위원장이 자리에서 일어섰다.

"그럼, 강 수석 부장만 믿고 있겠네. 난 이만 법정에 가보지."

"먼저 가 계십시오. 저희도 곧 가보겠습니다."

아들 이태성의 병역 비리 재판이 시작될 시간이었다. 이호열 위원장이 이한영의 법정으로 가기 위해 방을 떠났다.

문이 닫히자 강신진 수석 부장의 시선이 장유린 부장에게 향한다.

"위원장님에 대한 여론은?"

장유린 부장이 기다렸다는 듯 휴대폰을 건넨다. 화면엔 신문에서 봤던 기사의 댓글이 보였다.

—대법원장은 부패한 놈들을 옆에 두고, 선거관리위원장은 뇌물을 눈감아주고. 공정한 나라네요.

—저 사람 아들, 이번에 병역 비리 재판도 받지 않아?

—딸도 부정 입학. 이것저것 법을 어겨 놓고 법 운운하는 게, 법 같은 소리하고 있네.

—감방에 가야 하지만 높은 사람은 그런 데 쉽게 못 감.

강신진 수석 부장이 휴대폰을 내려두며 눈을 감았다.

"쉽지 않겠어."

대법원장은 대통령이 임명한다.

그런데 지금의 대통령은 1년 차. 국민에게 가장 많은 지지를 받으며 소원하던 정책을 실현할 때다. 그런 대통령이 자신의 지지율에 문제가 생길 사람을 대법원장으로 선택할 리는 없었다.

장유린 부장이 고개를 끄덕였다.

"위원장님은 시작부터 잡음이 들리고 있죠."

잠시 생각에 빠졌던 강신진 수석 부장이 눈을 떴다.

"방법이 있나?"

"완벽한 방법이 있긴 한데요."

"말해봐."

"지금 재판받는 아들이요. 그때 말씀하셨던 것처럼 죽여야 할 타이밍이 온 것 같지 않아요? 우리나라 사람들, 감성에 약하잖아요. 병역 비리 재판을 받다가 네티즌들의 악플에 못 이겨 자살. 이렇게 꾸미면 이호열 위원장님의 주가가 급등할 것 같은데요."

강신진 수석 부장의 입에서 낮은 한숨이 흘렀다.

"죽여야 할 타이밍이라……. 사람의 목숨을 쉽게 생각하는가?"

"난국을 수습할 방법은 하나예요."

"다른 방법은 없나?"

"있긴 하지만 복잡하고 어렵죠."

"복잡하다……."

강신진 수석 부장의 얼굴에 고민이 돌자 장유린 부장이 빠르게 입을 열어 설득한다.

"이호열 위원장님의 아들이 희생하면 우리는 원하는 세상에 한 발 더 다가설 수 있어요. 새로운 세상으로 가는 과정은 괴롭지만 하루빨리 그런 세상이 와야 이런 괴로움이 사라지겠죠. 작은 희생은 불가피하다고 생각해요.”

강신진 수석 부장이 픽 웃는다.

“새로운 세상? 장유린 부장에게 그런 소리를 들으니까 웃겨. 자네는 내가 원하는 세상과 동떨어져 있지 않나?”

“많은 돈만 보장해주세요. 그럼 수석 부장님이 원하는 세상이 곧 제가 원하는 세상일 테니까요.”

알 수 없는 미소를 짓는 장유린 부장을 보며 강신진 수석 부장이 찻잔을 들어 올렸다. 이제 이호열 위원장의 아들을 어떻게 해야 할지 결단을 내려야 할 시간인 거다.

강신진 수석 부장이 찻잔을 내려놓자 장유린 부장이 묻는다.

“어떻게 할까요?”

“자네 생각대로 해.”

“날짜는 언제로 잡죠?”

“결단을 내렸으면 끌지 말아야 해. 망설이는 자는 뜻을 이룰 수 없어.”

강신진 수석 부장의 방에 싸늘한 한기가 돌았다.

그 시각, 법정에서는 진술이 한창 이뤄지고 있었다.

“이태성 씨가 다니는 PJM 일렉트로닉스는 카드로 출퇴근을 기록합니다. 기록을 확인해봤을 때 이태성 씨가 결근했던 것은 할머니가 돌아가셨을 때밖에 없습니다. 그 외에는 회사에 잘 다녔고 특례로서 병역 이행을 잘 마치고 있었습니다.”

이태성의 변호사는 상대의 주장을 논리와 증거로서 막아내고 있었다. 그가 이한영을 향해 몸을 돌리며 말을 잇는다.

“그런데 피고는 이태성 씨가 불성실한 병역을 이행한다며 언론에 알렸습니다! 이로 인해 이태성 씨는 심한 악플과 정신적 충격을 받았습니다. 일방적 주장을 기사화해 명예를 훼손한 피고에게 손해배상액으로 2억

5천만 원을 신청하는 바입니다. 이상입니다."

이태성 측 변호사가 자리에 앉았다.

이한영의 시선이 피고 측으로 향한다. 피고는 이호열 위원장에게 돈을 받고 자리한 시민단체 대표 김영수였다.

"피고 소송대리인, 요지를 말해주세요."

시민단체 이영수 측의 변호사가 자리에서 일어섰다.

"시민단체 대표 김영수 씨는 이태성 씨의 명예를 훼손하기 위해 언론에 알린 게 아닙니다. 그전에도 이태성 씨의 병역 문제는 언론에 나온 적이 있습니다. 그리고……."

그때 법정의 문이 열렸다. 이한영의 시선이 문으로 향한다. 이호열 위원장이다. 그는 조용히 뒷자리에 앉아 팔짱을 낀다. 눈썹을 움찔거리는 게 표정이 좋지 않다.

'기사를 봤구나?'

비리 기사를 본 게 확실하다. 이 재판에서 승소한다 해도 비리가 터지고 있는 이상 대법원장으로 가는 길은 가시밭이 될 게 뻔했다.

이한영의 손가락이 툭툭 법대를 두들겼다.

'강신진 수석 부장과 함께 기사를 봤다면…….'

이한영은 한참 동안 앞으로 일어날 일을 가늠해봤다. 여러 상황이 파노라마처럼 머릿속을 스치고 지나간다.

'수단과 방법을 가리지 않을 놈들, 그들이 쓸 방법은 하나야.'

이한영의 시선이 원고석에 앉은 이태성에게 향했다. 그는 여전히 정신을 못 차리고 이따금 휴대폰을 만지며 앉아 있다. 이한영과 눈을 마주친 이태성이 히죽 웃는다. 무척 건방진 행동이다. 법정이라는 공간에서 재판장은 하늘과 같다. 그런데도 저렇게 건방진 행동을 하는 것은 이한영이 자신의 편이라고 생각하기 때문이다. 하지만 이한영은 생각을 드러내지 않는다. 그와 마찬가지로 조용히 웃어줄 뿐이다.

피고 측의 진술이 끝나고 이한영은 이태성 측 변호사를 향해 고개를 돌렸다.

"쟁점은 정리된 것 같네요. 원고 소송대리인은 제출할 증거나 신청할 증인이 있습니까?"

"네, 있습니다. 출퇴근 및 이태성 씨의 근무 태도를 입증하기 위해 PJM 일렉트로닉스 연구소의 팀장을 증인으로 신청합니다. 그리고 원고인 이태성 씨를……."

양측의 변호사는 증거와 증인을 이야기하기 시작했다. 잠시 후 이한영이 입을 열었다.

"증인과 증거 모두 채택합니다. 양측에서 제출한 서증에 대하여 의견이 있거나 더 신청할 증거가 있습니까? 없으면 변론 준비 기일을 마치고 변론 기일에 뵙겠습니다."

그렇게 짜고 치는 고스톱의 첫 번째 판은 어떤 큰 목소리도 오가지 않은 채 끝났다.

이태성은 만족스러운 얼굴로 자리에서 일어났다.

법원을 벗어나는 이호열 위원장과 이태성 앞으로 기자들이 몰려들었다.

"이태성 씨! 증인으로도 나선다고 하셨는데요? 어떤 증언을 할 생각이십니까?"

이태성의 표정이 싹 변했다. 방금 있던 건방진 얼굴은 사라진 지 오래다. 그는 최대한 불쌍한 얼굴로 고개를 든다.

"증언이랄 것도 없어요. 그냥 제가 회사에서 지내 온 이야기를 할 생각입니다. 상대 변호사분이 물어보시는 것에 대해 성심껏 대답하겠습니다. 이런 게 왜 문제가 됐는지 모르겠지만 아버지와 국민 여러분께 죄송할 뿐입니다."

가증스러운 거짓말을 마친 이태성은 카메라를 향해 천천히 허리를 굽혔다.

이한영은 창가에 서 있었다. 그의 시선에 카메라를 향해 고개 숙인 이태성의 모습이 보인다.

윤슬혜 판사가 이한영의 옆에 섰다.

"커피 드세요."

"땡큐."

이한영이 잔을 받아 들자 윤슬혜 판사가 말한다.

"오늘은 판사님이 시킨 대로 아무 말 안 하고 가만히 있었는데요. 앞으로 어떻게 하실 거예요? 계속 가만히 있으면……."

"짜고 치는 고스톱이라는 건 눈치챘지?"

"아, 네."

그녀가 어색하게 고개를 끄덕인다. 알고는 있었지만 감히 말하지는 못했기 때문이다.

"고스톱 명언 알아?"

잠시 고개를 갸웃거리며 생각하던 그녀가 툭 내뱉는다.

"손은 눈보다 빠르다?"

"그건 영화에서 나온 말이고."

"그럼요?"

"첫 끗발이 개 끗발이다."

윤슬혜 판사가 입을 손으로 가리고 웃는다.

"그게 뭐예요?"

하지만 이한영의 표정은 자신만만했다.

* * *

쿵쾅거리는 음악 소리가 시끄러운 술집이다. 이태성은 자신의 친구들과 술을 마시고 있었다.

한 친구가 휴대폰을 들어 보이며 소리쳤다.

"이태성 이 새끼 착한 척하는 거 봐라. 뭐? 국민 여러분께 죄송해? 네가 대통령이냐? 크크크크."

휴대폰 화면에선 이태성의 모습이 동영상으로 보였다.

이태성이 민망하게 웃으며 손을 젓는다.

"야, 그렇게 하라고 시켜서 한 거다. 나라고 그런 말 하고 싶었겠냐?"

"일단 웃겼으니까 한 잔 마셔."

이태성의 글라스에 술이 채워진다. 이태성은 그걸 또 좋다고 마시고 있다.

한 친구가 말한다.

"그런데 태성이 진짜 불쌍해. 우리는 군대 안 갔는데, 넌 나름 열심히 하고 있잖아? 이 중에서 훈련소 가본 건 태성이 너 혼자 아니야?"

이태성이 크게 웃었다.

"총은 쏴봤냐? 크크크크."

또 다른 친구가 글라스에 술을 부으며 말했다.

"씨발, 세금도 몇억씩 내고 있는데, 군대까지 가야 해? 거지 같은 새끼들은 대가리가 없어서 자기들 먹고사는 게 누구 돈인지를 몰라요."

늦은 밤이 되어서야 술자리가 끝났다.

이태성은 대리기사가 운전하는 차의 뒷좌석에 앉아 있었다. 그가 뒤적뒤적 주머니를 뒤져 휴대폰을 꺼내더니 자신의 기사를 찾아 댓글을 확인한다.

-군대 가라.

-아버지가 빼줬겠지.

-있는 놈은 안 가고…….

-나 이태성하고 고등학교 때 친군데, 그때부터 자기는 군대 안 갈 거라고

자신했어요.

–국방의무는 없는 놈들만 지킨다. 연예인하고 정치인하고 재벌 자식들은 안 간다.

"병신들."

이태성은 고개를 저었다.

그가 다시 시선을 창밖으로 향한다. 그런데 집으로 가는 길이 아니다.

이태성이 고개를 돌려 대리기사를 향했다.

"야, 여기 아니야. 길 잘못 들었잖아."

"아, 이쪽이 지름길이라서요."

"씨발, 운전 뭣같이 하네. 이런 지름길 없어!"

"여기 지름길 맞아요."

"아니니까 토 달지 말고 차 돌려."

"지름길 맞다니까요?"

"차 멈추고 내려, 이 새끼야!"

그 말과 함께 대리기사가 품에서 칼을 꺼내 보였다. 시퍼런 칼날이 번쩍인다.

"조금만 더 가면 되니까 얌전히 가자."

"어, 어디 가시는데요?"

이태성이 더듬더듬 물었지만 대리기사는 답을 하지 않고 손을 쭉 내밀 뿐이다.

"내놔."

"네?"

"휴대폰 달라고."

시퍼런 칼날이 향한 상태다. 이태성은 겁에 잔뜩 질린 얼굴로 휴대폰을 건넬 수밖에 없었다.

그 이후로 대리기사의 목소리는 들려오지 않았다. 차는 점점 더 인적이 드문 곳으로 이동한다.

잠시의 시간이 더 지난 후, 포장된 산길을 오르기 시작하더니 중턱쯤에서 멈춰 선다. 오가는 사람도, 보이는 차량도 없다. 대리기사는 무심한 얼굴로 블랙박스를 뜯어낸다. 뚜둑 소리와 함께 빠져나온 블랙박스의 선이 흘러내린다.

이태성은 아무것도 못 한 채 바짝 마른침만 삼킬 뿐이다. 자세한 상황은 모르지만 위험신호는 분명 느끼고 있었다.

"뭐, 뭐예요?"

이태성이 힘겹게 물었다.

대리기사가 고개를 틀어 그를 바라본다.

"내려."

"우, 우리 아버지가 누군 줄 알아?"

이태성의 떨리는 목소리는 전혀 위협적으로 느껴지지 않았다.

대리기사가 픽 웃으며 말했다.

"네 아빠는 모르고 너는 알아. 내려, 새끼야."

이태성이 불안한 눈동자를 굴리며 차에서 내렸다. 가로등 하나 없는 산길에서 이태성의 다리는 후들거리고 있었다.

대리기사가 들고 있던 가방에서 양주를 꺼낸다.

"먹고 가자."

"뭐, 뭐 하는 겁니까? 술은 왜 먹이려고요?"

"뭐겠어? 넌 오늘 술 처먹고 자살하는 거야."

이태성의 낯빛이 잔뜩 흐려진다.

* * *

그 시각, 얼음이 달그락거리며 술과 함께 흔들린다. 잔을 들고 있는 사람은 강신진 수석 부장이다. 조용한 바에 앉아 느긋하게 술을 마시던 그의 옆으로 장유린 부장이 앉는다. 그녀가 휴대폰을 내려 두며 말한다.

"잘되고 있대요."

강신진 수석 부장이 고개를 끄덕였다.

"천만 원만 있으면 사람을 죽일 수 있는 나라. 우리가 누군지, 죽여야 할 상대가 누군지 묻지도 따지지도 않고 살인을 저지르는 사람들. 아름다운 세상이야."

"어떤 나라에서는 사람 목숨이 50만 원이라네요. 그에 비하면 우리는 값이 괜찮은 거죠."

장유린 부장이 장난스럽게 답했지만 강신진 수석 부장은 미간을 찌푸리지 않는다.

"자네는 사람을 죽이는 게 즐거운가?"

장유린 부장이 고개를 저었다.

"심판하는 게 재밌는 거죠. 인간이 인간을 심판하는 것. 우리의 직업이 그렇잖아요? 겁에 질린 눈동자를 보며 '사형'과 '무죄'를 선언할 수 있는 것, 재밌지 않나요? 지금 이호열 위원장님의 아들 이태성을 처단하는 것도 제 직업의 연장선이라고밖에 생각되지 않아요."

강신진 수석 부장이 입에 댔던 술잔을 내려 두며 묻는다.

"돈을 원한다고 들었는데, 그게 또 아닌가 봐?"

"아뇨, 돈 좋아해요. 돈은 많으면 많을수록 좋은 거니까요. 돈이 인생의 전부가 아니라는 사람은 가식 떠는 걸로 생각해요. 한평생 돈을 벌기 위해 사는데, 그게 전부가 아니면 뭐가 전부겠어요?"

강신진 수석 부장은 그녀의 말에 이렇다 저렇다 답을 내놓지 않았다. 그저 술잔을 들 뿐이다.

"마시지."

장유린 부장이 잔을 들려고 할 때 그녀의 휴대폰에 진동이 울렸다. 그녀가 휴대폰을 귀에 댄다.

"끝났어?"

—저, 저기…… 그게…….

상대의 말을 들은 그녀가 강신진 수석 부장을 향해 다급히 시선을 돌린다.

"이태성…… 실패했다고 합니다. 어두워서 자세히 보지는 못했는데 경호원 같은 사람이 나타나서……."

* * *

그들이 말한 경호원 같은 사람은 모자를 푹 눌러쓴 석정호다. 그의 앞에는 대리기사로 위장한 청부업자가 쓰러져 있었다. 청부업자를 능숙하게 줄로 묶은 석정호가 이태성을 향한다.

곰 같은 덩치가 앞에 서자 이태성이 고개를 숙인다.

"가, 감사합니다. 연락처라도 알려주시면……."

"됐어. 다음 이야기는 다른 사람이랑 해."

"다른 사람?"

석정호가 손가락으로 한쪽을 가리키자 이태성의 시선이 천천히 그곳을 따랐다. 언덕에서 검은 그림자가 올라오는 게 보인다. 모자와 마스크를 쓴 사람, 이한영이었다.

자라 보고 놀란 가슴 솥뚜껑 보고 놀란다고, 낯선 사람이 얼굴을 가리고 나타나자 이태성은 긴장된 표정으로 주춤주춤 뒤로 물러선다.

그와 거리를 두고 멈춰 선 이한영이 고개를 틀어 차 앞에 묶여 있는 청부업자에게 시선을 향했다.

"저놈은 경찰에 신고하든 어쩌든 네가 알아서 처리해. 그런데 널 죽이라고 지시한 놈을 잡을 수는 없을 거야. 돈은 대포 통장으로 오갔을 거고,

청부한 사람과 청부업자는 일면식도 없을 테니까."

"네……."

이태성이 고개를 끄덕인다.

순간, 이한영의 낮은 음성이 이태성의 귀에 흘렀다.

"지금 너 죽이려 한 것, 누가 시켰는지 가르쳐줄까?"

이태성의 눈이 번쩍였다.

"네 아버지가 이호열 위원장이잖아? 대법원장 노린다며? 그쪽 지지 세력이 보낸 청부업자야."

"그게 무슨……?"

이해할 수 없는 말에 이태성의 눈이 찌푸려졌다.

"이호열 위원장이 궁지에 몰려 있잖아. 아들이 죽으면 비판은 사라지고 동정표와 인지도가 생기겠지. 그럼 대통령은 얼씨구나 하고 대법원장에 앉힐 테고."

"마, 말도 안 되는 소리 하지 마세요."

"그럼, 그렇게 믿든가. 그런데 이호열 위원장이 지금의 일을 알면 어떻게 할 것 같아? 자기 아들이 테러당했다고 걱정할 것 같아?"

이태성의 입술이 허옇게 말라간다.

자신의 아버지 이호열 위원장은 대법원장 자리에 오르려는 욕망만 가득하다. 아들이 테러당했다는 걸 언론에 알리며 어떻게든 동정표와 인지도를 높이고 싶어 할 거다.

이한영이 이태성 앞으로 천천히 다가갔다. 그리고 그의 어깨를 토닥이며 악마 같은 목소리로 속삭였다.

"너희 아버지는 널 이용할 거야."

"다, 당신 누구야? 누군데 이러는 거야?"

"그건 알 필요 없고. 네가 내 말을 믿든 말든 그건 자윤데, 이번처럼 우리가 극적인 상황에 나타나 네 목숨을 살릴 수 있다는 보장은 없어."

"누구냐고!"

다시 물었지만 이한영은 다른 대답을 한다.

"네가 죽어야 동정표가 생겨."

"개소리하지 마!"

욕을 내뱉고 있지만 이태성의 눈동자는 사정없이 떨리고 있다. '어쩌면' 이라는 단어가 머릿속을 헤집고 있기 때문이다.

이한영의 악마 같은 음성은 계속 이어졌다.

"살 방법 가르쳐줄까? 네가 네 죄를 폭로하면 돼. 그럼 그쪽에서 널 죽여도 네 아버지가 대법원장이 될 일은 없잖아? 귀찮게 널 죽이지는 않겠지."

이태성은 대답하지 않는다. 아랫입술을 꽉 깨물 뿐이다.

이한영은 이태성의 어깨를 툭툭 친 후 그를 스치며 성큼성큼 산 아래로 내려갔다. 그 뒤를 석정호가 쫓는다.

고개를 틀어 그들의 뒷모습을 바라보던 이태성이 주먹을 꽉 쥐었다.

* * *

"고생했어."

"고생은 무슨, 한 주먹거리도 안 되던데."

이한영과 석정호가 탄 차는 산길을 내려가고 있었다.

석정호가 손을 탁탁 털며 말한다.

"그런데 원래 대한민국에 청부 살인이 있고 그런 거야? 지난번에 오바른 판산가 그 사람도 그렇고……."

"뉴스에도 가끔 나오잖아? 많아."

"그런데 저 쓰레기 같은 놈은 왜 살려준 거야?"

이태성의 죽음으로 이호열이 쓸데없는 동정표를 받는 것을 막아야 했다. 그리고 쓰레기 같은 놈이라 하더라도 청부업자에 의해 죽으면 안 된다. 법으로 심판받아야 한다.

그때 이한영의 휴대폰이 울렸다.

"네, 이한영입니다."

–박철우 검사예요. 지금 변호사 만납니다.

그 시각, 박철우 검사는 조용한 한정식집에 앉아 있었다.

그의 앞에는 이호열 위원장의 사주를 받아 일부러 패배하기로 한 변호사가 보였다. 그의 이름은 안중진이다.

"검사님이 왜 저를 보자고 하신 겁니까?"

"이호열 위원장님께 돈을 받아 일부러 지는 게임을 하는 것 알고 있습니다."

안중진 변호사가 그런 일 없다는 듯 고개를 흔들 때 박철우 검사가 찌르듯 말했다.

"이호열 위원장은 대법원장이 못 됩니다. 지금 황남용 대법관님이 비리를 손에 쥐고 하나씩 풀고 있잖아요? 그거 뚫고 나오긴 어려울 거예요."

안중진 변호사의 미간이 살짝 찌푸려진다. 눈과 귀가 있는데, 세상 돌아가는 일을 모를 순 없다. 그가 봐도 상황은 이호열 위원장에게 좋지 않게 흘러가고 있었다.

그 표정을 놓치지 않은 박철우 검사가 눈을 빛냈다.

"변호사님은 정정당당히 재판에 임하세요. 권력자의 비리를 세상에 알리는 훌륭한 변호사가 되는 겁니다. 그리고 이 재판이 이호열 위원장님의 승리로 끝난다 해도 곧바로 우리가 쑤실 겁니다. 이태성이 병역 비리를 저질렀다는 증거는 트럭으로 있어요."

안중진 변호사는 쉽게 넘어가지 않는다.

"그럼 지금 쑤시지 왜 이러시는 겁니까?"

"모양이 좋아야 하니까요. 우리는 완벽한 모양을 만들고 싶습니다."

안중진 변호사가 박철우 검사를 가만히 바라본다. 일부 검사들이 황남용 대법관을 지지한다는 걸 어디선가 들었던 적이 있다.

"그러니까…… 검사님은 황남용 대법관의 편?"

"네."

안중진 변호사의 손가락이 톡톡 움직인다. 얻을 이득을 계산하는 거다.

'이호열 위원장이 대법원장이 될 확률은 희박해지고 있고…….'

한창 그러고 있던 안중진 변호사가 다시 입을 연다.

"받은 돈이 있어서 쉽게 발 빼기는 어려워요. 다시 돌려주려 해도 이미 아파트에 투자해서……."

"얼마 받았는데요?"

"왜? 검사님이 대신 내주게요?"

"제가 돈이 어디 있습니까? 특수 활동비에서 빠지겠죠."

"석 장, 그리고 좋은 자리를 주겠다는 약속도 받았습니다. 그런데 제가 봐도 이호열 위원장은 대법원장 그릇은 안 되는 것 같으니 버스를 갈아타야 할 것 같네요."

박철우 검사가 변호사의 잔에 술을 채웠다.

"노선은 변경하라고 있는 거죠."

말을 마친 박철우 검사가 가방에서 서류를 꺼내 테이블에 놓았다.

"이거 보시면 더 쉽게 갈아탈 수 있을 겁니다. 트럭에 있는 증거 중에 일부를 빼 왔어요."

이한영과 윤슬혜, 이소이 판사가 조사한 자료였다.

* * *

이한영이 신문을 펼쳤다.

이호열 위원장 아들 이태성 씨, 살인 청부업자를 만나다

기사는 이호열 위원장이 그동안 감옥에 보낸 사람들이 앙심을 품고 테러를 저질렀다는 식으로 적혀 있었다. 이호열 위원장이 법정에서 했던 일을 영웅적으로 적어놓으며 강직한 판사의 이미지를 심어두기 위함이다.

그것도 사건 발생 시기와 상관없이 이태성의 재판이 있는 오늘 기사를 내보냈다. 권력을 견제해야 할 언론이 시녀가 되는 순간이었다.

이한영이 고개를 저으며 신문을 한 장 더 넘겼다. 어제 재판에서 이호열 위원장 딸의 부정 입학 의혹이 해소되었다는 기사가 보인다.

개판인 세상이다.

테이블에 신문을 내려둔 이한영의 옆으로 윤슬혜 판사가 다가왔다.

"법정 가실 시간 됐는데요."

이한영이 천천히 몸을 일으켰다.

"오늘, 다 끝낼 거야. 신호 주면 움직이도록 해."

이한영은 이호열 위원장의 잔치를 오늘로서 끝내버릴 생각이었다.

그 시각.

"오늘 재판에서 제 아들이 충실히 병역을 이행하고 있다는 게 밝혀질 것입니다! 오늘 이후로 제 가족에 대한 허위 사실이나 모욕을 하는 사람은 참지 않고 법의 엄격함을 알려주도록 하겠습니다."

이호열 위원장이 이태성을 대동한 채 인터뷰를 하고 있었다.

한 기자가 손을 들었다.

"이태성 씨가 살해당할 뻔했다고 들었습니다. 어떻게 된 일입니까?"

이태성은 대답이 없다. 좋지 않은 표정으로 고개를 숙이고 있을 뿐이다.

이호열 위원장이 이태성의 어깨를 토닥이며 대신 답한다.

"그 일은 나중에 질문해주시겠습니까? 아직 충격에서 벗어나질 못해서

요. 그럼, 재판이 끝난 후 다시 인터뷰하죠.”

이호열 위원장은 이태성의 어깨를 감싸 안은 채 편안한 얼굴로 몸을 돌렸다.

기자들에게서 멀어지자 이태성이 묻는다.

“아버지, 대법원장 안 하면 안 돼요? 제가 계속 살해 위협을 받을 수도 있어요. 그때 저를 살려준 사람들, 꼭 뭔가 알고 있는 것처럼 말했단 말이에요.”

이호열 위원장이 가볍게 고개를 저었다.

“다 한통속인 놈들이야. 내 지지 세력이 그런 짓을 왜 해? 지금 놈들의 뒤를 검찰이 쑤시고 있으니까 모두 잡힐 거야. 걱정하지 마. 고작 깡패 새끼들의 협박에 넘어가…….”

“협박이 아니라 진짜 일어난 일이잖아요.”

이호열 위원장이 이태성의 어깨를 토닥인다.

“넌 걱정하지 말고 재판이나 잘해. 이것만 넘어가면 다 해결될 거야. 아니면, 거지 같은 새끼들이랑 같이 군대 가고 싶어?”

이호열 위원장의 자신만만한 목소리에 이태성이 고개를 끄덕였다.

* * *

“회사에 잘 나왔고요. 동료들과도 친하게 지냈어요.”

재판이 이뤄지고 있었다.

증인으로 나온 회사의 팀장이 증언을 마친 후 긴장된 숨을 내뱉으며 증인석을 떠났다.

이한영이 입을 열었다.

“원고 측 증인 이태성 씨, 증인석에 올라와주세요.”

굳은 얼굴로 증인석에 앉은 이태성 앞으로 시민단체 측 변호사 안중진

이 섰다. 그는 얼마 전 박철우 검사를 만난 사람이다.

안중진 변호사가 슬쩍 방청석에 앉아 있는 이호열 위원장을 향해 시선을 옮겼다. 이호열 위원장은 여유로운 표정이다. 원고고 피고고 모두 자신의 손아귀에 있는 사람이기 때문이다.

하지만…….

안중진 변호사가 느닷없이 칼을 휘두른다.

"이태성 씨는 대학교 앞 술집에서 SNS 계정에 사진을 올린 적이 있습니다. 그날 회사에 기록된 퇴근 시간은 밤 10시 20분. 그런데 이태성 씨가 SNS에 사진을 올린 시간은 오후 6시 30분입니다. 어떻게 된 겁니까?"

갑자기 돌변한 안중진 변호사의 말투에 이태성은 의문 가득한 눈으로 고개를 들었다. 이리저리 봐도 분명 아버지 이호열 위원장에게 돈을 받은 그 안중진 변호사다.

이태성이 멍하니 있자 안중진 변호사가 다시 쏘아붙인다.

"그 시간에 회사에 있었습니까? 아니면, 학교 앞 술집에 있었습니까!"

"저, 저기……."

"대답하세요!"

"기, 기억이 잘 안 납니다."

안중진 변호사가 픽 웃는다.

"어릴 때부터 정치인들 흉내 내고 그러면 안 돼요."

비꼬는 말투에 이태성 측 변호사는 뭔가 잘못되었다는 생각이 번쩍 들었다. 예정에 없던 것이기 때문이다.

이태성 측 변호사가 책상을 탕 치고 벌떡 일어섰다.

"이의 있습니다! 지금 피고는 증인을 모욕하고 있습니다!"

이한영이 고개를 끄덕였다.

"피고 측 변호인, 주의하세요."

"죄송합니다, 재판장님. 그런데 저는 증거를 하나 더 제출하고 싶습니다. 허락해주십시오."

"증거요?"

안중진 변호사는 가지고 온 증거를 찾기 위해 자신의 자리로 성큼성큼 향했다. 그가 책상에서 서류봉투를 들어 올릴 때 피고석에 앉아 있던 시민단체 대표가 걱정스러운 표정으로 속삭인다.

"어쩌시려고 그래요?"

시민단체 대표 역시 이호열 위원장에게 돈을 받은 사람이었다.

그때 안중진 변호사가 작은 목소리로 중얼댄다.

"이호열 위원장은 끝났어요. 이제 우리 살길을 찾아야 합니다."

"끝났다고요?"

안중진 변호사는 더 말하지 않고 몸을 돌렸다. 그의 손에는 서류봉투가 들려 있었다. 이한영과 윤슬혜, 이소이 판사가 조사했던 증거가 든 서류다.

안중진 변호사가 방청석을 향해 서류봉투를 들어 올리며 진지한 표정으로 강하게 입을 연다.

"이 안에는 증인의 SNS 흔적이 들어 있습니다. 회사의 출결 시간과 대조해보면 이상한 점을 찾을 수 있을 겁니다. 증인은 회사에 출근했다고 속이고 친구들을 만났으며 여행을 다녔습니다!"

법정이 술렁이기 시작했다.

웅성거리는 목소리를 뚫고 안중진 변호사가 더 강하게 외친다.

"아울러! 증인이 해당 회사에 입사하기 1년 전, 증인의 아버지가 그 회사에 투자했다는 정황 역시 밝혀졌습니다! 증거를 사전에 제출 못 한 점, 죄송하게 생각합니다. 하지만 이 재판의 결정적 사안인 만큼 받아들여주시길 바랍니다."

이태성 측 변호사는 주먹을 꽉 쥔 채 안중진 변호사를 노려봤다.

'씨발! 이찌려고 지러는 거야!'

하지만 그의 생각은 오래 이어지지 못했다.

이한영의 명령이 내려져서다.

"양측 변호인, 앞으로 나와주세요."

이태성 측 변호사와 시민단체 측 변호사가 앞에 서자 이한영이 말했다.

"사전에 조율되지 않은 증거인데요. 어떻게 생각하시나요?"

이태성 측 변호사가 발끈한다.

"거부하겠습니다. 절차를 무시하고 증거를 들이밀면 어쩌자는 겁니까?"

안중진 변호사가 고개를 저었다.

"절차도 중요하지만 진실이 더 중요한 법이죠! 절차에 진실이 가려진다면 그게 말이 된다고 생각합니까?"

"법을 말하는 사람이 절차를 지키지 않으면 어쩌자는 겁니까?"

안중진 변호사가 어이없다는 듯 웃었다.

"그럼, 이 증거는 고등법원에 가서 내밀까요?"

"지금 2심에 가겠다는 겁니까?"

"네."

안중진 변호사의 확고한 말에 이태성 측 변호사가 주먹을 꽉 쥐었다.

2심은 약속된 게 아니다. 그들은 이번 재판을 끝으로 화기애애하게 마무리하기로 계획되어 있었다.

짜고 치는 고스톱이 끝났다.

판은 엎어졌고 어떻게든 살길을 찾아야 할 때다. 그렇게 재판은 개판으로 치닫기 시작했다.

두 변호사의 싸우는 목소리를 들으며 이한영은 방청석에 앉은 이호열 위원장과 강신진 수석 부장을 바라봤다.

예상치 못한 상황을 맞이한 이호열 위원장의 눈동자에는 칼바람이 지나고 있다. 파르르 떨리는 입술에서 드러난 분노는 멀리서도 느껴질 정도다.

이한영의 시선이 강신진 수석 부장에게 향했다. 이한영과 눈을 마주친 강신진 수석 부장은 무엇인가를 생각한다. 이 재판에서 어떤 포지션을 취해야 이득이 될지를 따지는 거다.

강신진 수석 부장이 잠시 눈을 감는다. 이태성에 대한 테러는 실패했다. 이호열 위원장의 비리는 계속 나오는 중이다.

'필요 없어진 말은 버려야지.'

강신진 수석 부장이 번쩍 눈을 떴다. 그리고 고개를 끄덕인다. 이호열 위원장을 끝장내라는 지시. 기다렸던 거다.

이한영의 시선은 다시 앞에 선 두 변호사에게 향했다.

"증거를 받아들이는 게 어떻겠습니까?"

"재…… 재판장님!"

"의혹은 확실히 풀고 넘어가야 한다고 생각하는데요."

이태성 측 변호사가 석고를 부은 듯 굳어버렸다.

그가 후들거리는 다리로 몸을 돌려 이호열 위원장을 바라본다. 분명 판사도 상대 변호사도 모두 섭외해 놨다고 들었는데, 이게 어떻게 된 거냐는 원망의 눈빛이었다.

그리고 증인석에 앉아 있는 이태성은 오한이 든 것처럼 전신을 떨고 있었다. 그 역시 이 상황이 이해 안 되긴 마찬가지다.

이태성이 고개를 들어 재판장을 본다. 재판장 이한영의 두 눈은 무서울 정도로 빛나고 있다.

'뭐지? 어떻게 된 거지?'

분명 오늘 아침까지만 해도 모두 자신의 편이었다. 하지만 지금은 사방이 적이다. 어딜 봐도 자신의 허연 모가지를 노리는 사람만 있는 것 같다.

이태성 앞으로 안중진 변호사가 뚜벅뚜벅 걸어왔다. 이태성에겐 그 모습이 저승사자가 다가오는 것처럼 보인다.

"증인, 회사에 있었습니까? 아니면 술집에 있었습니까?"

"기억 안 나요……."

"기억에 없다뇨! 장난하는 겁니까!"

이태성 측 변호사가 다시 일어섰다. 이미 무너진 성벽이었지만 그는 어떻게든 이태성을 보호해야 하는 변호사다.

"이의 있습니다! 피고 측 변호인은 지금 위협을……!"

"위협이라뇨! 뻔히 증거가 있는데, 기억이 안 난다고 하니까 이러는 거 아닙니까!"

"그럼, 변호인은 살면서 모든 일을 기억합니까? SNS에 뭘 올렸는지 모두 기억하고 있습니까? 억지 부리지 마세요!"

"억지라니!"

양측 변호인의 목소리는 극을 향해 치닫기 시작했다.

그때 탕탕탕! 이한영이 법대를 손으로 세게 내리쳤다.

"양측! 진정하세요!"

법정이 조용해지며 서늘한 살기가 감돌기 시작한다.

이한영이 입을 열었다.

"지금부터 재판부가 심리를 이어가겠습니다."

그때 윤슬혜 판사가 손을 올렸다.

"재판장님, 주심 판사가 증인에게 몇 가지 질문해도 되겠습니까?"

이한영이 고개를 끄덕이자 윤슬혜 판사의 시선이 이태성에게 향했다. 그 역시 날카로운 눈빛이다.

이태성이 그녀의 눈빛을 피해 슬그머니 시선을 내렸다. 하지만 피한다고 해서 목소리가 안 들리는 건 아니다.

"증인, 제출한 증거를 보면 그 회사에서 일한 지가 1년쯤 되었는데요. 입사한 후에 외국에 꽤 많이 나가셨네요? 평범한 직장인이라 해도 연차 일수를 넘어선 것 같은데요. 이런데도 착실히 병역 이행을 했다고 말씀하실 수 있습니까?"

이태성이 꿀 먹은 벙어리처럼 입을 닫고 있자 이태성 측 변호사가 변론하기 위해 자리에서 일어섰다.

"제가 대신 답변하겠습니다."

"네, 말씀하세요."

하지만 그 역시 마찬가지, 할 말이 없었다. 변호사의 머릿속에 많은 생각이 오갔지만 어긋난 논리일 뿐이었다.

결국, 궁색한 대답만 나온다.

"그…… 이태성 씨가 외국어를 잘하기 때문에 업무차 나갔던 거고요. 국외 여행 허가서와 복무 확인서를 발급받고 나갔기 때문에 문제 될 건 없다고 봅니다."

"IT 회사에서 코타키나발루에 갈 일이 있나요? 거긴 신혼여행지나 휴양지로 유명한 곳 아닌가요?"

"그러니까……."

윤슬혜 판사의 검은 눈동자가 더 어두워지고 있었다. 그 눈빛을 본 변호사의 등줄기에 식은땀이 흐른다.

판사는 매일같이 거짓말을 접하는 직업이다. 변호사, 검사, 증인, 피고와 원고가 필요에 따라 거짓을 진술하고 자기에게 유리한 주장만 한다. 그걸 매일같이 듣고 앉아 있는 판사 앞에서 횡설수설하면, 당연히 의심의 눈은 깊어질 수밖에 없다.

결국, 변호사는 고개를 숙였다.

윤슬혜 판사의 시선이 이태성에게 향했다.

"증인, 직접 말씀해주셨으면 하는데요. 병역을 착실히 이행했습니까?"

"……네."

"본 주심 판사가 증인의 말을 믿어도 되겠습니까?"

법정이라는 이름의 링 안에서 이태성은 코너에 몰리고 있었다. 그가 치아가 부서질 듯 입을 다물며 답한다.

"……네!"

"작년 한 해 동안 증인이 다녀온 곳이 코타키나발루, 괌, 코사무이, 영국인데요. 모두 업무차 다녀온 곳입니까?"

윤슬혜 판사의 목소리가 냉랭하게 울렸다.

이태성은 고개를 숙인다. 순간 그의 머릿속에 며칠 전 산에서 테러를 당했을 때가 떠올랐다. 그때 모자와 마스크를 쓴 남자가 말했었다.

—이호열 위원장이 궁지에 몰려 있잖아. 아들이 죽으면 비판은 사라지고 동정표가 생기겠지.

이태성의 눈동자가 흔들린다.

'내가 죽어야 동정표가 생긴다?'

그의 몸이 대리기사에게 납치를 당했을 때처럼 사정없이 떨리기 시작했다.

'내가 이 재판에서 지면 아버지는 또 궁지에 몰리는 건가? 그럼 그놈들은 나를 죽여서 아버지를 불쌍하게 만들고……. 씨발! 어떻게 해야지?'

이태성이 고개를 들었다. 법대에 앉은 세 명의 판사가 자신을 노려보고 있다. 단 한 명도 이태성의 편은 없었다.

특히 재판장이라는 이한영!

그의 눈빛은 짐승이며 호랑이, 아니 악마다. 이태성을 한입에 집어삼킬 듯 쏘아보고 있다. 순간, 이태성의 머릿속에 그때 들었던 다른 말이 스친다.

—살 방법 가르쳐줄까? 네가 네 죄를 폭로하면 돼. 그럼 그쪽에서 널 죽여도 네 아버지가 대법원장이 될 일은 없잖아? 귀찮게 널 죽이지는 않겠지.

'내가 살 방법……. 그래, 목숨이 중요한 거잖아.'

이태성의 눈에 핏줄이 죽죽 그어지기 시작하며 입이 대각선으로 휘어진다. 꽉 쥔 주먹이 파르르 떨려 올 때 그가 작은 목소리로 입을 열었다.

"놀러 갔어요."

"네?"

"놀러 갔다고요! 회사는 안 다녔어요 씨발!"

갑작스러운 욕설에 법정이 소란스러워지기 시작했다. 군대를 가야 하는 이태성은 맛이 간 것처럼 웃고 있다. 그리고 뒤에 앉아 있던 이호열 위원장은 참혹한 얼굴로 고개를 숙였다. 모든 게 끝났다는 것을 스스로 인정한 거다.

그 옆에서 강신진 수석 부장이 일어섰다. 이호열 위원장을 내려다보는 그의 눈빛엔 얼음이 쏟아져 내린 것처럼 차디찬 기운만 가득했다.

* * *

재판이 끝남과 동시에 뉴스는 시끄러운 상황을 세상에 알렸다.

—이호열 위원장의 아들 이태성 씨가 병역 비리를 저지른 걸 스스로 자백했습니다. 이날 재판에서 증인으로 선 이태성 씨는 재판부의 압박에…….

—이태성 씨의 재판 결과를 본 사람들은 부정 입학 사건도 다시 재판해야 한다며…….

—이호열 위원장이 검은돈을 눈감아준 정황이 사실로 드러났습니다. 지난 지방선거에서 이호열 위원장은…….

그 시각, 이한영은 조금 일찍 법원을 벗어나 시장통 근처 성내천이라 불리는 하천에 앉아 있었다.

그가 일찍 퇴근할 수 있었던 건 오늘이 장날이기 때문이다. 판사들은 재판이 있는 날을 장날이라 부르는데, 그날은 일주일에 한 번 유일하게 일찍 퇴근할 수 있는 때이기도 했다.

이한영이 고개를 틀어 하천을 바라봤다. 비가 온 지 얼마 되지 않아서 그런지 불어난 물이 굽이굽이 흐른다. 이한영은 그 물줄기를 보며 틀어진 역사를 생각하고 있었다.

그의 전생에서 대법원장은 이호열 위원장이었다. 하지만 이한영의 개입으로 이호열 위원장은 역사의 수면 아래로 가라앉게 되었다.

역사는 확실히 바뀌었다.

하지만 강신진 수석 부장이 끝난 것은 아니다. 단지 그가 사법부와 대한민국을 손아귀에 쥘 시간을 잠시 미뤄 둔 것뿐이다.

그에게는 여전히 세상을 향한 야망이 있다.

이한영은 그것을 막아야 할 사명이 있었다.

그는 어디로 튈지 모르는 물방울이 모여 새로운 흐름을 만들어내는 걸 지켜보며 앞일을 예측하는 중이다.

그때 낯익은 목소리가 들렸다.

"늦었죠?"

고개를 돌리자 유세희가 보인다.

그녀가 살짝 미소를 그리며 이한영의 옆에 앉는다.

"서울에 청계천 말고 이런 곳도 있었네요?"

"마셔요. 편의점에서도 요즘 커피가 잘 나오더라고요."

이한영이 옆에 놓아뒀던 커피를 내밀었다.

그녀가 커피를 받으며 말한다.

"이한영 판사님 인사이동에 대해 아버지께 들은 말이 있어요."

"인사이동요?"

"지금 부장판사 대행을 하고 있는데, 같은 법원에서 단독을 할 수는 없잖아요? 고등법원으로 간다고 하던데요?"

이한영은 어색한 미소를 그렸다. 대한민국의 역사만이 아니라 이한영의 역사도 바뀌고 있었다.

그리고 유세희가 말을 잇는다.

“아, 그런데 우리 결혼은 언제 해요?”

“네?”

“아버지도 우리가 언제 결혼하는지 묻던데요?”

이한영의 입가에 걸린 어색한 미소는 더 짙어진다.

유세희가 말한다.

“우리는 일반 사람들처럼 불꽃 튀는 사랑을 할 수 없어요. 조건 맞고 괜찮은 사람이면 하는 거죠. 난 이한영 판사님이 괜찮은 사람이라고 생각했고요.”

‘조건이 맞다?’

전생에서 들었던 그녀의 말과는 조금 다르다. 그때 그녀는 이한영의 조건을 완벽히 무시했었다.

이한영이 픽 웃으며 말한다.

“제 조건은 별론데요.”

“이한영 판사님의 집안이 어떤지를 보는 게 아니에요. 남자의 크기를 본 거죠. 난 그렇게 생각하는데.”

이한영의 대답이 없자 유세희가 살짝 미소를 그린다. 악녀이긴 하지만 천사와 비견해도 우월할 정도의 미소다.

그녀가 낮은 목소리로 속삭이듯 말한다.

“저 지금 차인 건가요? 남자한테 차인 건 처음인데.”

“아뇨, 갑작스러운 말이라 조금 당황스러워서요.”

“생각해보세요.”

이한영은 앞에 놓인 작은 돌을 들어 하천에 던지며 말을 돌렸다. 아직은 결혼에 대해 이런저런 말을 할 때가 아니었다. 모든 계획과 일정은 자신의 손바닥 위에서 움직여야 했다.

“제가 고등법원에 간다는 건 무슨 이야기예요? 대표님이 손을 쓰셨나요?”

그녀가 어깨를 으쓱해 보인다.

"아버지가 힘쓴 건 아니고요. 사법 파동 때문에 사법부를 개편해야 할 시기잖아요. 이한영 판사님이 고등법원으로 간다는 이야길 어디서 들으셨나 봐요. 조만간 발표될 거래요."

"아, 네."

"좋은 거 아닌가요?"

"나쁜 건 아니죠."

작은 얼굴을 끄덕끄덕하던 유세희가 조용히 입을 연다.

"그때 뵀던 분들. 검사님, 덩치 큰 친구분 그리고 기자님요."

박철우 검사와 석정호, 송나연 기자를 말하는 거다.

이성대 부장을 유인해 엮던 날, 그녀는 묻지도 따지지도 않고 이한영을 도왔고 박철우 검사와 석정호, 송나연 기자를 만났었다.

"혹시 무례한 행동을 했나요?"

"아뇨, 그건 아니고…… 다들 친해 보이더라고요. 사회적 지위와 성별을 뛰어넘은 것같이 보이던데요?"

유세희의 눈동자에 순간 쓸쓸함이 차올랐다. 평생 제대로 된 친구가 없던 그녀는 그들의 모습이 조금 부러웠나 보다.

이한영이 다시 작은 돌을 집어 하천에 던지며 말했다.

"퇴근 후 친한 친구와 만나 생맥주를 마시며 하루를 위로받고 싶다면 에스로펌을 손에 쥘 계획은 버리세요."

"……!"

"유선철 대표님께 친구가 있나요? 에스로펌 대표가 그런 삶을 사는 순간 회사는 무너집니다. 오늘 밤에는 국회의원을 만나야 하고, 내일 밤에는 검사장, 그다음 밤에는 검찰총장, 주말에는 대법관과 골프를 쳐야 하니까요."

그녀는 공감을 받고 싶어서 말을 꺼낸 거다. 하지만 지나치게 이성적으로 말하는 이한영이 못내 야속했다.

"그래도 가끔은 위로받고 싶은 게 사람 아닌가요?"

"위로는 제가 해드릴게요."

야속한 남자지만 사람의 속을 들었다 놨다 할 줄도 안다.

이한영이 말을 이었다.

"여기 시장통에 곱창 맛있게 하는 집 있는데, 가보실래요?"

"곱창요?"

자리에서 일어난 이한영이 옅은 미소를 그리며 손을 내밀었다.

'아직 곱창이라는 걸 먹어본 적 없지? 신세계일 거다.'

잠시 후, 두 사람은 곱창집에 앉아 있었다.

시장통 골목에 있는 곳으로 맛집이다. 항간에는 곱창 하나만 팔아서 건물도 사고 자식들을 유학 보냈다는 소리도 있다.

지글지글 익고 있는 곱창을 보며 유세희가 미간을 찌푸렸다.

"곱창이 어디 부위죠?"

"소장요."

"소장이면 그…… 아니에요? 아니, 다른 먹을 부위가 많은데, 왜 하필 이면……."

"드셔보세요."

이한영은 젓가락으로 곱창을 집어 그녀의 입 앞으로 내밀었다. 망설이던 그녀가 살짝 입을 벌리고 곱창을 받아들인다.

오물오물 곱창을 씹던 그녀가 눈을 빛냈다.

"맛있어요."

이한영이 픽 웃었다.

'너 예전에도 이거 많이 좋아했다.'

* * *

그 시각.

강신진 수석 부장이 소파에 느긋하게 앉아 있고 그 주변으로 부장판사들이 서 있었다. 중앙지방법원에서 강신진 수석 부장을 따르는 사람들이다.

이호열 위원장의 계획이 어긋난 만큼 분위기는 좋지 않았다. 부장판사의 눈엔 비장함마저 서려 있다. 그 적막함 속에서 강신진 수석 부장이 신문을 손에 든다. 신문을 넘기던 그가 입을 연다.

"아까운 말을 잃었어."

묵직한 목소리가 시작됐다.

"하지만 아쉬움은 없어. 생각보다 우리가 원하는 세상이 빨리 올 수도 있겠어."

모두의 눈에 의아함이 찬다. 목표가 멀어졌다고 생각했는데, 강신진 수석 부장은 그 시기가 빨라졌다고 말하고 있다.

소파에서 일어난 강신진 수석 부장의 입에는 자신감이 넘친다.

"장유린 부장."

장유린 부장은 강신진 수석 부장에게 절대적인 충성을 하지 않는다. 하지만 기세에 밀렸는지 자신도 모르게 큰 소리로 답한다.

"네!"

"황남용 대법관과 자리를 만들어봐."

황남용 대법관은 백이석 법원장 그리고 이호열 위원장과 함께 대법원장을 노리는 한 사람이다.

장유린 부장이 고개를 숙였다.

"알겠습니다."

"그리고 야당 대표를 만나 전홍우 대법원장의 탄핵 시기를 앞당겨!"

"알겠습니다!"

강신진 수석 부장의 지시는 빠르게 이어졌다. 방금까지 꼬리 내린 개와 같던 부장판사들은 언제 그랬냐는 듯 활기를 띠기 시작했다.

강신진 수석 부장의 힘이었다.

모두가 떠난 방.

창가를 통해 어두운 서울의 밤을 보던 강신진 수석 부장의 입가에 서늘한 미소가 걸린다.

'황남용 대법관, 난 당신이 한 일을 알고 있어. 지금껏 눈감아줬으니 이제 내게 도움을 줘야지.'

* * *

시간은 거센 물처럼 빠르게 흘러갔다. 하지만 여전히 시끄러웠다.

—이호열 위원장 사태의 충격이 가시기도 전에 전흥우 대법원장이 모든 책임을 지며 결국 사임을 선언했습니다.

—국회는 대법원장을 공석으로 둘 수는 없다며 대통령을 향해 대법원장 임명을 서두를 것을 촉구하고 있습니다.

전흥우 대법원장은 사법부를 깨끗이 하겠다며 칼을 휘둘렀다. 취지는 좋았으나 자신의 편은 봐주고 다른 사람의 목은 가차 없이 쳐낸 것이 패인이었다.

예로부터 민심을 읽지 못한 지도자의 마지막은 씁쓸했다. 전흥우 대법원장의 퇴임사는 어느 언론에서도 내보내지 않았다.

그리고 대법원장 후보가 발표되기 전부터 언론은 설레발을 치기 시작했다.

-청와대의 고위 관계자에 따르면 차기 대법원장으로 황남용 대법관과 중앙지방법원의 백이석 법원장이 유력한 것으로 보입니다.

그리고 조용한 한정식집.

강신진 수석 부장은 황남용 대법관과 마주 앉아 있었다.

황남용 대법관이 크게 웃는다.

"자네는 중앙지방법원의 사람이 아닌가? 난 자네가 백이석 법원장을 지지한다고 생각했는데?"

"백이석 법원장님은 판사로서 배울 점이 많은 분이죠. 그 강직함과 법을 생각하는 마음은 그 어떤 판사도 비견할 수 없다고 생각합니다."

황남용 대법관이 자세를 고쳐 강신진 수석 부장을 향해 몸을 당겨 앉는다.

"그래서 날 찾아온 이유가 뭔가?"

"거래하고 싶어서 왔습니다."

"거래?"

강신진 수석 부장이 고개를 끄덕였다.

"이호열 위원장의 비리를 터뜨리던 문서, 제게 주시면 안 되겠습니까?"

이호열 위원장이 중앙선거관리위원회 위원장을 하며 만들어낸 비리다. 그 안에는 국회의원은 물론이고 대통령의 비리까지 들어 있다.

황남용 대법관을 노려보는 강신진 수석 부장의 눈이 빛났다. 그는 이호열 위원장을 대법원장으로 만들어 뒤에서 움직이려 했었다. 하지만 이호열 위원장이 망가지며 그 계획이 바뀌었다. 대통령의 지지율이 떨어졌을 때를 기다렸다가 그 비리 문서를 날개 삼아 훨훨 날아갈 생각이다.

황남용 대법관이 야비한 미소를 입에 그렸다.

"자네 손에 있어 봤자 쓸모가 없을 텐데? 내 손에도 버거운 걸 자네가 어쩌겠다는 건가?"

"그건 제가 알아서 할 일입니다."

황남용 대법관은 물끄러미 강신진 수석 부장을 바라봤다. 아무리 봐도 부탁하러 온 태도가 아니다. 오히려 거만하게 보인다.

"거래라고 들었네. 내가 그 문서를 주면 자네는 내게 무엇을 줄 생각인가?"

"조용히 은퇴할 수 있는 길을 만들어 드리겠습니다."

"뭐라?"

"대법관님의 자식 넷이 법을 지키지 않고 유학을 간 것으로 알고 있습니다."

모든 국민은 의무적으로 중학교까지 교육받아야 한다. 자비로 가는 해외 유학의 경우는 중학교 졸업 이상의 학력을 가진 사람만 가능하다. 하지만 황남용 대법관의 자식들은 초등학교를 졸업하기 전 유학길에 올랐다.

황남용 대법관의 입술에 가소롭다는 미소가 걸렸다.

"그걸로 날 걸고넘어질 수 있을 것 같은가?"

강신진 수석 부장이 고개를 저었다.

"아뇨, 그 정도는 막아낼 수 있다고 생각합니다."

"그런데?"

"제가 궁금한 것은 자제분들이 사는 미국 집의 월세가 월 300만 원에 1인당 교육비가 연 1억 정도 들어간다고 들었습니다. 네 명이니 연 4억이겠네요. 대법관이라 하더라도 판사 월급이 고만고만한데……."

쾅! 황남용 대법관이 테이블을 세차게 내리쳤다. 그리고 시퍼런 눈동자로 강신진 수석 부장을 노려본다.

"내가 대법원장이 되면 자네는 지방으로 가게 될 거야. 다시는 서울로 올라올 수 없게 만들어주지. 난 자네의 건방진 태도를 계속 보고 싶지 않아."

그 말에 강신진 수석 부장의 여유롭던 표정이 점차 어둡게 변한다. 무시운 악령의 얼굴이다.

"증거 된 증언을 조작하여 유죄를 무죄로 만든 분. 법관의 최대 덕목인 청렴을 위배한 부정부패의 원흉!"

"지금 무슨 소리를 하는 거야!"

황남용 대법관이 소리를 질렀지만 강신진 수석 부장은 계속해서 말했다.

"당신의 조작 덕에 사람을 죽인 건설사는 무죄! 삼백두 명의 재개발 난민들은 유죄!"

딱 그 한마디, 지금껏 기세등등했던 황남용 대법관의 얼굴이 순식간에 말라비틀어졌다.

"그, 그걸 어떻게……?"

강신진 수석 부장이 천천히 일어서서 황남용 대법관을 내려다본다. 그 모습이 거인처럼 보인다.

"당신은 자기 손에 피를 묻히기 싫어 다른 사람을 이용했죠. 그래서 다른 사람은 모를 겁니다. 하지만 난 알아요. 당신은 오로지 돈! 통장에 들어온 80억을 벌기 위해서! 진실을 외면했어요."

황남용 대법관의 입술이 가늘게 떨릴 때 강신진 수석 부장이 조용히 말을 이었다.

"그런데 그 사건에서 죽은 사람의 아들이 법관으로 있어요."

"……!"

"그 사건에서 죽은 사람의 딸이 검사로 있어요! 그 법관과 검사가 이 사실을 알게 된다면 어떻게 될 것 같습니까?"

황남용 대법관은 눈을 감았다. 동시에 칼이 쑤셔 박히듯 강신진 수석 부장의 목소리가 귀에 박혀 들어왔다.

"검사가 죽을 각오를 하면 대통령도 기소할 수 있습니다. 판사가 각오하면 세상을 심판할 수 있어요! 비참하게 끌려 내려오지 말고 깨끗하게 은퇴하세요."

황남용 대법관이 무거운 한숨과 함께 눈을 떴다.

"벼랑 끝이군."

"살 방법은 있습니다."

"자네 말대로 하겠네. 그런데 자네가 말한 판사와 검사가 누군가? 이름이라도 알려줘."

강신진 수석 부장이 픽 웃었다.

"사죄라도 하고 싶은 겁니까?"

* * *

–대법원장으로 유력한 후보였던 황남용 대법관이 사임을 선언했습니다. 황남용 대법관은 지금 사법부의 현실에 책임을 느낀다며 새로운 인물이 사법부를 맡아야 한다고 말했습니다.

–청와대는 대법원장의 후보로 백이석 서울중앙지방법원장을 지명했습니다. 백이석 법원장은 사법부의 호랑이라는 별명을 가진…….

출근길이었다.

듣고 있던 라디오를 끄며 이한영이 고개를 갸웃거렸다.

'황남용 대법관의 갑작스러운 사임? 뭐지?'

황남용은 교활한 사람이다. 그런 사람이 갑작스레 사임을 선언해버렸다. 어쨌든 백이석 법원장이 청문회까지 오르게 됐으니 이한영에겐 나쁘지 않은 결과였다.

이한영이 주차하고 있을 때 유세희에게 전화가 오며 휴대폰의 진동이 울렸다.

"네, 세희 씨."

–오늘 저녁 약속, 잊은 건 아니죠?

유선철 대표와 만나기로 되어 있었다.

"네, 알겠습니다. 그럼 저녁에 뵐게요."

전화를 끊고 차에서 내린 이한영은 뚜벅뚜벅 엘리베이터를 향해 걸어가 멈춘 후 꾹 버튼을 누른다.

그가 엘리베이터를 기다리고 있을 때 누군가 이한영의 어깨를 툭툭 친다.

고개를 돌려 보니…… 황남용 대법관이다.

얼굴을 알아본 이한영이 허리를 굽혔다.

황남용 대법관이 뒷짐을 진 채 이한영의 얼굴을 찬찬히 살피며 입을 연다.

07

"법관인가?"

"민사합의부 이한영 판사입니다."

"이한영이라……."

황남용 대법관은 고개를 끄덕이며 엘리베이터에 오른다. 그리고 다시 이한영을 본다. 불을 뿜어내는 눈빛이 이한영의 머릿속을 꿰뚫어보는 것만 같다.

하지만 상대는 이한영이었다.

보통의 평판사라면 대법관의 눈빛에 어쩔 줄 몰라 했겠지만 이한영은 오히려 그의 표정을 살피고 있었다.

'황남용 대법관은 대법원장에 가장 가까웠어. 그런데 갑작스러운 사임과 동시에 법원에 찾아왔어. 왜지?'

그 이유를 파악하려는데…… 황남용 대법관의 눈빛이 이상하다. 눈빛에 뭉쳐진 긴장감이 이한영을 향하고 있다.

'뭐지?'

처음 만나는 사람에게는 보일 수 없는 눈빛. 그것은 이한영을 알고 있다는 뜻.

이한영의 머릿속은 빠르게 회전하기 시작했다.

'날 알고 있어? 뭐지? 내가 드러난 적이 있나?'

아무리 생각해봐도 없었다.

'그런데 뭐야? 왜 나를 보고 긴장하는 거야? 이유가 없잖아?'

황남용 대법관에게 이것저것 물어보고 싶은 마음이 산더미였지만 엘리베이터는 어느새 이한영의 사무실이 있는 층에 멈춰 섰다. 뭔가를 할 수 있는 시간은 존재하지 않았다. 이한영은 의문을 가진 채 엘리베이터에서 내릴 뿐이다.

그 뒷모습을 지켜보던 황남용 대법관이 입을 열었다.

"이한영 판사, 미안하네."

뜬금없는 말이었다.

'미안? 뭐가?'

그리고 이어진 묵직한 목소리…….

"강신진을 조심해."

이한영은 황급히 몸을 돌려 황남용 대법관을 향했지만 그는 시선을 피한다.

스르르륵 엘리베이터의 문이 닫혀버리며 대화는 끝났다.

엘리베이터는 법원장실을 향해 올라갔고, 이한영은 그 자리에 석고처럼 굳어진 채 서 있었다.

'미안하네, 강신진을 조심해?'

단 두 마디였지만 판도라의 상자를 열어 본 기분이다.

* * *

“재개발 참사를 기억하고 계십니까?”

황남용 대법관의 말에 백이석 법원장이 고개를 끄덕였다.

10년도 전에 일어났던 일이다. 강산이 바뀌었지만 백이석 법원장은 그 일을 기억하고 있었다. 도심 재개발 사업에서 시작된 사건은 철거민 열한 명과 경찰 여덟 명이 사망하는 참사로 이어졌다.

낙후된 도시는 저소득층에겐 삶의 터전이지만 누군가에겐 부가가치가 높은 자산이다. 재개발이 시작되며 밖으로 밀려나게 된 세입자들은 당장 먹고살 걱정에 건물을 점거하고 농성을 벌였다. 보상한 금액이 있었지만 법적으로 규정된 금액은 생계를 이어가기엔 턱없이 부족했기 때문이다.

잠시 옛일을 기억하던 백이석 법원장이 입을 열었다.

“세입자들은 하루아침에 불법점거자가 되어 경찰과 대치했죠.”

“사람의 마음을 할퀴고 간 상처는 아물지 않아요. 세월에 익숙해졌을 뿐, 응어리는 자리 잡고 있으니까요. 그 지역의 많은 부분이 그린벨트였어요. 하지만 건설사가 국토부 장관을 만나 로비했고 허가됐죠. 다음은 일사천리였습니다. 원래 세상이라는 게 그렇잖아요. 국토부 장관의 권력이 얼마나 오래가겠습니까? 권력도 한철 장산데, 그 자리에 있을 때 많이 당겨야죠. 당시 국토부 장관이 받은 돈이 200억가량 됩니다.”

백이석 법원장의 눈썹이 꿈틀거렸다.

황남용 대법관의 말이 독백처럼 이어졌다.

“그때 죽은 여덟 명의 경찰 중엔 다음 날 결혼식을 기다리던 청년이 있었어요. 전날 아들이 태어나며 아빠가 된 남자도 있었고요.”

안타까운 사연을 가진 경찰들이 사망하며 여론은 철거민들을 향해 비난의 화살을 쏘았다. 그리고 여론을 등에 업은 건설사는 수월하게 재개발을 진행할 수 있었다.

황남용 대법관이 찻잔을 손에 쥐며 말을 이었다.

"경찰을 죽인 것은 철거민이 아니었어요. 건설사에서 보낸 용역 깡패였습니다. 그런데 건물을 점거했던 삼백두 명의 철거민이 불법점거 및 경찰 살해로 유죄를 받았지요."

몰랐던 사실에 백이석 법원장의 눈빛이 무섭게 일그러졌다.

"지금 하신 말씀이 진실입니까?"

"네, 제가 했던 일인데요. 국토부 장관에 대한 로비, 경찰과 철거민의 사망에 따른 증거와 증언 조작, 모두 제가 숨겼고 날조했습니다. 난 그 재판의 담당 판사조차 모르게 사건을 조작했죠."

"……!"

잠시 말이 끊겼다.

적막도 이런 적막이 없다. 무겁게 깔린 분위기는 천 근도 모자라 보인다. 그리고 두 사람 사이엔 스산함을 넘어 얼음장같이 차가운 기운이 돌고 있었다.

황남용 대법관이 입에 댔던 찻잔을 내려두며 낮게 말했다.

"법원장님 앞에서 고해성사하고자 하는 게 아니에요. 아시겠지만 그 사건으로 날 잡을 수 없어요. 증거는 물론이고 내게 돈을 줬던 사람과 당시 국토부 장관은 나이가 들어 세상에 없으니까요."

백이석 법원장이 고개를 저었다.

"그럼, 왜 말씀하시는 겁니까?"

"10년도 전에 일어났던 일. 나를 제외하고 조작에 가담했던 당사자들은 세상을 떠진 지 오랜데…… 그걸 강신진이 알고 있었습니다."

"강신진?"

갑작스레 나온 강신진 수석 부장의 이름에 백이석 법원장의 눈살이 찌푸려졌다.

"법원장님, 난 이런 생각을 했어요. 내가 그 사건을 조작해 담당 판사를 조종했던 것처럼, 나 역시 강신진에게 조종당하고 있던 게 아닐까 하고요. 그게 아니면 강신진이 그 일을 알 수가 없을 테니까요. 제가 이런 말씀을 드리는 것은 내가 부패한 판사였지만 마음 한구석에는 나라를 걱정하기 때문이에요."

백이석 법원장은 입술을 굳게 닫고 있다. 그런 법원장의 앞으로 황남용 대법관이 몸을 기울인다.

"경계하세요. 강신진 그놈은 악마예요."

백이석 법원장은 대답이 없다. 그저 황남용 대법관을 바라볼 뿐이다.

황남용 대법관이 심각한 얼굴로 자리에서 일어나며 입을 열었다.

"떠나기 전에 하나 더 말씀드리죠. 망인이 된 경찰의 딸이 검사로 있어요. 사망한 철거민의 아들이 법관으로 있고요. 법관은 법원장님도 잘 아는 사람입니다."

백이석 법원장의 시선이 마주하자 황남용 대법관이 천천히 입술을 움직였다.

"이한영이에요."

예상치 못한 말에 백이석 법원장은 가슴이 '쿵' 하고 울리는 걸 느꼈다.

"이한영도 이 일을 알고 있습니까?"

"당연히 모르고 있습니다."

황남용 대법관이 떠난 후, 백이석 법원장은 여전히 소파에 앉아 있었다. 그의 눈빛이 심란하다.

'이한영…….'

이한영에게 과거의 진실을 알려줘야 하나 말아야 하나 고민을 하는 거다. 백이석 법원장은 태산 같은 한숨을 내쉬며 다시 이한영의 이름을 떠올렸다.

'이한영…….'

이한영은 세상을 관통하는 날카로운 눈을 가졌다. 때로는 백이석 법원장조차 이한영의 머리가 섬뜩할 정도였다.

'그런 이한영이 진실을 알게 된다면…….'

아마 이한영은 부모 잃은 짐승이 될 거다.

백이석 법원장은 눈을 감는다.

황남용 대법관은 증거가 없다고 자신했지만 그건 이한영을 몰라서 하는 소리다.

백이석 법원장의 머릿속에 복수심에 불타오르는 이한영이 보이더니 그 일에 가담했던 자들이 피를 흘리는 모습이 어지럽게 스쳐 간다. 이미 사망한 국토부 장관 등이 무덤에서 끄집어내진 후 죽어서도 심판을 받는 모습이 그려진다.

백이석 법원장의 어금니가 꽉 씹혔다.

해가 서산으로 기울고 있었지만 백이석 법원장은 여전히 눈을 뜨지 않는다.

'어떻게 해야 하는가?'

* * *

그 시각.

한참 일을 하던 윤슬혜 판사의 시선이 멎는다.

모니터에 인사 명령이 떠서다.

사법 파동으로 인해 구멍 뚫린 곳을 메꾸기 위한 임시 처방이지만 인사 명령은 언제나 궁금한 게 당연하다.

그런데 윤슬혜 판사의 눈에 익숙한 이름이 많이 보였다.

강신진 수석 부장판사 → 경기남부지방법원 안산 지원 지원장

장유린 부장판사 → 서울고등법원 부장판사

이한영 판사 → 서울고등법원 판사

'이한영 판사님이 고등법원으로?'

잠시 눈을 깜빡이던 그녀가 고개를 들어 이한영에게 향했다.

"이한영 판사님, 인사 명령 났어요. 판사님도 있는데요."

"아, 그래?"

이한영은 대수롭지 않게 답한다.

이미 유세희에게 들어 알고 있는 사실이니 그런 거다.

하지만 윤슬혜 판사의 눈엔 아쉬움이 가득했다.

"안 놀라세요? 전 판사님께 조금 더 배우고 싶었는데요."

"나처럼 경력 없는 대행 말고 훌륭한 부장판사님이 오실 거야. 많이 배워."

그게 아닌데, 이한영은 참 멋없게 말하고 있다.

"그래도요……."

"난 오늘 약속이 있어서 먼저 퇴근할게. 두 사람도 오래 있지 말고 바로 들어가도록 해."

이한영은 자리에서 일어나 재킷을 손에 들고 훌훌 사무실을 벗어난다. 그의 뒷모습을 윤슬혜 판사는 여전히 아쉬움으로 가득한 눈으로 보고 있었다.

* * *

"인사 명령 났나?"

"네, 오늘 발표 났습니다."

"축하하네."

이한영은 레스토랑에서 에스로펌 유선철 대표와 만나고 있었다.

유세희는 없다. 두 사람만의 만남이다.

이한영의 표정을 살피던 유선철 대표가 픽 웃는다.

"고등법원 판사는 좋은 자리야. 그런데 안 기쁜가?"

"기쁩니다."

하지만 말과 달리 표정은 담담하다.

"자네는 그게 마음에 들어. 보통 사람이라면 자랑하느라 난리가 났을 거야. 그런데 자네는 놀라지도 않고, 기뻐하지도 않으며, 평상심을 유지하고 있어."

고등법원은 2심 판결을 하는 곳이다.

이한영은 이곳의 배석판사로 가게 되는데, 배석판사라 해도 윤슬혜나 이소이 판사와 같은 레벨은 아니다.

고등법원의 배석판사는 단독판사 중에 부장판사 승진을 앞둔 사람들이 가는 자리다. 고등법원에서는 배석판사의 영향력이 상당히 크다.

고개를 끄덕이던 유선철 대표가 와인 잔에 와인을 듬뿍 담으며 입을 열었다.

"자네의 부장판사가 누군지는 알고 있나?"

고등법원에서 이한영과 함께 일할 부장판사는 장유린 부장이었다.

유선철 대표가 잔을 내밀며 계속 말한다.

"장유린 부장은 법정을 잘 모를 거야. 오랜 시간 행정처와 국회 파견을 돌았는데, 현장의 분위기를 익히려면 오래 걸리겠지. 자네가 고생이겠어."

이한영과 유선철 대표의 대화는 본론으로 들어가지 않고 빙빙 돌았다.

그렇게 와인 두 병이 비워졌을 때 유선철 대표가 갑자기 정색하며 입을 열었다.

"세희와 결혼은 언제 할 생각인가?"

이한영은 가만히 유선철 대표를 바라봤다.

다시 인생을 살며 다짐한 두 가지가 있다. 이번 생에 결혼이란 걸 하게 된다면 꼭 행복한 가정을 꾸리고 싶다는 것, 그리고 아이를 가지고 싶다는 것이다.

그런데 유세희와 함께 살게 된다면 이한영이 다짐한 두 가지는 또다시 이룰 수 없는 소망이 될지도 모른다. 이번만큼은 그렇게 살고 싶지 않았다.

유선철 대표가 이한영의 대답을 재촉했다.

"싫은가?"

이한영은 고개를 저었다.

"전 사실 조금 천천히 하는 게 좋지 않을까 생각하고 있었습니다. 이런 말씀을 드리는 게 죄송하지만, 대표님의 후계를 두고 형제지간의 다툼이 심하다고 알고 있습니다."

"허허허."

유선철 대표는 민망한 웃음을 터뜨렸다. 자식 농사 잘못 지었다는 말에 반론할 거리가 없어서다.

이한영이 계속 말한다.

"지금 세희 씨와 다른 형제의 저울이 팽팽하다고 들었습니다. 이런 상황에 제가 가면 분란의 씨앗이 되지 않을까 생각이 듭니다. 외동으로 자란 저는 어릴 때부터 형제 많은 가족이 부러웠습니다. 세희 씨를 통해……."

이한영의 말이 이어졌고 유선철 대표는 고개를 끄덕인다.

"자네 말은 후계가 결정된 다음에 결혼하겠다는 건가?"

"그게 좋지 않을까 합니다."

"오랜 시간이 걸릴 수도 있는데?"

"대표님, 시간은 짧습니다. 형제들이 치부를 더 들추지 않기 위해선, 대표님의 결단이 필요합니다."

"결단이라……."

유선철 대표는 잠시 생각에 빠진다.

에스로펌엔 뛰어난 머리를 가진 변호사들만 천여 명이 있다. 지금이야 유선철 대표가 자리 잡고 있기에 안정적으로 보이지만 그들이 언제 에스로펌을 집어삼키려 할지 알 수 없는 일이었다. 그래서 자식들의 싸움을 빤히 알면서도 후계를 선택하기가 어려웠다.

유진광, 유하나, 유세희를 머릿속에 그려보면 다 하나씩 문제가 보여서다.

잠시 생각에 빠졌던 유선철 대표가 다시 이한영에게 시선을 옮겼다.

"백이석 법원장님이 대법원장에 오르는 것은 이제 기정사실이 되었어. 자네 도움으로 대법원장과 끈을 만들게 되었는데, 원하는 것이 있나? 있다면 내가 선물로 주지. 차가 오래되었다고 들었는데, 차를 하나 줄까?"

"괜찮습니다."

"아니면, 법원 근처에 오피스텔 하나는 어때? 아니지. 차하고 오피스텔 둘 다 하지."

혼자 북 치고 장구 치는 유선철 대표를 향해 이한영이 고개를 들었다.

"자동차와 오피스텔은 필요 없습니다."

"그럼 다른 원하는 게 있나? 말하게. 도움을 받고 나 몰라라 하면 장사꾼으로서 실격이야."

"그럼, 부탁 하나만 드려도 되겠습니까?"

유선철 대표가 고개를 끄덕이며 이한영의 다음 말을 기다린다.

"황남용 대법관에 대해 알고 싶습니다."

유선철 대표의 눈동자에 의아함이 솟는다.

지금껏 친절하게 이한영을 대했던 눈동자는 어느새 사람을 관찰하는 독사의 눈빛으로 변해가고 있었다. 그만큼 이한영의 말을 이해할 수가 없었기 때문이다.

"황남용 대법관은 대법관을 사임한 사람이야. 이제 일반인으로 돌아갈 사람을 알아서 무엇 하려고 그러나?"

"저도 자세히는 모르겠습니다. 그저 뭔가 있을 것 같아서 그럽니다."

"그저 감인가?"

이한영은 대답하지 않았다. 하지만 말할 수 없는 이유가 있다는 눈빛이 강하게 보인다. 그의 눈빛을 보며 유선철 대표가 천천히 고개를 끄덕인다. 하지만 이한영의 전신을 훑는 듯한 뱀의 눈동자는 거두지 않는다.

유선철 대표의 음성이 흐른다.

"오피스텔이나 자동차보다 황남용 대법관의 일이 더 가치 있다는 건가?"

"네."

"그러지. 보름쯤 걸릴 거야."

"감사합니다. 그리고 부탁이 하나 더 있습니다."

"뭔가?"

"언젠가 대표님의 집에서 아침을 같이 먹고 싶습니다."

이번에도 이한영의 말은 유선철 대표의 예측에서 벗어난 말이었다. 저녁도 아니고 아침이라니…….

유선철 대표는 이상한 표정으로 이한영을 바라봤다.

"그거야 결혼하면 언제든 할 수 있는 거야."

"결혼하기 전에 초대해주셨으면 합니다."

이번에도 이한영의 눈빛엔 어떤 의미가 있어 보였다.

* * *

백이석 신임 대법원장이 오늘 취임식을 했습니다. 백이석 대법원장은 사법부의 신뢰 회복을 위해 일선의 판사들이 독립적인 판결을 해야 한다며…….

사전에 청문회가 열렸지만 워낙 청렴한 사람이었기에 형식적인 것에 불과했다.

그렇게 백이석이 대법원장에 올랐다.

하지만 이한영은 축하 전화 한 통 하지 않았다.

백이석이 대법원장이 되는 과정에서 일등 공신을 꼽으라면 당연히 이한영이지만 어떤 보상이나 오해도 사지 않기 위해서다.

그리고 이한영은 서울고등법원으로 출근했다.

출근길은 다를 게 없었다. 서울중앙지방법원과 서울고등법원이 같은 건물에 있어서다.

이한영이 사무실로 가기 위해 고등법원의 복도를 걸을 때였다. 오가는 판사들이 이한영을 싸늘하게 바라본다. 수군대는 말도 들린다.

"저놈이 대법원장께 사바사바해서 부장판사 대행했던 놈이야?"

"손바닥 비비는 놈도 들어오고, 고등법원도 맛이 갔네. 대학 어디래?"

이런 눈빛은 익숙했다. 엘리트 집단일수록 이질적인 존재에 대한 배척은 심할 수밖에 없다. 하지만 좋지 않은 시선은 실력으로 바꿔주면 된다.

사무실 앞에 도착한 이한영이 문을 열고 안으로 들어가자 장유린 부장이 밝은 표정으로 손을 흔드는 게 보인다.

"이한영 판사, 왔어?"

그녀가 이한영의 부장판사다.

고등법원의 부장판사는 일선 법원의 부장판사와 급이 다르다. 검사의 꽃이 검사장이라면 판사의 꽃은 고등법원 부장판사이기 때문이다. 이때부터 관용차가 지급되며 차관급 대우를 받기 시작한다. 그리고 대법관에 오를 가능성이 상당히 커진다.

장유린은 고등법원 부장판사가 되었지만 복장은 여전히 명품으로 휘감겨 있었다. 이한영은 장유린 부장에게 가볍게 고개를 숙인 후 또 다른 배석판사에게 시선을 돌렸다.

이름은 설지아, 이한영보다 나이는 한 살 많지만 2년 선배다.

"이한영이라고 합니다."

설지아 판사가 자리에서 일어나 살짝 고개를 숙인다.

"설지아라고 해요."

검고 긴 생머리를 그대로 늘어뜨린 그녀는 조금은 청순한 이미지다. 짙은 색조 화장의 장유린 부장과 함께 있어서 그런지 더 그렇게 느껴졌다.

잠깐의 인사말이 끝나자 장유린 부장이 손뼉을 짝 쳤다.

"이한영 판사, 인사 끝났으면 이제 일 이야기 해야지? 방으로 와."

그녀가 사무실 한쪽에 마련된 방으로 들어갔고 이한영이 뒤를 쫓았다.

책상 앞에 선 장유린 부장이 서류봉투를 들어 올린다.

"이한영 판사가 주심을 맡을 사건이야. 일부러 아주 복잡한 깡치를 선택했으니까 기분 나빠하지 마."

"어떤 사건이든 괜찮습니다."

이한영은 정말 어떤 사건이든 상관없었지만 장유린 부장은 미안한 표정을 지으며 말을 잇는다.

"이한영 판사는 대법원장님이 충남에서 끌고 온 판사야. 게다가 거의 유례없는 부장판사 대행을 맡았잖아. 그리고 고등법원까지 일사천리로 왔어. 게다가 강신진 수석 부장…… 아니, 강신진 지원장님의 신임도 받고 있어. 그렇지?"

강신진 수석 부장은 지원장으로 발령되었다.

역사의 거대한 물줄기는 바뀌고 있었지만 강신진은 이한영의 전생과 똑같은 길을 밟고 있었다. 전생에서 강신진은 이 시기에 지원장이 되었고, 1년 후 서울서부지방법원의 법원장이 되었다.

잠시 옛일을 더듬은 이한영이 고개를 끄덕이자 장유린 부장이 계속 말한다.

"잘 알겠지만 우리 판사들은 서열에 아주 민감해. 그런데 대법원장님의 눈에 든 이한영 판사가 다른 판사들에게 고운 시선을 받을 수 있을 것 같아?"

"……."

"경력도, 대학 간판도 없어. 고등법원의 엘리트 판사들이 보기엔 손바닥 비벼서 올라온 것처럼 보일 거야."

잘 알고 있는 거다. 차를 주차하고 사무실까지 오는 짧은 거리에서도 이미 그런 시선을 확실히 느꼈다. 하지만 이한영은 누가 자신을 어떻게 평가하든 상관없었다.

장유린 부장이 서류봉투를 건넨다.

"읽어봐."

고등법원에 간 이한영이 주심으로 맡을 사건이다. 이한영은 서류봉투를 받아 요약본을 꺼냈다. 그 모습을 장유린 부장이 냉랭한 미소로 보고 있다. 방금까지 친근하게 보였던 그 미소가 아니다. 그리고 요약본을 읽는 이한영의 눈동자가 크게 떠졌다.

세 살배기 딸을 폭행해 숨지게 한 뒤 시신을 유기한 혐의로 친모인 이순아(21)가 검거되었다.

이순아는 지적장애인으로 어린 나이에 원치 않는 임신을 통해 아이를 갖게 되었다. 하지만 지적장애인이 아이를 키우는 것이 쉬운 일이 아니었다.

이웃 주민 박 모 씨의 증언에 의하면 갓난아기를 체벌하는 일이 하루에도 여러 번 일어났다고 한다.

그리고 아이는 한강에서 싸늘한 주검으로 발견되었다. 엄마 이순아는 아이가 죽었다는 사실조차 제대로 인지하지 못하며, 그녀가 아이를 살해했다는 증거는 없다. 하지만 주변의 증언에 따르면 엄마 이순아의 폭행으로 인해 아이가 죽었을 가능성이 크다.

1심에서는 그녀가 지적장애임을 감안하여 징역 10년을 선고했다.

요약본을 읽은 이한영은 잠시 눈을 감았다.

알고 있던 사건이다. 하지만 희미한 기억은 단편적인 조각으로만 떠오르고 있다.

'엄마가 범인이 아니었던 것으로 기억하는데…….'

전생을 되짚어보면 이 재판은 이순아를 범인으로 지목하며 끝난다. 하지만 10년이 훌쩍 지난 뒤, 진범이 의도치 않은 곳에서 잡혔다.

'뭐였지? 이순아가 잡혔는데, 진범을 왜 찾은 거지? 무슨 일이 있던 거야?'

기억은 여기까지였다.

아무리 헤집어봐도 시커먼 물은 그 속을 보여주지 않았다. 어떤 일이 있었는지는 이제 스스로 알아봐야 할 때다.

이한영이 고개를 들자 장유린 부장이 입을 열었다.

"다시 말하지만, 이걸 준 이유는 이한영 판사가 미워서가 아냐. 고등법원의 다른 판사들에게 인정받으라고 준 거야."

그녀가 살짝 미소를 짓는다. 하지만 미소와 달리 검은 속마음은 추악하다.

'인정받기 힘들 거야. 내가 그렇게 만들 거니까. 넌 힘들게 일하다가 사법부를 떠나야 해. 이번 깡치도 마찬가지야.'

이한영은 고개를 끄덕인다.

"열심히 하겠습니다."

"내가 이한영 판사 좋아하는 거 알지?"

장유린 부장이 이한영의 어깨를 토닥인다.

"그럼, 나가서 책상 정리부터 하겠습니다."

"그래, 수고해."

이한영은 몸을 돌렸다.

그 순간 이한영의 표정이 변한다. 장유린 부장이 추악한 마녀라면 이한영은 악마다.

'많이 웃어라. 언젠가는 매일 울게 될 테니까.'

* * *

밤이 되었다. 서울 번화가의 불빛이 번쩍이기 시작하며 사람들이 거리로 나온다. 그들은 하하호호 웃으며 시끌벅적하게 짧은 여름밤을 즐긴다.

하지만 같은 서울에 가로등 하나 없는 좁은 골목이 있다. 다 쓰러져가는 집이 마구잡이로 들어선 판자촌이다.

그곳을 이한영이 걷고 있었다.

그는 이번 사건의 범인으로 지목된 이순아가 살던 집으로 향하는 중이다. 사라진 기억을 찾기 위해서다. 주변을 둘러봤지만 CCTV는 보이지 않는다. 건장한 성인 남성 두 명이 나란히 걷기도 비좁은 길에선 차량의 블랙박스도 기대할 수 없다.

이한영은 이순아의 집 앞에서 걸음을 멈췄다. 그녀의 집은 불이 꺼져 있다. 이한영의 시선이 옆집으로 향했다. 이웃 주민이 증언했다고 들었는데, 옆집 역시 불이 꺼져 있다.

현재 시각은 오후 8시.

'퇴근을 안 한 걸까? 아니면…….'

이한영이 생각을 이어가고 있을 때 낯익은 목소리가 들렸다.

"옆집엔 아무도 안 살아요. 이사 갔어요."

고개를 돌리자 박철우 검사가 보인다. 그가 담배를 입에 물며 말한다.

"2심의 주심이 이한영 판사님이란 소리 듣고 혹시나 해서 와본 건데, 진짜 여기 계셨네. 확실히 현장 스타일이셔. 판사 그만두고 경찰 하는 건 어때요?"

갑자기 나타난 박철우 검사를 물끄러미 보던 이한영이 물었다.

"이 사건 담당이 박철우 검사님이죠?"

"네, 오랜만에 법정에서 만나겠네요. 다시 형사로 온 걸 환영합니다, 흐흐."

박철우 검사의 입에서 담배 연기가 흘렀다.

주변의 모든 것을 눈에 담기 위해 시선을 움직이던 이한영이 물었다.

"제가 받은 기록물 말고, 검사님이 봤을 때 의심 가는 점은 없었나요?"

"없어요. 그게 전부예요."

"검사님이 보기엔 이순아 씨가 범인이 확실하다는 건가요?"

박철우 검사가 담뱃재를 떨며 고개를 끄덕인다.

"저도 이순아 씨가 불쌍하긴 한데요, 상황이 그래요. 이순아 씨 말고 아이와 붙어 있던 사람이 없거든요. 다른 사람이 아기를 한번 안아보자고 말하면 짐승이 새끼를 보호하듯이 성질을 냈대요."

"지금 말씀하신 건 아이를 보호한 것으로밖에 안 보이는데요?"

박철우 검사가 힐끔 이한영을 본다.

"글쎄요. 아기가 울면 주먹을 휘둘렀다고 하니까 보호한 게 아니라 장난감 같은 것으로 생각하지 않았을까요?"

"변호사의 주장에 따르면 이순아 씨는 폭행이나 살인에 대해 인정하지 않고 있잖아요. 지적장애인들은 알리바이를 만들어내거나 거짓말을 하지는 않는 것으로 아는데요."

박철우 검사가 고개를 저었다.

"지금 여기서 재판할까요? 내가 막 구형 때리고? 나도 이런 사건 보면 답답합니다. 이순아 씨를 보호해주고 싶고요. 그런데 어쩌겠어요? 내 직업이 이런데."

박철우 검사의 눈엔 짜증이 올라와 있다. 그가 담배 연기를 내뱉으며 말을 잇는다.

"그렇다고 해서 법정에서 이기려고 없는 죄 만들지는 않을 테니까 궁금한 거 있으면 말씀하세요. 그것 때문에 찾아온 거니까."

이한영이 이순아의 집 담벼락을 만져본다. 날은 무덥지만 손에 느껴지는 감촉은 차다.

"이순아 씨가 혼자 아이를 낳았다고요?"

"아빠가 누군지는 모르고요. 이순아 씨는 임신한 사실도 몰랐었대요. 복지센터 같은 곳에서 도와주려고 해도 이순아 씨의 부모님이 버젓이 살아 있으니까……."

그때 벌컥, 이순아의 집 대문이 열렸다.

이한영과 박철우 검사의 시선이 그곳으로 향했다. 깔끔하고 선하게 생긴 40대 초반의 남자가 보인다.

남자가 말한다.

"누구시죠? 왜 남의 집 앞에……?"

이한영은 얼굴을 감추기 위해 고개를 틀었고, 박철우 검사는 품에서 신분증을 꺼내 보였다.

"중앙지검 박철우 검사입니다. 주변을 돌다가 혹시 뭔가 있나 해서 왔어요. 그런데 그쪽은 누구죠? 여긴 이순아 씨의 집으로 알고 있는데요."

검사라는 말에 남자가 엷은 미소를 보이며 고개를 끄덕였다.

"전 순아 삼촌 되는 사람입니다. 짐을 두고 간 게 있나 해서 왔어요. 그럼, 일 보십시오."

말을 마친 남자는 멋쩍게 웃으며 다시 집 안으로 들어가려 한다.

하지만 박철우 검사가 막아 세운다.

"잠깐만요. 삼촌이 맞습니까?"

"누나한테 전화해볼까요? 누나가 순아 엄마거든요."

남자가 휴대폰을 꺼내 이순아 모친의 전화번호를 보이며 말을 이었다.

"생각해보니까, 전화하는 건 좀 그럴 것 같은데요. 지금 순아 때문에 충격이 커서요. 집 앞에 또 검사님이 와 계신 걸 알면……."

박철우 검사와 남자가 대화를 이어갈 때 이한영의 표정은 굳어 있었다.

그리고 문이 닫히는 소리와 함께 남자가 사라지자 이한영이 고개를 들어 박철우 검사에게 말했다.

"박철우 검사님, 이순아는 범인이 아니에요."

"잉? 뭔 소리예요?"

"범인은 저 새끼예요."

이한영은 박철우 검사와 함께 호프집에 앉아 있었다.

박철우 검사가 눈을 동그랗게 뜨며 묻는다.

"그 삼촌이라는 사람이 범인이라고요? 미치겠네. 그걸 어떻게 알아요?"

박철우 검사는 그동안 이한영을 궁예라고 불러 왔다. 하지만 초능력이 있다고 믿는 것은 아니었다. 놀라운 관찰력과 상황 판단 능력이 높다고 생각했을 뿐이다. 그런데 이번엔 정말 말도 안 되는 말을 하고 있다.

스치듯 본 사람에게 범인이라니…….

박철우 검사가 테이블에 놓인 맥주잔을 들어 벌컥벌컥 마신 뒤 '탁!' 하고 내려놨다.

"이유나 좀 들어봅시다."

이한영이 작게 한숨을 내뱉었다.

"못 믿는 거 아는데요……. 전 검사님이 후회하지 않길 바라거든요."

"후회라니, 그건 또 무슨 소리예요?"

이한영의 전생에서도 이 사건의 담당 검사는 박철우였다. 그는 이순아에게 징역 18년을 구형했고, 재판부는 심신미약을 인정하여 1심과 마찬가지로 10년을 선고했다.

문제는 그다음이었다.

교도소에 들어간 이순이는 삐뚤삐뚤한 글씨로 '난 아니야. 호연이가 보고 싶어'라는 유서를 남기고 스스로 목숨을 끊는다.

언론을 통해 세상에 뿌려진 사건은 여론을 건드렸고, 모든 비난의 화살은 박철우 검사에게 쏘아졌다. 강압적인 수사는 없었는지부터 시작해 사소한 잘못 하나까지 모여 박철우 검사를 들들 볶았다. 그리고 시간이 흘러 박철우 검사가 의문의 교통사고로 사망한 뒤, 세상에 진실이 드러난다.

잠시 옛일을 더듬은 이한영이 고개를 저었다.

"일단 그 삼촌이라는 사람도 동시 조사해주세요."

"삼촌도 조사하라고요? 검사가 할 일이 얼마나 많은지 아세요?"

"판사도 할 일 많은데, 밖에 나와서 현장에 와 있잖아요. 한번 속는 셈 치고 부탁드립니다."

정중한 목소리에 박철우 검사는 테이블에 놓인 치킨을 손가락으로 가리킨다.

"여기 술값, 판사님이 내세요."

"얼마든지요."

그 말을 마치자마자 박철우 검사는 기다렸다는 듯 벨을 누른다.

"사장님! 과일 안주 하나 주시고요. 양주는 없나요?"

다행히 이곳에 양주는 팔지 않았다. 주문을 마친 박철우 검사가 이한영을 본다.

"나도 자식 키우는 처지에서 찝찝한 게 없지 않았어요. 그래서 삼촌 한번 조사해보겠다고 한 거니, 많은 기대는 하지 마세요."

검사는 누명을 씌워 죄를 만들어내는 사람이 아니다. 정말 죄가 있는 사람을 잡아 법대에 올리는 사람들이다.

간단히 맥주를 마신 후 두 사람은 자리에서 일어섰다. 계산대로 향하던 이한영이 멋쩍은 미소를 지으며 고개를 돌린다.

"박철우 검사님, 죄송한데요. 저 지갑을 안 들고 왔어요."

"에이! 진짜!"

* * *

"간단한 참고인 조사예요."

박철우 검사는 이순아의 삼촌을 조사하고 있었다.

그의 이름은 이종훈, 나이는 41세, 수학 전문 학원 원장이며 딸이 둘 있다.

박철우 검사는 물끄러미 이종훈의 얼굴을 살폈다.

지난밤, 어두운 곳에서도 느꼈지만 이마에 '착한 놈'이라고 적힌 것처럼 바르게 생겼다.

'이 사람이 범인이라고?'

박철우 검사는 이한영이 왜 이 사람을 범인으로 찍었는지 이해할 수가 없었다. 하지만 이한영의 말이었다. 그는 지금껏 세상에 묻힐 뻔한 사건을 특유의 통찰력으로 해결해 왔다.

박철우 검사는 일단 이한영을 믿고 이종훈을 찔러보기로 했다.

"사건 당일 어디서 무엇을 하고 계셨습니까?"

"비가 온 날이었죠? 집에 있었을 거예요. 그날 학원이 인테리어 공사를 새로 하느라 하루 쉬었거든요."

"집에 있었던 걸 확인해줄 사람이 있나요?"

이종훈이 엷은 미소를 보이며 고개를 흔든다.

"애 엄마랑 애들이 다 처가에 가 있어서 혼자 있었는데요."

"엘리베이터의 CCTV 같은 건요?"

"오래된 빌라라 그런 거 없어요."

"집에서 뭘 하고 계셨죠?"

"텔레비전을 보고 있었을 거예요."

"어떤 프로그램인지 기억나십니까?"

취조하듯 묻는 말에 이종훈은 잠시 입을 닫고 물끄러미 박철우 검사를 바라본다. 하지만 표정에 드러난 여유로움은 사라지지 않고 있다.

"글쎄요. 거기까지는 기억이 잘 나지 않네요."

그 시각, 이한영은 1심의 판결문과 사건 기록을 훑고 있었다. 그의 옆으로 장유린 부장이 다가온다.

"잘돼?"

"주요 쟁점 요약해 놨는데, 읽어보시겠어요?"

장유린 부장이 고개를 젓는다.

"이한영 판사가 주심이잖아. 알아서 해. 필요한 게 있다면 말하고."

"그래도 재판장이신데, 아셔야 하지 않을까요?"

장유린 부장은 사건 기록은 물론이고 1심에 있었던 일도 나 몰라라 하고 있었다.

장유린 부장의 입가에 엷은 미소가 지어진다.

"단독판사 끝나고 행정처에 있다가 국회로 파견 나가 있었어. 운 좋게 고등법원 부장으로 왔지만 오랫동안 법정에 서본 적 없는 내가 뭘 알겠어?"

판사가 재판을 잘 모른다는 것은 창피해야 할 일이다. 하지만 그녀는 당당하다.

장유린 부장이 또 다른 배석판사인 설지아 판사에게 시선을 틀며 모두가 들을 수 있도록 큰 소리로 말을 잇는다.

"내가 법정에 익숙해질 때까지 두 사람이 고생 좀 해줘."

하지만 말과 달리 기록물은 물론 요점을 정리해 놓은 것도 읽지 않는 걸 보면 법정에 익숙해질 마음은 없어 보였다.

"그럼, 난 잠깐 나갔다 올게."

그 말을 남기고 장유린 부장은 사무실에서 사라졌다.

닫힌 문은 바라보던 설지아 판사가 한숨을 내쉬며 다시 서류에 파묻힌다.

"드세요."

이한영이 설지아 판사의 책상에 커피를 놓았다.

설지아 판사가 시선을 들어 이한영을 본다.

"아, 고마워요."

그녀는 다시 기록물을 향해 고개를 숙인다.

이한영이 자리로 돌아갈 때 설지아 판사의 목소리가 들렸다.

"안 싫어해요."

"네?"

"전 이한영 판사, 안 싫어한다고요."

고등법원의 판사들 사이에선 이한영 왕따설이 돌고 있었다. 이유야 뻔한 거다. 그리고 위로 오르면 오를수록 비난과 부정적인 평가는 더 많아질 거라는 걸 잘 알고 있었다.

그녀의 말이 이어진다.

"안 좋게 보기는 했어요. 이한영 판사의 스펙으로 고등법원을 오기엔 무리라고 생각했거든요. 그런데 밤낮없이 일하는 걸 보고 생각을 바꿨어요."

이한영이 살짝 웃으며 고개를 숙였다.

"감사합니다."

"그리고 이한영 판사가 주심 맡은 사건의 기록물을 봤거든요."

"네, 조언해주실 말씀이라도……?"

"아기가 불쌍하네요."

기록물에는 처참한 사진도 담겨 있다.

설지아 판사가 말을 이었다.

"꼭 진실을 찾아주세요. 필요한 게 있다면 말씀하시고요. 바쁘더라도 도울게요."

두 사람의 대화는 그게 끝이었다. 하지만 노력하는 모습만으로도 타인의 인식이 바뀔 수 있다는 걸 느낄 수 있었다. 책상에 앉은 이한영은 다시 서류에 빠져들었다.

다시 정신을 차린 것은 책상에 놓인 휴대폰의 진동이 울렸을 때다. 박철우 검사다.

-이순아 삼촌 이종훈 씨, 조사해봤거든요.

이한영이 사무실을 벗어나며 입을 열었다.

"어땠나요?"

-혐의는 없어요. 사건 당일에는 집에 있었고…….

그런데 박철우 검사의 목소리가 이상하다. 말끝을 흐리고 있다.

"표정이 이상했다는 것도 괜찮으니까 뭐라도 말씀해주세요."

이한영은 이 사건에 대한 기억을 떠올렸다. 하지만 이종훈이 어떻게 잡혔는지는 모른다.

이순아가 목숨을 끊고 박철우 검사가 여론의 타깃이 되는 비극적인 일을 막기 위해선 어서 진실을 밝혀야 했다. 사소한 것도 중요하다.

박철우 검사가 말한다.

-이렇게 말하면 웃기지만, 보통 사람은 죄가 없어도 검사를 만나면 겁을 내잖아요? 그런데 그런 게 전혀 없었어요. 그리고…….

"그리고 또 뭐요?"

* * *

"어머, 예쁜 거 봐."

법복을 걸친 장유린 부장이 전신 거울을 본다.

하얀 블라우스에 법복, 그리고 은회색 에스코트 타이. 여성 법관의 법복 규정이다.

이리저리 자신의 모습을 살피던 그녀가 고개를 튼다.

"이한영 판사, 몇 년 만에 입은 법복인데, 어때?"

"잘 어울리십니다."

"그렇지? 내가 졸업식 가운도 꽤 잘 어울렸어."

법복이 졸업식 가운처럼 생겨서 하는 농담이다. 다시 거울을 향해 시선을 돌린 장유린 부장이 말한다.

"오늘 재판 이한영 판사가 주심이지? 내가 법정으로 돌아와서 처음으로 하는 재판이야. 잘해줬으면 좋겠어."

웃음기가 사라진 그녀의 목소리는 냉랭했다. 마치 실수라도 하면 멱살을 잡을 것 같다.

하지만 이한영은 미소를 지우지 않고 답한다. 그는 장유린 부장이 많이 웃었으면 하는 바람이 있었다. 언젠가 지금 짓는 미소가 모두 서러움으로 바뀌게 할 계획이 있어서다.

"열심히 하겠습니다."

장유린 부장이 머리를 꼬아 만지며 차갑게 미소 짓는다.

"그래야지. 그럼 재판은 이한영 판사에게 맡기고 난 뭘 하나? 분위기를 익혀야 하나?"

말을 마친 장유린 부장이 앞장서서 문을 나서자 그 뒤를 이한영과 설지아 판사가 쫓았다.

설지아 판사가 이한영에게 작은 목소리로 속삭였다.

"너무 신경 쓰지 마세요. 자기는 재판에 신경 쓴 것 하나도 없으면서 뭐라고 하는 건지 모르겠어요."

그 시각, 삼촌 이종훈은 자신의 누나, 즉 이순아의 엄마와 함께 방청석에 앉아 있었다.

이순아의 엄마는 손수건으로 눈물을 훔치고 있다.

"걔가 그럴 리가 없는네……."

이종훈이 안타까운 표정을 지으며 그녀의 어깨를 토닥인다.

"순아는 안 그랬을 거야. 걱정하지 마. 난 순아를 믿어. 아기 낳겠다고 집 나갔던 애잖아. 그런 순아가 어떻게 자기 자식을 죽였겠어?"

"그렇지? 그런 거지?"

이순아의 엄마는 울고만 있다.

이종훈은 다시 그녀의 어깨를 토닥이며 시선을 앞으로 향한다. 그의 눈빛이 서서히 변하기 시작했다.

'조금만 있으면 다 끝나.'

그의 눈동자에 탐욕이 가득하다.

그때…….

"모두 일어나주십시오!"

재판부가 입장하며 법정은 고요해진다.

방청석을 향해 고개를 숙인 후 자리에 앉은 장유린 부장이 입을 연다.

"지금부터 재판을 시작하겠습니다. 피고인 이순아."

이순아는 멍한 얼굴이다.

자신이 이곳에 왜 앉아 있는지도 잘 모르겠다는 표정이다.

장유린 부장이 다시 말한다.

"피고인 이순아!"

옆에 앉은 변호사가 귓속말하자 이순아가 어눌한 목소리로 입을 연다.

"네."

출석 확인이 이뤄질 때 이한영은 법정을 쭉 둘러봤다.

피고인석에 이순아와 담당 변호사가, 반대편엔 박철우 검사가 앉아 있었다.

이한영의 시선은 방청석으로 향했다.

고등법원 판사들의 모습이 꽤 많이 보인다. 모두 이 사건의 주심을 맡은 이한영이 어떻게 하는지 보려는 거다. 그들의 눈에 노골적인 비웃음이 가득하다.

하지만 이한영은 그들에게 관심이 없었다. 그가 찾는 건 오로지 삼촌 이종훈뿐이다.

그리고 찾았다.

가장 앞자리에서 이순아의 엄마와 함께 앉아 있던 이종훈은 이한영과 눈을 마주치자 눈살을 찔룩였다. 멀리서도 느낄 수 있을 정도로 이한영의 눈빛엔 적대감이 가득했기 때문이다.

이종훈이 픽 웃는다.

'나 보지 말고 서류나 봐, 새끼야.'

그때 출석 확인이 모두 끝났다.

장유린 부장이 말한다.

"검찰 측, 기소 요지를 말해주세요."

박철우 검사가 자리에서 일어섰다.

"피고인 이순아 씨는 사망한 이호연의 생모입니다. 사건 당일, 아이는 잠을 자지 않고 보챘습니다. 화가 난 이순아 씨는 밥솥으로 아이의 머리를 수차례 내리쳤고, 아이는 뇌출혈로 즉사했습니다. 그리고 이순아 씨는 한강 변에 아이의 시신을 유기했습니다. 따라서 본 검사는 피고인 이순아 씨를 형법 250조 2항 직계존속 살해, 161조 사체 은닉 등에 의거해 기소하는 바입니다."

친자식을 죽였다는 말에 법정의 분위기가 무겁게 내려앉았다. 숨소리조차 들리지 않을 서늘함이다.

하지만 이순아는 웃고 있다. 박철우 검사가 한 어려운 말을 이해하지 못했기 때문이다.

그녀를 향해 장유린 부장이 입을 열었다.

"검사가 피고인을 신문하기 전에 진술할 내용이 있습니까?"

이순아가 고개를 두리번거린다. 자신이 말해도 되는지 확인하는 거다.

변호사가 이순아의 귀에 대고 귓속말한다.

"없다고 말해요."

이순아가 고개를 끄덕이더니 입을 연다.

"호연이 보고 싶어요. 만나게 해주세요. 호연이 보고 싶어. 이제 집에 갈래요. 나는 호연이 보고 싶어요."

어눌한 목소리지만 진정성이 느껴진다.

박철우 검사는 이순아의 눈을 보지 못하고 시선을 돌려 다른 곳을 향한다.

방청석에 앉아 있던 삼촌 이종훈은 이순아의 목소리를 들으며 희미한 미소를 짓는다.

'팝콘이 있어야 될 각인데.'

검사의 신문이 시작되었다.

박철우 검사가 이순아 앞에 서서 입을 연다.

"사건 당일, 피고인은 무엇을 했나요? 구체적으로 말씀해주셨으면 합니다."

이순아는 지적장애가 있다. 그래서 답은 변호사가 한다.

"집에 있었다고 합니다. 구체적으로 어떤 일이 벌어졌는진 모르겠습니다. 그 일에 대해선 말을 하지 않고 있습니다."

박철우 검사의 질문이 한창 이어졌다. 날카로운 질문에 변호사는 제대로 된 답을 내놓지 못한다. 말을 더듬으며 변명을 늘어놓을 뿐이다.

그리고 박철우 검사의 신문이 끝났을 때 이한영이 손을 들었다.

"재판장님, 변호인의 반대신문 전 주심 판사가 몇 가지 질문해도 되겠습니까?"

장유린 부장이 고개를 끄덕인다.

"그러세요."

사건을 담당한 배석판사를 주심 판사라고 하는데, 고등법원에서는 이들의 영향력이 상당히 크다.

변호사는 검사의 신문보다 지금이 더 긴장됐다. 그가 마른침을 삼키며 답변할 질문을 마쳤을 때, 이한영이 입을 연다.

"변호인, 모든 증거와 정황은 이순아 씨에게 불리한 상황입니다. 그런데 변호인은 이순아 씨의 지적장애를 통해 형을 줄이려 하지 않고 있어요. 이유가 뭡니까?"

"전 이순아 씨가 무죄라고 생각합니다. 선고를 받을 일이 없으니 형을 줄일 필요도 없다고 생각합니다."

"왜 무죄라고 생각하시죠? 이웃 주민들은 이순아 씨가 평소 아이를 폭행했고 사건 당일엔 모습을 보지 못했다고 증언하고 있어요. 이순아 씨에겐 알리바이가 없습니다."

이한영은 얼음장 같은 눈빛으로 변호사를 쏘아봤다. 그러자 변호사는 긴장된 표정으로 답변했다.

"이웃 주민은 지적장애인에 대한 이해가 부족합니다. 사소한 행동도 폭행이라고……."

그의 말은 이어지지 못했다. 이한영이 그의 말을 막아섰기 때문이다.

"제 질문은 왜 무죄라고 생각하냐는 겁니다."

한없이 무시하는 말투에 변호인이 발끈했다.

"엄마잖아요!"

"친족 살인 사건은 계속 늘고 있어요!"

"이순아 씨는 지적장애인이에요. 아이를 본능적으로 사랑하고 있어요. 강간을 당해 원치 않게 임신했을 때 이순아 씨의 부모는 아이를 지우라고 말했습니다. 하지만 이순아 씨는 아이를 살리기 위해 집을 떠났고, 판자촌에서 홀로 아이를 낳았습니다."

"지적장애인이 살인을 저지른 사건이 몇이나 되는지 아십니까?"

변호사가 깊게 한숨을 내뱉었다.

"주심 판사님, 지적장애인이 아이를 살해한 후 유기할 생각을 할 수 있다고 생각하십니까? 이순아 씨를 보세요. 지금 이 법정에 선 이유도 잘 모르고 있어요! 지금도 자기 딸이 보고 싶다고 집에 보내 달라고 합니다! 머리가 나빠요! 깊은 생각을 할 수 없어요! 하지만 그녀는 '진짜' 엄마였습니다! 이웃 주민이 아이를 때렸다고 증언했다고요? 아니었습니다! 복지원 직원의 말에 따르면 이순아 씨는 어떻게든 아이를 달래려 했던 겁니다! 그게 잘 안 되어 다른 사람들 눈에는 거칠게 보였던 거고요!"

변호사의 피를 토하는 목소리가 계속 이어졌다. 방청석에 앉은 사람들은 조용히 그의 말에 귀를 기울인다. 이순아의 엄마만이 흐느껴 울 뿐이다.

변호사가 방청석을 향했다.

"뉴스를 보면 심심찮게 친자식, 친부모를 죽였다는 말을 들을 수 있어요. 하지만 제가 본 이순아 씨는 진짜 엄마였습니다. 아이를 사랑하고 아이밖에 모르는 사람이에요. 그런데 죽였다고요? 검찰은 정황적 증거를 들고 와 주장할 뿐입니다. 확실한 증거는 없어요!"

변호사가 다시 몸을 돌려 이한영을 향했다. 하지만 이한영의 표정은 여전히 냉랭하다.

"증거가 없는 건 변호인도 마찬가지 아닌가요? 우리 재판부가 변호인의 말을 믿고 무죄를 선고해야 합니까? 그럼 그에 대한 책임을 질 겁니까?"

변호사의 미간이 찌푸려졌다.

판사들은 종일 거짓만 보고 산다. 그들에겐 어떤 감정 어린 소리도 거짓으로 들릴 뿐이다.

그가 대답하지 않자 이한영이 말을 이었다.

"변호인, 논리가 없어요."

변호사가 입을 꾹 닫자, 이한영의 시선이 장유린 부장에게 향했다.

"이상입니다."

멀뚱히 선 변호사의 표정은 절망으로 가득했다.

그는 막 변호사가 된 사람이다. 열정만으로 이순아의 재판을 맡았다. 하지만 논리로 설득해야 하는 이한영의 앞에서 벽을 느끼고 있었다.

하지만 그는 몰랐다. 법정의 사람들이 조용히 술렁이고 있었다는 것을. 사람들의 머릿속에 '정말 지적장애인이 자식을 죽였을까?'라는 씨앗이 박혔기 때문이다.

모두 이한영의 의도대로다.

장유린 부장이 이한영을 본다.

'요것 봐라?'

이 법정 안에서 이한영의 의도를 눈치챈 사람은 장유린 부장과 박철우 검사뿐이었다.

장유린 부장이 다시 입을 연다.

"변호인, 피고인에 대한 반대신문 하세요."

그렇게 피고인신문이 끝났다.

장유린 부장이 박철우 검사에게 시선을 튼다.

"검사 측, 증인 신청하시겠습니까?"

"이순아 씨의 삼촌인 이종훈 씨를 신청합니다. 그리고 이웃 주민이었던……."

검사와 변호사의 증인 신청이 끝나자 장유린 부장이 입을 연다.

"증거와 증인 모두 받아들이도록 하겠습니다. 이상으로 피고인신문을 모두 마칩니다."

1차 공판이 끝났다.

재판이 진행되는 동안 계속해서 울던 이순아의 엄마는 자리에서 일어서다가 비틀댄다. 이한영이 변호사를 향해 쏘아붙인 게 그녀에겐 충격이었나 보나.

삼촌 이종훈이 그녀를 부축하며 다정히 말한다.

"괜찮아. 검찰에서 나를 증인으로 세운다잖아. 내가 잘 말할게. 진실은 밝혀질 거야."

* * *

"아빠!"

이종훈이 집으로 들어가자 초등학생인 두 딸이 그의 품에 안긴다. 막내딸을 번쩍 들어 안은 이종훈 앞에서 큰딸이 폴짝폴짝 뛰고 있다.

"아빠, 나도 안아줘! 나도!"

"큰딸도 안아야지."

양팔로 두 딸을 안은 이종훈 앞으로 아내가 다가왔다.

"재판 어땠어요?"

"똑같지, 뭐. 다를 게 있나?"

"정말 순아가 그런 거래요?"

"그런 것 같아."

이종훈은 딸들을 내려놓고 답답한 표정으로 넥타이를 풀었다.

그런 그를 바라보며 아내가 말한다.

"순아 걱정 너무 하지 마요. 잘될 거예요. 그러다 병나겠어."

"난 괜찮아."

"씻고 와요. 저녁 준비할게요."

"잠깐만, 오늘 법정 가느라 학원을 못 갔잖아. 학원에 전화 좀 하고 씻을게."

방으로 들어간 이종훈은 컴퓨터 앞에 앉아 전원 스위치를 눌렀다. 그리고 포털사이트로 들어가 부동산 시세를 본다.

곧 개발되는 지역의 땅이다. 이순아의 엄마가 그 지역의 땅을 가지고 있었다. 그리고 보상금은 20억에 가깝다. 마우스를 움직이는 이종훈의 눈동자에 탐욕이 깃든다. 아내와 이순아에 관한 이야기를 하며 보였던 안쓰러운 표정은 사라진 지 오래다.

딸칵 소리와 함께 화면을 끈 이종훈이 턱을 쓰다듬는다.

'그 판사 새끼, 눈빛이 이상했지?'

법정에서 이종훈을 노려보던 이한영의 눈동자.

'순아 집에선 검사 새끼를 만났고.'

잠시 이한영과 박철우 검사를 생각하던 이종훈이 픽 웃는다.

'조금 더 빨리 끝내야겠네.'

다음 날.

이종훈은 구치소의 두꺼운 유리 벽을 사이에 두고 이순아와 마주 앉아 있었다. 이종훈을 보는 이순아는 괴물을 본 것처럼 가늘게 몸을 떨고 있다.

"영치금 넣었다."

"네?"

"돈 넣었다고. 10만 원 넣었으니까 속옷도 사 입고 그래."

그 말을 알아들었는지 이순아는 고개를 끄덕끄덕한다. 그러더니 부정확한 발음으로 입을 연다.

"삼촌, 호연이 보고 싶어요. 호연이 주세요."

이종훈의 입이 대각선으로 휘었다.

"호연이 죽었어. 하늘나라 갔다고!"

"그, 그게 무슨 말이에요?"

"이제 그만해. 네가 죽였잖아! 알잖아? 하늘나라!"

이순아의 눈동자가 사정없이 떨려 왔다. 그녀가 울먹거리며 말한다.

"삼촌이 데리고 갔잖아요."

"무슨 개소리를 하는 거야? 너 그런 말 하면 호연이 절대 못 봐."

"못 봐요?"

이종훈은 대답 대신 사나운 표정으로 이순아를 쏘아본다. 하지만 잠시다. 그는 다시 선한 미소를 그리며 유리 벽 가까이 바짝 얼굴을 가져다 댔다.

"순아야, 호연이 하늘나라 갔어. 보고 싶으면 너도 하늘나라 가야 해. 그리고 호연인 네가 죽였어. 기억해. 호연이가 하늘나라로 간 건 모두 네가 한 거야. 알았어? 말 잘 듣지?"

이순아의 눈에서 눈물이 주르륵 흐른다.

* * *

그 시각, 이한영은 계속해서 사건의 기록물을 보고 있었다. 이미 봤고 요약까지 했지만, 계속해서 다시 보고 있다.

기억하는 전생이 단편적이기 때문이다. 어떻게 이종훈이 잡혔고 어떤 짓을 했는진 아직 모르고 있었다.

'이종훈은 잡혔어. 어떻게 잡힌 거지?'

막힌 생각을 뚫어보려 애쓰던 이한영은 고개를 저었다.

'아니, 그 전에 왜 죽인 거지? 이유가 없잖아?'

생각을 바꿔보기로 했다.

'죽인 이유…….'

이한영은 박철우 검사에게 부탁해 받은 이종훈과 이순아 부모의 기록을 손에 들었다.

이종훈이 지금 사는 집으로 이사한 것은 3년 전, 재개발 소문이 돌던 때다. 하지만 주민들의 반발로 재개발 열풍은 소리 소문 없이 사라졌고, 이종훈의 집값은 매수 당시보다 크게 떨어졌다. 게다가 이종훈의 학원 수강생 역시 그 시기에 맞춰 크게 줄어들었다.

'대출 연체가 정기적으로 일어나고 있어. 이종훈은 돈이 부족해. 아이를 살해한 게 돈을 노리고?'

이한영은 고개를 저었다. 판자촌에 사는 이순아에게 뜯어먹을 것은 없었다. 이한영은 이종훈의 기록을 내려두고 이순아 부모의 기록을 손에 들었다.

'아버지는 한 달 전 뺑소니 교통사고로 사망.'

이순아 사건이 터지고 난 뒤다.

'연관성은?'

아직 없어 보였다.

이한영은 계속해서 기록을 읽어 내려갔다.

'대출 없는 집. 그리고…….'

경기도 오산에 땅이 있다. 개발되는 지역으로 보상금 협의가 이뤄지는 중이다.

'받을 보상금이 약 20억.'

이한영의 손가락이 톡톡 책상을 두들기기 시작했다.

'전생에서 이순아는 스스로 목숨을 끊었어. 만약 이순아의 엄마도 사망했다면…….'

다른 친척은 없다. 유산은 모두 이종훈이 받게 된다.

'이걸 노린 걸까? 그럼 이순아의 아버지도 이종훈이 죽였다는 거야?'

이한영은 고개를 저었다. 억측일 가능성이 높다. 확실한 것은 없었다. 순간 이한영의 머릿속에 이순아의 집에서 마주친 이종훈의 모습이 스쳤다. 범인은 반드시 범죄 현장을 다시 찾는다. 불안한 마음에 자신이 흔적을 남겼는지 확인하기 위해서다.

'흔적?'

오랜 시간이 흐른 뒤에 범인이 잡히는 경우가 있다. 과거의 흔적이 이어졌기 때문이다. 이종훈이 진범으로 잡히는 것은 10년 뒤.

'어떤 흔적을 남긴 거야?'

이한영은 검찰과 경찰이 가져온 증거품을 다시 확인하기 시작했다.

* * *

"공부는 대학교 2학년? 군대 갔다 와서 시작했다고 했죠? 그럼 고등학교 땐 도대체 뭐 했어요? 지금 하는 거 보면 딱 느껴지는데, 흐흐."

이순아의 집 창문을 여는 이한영의 뒤에서 박철우 검사가 킥킥대고 있다.

그가 담배를 입에 물며 말한다.

"세상에 남의 집 창문 따고 들어가는 판사가 있다는 걸 사람들이 알면 깜짝 놀랄 거예요. 나만 보기 아까운 장면이네."

이제는 이한영이 영장 없이 현장을 조사해도 그러려니 하는 모양이다.

박철우 검사가 담배 연기를 내뿜으며 말한다.

"그런데 현장 검증 끝났잖아요? 며칠 전에 이종훈이 왔다 가면서 훼손도 했을 테고요. 왜 또 확인하려는 거예요?"

"증거품에 없는 게 있는 것 같아서요. 범인 확보했고 증언 확실하니까 초동수사가 미흡했을 거라는 생각이 들었어요. 그래서 직접 눈으로 확인해 보려고요."

그때 드르륵 창문이 열렸다.

창문을 넘어 안으로 들어간 이한영이 현관문을 열어주자 박철우 검사가 담배를 비벼 끄며 들어온다. 실평수가 8평 정도 되는 작은 공간에 싱크대와 냉장고 등 있을 것은 다 있다.

박철우 검사가 손가락으로 싱크대를 가리키며 말했다.

"여기 위에 범행 도구로 사용된 밥솥이 있었고요. 아이는 이쯤에서 살해된 것으로 예상돼요."

이한영의 시선이 박철우 검사의 손가락을 따라간다.

아직도 혈흔이 보인다. 혈흔을 보는 순간 구석에서 겁에 질린 채 몸을 떠는 세 살짜리 아이가 있는 것만 같다.

"반항은?"

"없었어요. 즉사."

"밥솥에 지문은 없었고요?"

"이순아 씨 것만 있었어요."

이한영은 방을 쭉 둘러본다.

'흔적…….'

다른 건 없어 보인다.

이한영이 싱크대 옆으로 난 문으로 향하자 박철우 검사가 말한다.

"그쪽은 나름 보조 주방인가 봐요. 그런데 이순아 씨는 쓰레기장으로 사용한 모양이고요."

이한영이 작은 문을 열었다. 불쾌한 냄새가 확 몰려온다. 비닐에 담긴 쓰레기가 가득하다.

'여기는 이종훈도 처리하지 못했을 거야. 그럼 여기에 흔적이 있다는 건가?'

다른 곳은 이미 이종훈의 손이 탔다. 하지만 이곳은 누구도 건든 흔적이 없다.

이한영은 쓰레기를 확인하기 시작했다.

박철우 검사가 미간을 찌푸린다.

"뭐 하세요?"

"검사님, 구형 몇 년 내릴 거예요?"

"지금 상황이라면 15년에서 18년요. 그런데 지금 구형이 문제가 아니라 쓰레기는 왜 뒤지고 있냐고요."

"검사님, 만약에 10년을 선고받은 이순아 씨가 억울하다고 목숨을 끊으면 어떻게 할 겁니까?"

"아니, 뭔 소리예요?"

"대답해보세요. 어떻게 할 거예요?"

박철우 검사가 짜증이 난다는 듯 머리를 북북 긁었다.

그는 검사라는 직업 때문에 이순아를 수사하고 있지만 마음 한구석에서는 아닐지도 모른다는 생각이 계속해서 드는 중이었다.

그런데 억울하다고 목숨까지 끊으면…….

"보지 못한 게 있는지 다시 확인하겠죠. 판사님처럼 쓰레기를 뒤질 수도 있겠고요."

이한영은 픽 웃었다.

먼 훗날 이종훈이 잡힌 결정적인 흔적, 아마도 박철우 검사가 찾아내 보관하고 있었을 가능성이 컸다. 그리고 박철우 검사가 사망한 뒤 다른 누군가가 그 흔적을 이어 이종훈을 잡았을 거다.

이한영이 말했다.

"그럼, 와서 같이 좀 찾아줘요. 혼자 하려니까 냄새가 너무 나네요."

"아, 진짜! 둘이 같이 하면 냄새가 덜 납니까?"

구시렁대면서도 박철우 검사는 열심히 쓰레기를 뒤진다.

"판사님, 그거 알아요? 드라마에서나 검사가 이러지 실제로 이런 검사는 나밖에 없어요. 이럴 시간이 어디 있어? 서류 보기도 바쁜데."

"검사님, 드라마에서도 저 같은 판사는 없어요."

"그건 그러네, 흐흐."

그리고…….

쓰레기봉투를 뜯던 이한영이 눈을 깜빡였다.

"어?"

찾았다.

* * *

"증인신문을 시작하겠습니다."

장유린 부장의 말로 재판이 속개되었다.

그녀가 말을 잇는다.

"증인 모두 출석했나요?"

박철우 검사와 변호사가 방청석을 둘러보며 고개를 끄덕이자 신청된 증인들이 증인석으로 올라와 선서를 시작한다.

"양심에 따라 숨김과 보탬이 없이 사실 그대로를……."

이한영의 시선은 선한 미소를 짓고 거리낌 없이 선서문을 외치는 이종훈에게 가 있었다.

"위증의 죄를 받기로 맹세합니다!"

그를 물끄러미 보던 이한영은 자신도 모르게 김윤혁을 떠올렸다. 두 사람 모두 앞에서는 선한 척 웃으며 뒤에서는 더러운 짓을 일삼는 쓰레기다.

오늘 박살 내버린다.

* * *

"송나연 기자님, 이 재판 꼭 봐야 할까요? 관심 떨어졌다고 들었는데요."

"관심이 떨어져요? 누구한테 들었어요?"

"중앙지검에 있는 기자님이……."

송나연 기자는 수습기자와 함께 이한영의 법정을 향해 걷고 있었다.

수습기자는 사회생활이 짧아 그런지 송나연 기자 앞에서 다른 선배의 조언을 이야기하고 있다.

하지만 송나연 기자는 기분 나빠하지 않는다.

"지금 3층에서 하는 2천억대 민사재판 보고 싶은 거죠?"

속마음을 들켰는지 후배 기자가 멋쩍은 표정을 지었다.

"이런 재판보다 2천억대 싸움이 더 관심을 끌지 않을까요?"

"전혀. 유명한 사람도 아니고 단순 부자의 재산 싸움이잖아요. 아무도 관심 없어요."

송나연 기자는 다시 복도를 걸었다. 일단 묻지 말고 따라오라는 신호다. 앞서 걷는 송나연 기자를 보며 후배 기자가 작게 한숨을 내쉴 때, 누군가 후배 기자의 팔을 덥석 잡았다.

고개를 돌리자 느끼하게 생긴 남자가 보인다.

"누구세요?"

"제이일보 오동만 기잡니다."

"오동만 기자님요?"

후배 기자의 눈이 반짝였다.

오동만 기자라면 저명한 의원을 저격해 교도소까지 보낸 사람으로 꽤 유명하다.

그런 오동만 기자가 묻는다.

"어디 법정 가세요?"

"네?"

"지금 법정 가는 거 아녜요?"

"지, 지적장애인 살인 사건요."

오동만 기자가 고개를 갸웃거린다.

"그걸 왜 보죠? 이미 다 끝난 거 아닌가? 결과 보고 몇 줄 쓰면 끝일 텐데?"

후배 기자의 시선이 송나연 기자의 뒷모습으로 향한다. 그리고 조금은 불만 있는 어투로 말한다.

"저도 모르겠어요."

모든 사람이 '아니요!'라 말한다. 심지어 오동만 기자도 끝났다고 얘기하고 있다. 그런데 송나연 기자는 이 재판을 꼭 봐야겠다고 한다. 수습기자는 그녀를 이해하기 어려웠다.

그때 오동만 기자가 후배 기자의 어깨에 팔을 두르며 다정히 말했다.

"같이 보러 갑시다."

"네?"

"같이 보러 가자고요."

"방금 끝난 거라고 하지 않으셨어요?"

"내 생각엔 그런데 송 기자님 생각은 또 다른가 보지. 송 기자님이 가는 곳엔 특종이 있거든요, 흐흐."

후배 기자는 황당한 표정을 지었다.

이 바닥에서 유명한 오동만 기자가 송나연 기자를 쫓아 부스러기를 주워 먹으려 한다니…….

오동만 기자가 느끼하게 웃으며 입을 열었다.

"표정 보니까 특종의 여왕 송나연 기자님을 모르는 것 같은데, 인턴? 수습?"

송나연 기자는 수습기자가 따라오든 말든 법정에 도착해 힘껏 문을 열었다. 동시에 중죄를 다루는 서늘한 분위기가 그녀의 살갗에 따끔따끔하게 느껴진다.

그녀의 시선이 법대로 향한다. 앉아 있는 이한영이 보이고 박철우 검사가 이순아의 엄마를 상대로 증인신문을 하고 있다. 두 사람이 나란히 있는 걸 본 송나연 기자가 자신도 모르게 희미한 미소를 그린다. 그녀는 두 사람이 함께 있는 모습이 정말 좋았다.

증인석에 앉은 이순아 엄마의 목소리가 들려왔다.

"순아는 낳고 싶었나 봐요. 혼자서는 집 앞에도 잘 나가지 못하는 애가 밤중에 가출을 했어요."

"다시 만난 것은 이순아 씨의 아이가 8개월이 되었을 때라고요? 이순아 씨는 어떻게 살고 있었죠?"

"아이의 출생신고는 안 되어 있었고요. 거기 마을이 가난하긴 해도 사람들이 좋아서 김치도 가져다주고 밥도 주고 했대요."

그 순간, 박철우 검사가 찌르듯 물었다.

"아이의 상태는 어땠습니까? 방치된 흔적이나 맞은 흔적은 없었습니까?"

"잘 보지 못했어요, 순아가 아이를 달라고 하면 화를 내서……. 아이를 낳기 전에 한 지우자는 말 때문인지 제가 아이를 해칠 거라고 생각했나 봐요."

이순아 엄마의 간절한 목소리, 이종훈은 방청석에 앉아 지켜보고 있었다. 그녀를 바라보는 이종훈의 눈빛은 안타까움이 절실하게 묻어난다. 하지만 껍데기만 그럴 뿐이다. 추악한 속마음은 여전히 더럽다.

'검사라는 새끼가, 질문 수준이 왜 저따위야? 이순아가 어렸을 때 어떤 잘못을 저질렀는지 물어봐야지! 폭력적인 성향을 물어보라고, 병신아! 왜 자꾸 감성팔이 얘기를 듣고 앉아 있어?'

그의 시선이 피고인석에 앉은 이순아에게 틀어졌다. 이순아는 멍한 눈이다. 어떤 것도 눈에 들어오지 않는 모양이다.

그녀를 본 이종훈의 입가에 옅은 미소가 지어졌다.

'순아야, 세상보다는 감옥이 편할 거야. 때가 되면 밥도 주고 운동도 시켜준대. 감옥보다 더 편한 것은 하늘나라야. 너 같은 애는 살아봤자 세상이 고통이거든. 그러니까 그만 뒈져!'

아무도 그의 생각을 알 수 없다. 보이는 모습은 선하기 때문이다.

그리고…….

대답을 마친 이순아의 엄마가 떨리는 손을 멈추기 위해 주먹을 꼭 쥐며 처음으로 시선을 들어 박철우 검사의 눈을 마주 본다.

"검사님……."

울먹이는 눈이다.

하지만 박철우 검사는 차갑게 답한다.

"말씀하세요."

엄마가 고개를 틀어 이순아를 본다.

이순아는 멍하니 있다. 재판 시작부터 지금까지 눈동자의 초점이 보이지 않는다. 남들은 구치소 밥이 잘 나와 얼굴이 좋아지는 사람도 있다던데, 이순아의 얼굴은 삐쩍 말라 있었다.

엄마가 떨리는 목소리로 말한다.

"순아, 밥은 먹었는지 알 수 없을까요?"

"네?"

"아까부터 묻고 싶었거든요. 밥은 잘 먹었는지……. 제발요."

엄마에겐 수의를 입은 딸이 밥을 잘 먹었는지가 중요한가 보다.

박철우 검사의 시선이 장유린 부장에게 향했다. 장유린 부장이 고개를 끄덕이자 박철우 검사가 이순아에게 물었다.

"이순아 씨, 식사하셨습니까? 오늘 밥 남기지 않고 잘 먹었냐고요."

오늘 처음으로 이순아에게 향한 질문이다.

멍하니 있던 이순아가 박철우 검사를 본다. 그러더니…….

"제가 죽였어요."

"……!"

"제가 호연이를 죽였어요."

영혼 없는 목소리, 박철우 검사는 물론 옆에 앉은 변호사 그리고 증인석에 앉은 그녀의 엄마까지 한순간에 굳어졌다.

법정의 분위기 역시 마찬가지다. 한겨울에 얼음물이 쏟아진 것처럼 적막으로 가득했다.

아무도 말이 없었다.

숨소리나 옷깃 스치는 소리도 들려오지 않았다.

그 상황에 삼촌 이종훈만이 주먹을 꽉 움켜쥐었다.

'됐어!'

이순아의 자백, 이제 재판은 끝났다. 몇 년 형을 받을시반이 남았을 뿐이다. 그리고 이순아의 눈! 세상에 대한 미련이 없어 보였다.

이종훈은 붉게 충혈돼 욕망 가득한 시선으로 이순아를 보며 사정없이 외친다.

'죽어! 죽어! 죽어! 죽어! 이제 너만 죽으면 다 끝나! 네 딸도 죽었고, 네 아빠고 죽었고, 이제 네 엄마도 죽을 거야! 다 같이 저승에서 행복해라.'

하지만 열 길 물속은 알아도 사람 속은 모른다고, 이종훈의 껍데기는 가식적이다. 증인석에서 휘청이며 내려오는 이순아의 엄마를 부축하며 걱정으로 가득한 목소리로 말한다.

"누나, 알잖아. 순아는 어떤 의미인지도 모르고 말하는 거야. 괜찮아. 걱정하지 마."

동생의 다정한 목소리에 이순아의 엄마가 눈물을 쏟아내며 무너지듯 주저앉았다. 엉엉 우는 그녀의 서러운 소리만이 법정을 채웠다.

하지만 재판은 이어졌다. 이순아의 형량을 결정해야 하기 때문이다.

장유린 부장이 입을 열었다.

"검사 측 증인 이종훈 씨는 증인석으로 올라와주시기 바랍니다. 검사는 증인에 대해 신문하세요."

이종훈이 이순아의 엄마를 방청석에 앉혀둔 뒤 증인석에 앉았다.

이종훈이 힐끗 이순아를 바라본다. 두 사람의 눈이 마주쳤을 때 이순아는 짐승이 되어 울부짖는다.

"내가 죽였다고! 나야! 나! 나라고! 내가 죽였다고! 그러니까 나 집에 갈래! 호연이 보고 싶어! 호연이! 내 호연이!"

이한영의 시선은 박철우 검사에게 향했다.

박철우 검사는 딸을 가진 아비다. 그리고 이순아에게 엄벌을 구형해야 할 검사다. 그는 짐승처럼 변해버린 이순아를 보며 누구보다 충격받은 얼굴로 그 자리에 서 있었다. 딸을 잃은 이순아의 마음을 이해하기 때문이다.

법정이 개판으로 돌아가자 장유린 부장이 이한영에게 속삭였다.

"주심 판사, 어떻게 할까? 잠시 휴정할까? 아니면 나중으로 미룰까?"

이런 상황에 재판을 이어갈 수 있다고 생각하는 판사는 없다. 하지만 이한영은 단호히 고개를 저었다.

"계속 가면 안 될까요?"

장유린 부장의 시선이 이순아에게 향한다.

"피고인이 저 상탠데, 가능하겠어? 설지아 판사는 어떻게 생각해?"

설지아 판사가 이한영을 본다. 이한영의 눈엔 재판을 계속하자는 의지가 가득하다.

"저도 계속하는 게 좋을 것 같은데요?"

장유린 부장이 픽 웃는다.

"어머? 나 없을 때 두 사람 눈 맞았나? 어쩜 이렇게 마음이 통해?"

이순아가 울부짖는 상황이지만 장유린 부장에겐 어떤 마음의 동요도 없는 모양이었다. 그녀는 언제나처럼 가면을 쓰고 있다.

"좋아. 그럼 계속하지."

그녀의 시선이 박철우 검사에게 향했다.

"검사 그리고 변호인, 앞으로 나와주세요."

박철우 검사와 변호사가 장유린 부장 앞에 섰다. 그녀가 말한다.

"증인은 이제 한 명 남았는데, 휴정하는 것보단 이어서 할까요? 변호인이 피고인을 좀 달래주고요. 괜찮겠죠?"

박철우 검사가 이한영을 힐끗 보며 눈빛으로 묻는다.

'재판을 이어가자고요?'

이한영이 고개를 끄덕인다.

'네.'

박철우 검사는 다급한 표정으로 빠르게 눈빛을 보낸다.

'검사 결과가 언제 나올지 몰라요! 오늘 나온다곤 했지만 시간이 확실하지 않는데, 그걸 기다리자는 거예요? 이순아 씨가 저 상탠데?'

이순아의 집에서 찾은 증거는 지금 국과수에서 확인 중에 있었다.

이한영이 다시 고개를 끄덕인다.

'시간을 끄세요. 저도 끌어볼게요.'

이한영은 전생을 통해 미래를 알고 있다.

이 재판에서 선고받은 이순아는 스스로 목숨을 끊는다. 선고까지 몇 주의 시간이 남아 있지만 이한영이 이순아의 인생에 개입했기 때문에 앞일을 알 수 없었다. 그녀의 집 앞에서 이종훈을 만났고 그녀의 집을 뒤졌다.

이미 미래가 바뀌었으니 짐승처럼 울부짖는 그녀를 보고 있으면 2차 공판이 끝난 후 바로 목숨을 끊어도 이상하지 않을 상황이다.

이번 공판에서 이종훈의 추악한 민낯을 끄집어내야 한다.

장유린 부장이 입을 열었다.

"재판을 이어가겠습니다. 검사, 시작하세요."

"네."

박철우 검사는 증인석으로 가지 않고 자신의 책상으로 향한다. 그러더니 서류를 뒤적이기 시작한다.

나름 시간을 끌고 있는 거다.

'젠장! 얼마나 시간을 끌어야 하지? 10분? 20분? 어쩌면 2시간, 3시간이 걸릴 수도 있어!'

하지만 기다림은 짧았다.

법정의 문이 열리고 한 남자가 들어왔다.

박철우 검사의 후배 검사다. 그가 박철우 검사를 향해 다가와 뭔가를 건넨다. 서류봉투와 증거품이 든 비닐. 바로 기다렸던 증거다.

박철우 검사는 서류를 콱 구겨지듯 손에 들며 후배 검사를 바라본다. 후배 검사가 고개를 끄덕인다.

"맞아?"

"네."

대답과 동시에 박철우 검사가 몸을 돌려 법대를 향한다. 그리고 비닐을 들어 보인다. 안에는 이순아의 집에서 찾은 쓰레기로 보이는 휴지가 있었다.

"재판장님, 며칠 전 이순아 씨의 집에서 찾은 또 다른 증거가 있습니다."

동시에 이종훈의 얼굴에 핏기가 싹 사라지며 잿빛으로 변해간다.

'저…… 저건……?'

그의 눈동자는 태풍을 만난 파도처럼 사정없이 흔들리기 시작했다.

그의 머릿속에 그날 밤이 떠오르고 있었다. 정기적으로 조카 이순아를 성폭행하던 자신의 모습이 보인다. 그날따라 서럽게 울던 아이도 있다.

그런데 아이가 하지 말아야 할 말을 한다.

-할머니한테 다 말할 거야. 아빠 미워.

이종훈의 얼굴이 괴물처럼 일그러지자 아이는 조용해졌다. 벽에는 혈흔이 묻어 있을 뿐, 바뀐 것은 없었다.

그는 언제나처럼 이순아를 짓밟는다.

그리고 성행위의 흔적을 닦던 휴지.

잠시 지난날을 기억하던 이종훈은 고개를 저으며 박철우 검사가 들고 있는 비닐로 시선이 꽂힌다.

'아닐 거야, 아니야. 도둑이 제 발 저린다고 하잖아? 침착해.'

그의 시뻘건 눈이 박철우 검사를 향한다. 박철우 검사의 말이 이어지고 있었다.

"사전에 알리지 못한 점, 죄송합니다. 우리 검찰은 이순아 씨의 집을 재조사했고, 놓치고 있던 증거를 찾아냈습니다."

"그게 뭐죠?"

"피고인이 성관계 후 남긴 휴지입니다."

"성관계요?"

박철우 검사가 사무관의 책상에 증거품을 내려둔 후 서류를 들어 올렸다.

"국과수 확인 결과, 휴지 안에서 정액과 남성의 것으로 보이는 음모가 발견되었습니다. 그리고 이 남성의 유전자와 사망한 아이의 유전자가 일치했습니다."

법정은 다시 소란스러워지기 시작했다.

"아빠가 있었다는 거야?"

"도대체 어떻게 된 거야?"

웅성거리는 소리를 들으며 이종훈은 입을 꽉 다문다. 당장 가서 비닐봉지와 감식 결과를 낚아채 갈기갈기 찢고 싶은 마음이 컸다.

하지만 이곳은 법정이다. 무거운 중압감이 그의 몸을 누르고 있다. 이종훈은 표정을 숨기기 위해 고개를 숙였다. 하지만 불안한 마음마저 숨길 수는 없었나 보다. 그는 엄지손톱을 잘근잘근 씹기 시작한다. 피가 흘렀지만 모르는지 계속해서 물어뜯고 있다.

'현장검증 끝났잖아! 그런데 또 재조사를 했다고? 씨발! 그게 말이 돼? 이걸 어떻게 빠져나가야 하지? 잠깐만, 유전자 감식 결과가 일치했다는 거지, 저게 내 유전자라는 건 모르는 거잖아?'

장유린 부장이 박철우 검사에게 묻는다.

"남성이라면, 공범이 있을지도 모른다는 말인가요?"

"네, 본 검사는 지적장애가 있는 이순아 씨가 어떻게 아이의 시신을 한강 변에 유기했는지에 대해 논리적으로 설명하지 못하고 있었습니다. 하지만 공범이 있다면 충분히 가능합니다. 사건의 진실을 알리기 위해 증거를 채택해주십시오!"

박철우 검사의 말을 듣던 이종훈의 입꼬리가 삐뚜름해진다.

'그래, 공범이 있다는 것뿐이야. 저게 내 것이라는 건 알 수 없어. 여기만 넘어가면 돼.'

그리고 박철우 검사의 시선은 이한영에게 향했다.

'검사로서 내가 할 수 있는 것은 여기까지. 나머지는 부탁해요.'

그 눈빛을 받은 이한영이 고개를 끄덕이며 이종훈에게 시선을 돌렸다.

애써 침착한 척하던 이종훈은 이한영의 눈빛과 마주하는 순간 온몸에 소름이 돋는 걸 느꼈다. 머릿속을 관통하는 악마 같은 눈빛.

'관심법이다, 개새야.'

이한영의 눈빛에 고개 숙인 이종훈의 손톱 물어뜯는 속도가 빨라졌다.

'뭐지? 저 새끼는 날 왜 저렇게 보는 거지?'

이종훈이 초조해하며 불안에 떨고 있을 때 장유린 부장이 힐끗 이한영을 보며 작은 목소리로 묻는다.

"증거 채택, 어떻게 할까?"

"허가해주셨으면 합니다."

"설지아 판사는?"

"저도요."

장유린 부장은 천천히 고개를 끄덕이며 이번에도 이한영과 설지아 판사의 의견을 따른다.

그녀는 이번 재판에서 나설 생각이 없었다. 그동안 입에 담았던 것처럼 법정의 분위기를 익히려 하는 것은 아니다. 뒤로 물러나 이한영의 재판을 철저히 살피기 위함이다. 판결문만 봐도 판사의 생각을 엿볼 수 있다. 거기에 재판 과정까지 눈에 담는다면 생각마저 읽을 수 있다.

풀숲에 몸을 감추고 이한영이라는 먹잇감을 노려보는 암사자. 바로 장유린 부장이다.

"검사, 변호인 앞으로 나와주세요."

장유린 부장이 앞에 선 박철우 검사와 변호사를 보며 서류봉투를 들어 보였다.

"변호인, 검찰 측에서 추가 증거를 제출했는데요. 어떻게 생각하세요?"

가만히 서류봉투를 응시하던 변호사가 입을 연다.

"잠시만 생각해봐도 되겠습니까?"

"그러세요."

변호사는 안경을 고쳐 쓰며 주먹을 꽉 쥔다.

그는 이제 막 자격증을 얻은 초보 변호사. 현장에서 검사와 맞부딪힌 상황은 처음이다. 모든 것이 혼란스러웠다.

'남자가 있었다고? 이순아 씨가 남자와 짠 거야? 아니면, 진범? 도대체 뭐야?'

의문은 깊어만 간다.

'채택을 인정해야 하나? 아니면 거부해?'

그는 떨리는 눈동자로 이순아를 바라봤다.

울부짖음을 멈춘 그녀는 힘이 빠졌는지 정지된 것처럼 멈춰 있다. 하지만 새끼를 잃은 짐승의 눈동자는 변하지 않았다.

그녀를 보던 변호사가 고개를 끄덕인다.

'내가 저 눈 하나 믿고 여기까지 온 거잖아? 그래, 이순아 씨를 믿자. 범인은 따로 있어.'

그가 고개를 틀어 장유린 부장을 향했다.

"증거를 채택하셔도 전 상관없습니다."

"좋습니다. 채택하겠습니다. 검사, 증거는 검토해보겠습니다. 그럼 증인신문을 시작해주세요."

재판이 이어졌다.

박철우 검사가 다시 증인석에 앉아 있는 이종훈 앞으로 뚜벅뚜벅 걸어간다.

이종훈은 핏발 선 눈으로 박철우 검사를 바라본다.

'차분하게 생각하자. 호랑이 굴에 들어가도 정신만 차리면 살 수 있어. 여기서 최대한 슬픈 척하고……. 재판이 끝나면 이순아부터 빨리 죽도록 만들면 되는 거야. 그래, 죽으면 수사 끝이잖아? 그럼 난 불행 끝, 행복 시작이야.'

이종훈은 긴장된 거친 숨을 내뱉으며 표정 관리를 시작한다. 그의 얼굴은 다시 선하게 바뀌어 간다. 누가 봐도 의심하지 않을 착한 사람의 얼굴이다. 그때…….

"검사, 잠시만요."

이한영이다.

이종훈은 이한영의 목소리가 불길하게 느껴졌다.

'저 새낀 왜 또 튀어나오는 거야! 무슨 짓을 하려고!'

이종훈은 뚫어지게 쏘아봤지만 이한영은 멈추지 않는다.

"재판장님, 재판부 직권으로 이순아 씨의 이웃과 친척, 가족 등에 대한 유전자 검사를 요청합니다."

그 말과 동시에 이종훈의 가식적인 가면이 쩍 갈라졌다.

'저, 저 새끼가! 마지막에 와서 똥을 뿌리고 있어!'

저게 통과되면 100퍼센트 잡힌다. 이종훈의 아래턱에 힘이 콱 들어갔다.

'어쩌지? 어떻게 해야지?'

순간, 그는 이한영의 눈동자가 스르륵 움직이는 걸 봤다. 그 눈빛은 정확히 이종훈을 향하고 있다.

이종훈의 전신에 쭉 느껴지는 소름.

'설마, 저 새끼가 알고 있나?'

이한영이 소리 내지 않고 입 모양을 보인다.

'어, 알아.'

이종훈은 지금 이게 뭔가 싶었다. 도무지 현실적으로 느껴지지 않는다. 그가 허옇게 질린 얼굴로 눈동자를 데구루루 굴리는 모습을 법대에 앉은 이한영이 내려다보고 있었다. 이종훈은 지금 코너에 몰려 있다. 핏기가 가신 얼굴로 어떻게든 빠져나갈 궁리만 하고 있다.

그를 보던 이한영이 생각한다.

'궁지에 몰린 적을 압박하지 말라.'

≪손자병법≫에 나온 말이다.

'개소리야.'

수세에 몰린 악당은 씹어 먹어야 제맛이다.

장유린 부장이 물었다.

"주변인에 대한 유전자 검사요? 왜죠?"

"검찰에서 제시한 증거를 보면, 사망한 아이의 유전자와 남성의 유전자가 일치한다고 나와 있습니다. 이를 통해 이순아 씨가 지속해서 성폭행을 당해 왔다고 추정할 수 있습니다. 이순아 씨가 집을 나와 판자촌에 기거한 것을 알고 찾아왔다는 것은 면식범의 소행일 가능성이 큽니다. 범죄 통계를 봐도 성폭행의 약 30퍼센트가 면식범의 소행이며……."

장유린 부장은 더 듣지 않고 고개를 끄덕였다.

"좋습니다. 재판부 직권으로 이순아 씨 주변인의 유전자 검사를 지시합니다."

이종훈의 가슴에 '쿵!' 하고 바위가 떨어져 내려앉았다.

'씨발! 유전자 검사가 얼마나 걸리지? 그 전에 해외로 나가야 하나? 그

럼 유산은?'

하지만 끝이 아니다.

이한영이 다시 손을 든다.

"재판장님, 검사가 증인신문을 하기 전에 주심 판사가 이순아 씨에게 질문해도 되겠습니까?"

장유린 부장이 흔쾌히 고개를 끄덕였다.

"하세요."

이종훈은 미쳐버릴 것만 같았다.

'또 뭔데! 또 뭘 해!'

그는 지금 당장 이 자리를 박차고 일어나 법정을 떠나고 싶었다. 하지만 그럴 수 없는 게 현실이다. 아무것도 할 수 없이 증인석에 앉아 이한영이 북 치고 장구 치는 꼴을 보고 앉아 있어야 한다.

곧이어 이한영의 목소리가 그의 귀에 박혀 왔다.

"이순아 씨?"

이순아가 멍하니 이한영을 본다.

다시 물었다.

"이순아 씨? 혹시 여기에 이순아 씨의 몸을 만진 사람이 있어요?"

무슨 뜻인지 이해했나 보다. 그녀는 자신의 몸을 감싸고 겁에 질려 간다.

"변호인, 이순아 씨에게 겁먹을 필요 없다고 알려주세요."

변호인이 이순아에게 작게 귓속말하며 안심시키고 있을 때 갑자기 이종훈이 벌떡 일어섰다.

"재판장님, 순아는 제 조카입니다! 한말씀 드리고 싶습니다! 성폭행이라는 것은 보통 사람도 떠올리기 힘든 기억입니다! 그런데 지적장애인에게 악몽 같은 걸 떠올리라뇨! 게다가 순아는 여성입니다. 재판이 잔인한 것은 알지만, 많은 사람이 있는 곳에서 성폭행당했던 일을 거론하는 것은 인권적으로……."

말을 하던 이종훈은 뭔가 싸한 기분을 느꼈다.

'뭐지?'

그가 눈동자만 움직여 이순아를 바라본다. 이순아의 손가락이 자신에게 닿아 있다. 자신과 눈을 마주칠 때마다 흠칫흠칫 놀랄 만큼 겁에 질려 있지만, 그녀의 손가락이 가리키는 곳은 확실하다.

이종훈이 어색하게 웃으며 주춤주춤 뒤로 물러선다.

"순아야, 왜 그래? 그러지 마. 뭐 하는 거야?"

이순아가 어눌한 목소리로 말한다.

"삼촌이 만져 달라고 했어요."

"순아야, 지금 네가 하는 게 무슨 말인지 알아?"

"삼촌이 날 쓰레기통에 가뒀어요. 그리고 호연이를 데리고 나갔어요."

쓰레기통이란 이한영과 박철우 검사가 증거를 찾아낸 보조 주방을 말하는 거다.

"순아야!"

급기야 이종훈의 입에서 큰 소리가 터졌다.

"방에 피가 있고…… 삼촌이 다시 만져 달라고 했어요."

"뭐라는 거야! 저기요, 쟤, 지적장애인이잖아요? 믿는 거 아니죠?"

"호연이 보고 싶어요. 호연이……. 시키는 대로만 하면 호연이 볼 수 있다며!"

그다음은 순간이었다. 피고인석에서 뛰쳐나간 이순아가 이종훈에게 달려들어 귀를 깨문다. 워낙 갑작스러운 상황이라 아무도 말리지 못했다.

"아! 귀! 내 귀! 씨발! 아파!"

이종훈의 비명과 함께 귀에서 흐른 피가 뚝뚝 흘러내린다. 이순아는 울면서 귀를 깨물고 뒤늦게 법정 경위가 그녀를 말린다.

가까스로 떼어진 그녀를 이종훈이 죽일 듯이 노려보고 있나. 이세 선한 얼굴을 보이지 않는다. 귀에서 흐르는 피 때문인지 피를 뒤집어쓴 악귀

같다.

"너 이 씨발! 너 때문에……!"

그는 어금니를 꽉 씹으며 이순아를 때리려고 팔을 치켜들었다. 하지만 실행하지는 못한다. 박철우 검사의 손에 그의 팔이 억세게 잡혀버렸기 때문이다.

박철우 검사가 무서운 눈으로 이종훈을 노려보며 다른 사람이 듣지 못하도록 작게 말한다.

"미안한 마음은 없냐?"

박철우 검사의 얼굴을 보던 이종훈이 주변을 두리번거린다. 방청석은 물론이고 모든 사람들이 자신을 싸늘하게 보고 있다.

이종훈이 미친 듯이 웃기 시작했다.

"야, 너도 좋았잖아!"

박철우 검사가 고개를 저었다.

"감옥도 좋을 거다."

범죄심리학에 따르면 강간범은 반성하거나 죄의식을 느끼지 않는다. 그들에겐 상대를 억압하고 더러운 욕구를 해소하는 게 최고의 쾌락이며 단지 재미있기 때문이다. 경찰에게 잡힌 그들이 피해자를 향해 죄송하다 말하는 것은 겉모습일 뿐이다.

이순아의 변호사가 자판기 앞에서 주머니를 뒤지고 있었다. 지갑을 찾는 중이다.

낯선 그림자가 그의 옆에 선다.

"사이다? 콜라?"

"네?"

변호사가 시선을 올리자 이한영이 보인다.

"어떤 거 드실 거예요?"

"아, 커피요."

이한영이 지폐를 넣은 후 버튼을 꾹 누르자 덜컹거리는 소리와 함께 캔 커피가 나온다.

이한영이 커피를 들어 변호사에게 건넨다.

"드세요."

"아, 네."

"처음 공판에 섰다고 들었는데요."

변호사는 어색하게 웃으며 고개를 끄덕인다. 법정에서 날카롭게 쏘아붙이던 이한영이 갑자기 친근하게 바뀌자 얼떨떨한 모양이다.

이한영이 빙긋이 웃으며 말한다.

"제가 법조계 선배로서 한마디해도 될까요?"

"네, 그러세요."

"법은 약자의 편도, 강자의 편도 아니에요. 정의롭지도 않고 때로는 비합리적으로 느껴질 때도 있죠."

"……그렇죠."

"그래서 권력과 돈이 있는 사람은 그 비합리적인 부분을 이용할 줄 알고, 그걸 본 일반 사람들은 법이 강자의 편이라고 생각하죠."

변호사가 물끄러미 이한영을 바라본다. 왜 이런 이야기를 하는지 알 수 없어서다.

이한영은 자신이 마시던 캔커피를 쓰레기통에 넣으며 말을 이었다.

"그래서 변호사님 같은 분이 있어야 한다고 생각해요. 약자인 이순아 씨의 편에 서서 끝까지 믿어줬잖아요. 멋있었습니다. 계속 지금 같은 변호사가 되었으면 좋겠어요."

이한영은 조용히 미소를 지어 보인 후 다음에 보자는 말과 함께 휴게실을 떠났다.

멍하니 서 있던 변호사의 입술이 씰룩인다.

"멋있었다고? 나 좀 괜찮은 변호사였나?"

다른 사람도 아닌 고등법원 판사에게 들은 말이다.

첫 공판에서 고등법원 판사에게 칭찬받은 변호사는 주먹을 꽉 쥐며 계속해서 초심을 잃지 않길 다짐했다.

* * *

툭.

캔맥주가 서로 부딪쳤다.

이한영과 박철우 검사는 옥탑방의 평상에 앉아 맥주를 마시고 있었다.

"판사님, 고생했습니다."

"검사님은 지금부터 고생이겠네요."

이순아와 이종훈의 돌발 행동으로 2차 공판은 나중으로 미뤄졌다. 하지만 다시 열릴 일은 없다.

박철우 검사가 이종훈에게 자백을 받아낼 것이 틀림없기 때문이다.

이한영이 맥주를 입에 댄 후 말했다.

"아, 이순아 씨 아버지 있잖아요?"

"뺑소니로 돌아가신 분?"

"네, 그 사건도 이종훈이가 했을 수 있어요."

"잉? 그건 뭔 소리래요?"

"이순아 어머니가 보상받을 땅이 있잖아요. 친척은 유일하게 이종훈뿐이고요."

"에이, 그래도 설마요."

"구치소에 연락해보니까 이종훈이 이순아 씨를 면회했었어요. 거기서 무슨 소리를 했을까요? 오늘 재판에서 이순아 씨 상태 봤죠?"

이순아는 자기가 아이를 죽였다며 소리를 질렀었다. 잠시 그 모습을 떠올리던 박철우 검사가 고개를 저었다.

"그게 사실이라면, 진짜 나쁜 새끼네."

"이종훈에게 몇 년 구형할 거예요?"

"최소 20년. 그런 새끼는 빵에서 썩어야 하는데, 판사들이 마음이 약해서 심신미약이다 뭐다 하면서 봐주고. 아, 진짜."

이한영이 픽 웃으며 말한다.

"만약에 이종훈이가 저한테 오면 구형으로 사형 내려주세요. 내가 그대로 선고해버릴 테니까."

"진짜죠? 이한영 판사님이 담당이면 나 사형 때립니다. 약속하세요."

"약속."

그때 계단에서 발소리와 함께 비닐 부스럭거리는 소리 그리고 낑낑대는 소리가 들린다. 두 사람이 고개를 돌리자 작은 그림자가 보였다. 송나연 기자다.

양손 무겁게 비닐봉지를 들고 올라온 그녀가 이한영과 박철우 검사 앞에 서더니 헉헉대며 말한다.

"우리 아지트요, 1층으로 이사하면 안 될까요? 아니면 엘리베이터가 있는 곳으로요."

이한영이 웃으며 고개를 저었다.

"돈 없어요."

박철우 검사가 묻는다.

"손에 든 건 뭐예요? 장 봐 왔어요?"

"안주! 그리고 술! 오늘은 두 분이 오랜만에 법정에서 사건을 해결한 날이잖아요! 마셔야죠!"

뜨거웠던 여름도 지나가는지 선선한 바람이 불고 있다. 그 시원한 바람을 맞으며 세 사람은 옥상의 평상에 앉아 있었다.

도란도란 이야기 소리가 들려온다.

"박 기자라고 수습기자가 있는데, 판사님 얼굴 보고 깜짝 놀라던데요? 법대에 안 어울린대요. 흉악범 같대요, 히히히."

"맞아, 맞아. 내가 봐도 이한영 판사님은 피고인석이 어울려. 판사 얼굴은 절대 아니에요, 흐흐흐."

"내가 그렇게 이상하게 생겼나? 성형이라도 생각해볼까요?"

송나연 기자가 깔깔대며 웃는다.

"성형도 본판이 있어야 가능해요. 의사 선생님들이 마법사도 아니고."

이어서 이한영의 깊은 한숨이 들려온다.

"마시죠."

박철우 검사가 이한영의 팔을 툭툭 친다.

"삐졌어요?"

"안 삐졌어요."

"삐졌는데?"

"안 삐졌다니까요?"

이번엔 송나연 기자가 이한영의 어깨를 토닥인다.

"얼굴이 흉악하면 어때요? 마음씨가 천사인데."

이한영이 고개를 저었다.

"마시죠."

그때 이한영의 휴대폰에 진동이 울렸다. 유선철 대표다.

"네, 이한영입니다."

–황남용 대법관에 대한 자료, 준비됐네.

황남용이라는 이름, 작은 목소리였지만 수화기를 너머 박철우 검사의 귀에 또렷이 박혔다. 그의 얼굴이 순간 굳어진다.

* * *

"이한영과 첫 재판이었지? 어땠어?"

"처음 봤어요, 그런 개판."

"개판?"

"절차에 어긋난 증거가 들어왔고 피고인이 증인의 귀를 물어뜯었죠. 알고 봤더니 증인이 범인이었거든요."

한적한 바. 강신진 지원장과 장유린 부장은 술을 마시고 있었다.

강신진 지원장이 흥미 가득한 표정으로 묻는다.

"그게 무슨 말이야?"

"피고인이 지적장애인이었는데요……."

강신진 지원장은 흥미로운 눈으로 그녀의 이야기를 듣기 시작했다. 그리고 그녀가 말을 마쳤을 때 느릿한 목소리로 묻는다.

"그래서 이한영에 대한 평가는?"

"조금 더 알아봐야 할 것 같아요."

"좋은 뜻인가?"

"글쎄요."

그녀는 자신이 가진 정보를 오픈할 생각이 없었다. 특히 이한영에 대해서는 더 그렇다. 언젠가 유성그룹을 손에 쥘 목적이 있는 그녀에게 장태식 사장과 각별한 사이인 강신진은 꺾어야 할 대상이기 때문이다. 그 과정에서 이한영이란 판사는 위험 요소였다.

그녀는 술잔을 입에 대며 이한영을 떠올린다.

보통의 판사들은 초등학교 때부터 엘리트 코스의 길을 밟아 자라왔다. 그것은 본인 역시 마찬가지다. 비록 혼외 자식이긴 하지만 막강한 돈의 지원을 받아 공부했고 1등 자리에서 벗어난 적이 없었다.

하지만 이한영은 다른 길을 걸어온 사나운 짐승이다. 대학은 물론 고등학교 때의 생활 역시 보통 판사와는 다르다. 즉, 장유린 부장에게 이한영은 예측할 수 없는 전혀 딴 세상의 인물이었다. 그래서 강신진 지원장의 옆에서 이한영을 떨어뜨려 놓아야 한다고 생각했다. 예측할 수 없다는 것은 큰 변수로 다가오기 때문이다.

하지만 지금은 아니다.

그녀의 머릿속에 오늘 법정에서 본 이한영의 모습이 스쳤다. 진실을 찾기 위해 절차 따윈 상관 않고 저돌적으로 달려들던 모습이다.

'아슬아슬한 외줄에 과감히 오르는 판사……. 아무리 계획되어 있었다고 해도 무모해. 무모한 사람의 끝은 뻔해. 언제 터질지 모르는 폭탄이야. 강신진 지원장의 옆에서 빼내려고 했었는데, 그 계획을 바꿔야겠어. 강신진, 폭탄을 안고 불에 뛰어들어봐. 내가 그렇게 만들어줄게.'

술잔을 내려둔 그녀가 말을 돌린다.

"이성대 부장요, 계속 쓰실 거예요?"

이성대 부장은 이한영에게 사기를 당한 사람으로, 잘못을 저지른 이래 중요한 모임에 부르지 않고 있었다.

강신진 지원장이 고개를 끄덕인다.

"탐욕만 없다면 괜찮은 녀석이야. 앞으로 어떻게 행동하는지 지켜봐야지. 난 내 사람을 함부로 버리지 않아."

장유린 부장이 고개를 끄덕인다. 하지만 그녀의 마음속은 강신진 지원장을 비웃고 있었다.

'버리지 않아? 그럼 김진한은? 적어도 10년은 감옥에 있을 텐데? 그건 버린 게 아니야?'

장유린 부장의 붉은 입술이 비스듬해진다.

그 시각, 박철우 검사와 송나연 기자는 떠났지만 이한영은 여전히 옥탑방에 있었다. 옥상에 선 그는 서울의 밤을 보며 장유린 부장을 생각하고 있었다.

'나를 관찰해?'

오늘 재판에서 그녀는 철저히 이한영을 관찰했다. 심지어 이순아가 절규할 때도 그녀의 시선은 이한영을 살피고 있었다.

'기분 나쁜 눈빛.'

이한영의 전생에서 장유린 부장은 강신진 지원장의 옆에 없었다. 즉, 엮이지 않았던 사람이다. 그녀를 생각하던 이한영이 얼굴을 쓸어 만진다.

'이성대가 사기당하지 않았다면, 장유린은 강신진의 옆에 없었을 거야.'

그녀가 강신진의 옆에 있게 된 것은 이성대 부장이 이한영에게 사기를 당하면서다.

'장유린 부장은 내가 끌어들였어.'

지난 역사에 없던 일, 이한영으로 인해 일어난 그녀의 등장, 어떤 변수가 될지 알 수 없었다. 하지만 확실한 것은 있었다. 그녀는 유성쇼핑 장태식 사장의 배다른 동생이며, 가까운 미래에 추악한 재산 싸움을 하게 된다는 것이다.

'장태식과 강신진은 각별한 사이야. 장유린을 이용해서 장태식과 강신진의 사이를 벌려 놓을 수 있을까?'

복잡하게 움직이던 생각은 휴대폰이 진동하며 멎었다.

"아, 세희 씨."

유세희다.

–아버지하고 약속 잡으셨다면서요?

"어떻게 아셨어요?"

–아버지가 말씀해주시던데요?

유선철 대표는 사소한 스케줄이라 해도 다른 사람에게 알리는 사람이 아니다. 그게 자식이라 해도 마찬가지다.

전생에서 유세희와 결혼을 했을 때도 그랬다. 사위인 자신과의 만남도 유세희에게 알리지 않았었다.

'그런데 알려줘?'

에스로펌에서 유세희의 위치가 상당히 높아졌다는 증거, 이한영에겐 희소식이었다.

"네, 주말에 회사에서 뵙기로 했습니다."

–아버지랑 말씀 끝나면 같이 식사할까요?

"좋죠. 관악구에 괜찮은 음식점 있는데, 가보실래요?"

이한영의 어조는 정답다. 하지만 그의 눈빛은 더없이 차가웠다.

* * *

툭.

에스로펌 유선철 대표이사의 사무실, 이한영 앞으로 서류봉투가 놓였다.

"황남용 대법관의 자료입니다. 초등학교의 성적까지 조사했으니 천천히 보도록 하십시오."

이한영에게 서류봉투를 건넨 이는 유선철 대표가 아니었다. 유선철 대표의 옆에서 항상 함께하는 단발머리 비서 한소영이었다.

이한영의 전생에서 그녀는 유선철 대표의 사망 이후 유진광, 유하나, 유세희와 에스로펌의 경영권을 놓고 다투다가 교통사고로 인해 사망한다.

현재에선 얼마 전 유진광이 백이석 법원장의 아내에게 뇌물을 건넬 것임을 알려줘 유진광이 구속되는 데 큰 힘을 보태기도 했다.

이한영이 서류를 손에 들며 물었다.

"대표님은요?"

"오늘 몸이 안 좋으신가 봅니다. 만나기로 했는데 나오지 못해 미안하다는 말씀을 전해 달라고 하셨습니다."

'몸이 안 좋아?'

이한영은 고개를 갸웃거린 후 말없이 서류봉투에서 문서를 꺼내 가볍게 훑어봤다. 하지만 연관된 것은 보이지 않는다. 다시 세세하게 읽어 내려갔지만 마찬가지다. 이한영은 서류를 처음으로 돌린다.

한소영이 그 모습을 날카로운 눈으로 살피고 있었다.

'대표님께 들었을 때 이한영은 돈을 포기하고 자료를 원했어. 황남용에게 뭐가 있어서지?'

이한영은 한소영이 자신을 관찰하거나 말거나 수수께끼를 푸는 데 집중했다. 어차피 보고 있어 봤자 알아낼 수 있는 건 없어서다.

'아무리 봐도 나하고 황남용 사이에 연관된 것은 없어. 그런데 나를 알고 있다는 것은 뭐지?'

이한영의 손가락이 버릇처럼 테이블을 두드리기 시작한다. 엘리베이터에서 마주친 황남용 대법관의 목소리가 귓가를 스친다.

—이한영 판사, 미안하네. 강신진을 조심해.

당시의 상황을 살펴보면 그때는 대법원장에 가장 가까웠던 황남용 대법관이 갑자기 사임했을 때였다.

'강신진 지원장이 협박했나?'

가능성은 크다.

'그런데 왜 나한테 미안한 거지?'

이한영은 다시 서류가 뚫어질 정도로 집중했다.

'미안하다, 미안하다……. 뭐가?'

순간, 테이블을 두들기던 손가락이 서류로 이동했다. 그리고 황남용 대법관의 경력 사항을 쭉 훑어 내려간다. 그 손가락이 서울서부지방법원 민사 수석 부장판사라는 경력에서 뚝 멎는다. 연도를 살피는 동시에 이한영의 관자놀이에 퍼런 핏줄이 돋아난다.

아버지가 돌아가셨던 그 연도와 황남용이 서부지방법원에 있던 연도가 같다.

'아니지? 아닐 거야?'

이유와 근거는 없다. 단서는 오직 황남용 대법관이 했던 미안하다는 말뿐이다. 하지만 빌어먹을 생각은 계속 그쪽을 향한다.

10여 년 전, 이한영의 아버지는 작은 고물상을 마련했다. 집에서는 거리가 있지만 임대료가 싸다며 덜컥 계약한 거다. 그리고 아버지는 아들 이한영에게 어서 돈을 많이 벌어 소고기를 사 주겠다고 했다. 별것 아닌 것으로 들리지만 아버지는 그런 소박한 꿈이 있었다.

말썽만 피우는 자식이 잘되기를 바라는 꿈.

아내의 손가락에 금반지 한번 끼워 주는 꿈.

배부를 때까지 한우로 배를 채워보겠다는…….

그 꿈이 모두 비극의 시작이었다.

이한영은 무거운 한숨을 내뱉는다.

'냉정해야 해.'

잠시 붉어졌던 얼굴은 다시 침착해지고, 분기로 가득했던 눈동자는 냉기로 채워진다.

'황남용이 뭔가를 저질렀다는 가정을 하고……. 그런데 만약 내 생각이 맞는다면, 강신진은 어떻게 뭘 알고 있던 거지?'

여기까지다. 준비된 서류만으로 더 알아낼 수 있는 것은 없었다.

이한영이 서류를 덮자 단발머리 비서 한소영이 방긋 웃으며 묻는다.

"뭔가 찾으셨나요?"

이한영은 어두운 속마음과 달리 밝은 표정을 지으며 고개를 저었다.

"아뇨. 제가 잘못 알았나 봐요."

집으로 돌아온 이한영은 거실에 앉아 한참 동안 어머니만 바라보고 있었다.

텔레비전을 보던 어머니가 이한영을 향한다.

"왜? 할 말 있어?"

"소고기 드실래요?"

"왜? 고기 먹고 싶어?"

뜬금없는 말에 어머니가 눈을 동그랗게 뜬다.

"오금동 넘어가는 길에 괜찮은 고깃집 생겼던데요. 거기 맛있다는데."

어머니가 손을 저었다.

"밖에서 먹으면 비싸. 먹고 싶으면 말해. 엄마가 시장 갔다 올게."

"아뇨. 돈 쓰고 싶어서요."

"응? 돈?"

"네. 밖에서 비싼 소고기 배부르게 한번 먹어보는 거, 어때요?"

이한영은 등짝을 맞았다. 밖에선 판사지만 집에선 아들일 뿐이다. 다행히도 전화가 걸려 오면서 등짝을 맞는 시간이 끝났다.

휴대폰을 들어 발신 번호를 살피자 유세희다.

'아, 얘랑 밥 먹기로 했었지?'

이한영의 미간이 찌푸려진다.

"네, 세희 씨."

－대표실에 안 계셔서요. 어디세요?

"죄송해서 어쩌죠? 제가 오늘……."

옆에서 느껴지는 날카로운 시선. 어머니가 보고 있다. 여자 목소리가 들려선지 어머니의 귀는 쫑긋하다.

이한영이 서둘러 말한다.

"급한 일이 생겨서 법원에 들어가야 하거든요. 나중에 맛있는 걸로 사겠습니다."

전화를 끊자마자 기다렸다는 듯 어머니가 묻는다.

"누구야?"

"아는 사람요."

"말하는 거 보니까, 그냥 아는 사람이 아닌데? 여자 친구야? 한번 데리고 와. 엄마가 얼굴 한번 보게."

이한영도 이제 꽤 나이가 찼다. 비슷한 또래는 결혼도 하고 애도 있다. 심지어 학부모가 된 사람도 존재한다. 어머니는 어서 며느리와 손주가 보고 싶은 모양이지만 이한영은 아직 결혼 생각이 없었다. 전생에서 결혼 때문에 그렇게 개고생을 했는데, 또 결혼을 꿈꾼다면 그게 이상한 일이다.

"진짜 그냥 아는 사람이에요."

하지만 인연이라는 것은 무섭다. 다른 여자의 전화를 받았을 때는 그러려니 넘어갔던 어머니가 유세희의 목소리엔 다르게 반응한다.

"정말?"

"네, 진짜요."

이한영은 멋쩍은 미소로 때울 수밖에 없었다.

* * *

"불법적인 일을 얼마나 하는지 모르겠네."

옥탑방에 있는 평상이다.

서류봉투를 건네는 박철우 검사에게 이한영이 꾸벅 고개를 숙였다.

"죄송합니다."

며칠 전, 이한영은 박철우 검사에게 황남용 대법관의 재산 확인을 부탁했다.

황남용 대법관은 물론 그 주변 인물의 재산까지 모두 확인하는 과정이었기에 쉽지 않은 일이었지만 박철우 검사는 흔쾌히 부탁을 들어줬다.

이한영이 평상에 앉아 서류를 펼치자 박철우 검사가 그 옆에 앉아 입에 담배를 문다.

"담배 언제 끊으실 거예요?"

"글쎄요. 죽을 때? 나도 끊고 싶은데, 이게 잘 안 끊어지네요. 그리고 또 조직 생활하면 담배 문화라는 게 있잖아요. 담배 한 모금 하면서 부장검사 욕도 하고. 뭐 그런 거죠."

"핑계입니다."

"알아요."

박철우 검사는 회색 연기를 내뱉었고, 이한영은 서류를 넘긴다.

그런 이한영을 박철우 검사가 착잡한 표정으로 힐끗 본다.

"판사님, 갑자기 황남용 대법관은 왜요? 이제 일반 시민으로 돌아간 사람인데."

"확인해보고 싶은 게 있어서요."

"어떤 거요?"

"그냥, 이것저것."

박철우 검사의 입가에 쓴웃음이 걸린다. 그가 무거운 한숨과 함께 담배 연기를 내뿜으며 말했다.

"확인 안 해도 돼요. 맞아요."

"뭐가요?"

이한영은 대수롭지 않게 되물었다.

"그 일, 황남용이 조작했어요."

동시에 이한영의 손이 푸들푸들 떨리기 시작했다.

"그 서류, 내가 도와주지 않아도 어떻게든 알아낼 사람이니까 가지고 오긴 했는데요……. 난 판사님이 복수심에 불탄 괴물이 되는 건 보고 싶지 않아요. 그 일은 내가 해결할 테니까……."

박철우 검사는 다시 이한영의 표정을 살폈다.

그런데 이한영의 얼굴이 이상하다. 이한영은 묘한 표정으로 웃고 있었다.

그리고 이한영의 눈빛. 박철우 검사는 등골이 오싹해짐을 느끼며 자신도 모르게 뒤로 물러섰다.

'무슨 눈빛이…….'

눈빛이 괴물처럼 악랄해서가 아니다. 다가설 수 없을 정도로 지독한 슬픔이 가득했기 때문이다.

텁텁한 입맛을 느끼며 무거운 담배 연기를 내뱉은 박철우 검사는 한동안 어떤 말도 하지 않았다. 이한영에게 추스를 시간을 주는 거다.

잠시 후, 이한영이 떨리는 손을 멈추기 위해 주먹을 쥐었다 펴기 시작하자 박철우 검사가 조심스럽게 묻는다.

"괜……찮으시죠?"

이한영이 고개를 끄덕이며 낮은 목소리로 입을 열었다.

"어디까지 알고 계셨죠?"

"글쎄요……. 대략적인 상황만 알고 있습니다. 판사님 아버지가 재개발 참사로 돌아가셨고, 그 일에 황남용 대법관이 끼어 있다는 정도요."

옛일을 떠올렸는지 이한영의 입에서 신음 같은 한숨이 토해졌다. 그리고 그게 끝이었다. 이후로 나온 목소리는 평소와 다름없이 침착하다.

"알게 된 경위는요?"

"묵비권요."

박철우 검사는 대답하지 않겠다는 뜻으로 담배를 입에 문다.

그가 이한영의 아버지에 대해 알게 된 것은 김진아 검사 때문이다. 김진아 검사의 아버지도 그 참사에서 숨진 사람이었다. 그녀는 아버지의 복수를 위해 검사가 되었고, 동네방네 쑤시고 다니며 검찰에서도 골치 아픈 사람으로 유명했다.

그런데 이한영이 김진아 검사를 소개해 달라고 부탁했다. 만나고 싶은 이유를 물어봤지만 이유는 말하지 않고 그저 소개해 달란다. 그는 '이건 뭐지?'라는 의구심과 함께 이한영과 김진아 검사의 공통점을 조사했고 그 과정에서 두 사람의 부모가 같은 사건으로 사망했다는 것을 알게 되었다.

여기까지 알고 있는 박철우 검사지만 아직 의문은 남아 있었다. 이한영은 얼마 전까지 이 사건에 대해 전혀 모르던 눈치였다.

'그런데 왜? 처음 만났을 때부터 김진아 검사를 소개해 달라고 한 거지?'

그것은 아직 미궁 속에 있었다. 이한영이 생을 다시 살고 있다는 것을 모르는 이상 평생 의문으로 남을 거다.

잠시 옛일을 기억해내며 뿌연 연기를 내뱉은 박철우 검사가 생각을 정리하며 입을 열었다.

"이한영 판사님, 괴물이 될 생각은 없죠?"

복수심에 불타오르는 법조인은 가장 위험한 존재다.

다행히 이한영은 고개를 젓는다.

"전혀요."

박철우 검사는 다시 이한영의 표정을 살폈다. 평소처럼 침착하다.

담배를 비벼 끈 박철우 검사는 가방에서 다른 서류를 꺼내 이한영에게 건넸다.

"읽어보세요. 이걸 보여줘야 하나 말아야 하나 고민 많이 했어요."

서류를 받은 이한영은 곧장 펼쳤다.

얼마 전 뉴스를 시끄럽게 만들었던 DH제강 박대환 대표의 갑질 사건이 보인다.

유성건설 하청 업체 중 하나인 DH제강 대표 박대환, 각 기업의 후계자들과 술을 마시던 그는 3차에 가자며 자신의 차에 사람들을 태웠다.

이미 만취한 상태였지만 상관없다며 운전대를 잡은 그는 새벽의 도로를 질주했다. 그때 국산 소형차가 끼어들었고, 뒤에 앉은 기업 후계자들은 소형차한테도 밀리냐며 비웃었다.

흥분한 박대환은 소형차를 추월해 바로 앞에서 급브레이크를 밟았다. 그러자 소형차 운전자가 필을 걷어붙이며 밖으로 나왔고, 뒤에서 쫓아온 빅대환의 경호원들이 그를 집단 폭행했다.

여기서 나온 유명한 말이 “감히 국산 차를 타는 새끼가 추월을 해?”였다. 운전자는 뇌출혈로 수술을 받았지만 아직 의식이 돌아오지 않았고, 동승한 아내는 두개골에 금이 가고 팔이 부러진 상태다.

현재 박대환은 불구속 상태로 1심 재판을 받고 있다.

서류를 읽던 이한영이 고개를 갸웃거렸다.

‘박대환? 많이 들어봤던 이름인데, 뭐였지?’

잠시 전생을 되짚어봤지만 기억나는 것은 이름뿐이다.

‘박대환, 박대환…….’

몇 번을 더 되뇌어봤지만 마찬가지다.

모르면 물어봐야 한다.

이한영이 박철우 검사를 향해 고개를 돌렸다.

“이게 왜요?”

박철우 검사가 기다렸다는 듯 답한다.

“황남용 대법관에게 80억이 들어갔는데, 그 경로를 찾기가 상당히 힘들어요. 지금도 정황만 있을 뿐이지 증거는 없잖아요. 그게 돈세탁하는 놈들과는 다른 방식으로 움직였거든요.”

“…….”

“그런데 박대환의 아버지가 박강서라고 군사정권 시절에 국가안전기획부장을 지낸 사람이에요. 당시 황남용 대법관과 국토부 장관에게 돈을 건넨 사람이기도 하고요.”

황남용 대법관이 받은 뇌물이 드러나지 않는 이유다. 국가안전기획부장까지 지낸 박강서는 검은돈을 운용하는 데 탁월한 능력이 있었다.

“게다가 박강서는 사망한 지 몇 년이 지났어요. 이제 검은돈이 어떤 경로로 누구에게 갔는지 찾을 방법이 없어요.”

박철우 검사의 말을 듣던 이한영이 들고 있던 서류를 꽉 쥐었다.

"찾아야죠."

대한민국헌법 제13조 3항, 모든 국민은 자기의 행위가 아닌 친족의 행위로 인하여 불이익한 처우를 받지 아니한다.

하지만…….

박대환은 황남용 대법관에게 돈 80억을 전달한 사람의 아들.

'연좌제다.'

박철우 검사는 떠났다.

옥상의 평상엔 이한영만 앉아 있다. 머리를 쓸어 넘기는 이한영의 머릿속에 박철우 검사가 한 말이 스친다.

–이한영 판사님, 괴물이 될 생각은 없죠?

그 목소리를 기억하며 이한영은 작게 한숨을 내뱉는다. 복수심에 불탄 괴물 따위가 될 생각은 전혀 없었다.

'악마'가 될 생각이다.

강신진 지원장에 관한 복수를 준비하는 과정에 아버지의 복수까지 함께할 수 있으니, 오히려 신의 선물이라고 여겨진다.

한편, 옥탑방으로 올라가는 계단에서 박철우 검사는 참담한 눈빛으로 이한영을 지켜보고 있었다. 집에 간다며 옥탑방을 떠났지만 이한영을 홀로 두고 가는 게 걱정돼 다시 올라온 그다.

그의 눈에 비친 이한영의 모습은 사람이라기보다 사나운 이빨을 드러낸 짐승에 가까웠다.

'어떻게 해야 하나…….'

그는 이러지도 저러지도 못한 채 마른 한숨만 내쉬었다. 하지만 낯익은 목소리가 들리며 무거운 시간은 사라져버렸다.

"계셨어요?"

고개를 돌리자 터질 것 같은 검은 비닐봉지를 손에 든 송나연 기자가 보인다.

그녀가 활짝 웃으며 말을 이었다.

"세팅 끝나면 부르려고 했는데, 잘됐네요. 올라가요, 히히."

"세팅요?"

"집에 있다가 심심해서 술이랑 이것저것 사 왔거든요. 안주 준비하고 부르려고 했는데, 계시니까 다행이에요."

그녀가 검은 비닐봉지를 들고 다시 낑낑거리며 계단을 오른다. 옥상에 도착하자 이한영도 보였다.

"어? 판사님도 계셨네?"

평상으로 다가온 그녀가 봉지를 내려두며 허리춤에 손을 올리고 말했다.

"어머? 우리 판사님은 또 왜 이렇게 인상을 쓰고 계실까? 웃어요, 웃으면 복이 온대요."

"아, 네."

그래도 이한영의 표정은 쉽게 풀리지 않았다. 그러자 송나연 기자가 비닐봉지에서 번개탄을 꺼내 보였다.

"짜잔! 오늘은 번개탄에 삼겹살을 구워 먹죠! 번개탄 구이! 그리고 이건 막걸리, 그리고 또……."

계속해서 먹을 게 나오고 있다. 마지막으로 일회용 비닐 봉지를 꺼내 보인다.

"이제 먹을 것의 마지막! 이건 뭐냐 하면요, 제가 어떤 책에서 봤거든요?"

송나연 기자는 비닐에 두부를 넣더니 바깥 부분을 손으로 쥐고 으깨기 시작한다. 그리고 그 안에 볶음김치를 쏙 집어넣는다.

이상한 행동에 박철우 검사가 인상을 확 찌푸렸다.

"지금 뭐 하는 거예요?"

"이러면 두부김치 된대요, 히히히."

"무슨 책을 봤길래?"

"있어요, 그런 책."

그녀가 으깨진 두부를 젓가락으로 집어 한입 먹어본다. 그러더니 활짝 웃는다.

"맛있어요! 드셔봐요."

그녀의 바보 같은 행동에 이한영도 그만 웃어버리고 말았다.

* * *

사무실.

이한영과 설지아 판사만 보인다. 장유린 부장은 어디로 갔는지 자리에 없다. 적막한 사무실엔 종이 넘기는 소리만 펄럭거렸다.

이한영은 기록물을 넘기고 있었지만 집중하지는 못했다. 머릿속이 DH 제강 대표 박대환에 대한 것으로 가득 차 있어서다.

'뭔가 있었던 것 같은데…….'

이름이 낯익었다. 그것은 분명 어떤 일이 있다는 것인데 도무지 기억이 나지 않는다. 이놈의 기억력은 항상 중요한 순간에 끊겨 있다.

잠시 골머리를 썩이던 이한영은 고개를 저었다. 박대환의 갑질 사건은 1심에 있고 고등법원으로 넘어온다고 해도 어떤 판사가 맡을지 지금은 알 수 없었다. 즉, 아직 시간이 있다는 거다.

군자가 복수하는 데 10년이 걸려도 부족하지 않다는 말처럼 급하게 생각할 것은 없었다.

'천천히, 천천히.'

급한 마음은 끄고 천천히 걸어야 바닥에 솟은 돌을 볼 수 있고, 걸려 넘어지지 않는다. 이한영은 최대한 마음을 여유롭게 잡으며 잠시 박대환에 대한 생각을 내려뒀다.

그때 설지아 판사가 이한영 앞에 커피를 놓았다.

"드세요."

"아, 감사합니다."

그녀는 이한영보다 선배지만 말을 놓지 않는다.

이한영이 커피잔을 손에 쥐며 말했다.

"말 편하게 하셔도 되는데요."

설지아 판사가 살짝 웃는다.

"천천히 할게요."

이한영이 커피를 들어 입에 댈 때 그녀가 말을 이었다.

"고등법원 배석판사들이 이한영 판사를 다시 보기 시작했어요. 지난번 이수아 씨 재판에서 범인의 자백을 받아낸 게 대단해 보였나 봐요."

"아, 감사합니다."

이한영의 평가는 백이석 대법원장에게 손바닥을 비빈 간신에서 총애를 받는 사람으로 바뀌고 있었다. 좋은 일이긴 하지만 사실 어떤 평가를 받든 상관없었다. 타인의 평가를 신경 쓰는 순간 목표를 향해 가는 행동에 제약이 생길 수도 있어서다.

사무실을 둘러보던 설지아 판사가 입을 열었다.

"그런데 장유린 부장님 어디 가셨는지 아세요?"

"아뇨."

장유린 부장은 아침에 인사를 한 후로 어딜 갔는지 보이지 않는다. 설지아 판사의 시선이 장유린 부장의 책상을 향해 틀어졌다.

"부장님은 판사 중에서도 엘리트잖아요. 행정처에 국회를 돌아 고등법원 부장판사……. 아마 다음엔 법원장이 되고, 결국에는 대법관까지 오르겠죠?"

그녀의 목소리가 안타깝게 느껴졌다.

재판도 제대로 해보지 않은 사람이 높은 자리에 가는 것. 웃기지만 그게 현실이기 때문이다.

설지아 판사는 어느새 장유린 부장의 책상 앞으로 걸어가 모니터를 보고 있다.

"항공권 예매하셨네요. 괌에 다녀오실 생각인가 봐요."

"항공권요?"

"네."

순간 이한영의 머릿속이 '쾅' 하고 울리는 것 같았다.

'뭐지? 뭐가 싸한 거지?'

그는 바로 컴퓨터를 켜고 박대환을 확인했다. 그리고 동시에 미간이 일그러졌다.

'출국 금지가 안 돼 있어? 어떤 미친 새끼가!'

재판에 따라 출국 금지를 하지 않기도 한다.

'이 새끼는 얼마든지 튈 수 있는 놈인데!'

그 순간, 이한영의 머릿속에 전생이 스쳤다.

박대환은 재판을 받던 중 한국을 떠나 미국을 거쳐 범죄인인도 조약을 맺지 않은 나라로 사라져버린다. 그리고 그가 다시 돌아왔을 때는 이미 사건이 흐지부지된 상황이었다.

'설마? 벌써 떠난 건 아니겠지?'

이한영은 빠르게 박대환의 재판 상황을 살폈다.

* * *

고급 손목시계가 보인다.

시간을 확인하는 사람은 박대환이다.

"시간 더럽게 안 가네."

차의 뒷좌석에 앉아 있던 그는 담배를 입에 물며 창밖을 본다. 그때 그의 휴대폰이 울렸다.

"네, 박대환입니다."

–조세헌 변호삽니다.

에스로펌의 조세헌 변호사였다.

"아이고, 조 변호사님. 고생이 많습니다."

능글맞게 웃는 그의 목소리와 달리 수화기 너머의 조세헌 변호사의 목소리는 침착하다.

–경호원들의 과한 충성심으로 덮고 피해자를 설득해서 입을 맞추려면 8개월은 걸릴 것 같습니다.

"8개월요? 휴가 가기는 딱 좋은 시간이네요. 지중해 근처에 자리 잡고 있을 테니까 시간 되면 놀러 오십시오."

피해자는 사경을 헤매고 있는데 휴가를 운운하는 쓰레기였다. 그에게 서민의 고통은 개미를 짓밟는 것만큼 쉬운 일이어서다.

그의 목소리에 위화감을 느꼈는지 조세헌 변호사가 엄중히 경고한다.

–최대한 시선 끌지 말고 조심히 계십시오.

"걱정 마세요."

–그럼 연락드리겠습니다.

전화를 끊은 박대환의 입이 비스듬해진다.

"조심히 계시긴, 개뿔."

그가 다시 시계를 확인했다. 그리고 운전석을 발로 콱콱 찬다.

"야, 시간 됐다. 꾸물거리지 말고 짐 내려."

어색하게 웃으며 고개를 뒤로 돌린 운전사의 연배는 분명 박대환보다 한참 많아 보였다. 하지만 그는 친절히 답한다.

“네, 대표님.”

박대환은 선글라스를 착용하고 가벼운 발걸음으로 탑승 수속을 밟기 위해 걷고 있었다. 대기하는 길은 길지 않았다. 이제 조금만 지나면 그는 재판과 상관없는 자유의 몸이 될 거다.

‘병신 같은 대한민국.’

재판을 받고 있는데 마음대로 빠져나갈 수 있다니, 돈만 있으면 다 되는 나라다.

‘이래서 이 땅이 좋은 거야.’

그리고 그가 줄 앞에 섰다. 그런데 운전기사가 보이지 않는다.

‘대표가 떠나면 와서 꼬리 치며 인사해야 할 새끼가 어디로 간 거야?’

그가 주변을 두리번거릴 때 멀리서 달리는 운전기사가 보인다.

‘어렵쇼? 꼴값하고 있네.’

자신을 향해 달려오는 줄 알았다. 하지만 그 뒤로 경찰이 보인다.

“서, 새끼야!”

“멈춰!”

쫓기고 있는 거다.

박대환의 입이 콱 다물어졌다. 그가 고개를 틀어 대기하는 사람을 확인한다. 분명 몇 명 없는 사람인데, 박대환에겐 어린이날 놀이동산의 줄만큼 사람이 많게 느껴진다.

그때 ‘우당탕탕!’ 하는 소리가 들렸다. 뒤를 보자 운전기사의 팔이 경찰에 의해 꺾이는 게 보인다.

‘씨발!’

박대환은 사람들을 헤치며 앞으로 나아가기 시작했다.

“잠깐만요! 급한 일이 있어서 좀 먼저 수속 밟겠……!”

하지만 그의 말은 이어지지 못했다.

턱!

뒤에서 그의 어깨를 잡은 손이 느껴졌기 때문이다.

박대환의 시선이 천천히 틀어졌다. 눈앞에 앳된 여성이 있다.

"넌 뭐야!"

이글거리는 눈으로 노려보자 그녀는 품에서 신분증을 꺼내 보였다.

"서부지검 김진아 검사입니다. 박대환 씨, 출국 금지되었습니다. 그리고 도주의 우려가 있어 긴급……."

박대환의 입꼬리가 비틀어진다.

"지금 나를 체포한다고?"

"네."

"씨발! 누구 마음대로!"

박대환의 얼굴이 마귀처럼 바뀌었다.

* * *

"지금 우리 회사가 얼마나 손해 본 줄 알아요?"

"제가 알 필요는 없을 것 같은데요."

김진아 검사의 대답에 '쾅!' 하고 박대환의 주먹이 테이블을 내리찍었다.

"수백억이 날아갔어! 책임질 겁니까?"

검찰에 붙들려 와서도 검사를 다그치고 있는 걸 보니 박대환의 눈에는 검사도 우습게 보이는 모양이다.

하지만 김진아 검사도 밀리지 않는다.

"도주하려고 했던 거잖아요!"

"도주? 검사님 월급 얼마예요? 삼백? 사백? 씨발, 검사까지 됐으면 생각이라는 걸 해요! 내가 왜 도주를 해? 내 재산이 얼만지 알아요? 검사 월급으로 개같이 모아도 절대 만질 수 없는 돈이에요! 그런데 내가 그 돈 놔

두고 한국을 뜬다고? 말 같지도 않은 소리를 지껄이고 있어!"

박대환이 시뻘건 눈으로 김진아 검사를 노려봤지만 그녀는 미동조차 하지 않는다.

"다시 묻겠습니다. 박대환 씨, 외국 회사와 계약 이야기는 없던 것으로 알고 있습니다. 계속 거짓말하지 말고……."

박대환이 고개를 저으며 비꼬듯 입을 열었다.

"됐고, 선량한 시민을 죄인으로 만드는 검사님이랑은 할 말 없으니까요. 검사장 오라고 하세요."

"이봐요, 박대환 씨!"

픽 웃으며 깍지를 낀 박대환이 김진아의 앞으로 몸을 굽히며 여유 있고 재수 없는 태도로 입을 열었다.

"여검사님, 난 이제 검사장 올 때까지 입 닫고 있을 거예요. 알았죠?"

"묵비권을 행사하겠다는 것은 스스로 죄를 인정한다는 뜻으로 볼 수도 있어요. 죄지은 것 없으면 떳떳하고 당당하게 말하세요."

박대환이 어이없다는 듯 웃는다.

"뭘 말해? 말하면 다 거짓말이라면서요? 그런데 검사님, 그거 알아요? 내가 좋게 말해주는 것도 여기까지예요. 계속 이런 식으로 나오면 검사님은 유배 갈지도 몰라요."

서울에서 먼 지방으로 보내버린다는 말이다.

"지금 검사를 협박하는 겁니까?"

하지만 대답은 들려오지 않았다. 문이 열리고 한 남자가 들어왔기 때문이다.

남자가 박대환의 옆에 앉으며 말한다.

"에스로펌 조세헌 변호삽니다. 박대환 씨의 변호인이죠."

그가 김진아 김사에게 명함과 휴대폰을 건넸나.

"휴대폰은 뭐죠?"

그 순간 조세헌 변호사가 내민 휴대폰에 진동이 울렸다.

조세헌 변호사가 김진아 검사에게 손짓한다.

“받으세요. 받으면 알 겁니다.”

“누구죠?”

“글쎄요.”

조세헌 변호사는 여유로운 태도로 등을 의자에 댔고, 김진아 검사는 입술을 꾹 다물며 휴대폰을 귀에 댔다.

순간, 울리는 묵직한 음성.

–검사장이야. 박대환 씨, 내보내.

“검사장님!”

–구속영장은 기각됐어. 어차피 재판 중이잖아. 별일 없을 거야.

그녀의 시선이 박대환에게 향한다.

상황 파악이 끝난 박대환은 여유롭게 넥타이를 고쳐 매며 자리에서 일어서고 있다. 그리고 김진아 검사가 휴대폰을 내려뒀을 때 능글맞게 웃으며 말했다.

“그럼, 갑니다.”

김진아 검사는 아무것도 할 수 없었다. 그저 입술을 꽉 깨문 채 분노를 삭일 뿐이다.

박대환이 그녀의 옆을 스치며 말한다.

“여검사님, 예쁘게 생겼네. 시간 되면 커피나 한잔합시다. 술도 좋고, 흐흐.”

쾅! 문이 닫혔다.

홀로 앉아 있던 김진아 검사가 주먹을 꽉 쥐었다.

* * *

"출국 금지만으로 만족해야죠."

이한영은 박철우 검사와 통화하고 있었다.

–죄송합니다. 박대환이 도주하려는 것까지 가르쳐주셨는데…….

박대환이 인천공항을 통해 해외로 튄다는 것을 이한영에게 전달받은 박철우 검사는 곧바로 김진아 검사에게 전했다. 그래서 박대환이 잡히고 오늘의 일이 벌어진 거다.

"쉽게 잡을 수 없다는 것은 예상했던 거잖아요. 그런데 1심 선고 기일이 다음 주죠? 가능성은 어때요?"

–분명 박대환이 집단 폭행을 지시했고 가담했는데요. 증거가 없어서 보복 운전만 인정될 것 같아요.

이한영은 천천히 고개를 끄덕였다.

"2심을 기대할 수밖에 없겠네요."

–뭐, 그래야겠죠.

박철우 검사의 목소리엔 아쉬움이 가득했지만 이한영은 그렇지 않았다.

이한영의 전생에서 박대환은 어려움 없이 해외로 도주했고 사건이 끝난 후 다시 한국으로 돌아왔다.

하지만 이번의 박대환은 출국 직전에 잡혔다. 전생이었다면 장밋빛이었을 박대환의 미래가 시궁창으로 바뀌어가는 게 이한영의 눈에는 또렷이 보였다.

박철우 검사와 전화를 끊은 이한영은 몸을 돌렸다.

그의 눈에 레스토랑의 고급스러운 문이 보인다. 문을 열고 들어가자 유세희가 앉아 있었다.

"오래 기다리셨죠? 죄송합니다, 갑자기 전화가 와서."

이한영이 박대환의 해외 도주를 알게 된 것은 모두 그녀의 도움 덕분이었다. 박대환의 담당 변호사는 조세헌이고, 그 위에는 유세희가 있었다.

유세희가 포크를 손에 들며 말한다.

"박대환 씨 사건, 제가 도와드릴 수 있는 것은 여기까지예요."

"이해합니다."

그녀는 어디까지나 박대환을 변호해야 하는 에스로펌의 막내딸이다. 이 정도면 충분히 이해할 수 있다.

그녀의 큰 눈동자가 힐끗 이한영을 향한다.

"그런데 왜 박대환 씨를 신경 쓰는 거죠? 판사님과는 상관없지 않나요?"

이한영이 어깨를 으쓱해 보였다.

"글쎄요. 그건 그렇고……."

이한영은 말을 돌린다. 그녀에게 자세한 말을 할 수는 없었다.

"황남용 대법관, 에스로펌에서 스카우트할 수 있을까요?"

"네? 황남용 대법관요?"

황남용 대법관은 이한영이 조사해 달라고 했던 사람이다. 그런데 스카우트를 권하다니……. 유세희가 이해할 수 없는 눈으로 이한영을 바라봤다.

이한영이 스테이크를 썰며 입을 열었다.

"대법관을 고문으로 두면 많은 도움을 받을 수 있잖아요."

당연한 소리다.

대법관은 사법부의 정점 중 하나다. 사법부를 떠나 일반인으로 돌아왔다고 해도 대법관이 가진 인맥은 큰 힘이 될 수밖에 없다. 게다가 황남용은 대법원장까지 거론됐던 사람. 두말할 필요도 없었다.

이한영이 말을 이었다.

"그래서 세희 씨의 옆에 둬도 될 사람인지 확인해본 겁니다. 특별한 문제는 없어 보였으니까 스카우트해도 될 것 같은데요. 세희 씨가 대표에 오를 때 큰 힘을 얻을 수 있을 겁니다."

이한영은 황남용을 에스로펌에 둔 뒤 자신의 손바닥 위에 올릴 생각이었다. 하지만 유세희는 이한영의 말이 배려로 느껴졌나 보다.

그녀가 살짝 웃으며 고개를 끄덕인다.

"알아볼게요."

* * *

그리고…….

박대환의 1심 선고 기일이 다가왔다.

박대환은 유세희 그리고 조세헌 변호사와 함께 법정으로 향하고 있었다. 그들의 옆으로 기자들이 달려든다.

"한말씀 해주십시오!"

"피해자 중 한 명이 아직 의식이 없는데 어떻게 생각하십니까?"

"'국산 차를 타는 사람이 추월해?'라고 발언한 게 사실입니까?"

기자들이 따라붙자 조세헌 변호사가 박대환에게 귓속말을 했다.

"오늘 재판은 무조건 우리가 이깁니다. 들어가기 전에 기자들에게 한마디 하시는 게 기업 이미지에 좋을 겁니다."

천천히 고개를 끄덕인 박대환이 몸을 돌려 기자들을 향하자 카메라 셔터가 시끄러울 정도로 찰칵거리기 시작했다. 잠시 카메라를 바라보던 박대환은 주변이 조용해지자 천천히 입을 연다.

"물의를 일으켜 죄송합니다. 그동안 가짜 뉴스와 거짓된 이야기에 마음고생을 했습니다. 하지만 오늘 법정에서 진실이 밝혀질 것이라 믿습니다."

"피해자를 만나보셨습니까?"

기자들의 목소리가 다시 시끄러워지기 시작한다.

하지만 박대환은 여유롭다.

"진실이 밝혀진 후 모든 것을 말씀드리겠습니다."

박대환은 예의 있는 모습으로 카메라를 향해 고개를 숙였다. 그리고 다시 법정으로 향했다.

법정으로 향하던 박대환 앞에 머리와 팔에 깁스를 한 여성이 보였다.

운전자의 아내, 즉 피해자다.

초라한 행색의 그녀를 보던 박대환이 픽 웃는다.

"저것도 의식이 없었어야 했는데, 괜히 살려둬서 고생만 하고 있어."

운전자의 아내도 박대환을 봤다. 순간 그녀의 눈동자에 핏발이 서며 복도가 떠나갈 듯 비명을 지른다.

"웃지 마!"

박대환이 실실 웃고 있는 게 마음에 들지 않았나 보다. 그녀가 떨리는 목소리로 말을 잇는다.

"너 때문에…… 너 때문에!"

잠시 그녀를 보던 박대환이 고개를 틀었다. 뒤에선 기자들이 지켜보고 있다.

"하, 씨발."

기자들이 보지 못하게 욕을 내뱉은 박대환이 운전자의 아내를 향해 천천히 걸어갔다. 동시에 기자들이 숨을 멈추며 복도엔 그의 발소리만 뚜벅거리며 들려왔다. 기자들의 눈동자가 그의 모습을 좇는다.

DH제강은 국내 100대 기업에 포함되는 곳이다. 그런 거대한 기업의 대표가 만들어낸 갑질 논란, 그리고 그가 피해자를 만나 하는 행동은 기삿거리로 충분하다.

운전자의 아내 앞에 멈춰 선 박대환은 천천히 허리를 굽혔다.

"죄송합니다."

"……!"

"모두 제가 부덕한 탓입니다. 경호원들을 말렸어야 했는데. 손해 입으신 부분에 대해선 전부 보상해드리겠습니다."

운전자 아내의 손이 파르르 떨려오기 시작했다. 그녀의 머릿속에 사건이 일어났던 날 밤이 떠올랐다.

갑작스럽게 급브레이크를 밟은 차에서 술에 취해 휘청휘청 걸어 나온 박대환. 그의 손엔 야구방망이가 들려 있었다.

동시에 검은 차량이 몰려들더니 문이 벌컥벌컥 열리고 거대한 덩치의 남자들이 쏟아져 나왔다.

그녀의 남편은 바퀴벌레 하나 못 잡는 겁쟁이였다. 하지만 차 문을 열고 그들에게 맞섰다. 자신이 두들겨 맞으면 아내는 건들지 않을 거라고 생각했나 보다.

"뭐, 뭐 하는 거요! 갑자기 브레이크를 밟으면 어떻게 해요!"

그러나 남편의 떨리는 목소리에 이어 들리는 박대환의 거지 같은 목소리.

"씨발 새끼야, 국산 차 타는 새끼가 날 추월해?"

그리고 구타가 시작됐다.

피가 튀고, 비명이 들렸다. 남편의 몸을 향해 사정없이 야구방망이를 휘둘렀던 자가 바로 박대환이다. 꿈틀대던 남편의 움직임이 멎자 박대환은 야구방망이를 흔들며 말했다.

"영화에서 뭐라고 했더라? 이렇게 야구방망이로 때리고 한 대에 100만 원? 야, 저 여자도 끌어내. 오늘 돈 많이 벌어서 앞으로 외제 차 타고 다니게 해줘."

지난날을 기억하던 운전자의 아내는 분기로 가득한 눈동자로 박대환을 노려본다.

하지만 박대환은 슬픈 표정을 지으며 다시 고개를 숙인다.

"죄송합니다. 정말 죄송합니다."

"천벌 받을 놈아!"

서울서부지방법원의 재판부가 법정에 입장했다.

이제 박대환 사건 1심 판결이 선고될 때다. 모든 사람들은 긴장된 표정으로 재판부에 집중하고 있다.

그때 삐걱, 법정의 문이 열렸다. 들어온 사람은 이한영이다. 그는 다른 사람들의 눈에 띄지 않는 곳에 자리를 잡고 앉은 후 슥 법정을 둘러봤다.

유명한 갑질 논란이라 그런지 많은 기자단이 보인다. 이어서 김진아 검사와 조세헌 변호사, 박대환 그리고 방청석에는 박철우 검사와 유세희도 있다.

마지막으로 이한영의 시선이 피해자인 운전자의 아내에게서 멈췄다. 그녀의 상태는 눈으로 봐도 처참하다. 팔에는 깁스, 머리엔 붕대까지 하고 있다. 얼굴에는 아직 검은 멍이 가시지 않았다.

잠시 안타까운 눈으로 그녀를 바라보던 이한영은 다시 조세헌 변호사와 유세희를 번갈아 보기 시작했다.

두 사람은 여유 있다. 이따금 웃고 있는 것으로 봐서 승리를 확신하는 모양이다.

'웃어?'

피해자의 절규는 아랑곳하지 않고 자신들의 의뢰인이 승리하면 끝이라는 이기적인 생각이 느껴진다. 마음에 들지 않았다.

'어떻게 법으로 밥을 먹고사는 사람들이…….'

그리고 선고가 시작됐다.

판결문이 이어지며 법정은 쥐 죽은 듯이 적막해졌다.

"……따라서 보복 운전만을 인정하여 징역 1년 집행유예 2년을 선고한다."

예상했던 대로 박대환의 승리였다.

조세헌 변호사는 기분 좋게 웃으며 박대환과 악수했고, 김진아 검사와 운전자의 아내는 고개를 숙였다. 운전자의 아내는 처량한 눈물까지 흘리고 있다.

그녀의 한 맺힌 신음을 들으며 천천히 자리에서 일어선 이한영의 날카로운 시선이 박대환에게서 멈춘다.

재수 없게 웃고 있는 입꼬리…….

'많이 웃어 둬라.'

그때 이한영의 휴대폰에 진동이 울렸다. 강신진 지원장이다. 법정을 빠져나가 통화 버튼을 누르자 언제나처럼 느긋한 목소리가 들린다.

–부탁할 게 하나 있는데…….

"말씀하십시오."

–DH제강 박대환 대표 사건을 알고 있나?

이한영의 시선이 열린 법정의 문틈을 통해 피고인석으로 향한다. 여전히 지랄맞게 웃고 있는 박대환이 보인다.

그가 천천히 입을 열었다.

"네, 알고 있습니다."

강신진 지원장의 목소리가 이어졌다.

–검찰에서 2심으로 끌고 갈 모양이야. 그 재판, 장유린 부장에게 넘길 생각이네.

이한영의 눈에 불이 번쩍였다.

듣던 중 반가운 소리다. 안 그래도 2심 재판의 판사가 누가 될지, 어떻게 하면 박대환을 나락으로 떨어뜨릴 수 있을지 고민하던 차였다. 이한영의 손에 힘이 꽉 들어갔다.

강신진 지원장의 말이 계속된다.

–그 재판의 주심은 이한영 판사가 될 거야. 내가 무엇을 부탁하는지 알겠지?

1심과 같이 집행유예로 풀어주란 말이다.

"네, 알고 있습니다."

–매번 어려운 부탁 해서 미안하네.

별말씀을. 기다리던 거다. 오히려 이렇게 도와줄 줄은 생각도 못 했다.

이한영의 입가에 미소가 가득하다.

이한영은 휴대폰을 주머니에 쑤셔 넣으며 다시 박대환에게 시선을 옮겼다. 강신진 지원장이 박대환을 도와주려는 이유는 간단하다. 박대환이 유성건설과 관련 있기 때문이다.

그를 노려보는 이한영의 눈빛은 당장에라도 그의 멱살을 잡고 지옥으로 집어넣을 것만 같다.

* * *

"그럼 앞으로도 변호사님만 믿겠습니다. 하하하하."

박대환과 조세헌 변호사 그리고 유세희는 주차장 앞에서 잠시 인사말을 나누고 있었다.

의기양양하게 웃는 박대환을 보며 조세헌 변호사가 말한다.

"검찰이 항소할 것은 분명합니다. 그러니까……."

잔소리가 시작될 조짐을 느꼈는지 박대환이 손을 휘저었다.

"아이고, 걱정하지 마세요. 제가 한두 살 먹은 어린애도 아니고 사고 안 칠 테니까……."

그때 박대환의 휴대폰이 시끄럽게 울렸다. 유성쇼핑 장태식 사장에게서 온 전화다.

황급히 전화를 받은 박대환은 심하게 굽실대기 시작한다.

"네, 사장님. 박대환입니다."

–박 대표, 마음고생이 심하지?

"아뇨, 사장님이 신경 써주시는 덕분에 괜찮습니다. 하하하하!"

–2심은 준비해 뒀어. 재판장은 장유린 부장판사, 주심은 이한영 판사가 맡을 거야.

더 듣지 않아도 어떤 의미인지 알 수 있었다. 이미 결과가 끝났다는 말이다. 박대환의 입가에 웃음꽃이 활짝 폈다.

"감사합니다. 그럼 걱정하지 않고 발 쭉 뻗고 자겠습니다. 흐흐흐."

통화 종료 버튼을 누른 박대환은 지금보다 더 느긋한 얼굴로 쭉 기지개를 켜며 옆으로 시선을 돌린다.

"제가 방금 누구한테 전화 받았는지 알아요?"

유세희와 조세헌 변호사는 고개를 저을 뿐이다.

박대환이 말을 잇는다.

"유성쇼핑의 장태식 사장님, 알죠?"

알다마다, 대한민국 재계 1위 기업의 차기 후계자다. 그 이름을 모를 수는 없었다.

박대환이 계속 말한다.

"내가 장태식 사장님하고 좀 친한 편이거든. 방금 전화 받았는데, 2심 판사가 막 결정됐답니다."

이제 막 1심이 끝났고 검사가 항소도 하지 않았다. 그런데 벌써 2심 판사가 결정되다니…….

의문 가득한 눈빛의 조세헌 변호사를 바라보며 박대환이 거만한 미소를 지으며 입을 연다.

"누구라더라? 장유린? 이한영? 뭐 그런 사람들이라고 했어요."

난데없이 들려온 이한영의 이름에 조용히 있던 유세희의 미간이 찌푸려졌다.

'뭐야?'

그녀의 머릿속이 복잡해진다. 이한영은 박대환이 도망가지 못하게 만든 장본인이다.

'그런데 박대환의 재판을 이한영 씨가 한다고? 장태식 사장의 로비를 받고?'

뭔가 이상하다.

찝찝한 마음이 가시질 않는다. 유세희가 깊은 생각에 빠져 있는 동안 박대환은 여전히 거들먹거리고 있다.

"이야기가 잘된 모양이니까, 어려울 건 없을 겁니다."

조세헌 변호사의 미간 역시 찌푸려져 있었다.

"이야기가 잘되다뇨? 이한영 판사가요?"

에스로펌에서 이한영은 로비가 통하지 않는 사람으로 알려져 있었다. 그가 아무리 유세희의 남자라 해도 그 사실이 변하는 것은 아니다. 그래서 유선철 대표 역시 이한영에게 재판에 대해서는 입을 열지 않고 있는데…….

'그런데 이한영과 이야기가 잘됐다고? 이거 함정 아니야?'

조세헌 변호사가 뭐라 입을 열려고 할 때 꾹, 그의 팔에 작은 압력이 느껴졌다. 고개를 돌리자 유세희가 그의 팔을 가볍게 잡아끄는 게 보인다. 이야기하지 말라는 신호다.

조세헌 변호사가 입을 다물자 박대환이 능글맞게 웃으며 입을 열었다.

"이 세상에 돈으로 못 하는 게 있다면 그건 돈이 부족해서라는 유명한 말 있잖아요? 상대는 장태식 사장님이에요. 대한민국에선 뭐든 할 수 있는 분이죠. 그럼 계속 잘 부탁합니다. 흐흐흐."

할 말을 다 했다는 듯 박대환은 자신의 차로 성큼성큼 걸어간다. 동시에 나이 지긋한 기사가 운전석에서 뛰쳐나오더니 차의 뒷문을 연다. 그렇게 박대환이 떠났다.

조세헌 변호사가 몸을 돌려 유세희를 향해 묻는다.

"뭐죠? 어떻게 된 거죠?"

유세희는 이마에 손을 대고 고개를 흔든다. 그녀도 알고 있는 것은 없었다.

"알아볼게요."

두 사람 역시 차를 타고 법원을 떠난다.

그때…….

한 차의 문이 열리고 이한영이 내렸다. 이한영이 고개를 돌려 운전석을 향한다. 박철우 검사가 앉아 있다.

“그럼 연락드리겠습니다.”

“고생하세요.”

박철우 검사와 인사를 나눈 이한영은 멀찍이 있는 자신의 차로 향했다.

유세희와 조세헌 변호사 그리고 박대환, 그들의 모습을 이한영이 지켜보고 있었다.

* * *

“1심에서 인정되지 않은 게 박대환이 함께 폭력을 행사했냐는 겁니다. 그 논리를 깨기 위해선 증거가 필요해요.”

며칠 후, 옥탑방의 평상에서 이한영과 박철우 검사가 머리를 맞대고 있었다.

판사가 이한영으로 결정됐다고 해서 무조건 유죄를 때릴 순 없다. 1심의 선고를 뒤집을 만한 논리를 만들어내야 한다.

박철우 검사가 머리를 쥐어뜯으며 말한다.

“블랙박스를 죄다 훼손해 놨는데…….”

“목격자는 많잖아요.”

“누구? 재벌 후손들? 그 속옷이 그 속옷인데 도움을 주겠어요? 그리고 그놈들을 조사하는 게 쉽지 않은 거 아시잖아요?”

“아뇨, 후계자들 말고요.”

“그럼?”

“경호원.”

박철우 검사가 한숨을 내쉬었다.

“경호원들이 죄다 운동선수 출신이거든요? 운동한 사람들 특징 알죠?

이상한 데에 의리가 있단 말이야. 게다가 그놈들은 이미 입을 다 맞춰놨어요. 김진아 검사가 몇 번이나 쑤셔봤는데, 앵무새처럼 똑같은 말만 지껄이고 있대요."

이한영의 손가락이 버릇처럼 움직이기 시작했다.

"박대환은 아랫사람을 챙기는 스타일이 아니에요. 분명히 불만 있는 놈이 있을 텐데……."

순간, 이한영의 머릿속에 며칠 전 서부지방법원에서 봤던 박대환의 모습이 스쳤다. 자신의 차로 향한 박대환, 쏜살같이 튀어나와 문을 열던 운전기사. 그때 봤던 운전기사의 얼굴에는 굴욕감이 가득했다.

이한영이 고개를 들어 박철우 검사를 바라봤다.

"박대환의 운전기사, 조사해봤죠?"

"참고인 정도로만."

역시 탁상머리 회의는 답이 없다. 이리저리 말해봤자 다시 원점일 뿐이다. 이한영이 자리에서 일어섰다.

"현장에 가보죠."

박철우 검사가 인상을 팍 찌푸린다.

"아, 진짜! 무슨 판사가 이렇게 현장을 좋아하시나 몰라. 내가 어제오늘, 이틀 동안 2시간 잔 거 모르죠? 검사가 이렇게 피곤한 직업인데, 나를 끌고 현장에 가겠다고요?"

구시렁대면서도 따라 일어선다.

새벽 3시 30분. 사건이 일어난 것과 동일한 시간에 이한영과 박철우 검사는 현장에 있었다.

8차선의 널찍한 도로. 가운데에는 화분 같은 것으로 양방향의 차선을 구분하고 있다. 오가는 차는 없다. 적막만이 가득하다.

박철우 검사가 담배를 입에 물며 말한다.

"저기 굴다리 밑에서 피해자의 차가 추월했고, 바로 이 지점에서 박대환이 급브레이크를 밟았어요."

손가락으로 가리킨 곳엔 채 지워지지 않은 스키드마크가 보였다.

"피해자는 무서웠겠네요."

박철우 검사가 고개를 끄덕인다.

"자신의 자동차 주변으로 다른 차들이 에워싸고 덩치 큰 남자들이 내리면, 지옥 같았겠죠."

도와줄 사람도, 신고할 사람도 없다.

놈들은 피해자가 '살려주세요! 제발요!'라며 비명을 질러도 들은 척하지 않고 무차별 구타를 했다. 아직도 이곳에서 피해자의 고통 어린 신음이 들려오는 것만 같았다. 하지만 박대환은 집에서 발 뻗고 잘 자고 있을 거다.

이한영은 스키드마크 앞으로 걸어가며 주변을 둘러봤다.

'흔적, 흔적…….'

현장은 흔적을 남기기 마련이다. 아무리 용의주도한 범인이라도 마찬가지다. 흔적은 찾지 못한 것일 뿐, 없을 수가 없다.

이한영은 손목을 들어 시간을 확인했다.

3시 35분.

단 5분 만에 운전자는 의식을 잃었다. 이제 그의 아내가 끌려 내려올 때다.

'흔적…….'

그의 시선이 중앙 차로를 막고 있는 화분으로 향했다. 다른 화분은 다 낡았는데, 몇 개만 새것이다. 박대환이 화분을 들어 피해자를 내려찍었기 때문이다.

이한영이 화분으로 걸어가며 입을 열었다.

"화분에 지문은 없었죠?"

"네, 피해자 주장으로는 박대환이 장갑을 끼고 있었대요."

이한영이 화분으로 걸어갔을 때 반대편에서 우유 배달 차가 지나가는 게 보였다.

이한영의 눈이 번쩍였다.

"저 차 잡아요!"

"네?"

담배 연기를 뿜던 박철우 검사는 이한영의 갑작스러운 말에 눈을 크게 떴다.

"저 차!"

이한영은 이미 우유 배달 차를 향해 달려가고 있었다. 우유 배달은 거의 같은 시간에 이뤄진다. 사건 당일에도 저 차가 이곳을 지나갔을 확률이 높다.

박철우 검사도 뒤늦게 이해했는지 차를 향해 달리기 시작했다.

"우유 배달 차를 잡으러 가는 검사는 나밖에 없을 거야!"

"판사도 마찬가지예요!"

있는 힘껏 달렸지만 우유 배달 차는 두 사람의 소리를 듣지 못하고 유유히 사라졌다.

박철우 검사가 거친 숨을 내쉬며 휴대폰을 손에 쥔다.

"차 하나 잡아줘요. 지금 강남으로 빠져나가는 차인데요."

전화를 마치고 숨을 고른 박철우 검사가 이한영에게 고개를 돌리며 입을 연다.

"그런데 기대는 하지 마세요. 차량 블랙박스는 영상 저장 기간이 짧아요. 게다가 상시 녹화라면 이미 지워졌을 가능성이 크고요."

가능성은 적다. 하지만 없는 것보단 낫다.

이한영이 입을 연다.

"아까 흔적을 찾으면서 생각해봤거든요. 흔적 없는 범죄는 없잖아요."

"그렇죠."

"박대환의 아버지 박강서요."

박대환의 사건을 쫓다가 뜬금없이 박강서의 이름이 나온다. 하지만 박철우 검사는 입에 담배를 물며 이한영의 목소리에 귀를 기울였다.

이한영의 말이 이어졌다.

"박강서는 국가안전기획부장을 지낸 사람이고, 은퇴 후엔 자금을 전달해 주는 브로커였어요. 범죄는 흔적을 남기지만 브로커는 반드시 기록을 남기죠."

"기록?"

브로커는 항상 최악의 상황을 가정한다. 그게 불법적인 일이라면 더욱 그렇다. 그들은 마지막에 자신이 잡고 살아야 할 동아줄을 만들어 놓기 마련이다.

이한영의 말이 계속됐다.

"네. 그리고 조금 이상하게 생각하고 있던 게 있어요. 제가 2심의 판사가 된 게 유성쇼핑 장태식 사장의 힘이거든요. 그런데 장태식 사장에게 DH제강은 일개 하청업체일 뿐이잖아요? 왜 신경을 써주고 있을까요?"

툭, 박철우 검사의 담배에서 타들어가던 재가 떨어졌다. 박철우 검사의 시선이 이한영에게 향한다.

이한영의 목소리는 침착하게 이어지고 있었지만 박철우 검사의 눈은 떨리고 있다.

"설마……?"

이한영이 고개를 끄덕였다.

"박강서가 남긴 더러운 기록을 찾아내면 이번 사건이 어디까지 불붙을지 궁금하지 않아요?"

일단 전 대법관인 황남용과 국토부 장관이 개입되어 있다. 그것만으로도 세상이 들썩일 건데, 그 이상이 있다면?

박철우 검사가 담배 연기를 힘껏 내뿜으며 말했다.

"에이, 씨발. 또 이사해야겠네."

아이러니하지만 세상의 비밀이 숨겨진 판도라의 상자를 찢어버린 정의의 검사는 유배를 가야 한다.

슈퍼맨 검사 박철우는 박강서의 기록을 찾기로 마음먹었다. 하지만 그 전에 박강서의 아들 박대환을 처단해야 한다.

박철우 검사의 휴대폰에 진동이 울렸다. 전화를 받은 그가 이한영을 보며 말한다.

"아까 그 우유 배달 차요, 요 앞 아파트에 주차되어 있대요. 일단 박대환부터 죽이러 갑시다."

* * *

다음 날.

장유린 부장이 사무실 옆 자신의 방으로 이한영을 불렀다. 책상 앞에 선 이한영에게 그녀가 말한다.

"정식으로 넘어왔어. 알지?"

"네."

검찰이 항소했고, 그 사건이 장유린 부장에게 배정되었다.

그녀가 입을 연다.

"검찰의 증거는 빈약해. 어려울 것은 없어. 검사가 증거를 보강해 온다고 해도 상관하지 마. 지원장님이 검찰 고위급과 이야기하는 중이니까, 박대환의 편을 들어 재판을 끝내도 찍소리 하나 나오지 않을 거야."

"알겠습니다."

장유린 부장의 차가운 시선이 이한영의 표정을 훑는다.

"그런데 괜찮겠어?"

"괜찮다뇨?"

"이한영 판사, 아직 젊잖아?"

젊은 판사들은 아직 때가 묻지 않아 정의롭다.

이한영이 고개를 끄덕였다.

"마음은 불편하지만, 제가 위로 올라가려면 어쩔 수 없다고 생각합니다."

장유린 부장이 붉은 입술로 웃는다.

"그래, 잘 생각했어. 피해자? 안타깝긴 하지만 어차피 도움이 안 되는 사람들이야. 박대환 대표 같은 사람이 오히려 더 필요한 법이지."

이한영은 장유린 부장을 향해 고개를 숙였다.

'미안. 난 박대환 같은 사람은 이 세상에 필요 없다고 생각해. 다 박살 내버릴 거야.'

이한영이 박대환 사건의 서류에 파묻혀 있을 때 휴대폰에 진동이 울렸다. 박철우 검사다.

바로 자리에서 일어난 이한영은 복도로 나가며 통화 버튼을 눌렀다.

"네, 검사님."

-지금 블랙박스 영상 확인해봤는데요…….

어젯밤, 이한영과 박철우 검사는 사건 현장에 있었다. 그리고 항상 같은 시간에 운행하는 우유 배달 차를 찾았다.

아쉽게도 운전자는 당시 상황을 모르고 있었다. 그저 차가 많이 서 있고 사람들이 몰려 있어서 사고 현장인 줄 알았다고 한다. 하지만 블랙박스의 메모리카드를 건네받을 수 있었다.

박철우 검사는 그 차의 블랙박스 영상을 말하는 거다.

"있나요?"

자동차의 블랙박스는 저장 기간이 짧다. 이미 시간이 꽤 많이 흘렀기에 없을 가능성이 컸다. 그런데…….

—네, 있어요. 과속방지턱을 넘으면서 충격을 받았는지 이벤트 녹화로 장기 저장돼 있더라고요.

이한영이 주먹을 꽉 쥐었다.

이제 사건은 끝났다. 박대환을 어떻게 요리할지 레시피만 고민하면 된다. 하지만, 세상에 쉬운 일은 없었다.

박철우 검사의 말이 이어진다.

—이게 문제가 좀 있어요. 화질이 안 좋아서 얼굴이 명확하지 않아요. 박대환으로 보이는 새낀 뒷모습만 있어요. 그쪽 변호인 측에서 절대 증거로 인정하지 않으려 들 거예요.

"메일로 영상 보내주세요. 저도 한번 볼게요."

전화를 끊은 이한영은 가볍게 한숨을 내뱉었다. 그리고 잠시 후 휴대폰을 열어 메일을 확인했다. 박철우 검사가 보낸 동영상 파일이 보인다.

사건 당일의 처참함이 재생되기 시작했다.

비상등을 켜고 도로를 메운 자동차와 몰려 있는 남자들, 그들 중 한 명의 손에 야구방망이가 들려 있다. 아마 그가 박대환일 거다. 하지만 박철우 검사의 말대로 뒷모습만 보일 뿐이다. 경호원들의 얼굴도 밤인 데다 화질이 좋지 않기에 제대로 나와 있지 않다. 그때 박대환이 손가락질을 했고, 한 경호원이 중앙선에 있는 화분으로 걸어온다.

영상은 딱 여기까지였다. 이후로는 우유 배달 차가 도로를 달리는 모습만 있을 뿐이다.

이한영은 화면을 되돌렸다. 그가 다시 보는 장면은 화분으로 걸어오는 경호원이 나오는 부분이었다.

'이 사람의 얼굴은 그래도 알아볼 수 있어.'

화분을 들기 위해 다가오며 그는 블랙박스와 가까워졌다. 그 덕에 그의 얼굴은 그나마 제대로 나와 있었다. 화면을 멈춘 이한영은 그 경호원의 얼굴을 캡처했다. 그리고 그 사진을 박철우 검사에게 메시지로 보냈다.

곧바로 박철우 검사에게 전화가 왔다.

–이놈은 왜요?

"이 사람과 대화 좀 할 수 있을까요?"

–대화? 판사님이 직접?

"네."

잠시 망설이는 기색이 느껴진다. 하지만 이대로는 답이 없다는 것을 박철우 검사도 알고 있다.

–알겠어요. 연락드릴게요.

* * *

그날 밤, 서울 용산경찰서.

이한영의 차가 주차되었다. 그가 차에서 내리자 앞에 한 여성이 서 있다.

낯익은 얼굴. 일전에 김윤혁이 테러당했을 때 현장에 있던 여형사다.

"연락 받았어요. 판사님이 조사하신다고요? 서장님은 물론이고 우리 팀장님도 모르는 일이니까 빨리 끝내주셨으면 해요."

검찰에는 보는 눈이 많다.

그래서 박철우 검사가 김윤혁 사건 이후로 친해진 여형사에게 부탁했고, 이한영이 용산경찰서로 오게 된 거다.

"감사합니다. 오래 걸리지는 않을 거예요."

이한영은 그녀에게 허리를 굽힌 후 차에서 모자를 꺼냈다.

밤늦은 시간이지만 경찰서는 아직도 불이 훤하다.

음주운전을 하다가 걸린 사람, 술에 취해 난동을 피운 사람 등 온갖 부류의 사람들이 존재했다.

모자를 눌러쓴 이한영은 취조실에 앉아 경호원을 기다리며 그동안 경찰이 취조한 내용을 읽는 중이었다. 그때 문이 열리고 여형사와 함께 남자가 안으로 들어왔다. 남자는 블랙박스에 찍힌 경호원이다.

남자가 이한영의 맞은편에 앉자 여형사는 밖으로 나간다. 탁, 문이 닫히는 소리와 함께 취조실엔 적막만이 남았다. 이한영은 어떤 말도 하지 않는다. 그저 서류만 넘겨 읽고 있을 뿐이다.

무거운 분위기를 이기지 못한 남자가 먼저 입을 열었다.

"처음 보는 분인데, 누구십니까?"

그 말에 이한영이 눈동자만 틀어 앞을 바라본다.

"김민준 씨를 도와주러 온 사람요."

남자의 이름은 김민준, 운동선수 출신이다. 김민준이 이한영의 얼굴을 살핀다. 모자를 눌러쓰고 얼굴을 가린 거로 봐선 변호사는 아니다.

"도와주러 온 사람이라뇨?"

이한영이 가방에서 태블릿 PC를 꺼내 테이블에 놓았다. 그리고 김민준을 향해 밀었다.

"영상, 재생해 보세요."

김민준은 멍한 얼굴로 태블릿 PC를 손에 들고 동영상을 재생했다. 우유 배달 차의 블랙박스에 있던 영상이다. 거기엔 자신의 얼굴이 똑똑히 나와 있다.

김민준의 얼굴에 핏기가 가셨다.

"이, 이게 왜요?"

"피해자의 증언 중엔 중앙선에 놓인 화분으로 맞았다는 이야기도 있습니다. 그 영상엔 김민준 씨가 화분을 가지러 간 게 찍혀 있고요."

"그러니까, 이게 왜요?"

이한영이 들고 있던 서류를 테이블에 내려놓으며 건조한 목소리로 입을 열었다.

"지금까진 집단 폭행으로 재판받았죠? 앞으로는 살인미수가 될 겁니다. 의식을 잃은 운전자가 사망한다면 살인죄가 적용될 거고요."

김민준의 얼굴이 딱딱히 굳어졌다.

이한영의 목소리는 계속되었다.

"다른 경호원들의 손엔 무기가 없어요. 여기 야구방망이를 든 사람이 보이지만 영상만으로는 휘둘렀다고 볼 수 없고요. 하지만 김민준 씨는……."

김민준이 고개를 저었다.

"아뇨, 전……."

"아니라고 말씀하시면 믿어줄 사람이 있을 것 같습니까? 그리고 DH제강과 어떤 약속을 했는지는 모르겠지만 그쪽에서 김민준 씨를 도와줄 거라는 생각은 하지 마세요. 한 명에게 뒤집어씌우면 앞으로의 재판이 편하다는 걸 잘 아는 사람들이니까요."

김민준이 애써 웃어 보이며 입을 연다.

"누구신데 그런 말씀을 하는 거죠? 이럴 땐 자신을 먼저 밝혀야 하는 거 아닙니까?"

"내가 누구라고 밝히면 상황이 바뀝니까? 처음에 말했잖아요? 김민준 씨를 도와주러 온 사람이라고요. 내가 누군지를 궁금해하지 말고 김민준 씨의 미래를 걱정하세요. 아이가 이제 세 살이 되었다고 들었는데, 지금 이대로 가면 고등학교 가는 것도 못 볼 수 있어요."

김민준의 마음에 섬뜩한 불안감이 들어섰다. 부들거리는 주먹을 꽉 쥔 그가 고개를 숙인 채 숨을 죽인다. 마음이 갈팡질팡하는 거다.

이한영은 그 순간을 놓치지 않았다.

쾅! 두 손으로 테이블을 내려찍으며 김민준을 빠르게 몰아세웠다.

"네가 때린 거야. 네가 죽이려 한 거야. 화분으로 피해자의 머리를 내려

찍고! 야구방망이를 휘두른 거야! 학창 시절 기록을 보니까 경찰서도 들락날락했던데? 다 네 탓이야. 넌 이제 감옥에 갈 거야. 살인미수, 어쩌면 살인! 가족들은 살인자의 가족이라고 손가락질받겠지? DH제강이 도와줄 것 같아? 개소리야. 몇천만 원 던져주는 게 끝이야. 그 돈을 받은 가족들이 '아이고, 감사합니다' 할 것 같아? 넌 살인죄로 감옥에 있는데? 그렇게 살고 싶냐? 이런 거 네 변호사는 안 가르쳐주지? 왜 그럴 것 같아? 다 너 이용하는 거야, 새끼야."

이한영의 악마 같은 목소리는 계속 이어졌다.

그 목소리를 들으며 김민준은 철렁 가슴이 내려앉았다. 이한영의 말이 구체적이었는지 그의 머릿속엔 갖가지 망상이 자리 잡기 시작했다.

돈을 받은 아내, 10년 이상 감옥에 있을 김민준. 아내는 기다려줄까? 세 살짜리 아이는 다른 남자를 보며 "아빠, 아빠" 하고 자라지 않을까? 아니, 그게 아니더라도 학교에서 손가락질받지 않을까? 아빠가 살인자라고 따돌림을 당하는 것은 아니야? 단돈 몇천만 원으로 10년 이상을 어떻게 버텨!

김민준의 눈에 핏줄이 주우욱 그어졌다. 그가 피를 토하듯 외친다.

"씨발! 나 아니라고!"

* * *

"사건 당시 경호원이나 피해자 그리고 박대환의 차에도 블랙박스가 없었잖아요? 그거 박대환의 운전기사가 감췄대요."

"그걸 어떻게 알아냈어요? 우리가 그렇게 신문해도 입도 뻥긋 안 하던 새낀데."

이한영이 빙긋이 웃는다.

"궁예잖아요. 관심법."

"이제 대놓고 궁예라고 하네, 흐흐흐."

툭, 박철우 검사와 이한영의 캔맥주가 부딪쳤다.

이한영이 맥주를 입에 댔다가 떼며 말한다.

"우선 김민준의 공소장을 집단 폭행에서 살인미수로 변경하셔야 할 거예요. 언제 그쪽으로 다시 넘어갈지 모르니까 계속 협박해야죠."

"알겠습니다."

"그리고 증인으로도 김민준을 신청하세요. 아, 박대환의 운전기사 회유하는 거 잊지 마시고요."

"판사가 차려 놓은 밥상, 떠먹지도 못하면 검사 때려치워야죠."

박철우 검사의 기분 좋은 목소리를 들으며 이한영이 다시 입을 열었다.

"박대환은 아내와 이혼한 후로 혼자 살고 있어요. 구속돼서 집이 비면……."

박철우 검사가 고개를 끄덕였다.

"박대환의 아버지, 박강서가 남긴 브로커의 흔적을 찾아야죠."

* * *

저벅저벅.

박대환이 2심 재판을 받기 위해 법정으로 향하고 있었다. 1심 때처럼 기자들은 보이지 않는다. 이미 사람들의 관심에서 사라졌다는 증거다. 잠시나마 DH제강을 욕했던 인터넷의 댓글도 사라졌다.

박대환에게 세상은 평화로웠다. 단지 딱 한 사람만 제외하면…….

박대환의 눈에 운전자의 아내가 보였다. 그녀는 법원 기둥에 등을 기댄 채 재판을 기다리며 고개를 숙이고 있었다.

박대환이 그녀 앞으로 다가섰다. 그리고 주변을 죽 돌아본다. 혹시라도 기자들이 있나 싶어 확인하는 거다. 역시 없다. 동시에 박대환의 입술이 뒤틀린다. 마음껏 괴롭힐 수 있는 시간이 왔기 때문이다.

"어이?"

박대환의 목소리에 그녀가 고개를 든다. 1심에서 패했지만 그녀의 눈에 포기는 보이지 않았다. 여전히 싸우고자 하는 기색이 역력하다.

박대환이 픽 웃으며 말한다.

"아줌마, 2심이라고 다를 것 같아?"

운전자의 아내는 입술을 꽉 깨문다.

분한 표정이 얼굴에 솟아오르자 박대환은 즐거웠나 보다. 그녀의 얼굴 가까지 자신의 얼굴을 가져다 대며 속삭인다.

"아줌마, 내가 세상을 가르쳐줄게. 법은 거지들 편이 아니야. 머리가 장식이 아니면 생각이라는 걸 해봐. 법을 누가 만들었어?"

"……!"

"너희들이 매일 떠드는 국가의 주권은 국민에게 있다? 그거 허울 좋은 개소리야. 법은 가진 자들이 만들었어. 그런데 왜 국민에게 주권을 주겠어?"

"……!"

"난 가진 자, 아줌마는 거지. 누가 이길 것 같아?"

그녀의 몸이 사시나무처럼 파들거렸다.

천천히 몸을 세운 박대환이 그녀를 내려다보며 낮게 말했다.

"나도 시간 더 질질 끌고 싶지 않고 내 경호했던 애들 계속 구치소에 있는 거 보고 싶지도 않으니까, 이만 합의합시다. 500만 원 줄게."

운전자 아내의 눈에서 눈물이 주르륵 흘렀다.

"남편이, 내 남편이 아직 깨어나지 못하고 있는데, 뭐? 500만 원?"

"그럼, 천만 원 줄까?"

급기야 그녀가 박대환의 멱살을 잡는다.

"야, 이 나쁜 새끼야! 합의? 그딴 돈 내밀면서 합의?"

시뻘게진 그녀의 눈동자. 동시에 박대환이 고개를 틀어 뒤에 서 있던 자신의 운전기사를 향한다.

사진을 찍으라는 신호다. 휴대폰을 들고 망설이던 운전기사는 눈을 꾹 감는다.

* * *

"이건 또 뭐야?"

법정에 갈 준비를 마친 이한영은 시간을 되기를 기다리며 휴대폰으로 기사를 보고 있었다. 그런데 이상한 기사가 보인다. 송나연 기자의 드림일보급 회사가 아닌, 들어본 적 없는 인터넷 신문사의 기사……. 그런데 빠르게 메인을 차지하고 있다.

이한영은 기사를 보기 위해 화면을 꾹 눌렀다.

갑질 논란? 결국, 합의금이 목적이었다

2심 판결을 앞두고 DH제강 박대환 대표가 다시 피해자에게 고개 숙여 사과했다. 하지만 피해자는 박대환 대표의 멱살을 잡으며 더 많은 합의금을 내놓으라며…….

댓글은 더 가관이다.

-합의금 받으면 남편과 이혼 각 ㅋㅋㅋ

-저럴 줄 알았지. 100대 기업 대표쯤 되면 예의 있는 사람이다. 함부로 남 때리고 그러겠냐? 오히려 눈치 보고 살지?

-한 100억쯤 받고 싶었나 보다. 남편이 의식 없다는 것도 거짓말 아님?

이한영의 입에서 한숨이 흘렀다.

사진엔 피해자에게 멱살 잡힌 박대환의 모습이 보였지만 어떤 상황이었는진 뻔했다. 박대환이 일부러 피해자를 자극한 후 사진을 찍었을 거다.

1심 판결 후 DH제강 갑질 논란은 대중의 눈에서 사라졌다. 하지만 DH제강의 이미지까지 좋아진 것은 아니다. 박대환은 피해자를 이용해 이미지를 좋게 만들려 하고 있었다. 여러모로 마음에 안 드는 새끼.

이한영은 휴대폰을 내리며 자리에서 일어섰다. 이제 박대환을 박살 낼 시간이다.

* * *

"피고인신문을 하겠습니다. 먼저 검사, 신문하세요."

재판이 진행되고 있었다.

장유린 부장의 말에 김진아 검사가 자리에서 일어선다. 그녀가 박대환을 날카롭게 쏘아봤지만 그는 여유롭다 못해 상황을 즐기고 있다. 재판부가 자신의 편이라는 걸 알기 때문인지 검사든 뭐든 오라는 눈빛이다.

박대환 앞으로 다가간 김진아 검사가 입을 열었다.

"피고인, 사건 당일 친구들과 무엇을 했죠?"

"새벽 2시까지였나? 술을 마셨죠."

박대환의 목소리는 삐딱했다. 하지만 김진아 검사는 대수롭지 않게 여기며 입을 연다.

"그리고 음주운전을 했다고요?"

"네, 음주운전은 인정합니다."

사실, 술을 마신 것도 숨길 수 있었다. 하지만 굳이 밝힌 이유는 만에 하나 신실이 드러났을 경우 음주에 의한 심신미약을 주장하기 위해서다. 에스로펌은 이용할 수 있는 것은 모두 이용해 박대환의 죄를 덮어주려 하고 있다.

김진아 검사가 슬슬 박대환을 쏘아붙이기 시작했다.

"그래서 급브레이크를 밟았습니까, 술을 마신 상태에서? 급브레이크를 밟은 이유가 뭡니까?"

하지만 박대환은 이미 조세헌 변호사를 통해 충분히 교육을 받았다. 어떤 질문이 오든 난처할 것 같으면…….

"술을 많이 마셔서 기억 안 납니다."

김진아 검사의 입이 비틀렸다.

"트렁크에 야구방망이를 들고 다녔던 건요? 그것도 기억 안 나나요?"

"야구방망이라뇨? 전 야구를 좋아하지도 않아요."

"박대환 씨! 피해자의 증언이 있잖아요!"

박대환이 웃는다.

"혹시 방금 올라온 인터넷 기사 보셨습니까? 피해자가 저를 상대로 합의금 장사를 하려고 했어요! 저도 억울합니다!"

그 말에 방청석이 웅성거리기 시작했다.

"합의금 장사?"

"뭔 말이야?"

사람들은 휴대폰을 꺼내 박대환이 말한 뉴스를 찾아본다. 법정에 들어오기 전, 운전자의 아내가 박대환의 멱살을 잡고 흔드는 사진이 있다.

"진짜네?"

"와, 어떻게 사람이……. 지금 남편 의식 잃은 거 맞지?"

법정의 분위기는 운전자의 아내에게 불리하게 돌아가고 있었다. 그렇게 김진아 검사의 신문이 끝났다.

이제 변호인 반대신문이다.

조세헌 변호사가 박대환 앞에 섰다.

"박대환 씨, 폭행에 가담했습니까?"

박대환이 순진무구한 눈빛으로 고개를 흔들며 입을 연다.

"폭행이라뇨. 태어나서 단 한 번도 남을 때려본 적이 없어요. 그리고 그날은 술을 많이 마셔서 기운도 없었고요."

"술을 얼마나 마셨죠? 될 수 있으면 구체적으로 말씀해주셨으면 좋겠습니다."

"그러니까, 네 명이 마셨거든요. 얼마나 마셨는지는 정확히 기억 안 나는데요. 술값을 생각해보면 한 사람당 세 병 정도 마셨을 거예요."

"평소 주량이 어떻게 되십니까?"

"평소엔 한 병만 먹어도 바로 잠이 듭니다. 그런데 그날은 기분이 좋았는지 많이 마셨습니다."

"급브레이크를 밟은 이유는요?"

"음주운전을 하면서도 이건 아니라고 생각했나 봐요. 그래서 주차해도 되는 자린 줄 알고 차를 세웠을 뿐이에요. 뒤에 차가 있는지는 정말 몰랐고요. 위협하려던 것은 더더욱 아니었어요."

김진아 검사가 물어봤을 때는 기억 안 난다고 잡아떼던 놈이다. 그런데 줄줄줄 대답하고 있다.

조세헌 변호사가 고개를 끄덕이며 재판부를 향했다.

"피고인은 도로와 주차 공간을 구별할 수 없을 정도로 술을 마셨습니다. 혈중알코올농도 측정 결과 역시 만취 상태였습니다. 박대환 씨가 제대로 걸을 수나 있었을까요?"

조세헌 변호사는 김진아 검사를 향해 시선을 틀며 계속 말을 잇는다.

"검찰에서는 박대환 씨가 피해자를 향해 야구방망이를 휘둘렀다고 합니다. 그렇게 제대로 걷지도 못하는 사람이 누군가를 정확히 가격할 수 있을까요? 전 이 사건을 검찰의 억측이 만들어냈다고 생각합니다."

김진아 검사가 빌떡 일어섰다.

"재판 전 추가로 제출한 증거에 따르면 피고인 박대환 씨가 멀쩡히 서 있었다는 사실이 나와요!"

재판 전 제출한 증거란 우유 배달 차에서 찾은 블랙박스를 말하는 거다.

조세헌 변호사가 냉소적인 목소리로 물었다.

"그 영상, 저도 봤는데요. 박대환 씨가 어디에 있었습니까?"

"검은 양복을 입은 경호원 사이에서 유일하게 평상복 차림에 야구방망이를 들고 있던 사람이 박대환 씨입니다."

조세헌 변호사가 어이없다는 듯 웃었다.

"시속 80킬로미터 이상으로 달리던 차에서 순간적으로 찍힌 영상이죠. 게다가 뒷모습이었어요. 지나가던 사람이었을 수도 있고, 친구였을 수도 있어요. 그 영상만으로 박대환 씨를 확정 짓는 검찰의 의도가 궁금합니다!"

김진아 검사가 반론을 위해 입을 열려 했다. 하지만 장유린 부장이 막아선다.

"검사, 진정하시고. 변호인은 계속 신문하세요. 증거에 관한 것은 재판부가 판단하겠습니다."

장유린 부장은 일부러 두 사람의 논쟁을 끊어버렸다. 이번 재판의 목표가 진실을 찾는 게 아니기 때문이다.

김진아 검사가 아랫입술을 꽉 깨물 때, 조세헌 변호사가 다시 몸을 돌려 박대환을 향했다. 그렇게 짜고 치는 대답이 몇 번 더 오간 후, 변호인 반대신문이 끝났다.

이제 증거 채택 및 증인 신청의 시간이다.

"검사, 증인 신청하시겠습니까?"

김진아 검사가 한숨을 내쉬며 자리에서 일어섰다.

그녀는 바보가 아니다. 그녀 역시 재판이 진행되는 동안 재판장 장유린의 손이 박대환을 밀어주고 있다는 것을 느끼고 있었다.

하지만 포기하지 않는다.

"사건 당시의 자세한 상황을 듣기 위해 피해자인 정순옥 씨를 증인으로 신청합니다. 그리고 같은 이유로 박대환 씨의 경호를 맡았고 사건 현장에 함께 있었던 김민준 씨를 증인으로 신청합니다."

변호인석에 앉아 있던 조세헌 변호사의 눈썹이 꿈틀거렸다.

'김민준?'

모르는 이름이다.

조세헌 변호사가 박대환을 향해 몸을 기울이며 속삭인다.

"김민준이 누구죠?"

"김민준요?"

자신을 경호했던 사람이지만 모르는 눈치다. 잠시 생각을 하던 박대환이 고개를 흔든다.

"경호원 이름을 일일이 알 수는 없잖아요?"

재판은 작은 변수 하나로 뒤집히기도 한다. 완벽하다고 생각했던 논리가 단 하나의 증거로 와르르 무너지는 걸 어렵지 않게 볼 수 있다. 그런데 모르는 게 튀어나왔다.

'뭐지? 경호원들은 이미 우리 편으로 돌아섰다고 들었는데…….'

조세헌 변호사의 눈동자가 점점 더 검게 변해갔다.

1차 공판이 끝났다.

조세헌 변호사가 복도를 걸으며 휴대폰을 귀에 댄다.

"박대환 씨 사건에서 경호원들 사건을 맡은 변호사가 누구야?"

–김수명 변호삽니다.

"연락해서 김민준에 관한 자료 넘기라고 해. 그리고 김민준 미팅할 때 나한테 연락하라고 하고. 같이 갈 테니까."

조세헌 변호사가 휴대폰을 주머니에 넣자 옆에 있던 박대환이 느긋한 목소리로 말한다.

"경호원까지 알 필요 없다니까요. 걔들은 다른 생각 안 해요. 그리고 이번 재판은 가만히 있어도 우리가 이기는 겁니다. 걱정도 많으셔. 흐흐."

"일단 알아보기만 하겠습니다."

"뭐, 그러시던가요."

조세헌 변호사의 입에서 가벼운 한숨이 흐른다.

그가 느끼기에도 이번 재판은 정말 쉽게 흘러가고 있었다. 하지만 알 수 없는 불안감이 그의 마음을 짓누른다.

그 이유는 이한영이다.

'이한영 판사가 로비를 받았다고? 말이 안 되잖아! 속고 있는 것일 수도 있어. 그런데 유세희 팀장은 이한영이 이상하다는 걸 알면서도 왜 가만히 있으라는 거야? 오늘 이한영이…….'

이한영에 대해 생각하던 조세헌 변호사의 눈썹이 꿈틀거린다.

'그러고 보니까…….'

서서히 걸음을 멈춘 그가 고개를 돌려 법정을 향했다.

오늘 재판에서 이한영은 어떤 움직임도 보이지 않았다. 그저 가만히 재판을 지켜보고 있었을 뿐이다.

평소의 재판과 전혀 다른 모습.

이한영의 그 모습은 사냥을 준비하는 호랑이 같았다. 호랑이는 먹이를 사냥할 때 자신의 모습을 감춘다. 그리고 단번에 목을 물어뜯어 질식시킨다.

'설마?'

조세헌 변호사의 입술은 바짝 말라 있다. 마음속의 불안감이 더욱 커지기 시작했다.

* * *

"장유린 부장님, 드릴 말씀이 있는데요."

자판기에 지폐를 넣던 장유린 부장이 고개를 틀었다.

언제 왔는지 이소이 판사가 서 있었다.

이소이 판사는 이한영이 중앙지방법원에서 부장 대행을 했을 때 배석으로 있던 사람이다. 그리고 이한영의 외출을 장유린 부장에게 보고하다가 그에게 걸린 적도 있다.

장유린 부장이 고개를 끄덕인다.

"여기서? 아니면 나가서?"

이소이 판사는 휴게실은 물론 복도까지 두리번거린다. 그리고 두 사람만 있다는 것을 확인한 후 작게 말한다.

"여기서 말씀드릴게요. 아까 박대환 씨 재판하셨잖아요?"

"응."

"검사들이 박대환을 왜 잡으려고 하는지 들었어요."

"그게 무슨 말이야? 검사들이 박대환을 잡으려는 이유가 따로 있어?"

"네, 그런 것 같아요."

장유린 부장의 눈동자에 흥미가 채워진다.

"말해봐."

"식당에서 밥을 먹는데, 제 뒤에 박대환 씨의 담당 검사하고 또 다른 검사가 있었거든요. 두 사람이 이번 재판에 대해서 말하다가……."

말이 길어질 것 같았는지 장유린 부장이 손을 저었다.

"본론만."

"박대환 씨의 아버지 박강서가 브로커였대요."

이건 장유린 부장도 알고 있던 거다.

"그래서?"

"그런데 브로커 일을 하면서 기록을 남겨 뒀대요. 그 기록이 유성그룹과 관련이 있는 것 같고요."

"기록?"

"네, 검찰의 최종 목표는 그 기록인 것 같아요."

장유린 부장이 턱을 쓸어 만진다.

'그래, 브로커는 기록을 남기지……. 게다가 박강서는 군사정권 시절에 국가안전기획부장을 한 사람이야. 이후에는 정재계를 오가며 돈을 운반했어. 그런 사람이 남긴 기록이라면…… 장태식을 부숴버릴 수도 있어.'

생각을 마친 그녀의 붉은 입술에 짙은 미소가 걸렸다.

"좋은 정보, 땡큐. 보답으로 커피 마셔."

그녀는 들고 있던 커피를 이소이 판사의 손에 건넨다.

장유린 부장이 떠난 후 이소이 판사는 휴대폰을 귀에 댔다.

"말했어요."

–아, 고마워.

그녀가 전화한 사람은 이한영이다.

* * *

이한영이 책상에 앉아 기록물에 파묻혀 있을 때 사무실의 문이 열리고 장유린 부장이 들어왔다.

"오늘 고생했어."

그녀는 짧은 격려의 말을 마친 후 가벼운 발걸음으로 자신의 방으로 향했다.

기록물에 얼굴을 파묻었던 이한영은 눈동자만 옮겨 그녀를 살폈다. 밝은 모습이다.

'기분 좋지?'

장유린 부장의 목표는 사법부의 높은 자리가 아니라 유성그룹이다. 목표가 명확한 만큼 유성그룹의 약점을 쥘 찬스를 놓치지 않을 거다. 강신진과의 대립도 상관 않고 브로커의 기록을 찾기 위해 혈안이 될 게 분명하다.

그녀의 뒷모습을 보던 이한영은 손바닥을 펼쳐 본다. 그녀는 자신의 손바닥 위에 올라와 있다. 그리고 자신의 의도대로 움직이고 있다. 그의 눈동자에 장유린 부장이 박대환을 박살 내는 모습이 보이는 것만 같았다.

'이이제이, 오랑캐로 오랑캐를 다스린다.'

이한영이 펼쳤던 주먹을 콱, 쥐었다.

방으로 들어간 장유린 부장은 팔짱을 낀 채 창밖을 보고 있었다. 다른 사람 앞에선 항상 웃는 모습이지만 지금 그녀의 눈동자는 서늘할 정도로 차갑다.

그런 그녀의 눈동자에 두 사람이 보인다. 바로 법원을 빠져나가며 도란도란 이야기꽃을 피우는 박철우, 김진아 검사다.

'저 두 사람이 브로커의 기록을 찾는다는 거지? 그런데 박철우 검사와 김진아 검사?'

그녀가 고개를 갸웃거렸다.

'왜 두 사람이?'

박철우 검사는 중앙지검이고 김진아 검사는 서부지검이다. 업무의 연관성은 존재하지 않는다.

'정부에서 지시한 일은 아니라는 건가? 그럼 정의로운 검사 놀이?'

그녀가 픽 웃는다.

'어쩐지, 새벽에 우유 배달 차까지 쫓아다니면서 블랙박스도 뜯어 오고 열심히들 하더라. 검사 놀이는 그렇게 해야 재밌는 거지.'

그녀가 휴대폰을 귀에 댄다.

"난데, 부탁할 게 하나 있어서. 중앙지검에 박철우 검사라고 있거든. 그리고 서부지검의 김진아 검사."

잠시 후 그녀의 손에는 박철우 검사의 정보가 들려 있었다. 대단한 정보는 아니다. 그저 어느 학교를 졸업했고 어떤 길을 밟아왔는지 적혀 있을 뿐이다.

하지만 장유린 부장은 한 글자도 빼놓지 않고 읽어 내려간다. 박철우 검사의 의도를 알기 위해 그가 어떤 길을 걸어왔는지 알아보는 건 당연하다.

'충남에서 검사 생활을 했어? 충남?'

장유린 부장의 눈빛이 묘해진다.

그녀가 서류에서 눈을 떼고 천천히 고개를 틀었다. 그녀의 시선은 방의 작은 창을 통해 사무실 밖으로 나간다. 그리고 이한영에게서 멎는다.

'이한영도 충남에 있었잖아?'

* * *

며칠 후, 이한영과 장유린 부장은 법원에서 멀지 않은 바의 룸에 앉았다. 바텐더가 주문을 받기 위해 룸으로 들어오자 장유린 부장이 말한다.

"피치 크러시 하나 주세요."

평소 독한 위스키를 마시는 그녀다. 그런데 오늘은 칵테일을 시킨다. 취하지 않겠다는 뜻이다.

그녀가 이한영에게 묻는다.

"이한영 프로는?"

"전 맥주 마시겠습니다."

테이블에 술이 놓였다.

그런데 술을 마시자고 제안한 장유린 부장은 말이 없다. 그녀는 말없이 칵테일을 입에 댈 뿐이다. 그녀의 머릿속엔 박대환의 아버지 박강서가 남긴 브로커의 기록이 채워져 있었다. 며칠 동안 이어진 고민이다. 브로커의 기록을 찾으면 장태식을 무너뜨릴 수도 있지만 그 안에 어떤 내용이 있는지 확신할 수 없다.

하지만 이것은 기회다. 살면서 세 번의 기회가 찾아온다는 말이 있는데, 그녀에겐 브로커의 기록이 그 기회로 여겨졌다.

'어쩌지? 기록을 얻으려면 박대환을 잡아넣어야 해. 그러면 그 순간 강신진과 대립하게 될 거야. 어떻게 해야지?'

이한영은 잠자코 그녀의 고민이 끝나기를 기다렸다.

이윽고 그녀가 시선을 들어 이한영을 보며 지나가듯 묻는다.

"이한영 판사, 박철우 검사랑 친해?"

앞도 뒤도 없는 질문이다.

갑작스럽게 찔러 온 칼날에 당황할 수도 있지만 이한영은 담담히 답했다.

"네, 친합니다."

장유린 부장이 박철우 검사와의 관계를 의심할 것은 예상했다. 발뺌하지 않고 인정하는 게 정공법이다.

장유린 부장이 천천히 고개를 끄덕인다.

"그렇구나……. 자주 만나?"

"가끔 보기도 합니다. 충남에 있을 때 박철우 검사가 공판 담당이었거든요. 그래서 친해졌습니다."

"박철우 검사는 어떤 사람이야?"

이한영이 장난스럽게 웃으며 고개를 저었다.

"부장님, 박철우 검사는 결혼했는데요. 애도 있어요."

"그런 거 아냐. 그냥 궁금해서 그래."

장유린 부장은 칵테일을 손에 들며 이한영의 표정을 살핀다. 하지만 아무리 살펴봤자 나오는 것은 없다. 이한영은 바보 같은 미소로 그녀의 눈빛을 흘려넘기고 있었다.

가만히 이한영을 보던 장유린 부장이 손뼉을 짝 치며 말한다.

"술 마시기 전에 잠깐 일 이야기부터 하고 갈까? 명색이 합의부잖아? 합의해서 재판 끌어가야지. 박대환 사건, 어떻게 생각해? 난 박대환이 피해자를 구타했다고 생각하는데. 이한영 판사는?"

"네? 강신진 지원장님이 집행유예를 주라고 지시하셨는데요?"

"이한영 판사의 솔직한 생각이 듣고 싶어서 그래."

장유린 부장은 짙은 미소를 그리며 이한영의 눈을 또렷이 바라본다. 이한영이 어떻게 나오는지 기다리고 있는 거다.

'박철우 검사는 이성대 부장이 30억을 사기당했을 때 용의선상에 있던 사람이야.'

30억을 사기 친 사람이 박철우 검사라면 그는 강신진 지원장과 반대편에 서 있다는 거다. 그리고 이한영이 박철우 검사와 손잡고 있다면…….

'지금 내 말을 강신진에게 보고하지 않겠지. 자기들한테 유리한 일이니까.'

하지만 그녀의 생각이 틀렸다면 이한영은 무조건 보고할 거다. 장유린 부장은 이한영의 생각을 읽기 위해 아슬아슬하게 외줄을 타고 있었다.

이한영은 그녀의 의도를 눈치챘지만 섣불리 생각을 보여주지 않는다.

"글쎄요. 아직 증거가 명확하지 않아서요. 2차 공판에서 증인신문을 보고 이야기하는 게 좋지 않을까요?"

"바뀔까? 1심과 다른 것은 거의 없잖아."

"새로운 증거도 나오고 있으니까요. 모르는 거죠."

모호한 대답에 장유린 부장이 엷은 미소를 지었다.

"이번 재판, 박대환은 감옥에 갈 거야."

"강신진 지원장님은……."

장유린 부장이 고개를 저었다.

"우린 판사야. 외압에 상관없이 독립적인 판단으로 선고를 내려야 한다는 거 몰라? 이한영 판사, 난 이 재판은 정의의 편에 서고 싶어. 지원장님께 보고하든 말든 상관없어."

언제부터 정의의 편이었는지는 모르지만 그녀의 목소리는 결의에 차 있었다. 그녀가 알 수 없는 미소를 지어 보이며 자리에서 일어섰다.

"나 전화 한 통만."

문을 열고 룸을 벗어나는 그녀의 뒷모습을 보며 이한영은 고개를 저었다.

'결심한 건가?'

유성그룹의 배다른 자식으로 태어난 그녀는 어떤 유산도 상속받지 못한다. 그런 그녀가 유성그룹을 손에 얻기 위해서는 이 기회를 놓칠 수 없을 거다.

생각에 빠져 있던 이한영은 주머니에 진동이 오는 것을 느꼈다. 박철우 검사에게 메시지가 와 있다.

-방금 김진아 검사가 장유린 부장에게 전화받았대요. 연락 가능할 때 전화 주세요.

이한영의 눈이 찌푸려진다.

'뭐야? 전화하러 간다는 게 김진아 검사한테 하는 거였어?'

장유린 부장의 추진력은 예상보다 빨랐다.

이한영이 박철우 검사에게 전화를 걸기 위해 휴대폰을 쥘 때 문이 열리고 장유린 부장이 들어왔다. 평소처럼 아무렇지 않은 얼굴이다.

"마시자."

그녀가 칵테일을 입에 댄다.

* * *

"박강서가 남긴 기록에 뭐가 있는 거야?"

강신진 지원장은 장태식 사장과 일식집에 앉아 있었다.

장태식 사장이 어깨를 으쓱해 보인다.

"나도 자세히는 몰라. 들은 이야기로는 군사정권 시절부터 지금까지 기업과 정부 간에 오간 거래가 자세히 적혀 있나 봐. 돈이 왔다 갔다 한 것은 물론이고 계집애들을 몇 명씩 찔러줬는지까지 적혀 있대."

강신진 지원장이 고개를 저었다.

"더러워."

"그게 비즈니스니까."

강신진 지원장이 술잔을 내려놓으며 묻는다.

"위협이 된다면 빼으면 되잖아? DH제강 정도라면 얼마든지 쓸어버릴 수 있을 텐데."

장태식 사장이 픽 웃었다.

"내 손에 있어 봤자 쓰지도 못할 텐데 굳이 뺏을 필요가 있나? 박대환 그놈이 지금처럼 보관만 잘하고 있으면 되는 거야. 긁어 부스럼 만들 필요 없어."

"그것도 비즈니슨가?"

장태식 사장이 고개를 끄덕이며 강신진 지원장의 잔을 채운다.

"비즈니스지. 그건 그렇고 자네는 어디까지 된 거야?"

"글쎄, 법무부 장관과 검찰총장은 무릎을 꿇었고, 고위급 공무원들도 내 손을 잡았어. 이제 언론과 의원들이 필요해."

대한민국의 각 요직에 강신진 지원장의 사람이 들어서고 있었다. 대한민국을 꿀꺽할 강신진의 계획은 차근차근 완성되는 중인 것이다.

장태식 사장이 술잔을 쥐며 말한다.

"초선과 재선 의원 중에 젊고 괜찮은 인물을 추리는 중이야. 조금만 더 기다려줘."

"언론은?"

"그건 어렵지 않으니까, 조만간 자리 마련하지. 그건 그렇고 그 사람들을 구워삶는 비결이 뭐야? 높은 자리까지 올라간 사람들이면 만만치 않지 않아?"

장태식 사장의 아버지는 유성그룹 회장이다. 태어날 때부터 모든 것을 다 가지고 있었다고 해도 과언이 아니다.

하지만 강신진 지원장은 다르다. 그는 손에 쥔 것이라곤 아무것도 없는 고아였다. 그런 강신진 지원장이 사람들을 아래에 두고 있는 게 장태식 사장에겐 신기하기만 했다.

강신진 지원장이 술잔을 들며 대수롭지 않게 입을 연다.

"비결이 있겠나? 상대의 비리를 찾고 협박한 후 원하는 걸 주면 되는 거야. 가장 쉬운 방법이잖아? 당근과 채찍."

뭐가 재밌는지 장태식 사장은 킬킬대며 웃는다. 그때 장태식 사장의 휴대폰에 진동이 울렸다.

"왜."

-DH제강 박대환 사장이 체포되었다고 합니다!

"뭐? 박대환이 체포되었다고?"

장태식 사장의 시선이 강신진 지원장에게 향한다.

강신진 지원장의 눈은 무섭게 빛나고 있었다.

* * *

검찰에 붙들려 온 박대환의 얼굴은 터질 듯이 붉게 달아올라 있었다. 그가 시뻘건 눈으로 김진아 검사를 쏘아본다.

하지만 김진아 검사는 상관 않고 입을 연다.

"당신을 경호했던 사람이 입을 열었어요. 당신이 피해자를 구타했다고요."

"지금 그걸로 나를 끌고 온 거요? 그 새끼가 거짓말한 거면……!"

김진아 검사는 대답 내신 들고 있넌 쇼핑백을 테이블 위에 놓았나.

"없어졌던 블랙박스, 여기 있네요. 법원에 추가로 제출할 겁니다."

"브, 블랙박스?"

"네. 박대환 씨 소유 차에 있던 것과 경호원들 차에 있던 것, 그리고 피해자의 것, 모두 찾아냈어요."

박대환은 멍하다.

"부, 분명……."

"다 버렸다고 생각했겠죠? 그런데 아직 안 버렸네요? 곧 구속영장도 떨어질 테니까, 이제 집에 갈 생각은 하지 않았으면 좋겠습니다."

박대환은 여우에 홀린 것 같은 눈빛이었다. 분명 자신의 운전기사에게 블랙박스를 줬고 모두 버렸다고 들었는데…….

그의 시선이 블랙박스가 든 쇼핑백으로 향했다.

그 시각, 박대환의 운전기사는 쇼핑백을 건네받고 있었다.

운전기사가 쇼핑백을 열어 본다. 안에는 5만 원권이 수북이 들어 있다. 물끄러미 돈을 보던 운전기사가 고개를 든다.

그의 앞에는 큰 덩치의 남자가 서 있다. 그는 장유린 부장의 지시를 받고 온 사람이다.

남자가 말한다.

"그동안 박대환에게 당한 게 많다고 들었어요. 이참에 복수한다고 생각하세요."

"감사합니다."

"그리고 웬만하면 한국 뜨세요. 언제 보복당할지 모르니까요."

"아, 그래야죠."

운전기사가 꾸벅 허리를 굽히고 그 자리를 떠난다.

남자가 휴대폰을 귀에 댄다.

"끝났습니다."

장유린 부장의 목소리가 들린다.

—고생했어. 그럼 뒤처리하도록 해.

뉴스가 쏟아져 나오기 시작했다.

인터넷은 물론이고 텔레비전과 신문까지 모두 박대환의 얼굴과 이름으로 도배되고 있었다. '폭력을 덮으려 회사 직원을 이용했다', '박대환은 악마였다', '국산 차 타는 새끼가' 등등 제목은 모두 자극적이다.

장유린 부장이 움직이는 거다. 그녀는 자신의 목적을 위해 박대환을 철저히 파멸시켜야 했다. 여론을 움직여 박대환을 쓰레기로 만든 후 일어서지 못하게 만들 생각이었다.

뉴스를 보던 이한영은 자리에서 일어나 장유린 부장의 방으로 향했다.

똑똑똑.

노크 소리에 기사를 보던 장유린 부장이 입을 연다.

"들어와."

문을 열고 들어와 장유린 부장의 책상 앞에 선 이한영이 말했다.

"박대환 사건, 체포영장을 지시하고 여론에 알린 게 부장님이라는 말을 들었습니다."

"어, 맞아."

장유린 부장은 아무렇지도 않게 수긍한다.

"지원장님께서 아시면……."

장유린 부장이 휴대폰을 테이블에 내려놓으며 고개를 든다.

"상관없어. 안다고 해도 아무것도 할 수는 없을 거야. 시끄러우면 시끄러울수록, 우리 재판부는 주목받으니까. 이렇게 세간의 주목을 받는 사건인데, 뒤에서 조작하려고 했던 강신진 지원장이 막을 수 있을 것 같아? 지금은 불똥 튈까 두려워서 숨죽이고 있어야지."

"부장님……."

"이한영 판사, 같이 정의를 위해 싸울 거 아니면 입 닫고 있어 줄래?"

장유린 부장은 더럽기로 따지면 남 못지않은 사람이다. 그런 그녀가 정의를 위해 싸운다는 가증스러운 말을 한다.

"죄송합니다."

이한영은 천천히 허리를 굽혔다.

'박대환 다음은 너야.'

* * *

구치소 변호사 접견실.

박대환 앞에 조세헌 변호사가 앉아 있었다.

"내일이 2차 공판이에요."

박대환이 절망적인 표정으로 조세헌 변호사를 본다.

"방법이 있습니까?"

조세헌 변호사가 고개를 끄덕인다.

"일단 경호원 김민준 씨의 말은 모두 거짓으로 몰아붙일 거예요."

"경호원이 문제가 아니에요. 블랙박스……. 하, 씨발. 운전기사 그 개새끼가……."

박대환의 운전기사는 잠적한 지 오래다. 여기저기 수소문을 해봤지만 아무도 그의 행적을 찾지 못하고 있다.

박대환이 머리를 쥐어뜯을 때, 조세헌 변호사가 침착한 표정으로 태블릿 PC를 꺼내 테이블 위에 올렸다.

"보세요. 블랙박스 영상입니다."

박대환이 야구방망이를 휘두르는 모습이 찍힌 블랙박스의 영상이 재생된다. 화질은 좋지 않았지만 박대환의 얼굴이 분명하다.

조세헌 변호사가 영상을 손가락으로 가리키며 말한다.

"이 장면 보세요. 박대환 씨가 상대를 구타했나요?"

"네? 이 영상에 보면 제가 야구방망이를 휘두르……."

박대환의 눈빛이 번쩍였다.

그러고 보니, 야구방망이만 휘두를 뿐이다. 영상의 각도상 피해자가 맞는 장면은 나오지 않는다. 피해자가 땅에 뒹굴고 있었기 때문이다.

조세헌 변호사가 말했다.

"박대환 씨는 만취 상태였어요. 알겠습니까? 그냥 야구가 하고 싶었던 거예요. 취해서 미친 거죠. 하지만 사람은 때리지 않았습니다. 욕은 했지만 주어는 없다. 야구 배트는 휘둘렀지만 사람은 때리지 않았다. 알겠습니까?"

* * *

그리고 2차 공판이 열렸다.

강신진 지원장이 무서운 표정으로 법정을 향해 걸어가고 있다. 뚜벅뚜벅, 그의 발소리가 살기 넘치게 울리고 있었다.

법정의 문 앞에 건 강신진 지원장이 문을 천천히 열어젖힌다. 박대환의 갑질이 대한민국을 시끄럽게 하고 있어선지 방청석은 앉을 자리도 없이 꽉 차 있다. 그리고 앉아 있는 모든 사람들은 박대환을 노려보고 있다. 스산한 분위기가 느껴지고 있었다.

법정을 둘러보던 강신진 지원장은 천천히 고개를 틀어 법대로 향했다. 법대엔 장유린 부장이 보였다. 그녀의 시선 역시 강신진 지원장을 향해 틀어진다. 불같은 눈빛이다. 해볼 테면 해보라는 도발!

적대감으로 가득한 눈빛에 강신진 지원장이 여유 있는 모습으로 미소 짓는다.

'재밌어. 아주 재밌어. 마음껏 해봐.'

강신진 지원장이 느긋한 표정으로 고개를 끄덕였다.

이한영은 이 재판에서 한 발짝 물러서서 지켜보는 중이었다. 지난 재판과 달리 수의를 입은 박대환은 초췌한 얼굴로 앉아 있었고, 그의 변호를 맡은 조세헌 변호사는 열변을 토하는 중이었다.

"영상의 어디에 박대환 씨가 구타했다는 증거가 있습니까?"

하지만 이미 장유린 부장의 저울은 기울어져 있다. 재판의 결과는 뻔했다.

조세헌 변호가 자리로 돌아가자 김진아 검사가 증인 앞으로 다가섰다.

증인은 당시 현장에 있던 경호원 김민준이다. 그가 입을 연다.

"저한테 중앙선의 화분을 가지고 오라고 지시했어요. 그걸로 머리를 찍겠다고요. 그리고 박대환의 폭행은 이번이 처음이 아닙니다."

처음이 아니라는 말에 법정이 술렁거린다.

"양파야? 까도 까도 계속 나오네?"

"저런 새끼가 기업 대표라니, 씨발."

김진아 검사가 소란을 뚫고 증인을 향해 질문한다.

"박대환 씨의 폭행이 처음이 아니었다고요? 입증할 만한 것이 있습니까?"

"회사에서 직원들을 향해 욕설을 퍼붓고 폭행하는 것이 버릇처럼 이뤄졌었습니다. 경호원 중에서도 박대환에게 조인트를 까인 사람이 한둘이 아니거든요. 회사 CCTV만 확인해도 다 나올 겁니다. 장소를 안 가리고 때렸으니까요."

조세헌 변호사가 강하게 책상을 치며 자리에서 일어섰다.

"이의 있습니다! 증인 김민준 씨는 지금 형사재판을 받는 중입니다! 자신의 형량을 줄이기 위해 거짓 증언을 하고 있습니다!"

하지만 장유린 부장이 조세헌 변호사를 막아선다.

"고려하겠습니다. 검사, 계속하세요."

조세헌 변호사는 아랫입술을 깨물며 자리에 앉았다. 그가 시선을 틀어 박대환을 향해 속삭였다.

"판사가 우리 편이라고 하지 않았어요?"

박대환이 멍한 눈으로 고개를 저었다.

"저도 모르겠어요."

검찰이 블랙박스를 찾아내며 최악의 상황이 되었다.

그래도 조세헌 변호사의 말장난과 장태식 사장의 청부를 받은 재판부의 힘이라면 어떻게든 벗어날 수 있다고 생각했는데, 재판장인 장유린 부장의 눈빛은 박대환을 벌레 보듯 하고 있었다.

그렇게 검사와 변호사의 증인신문이 끝났다.

이제 증인은 내려가고 변호사의 최종 변론이 시작되어야 한다.

그런데 장유린 부장은 증인에게 돌아가라는 말을 하지 않는다. 그녀는 증인을 통해 이번 재판의 쐐기를 박으려 하고 있었다.

장유린 부장이 입을 연다.

"증인, 지금 형사재판을 받고 있죠?"

"네."

"변호인이 말했던 것처럼 거짓 증언을 할 수도 있겠네요?"

"아뇨! 절대요!"

"알겠습니다. 그럼 몇 가지 질문하겠습니다. 사건 당시 경호원들은 뭘 하고 있었죠?"

"가만히 있었습니다."

"모두 가만히 있었다고요?"

"네, 피해자들을 둥글게 에워싸고 도망가지 못하게 하는 게 저희의 임무였으니까요."

"도망가지 못하게?"

경호원이 살짝 고개를 돌리더니 곁눈질로 힐끗 방청석에 앉은 피해자를 본다. 피해자인 운진자의 아내는 아직 깁스를 하고 있나.

경호원이 미안한 얼굴로 입을 열었다.

"박대환이 때리면 피해자가 도망가잖아요. 맞지 않으려고요. 우리는 도망가지 못하게 만들었습니다. 그러면 안 된다는 걸 알았지만……. 죄송합니다."

그 목소리의 진심을 느꼈는지 운전자의 아내는 고개를 숙이고 훌쩍이기 시작한다. 그녀가 작은 목소리로 입을 열었다.

"이해합니다. 우리 같은 사람들이 무슨 힘이 있겠어요. 다 이해해요."

용서다.

때로는 금은보석보다 사람을 더 이끄는 게 바로 용서다.

경호원의 눈에 이슬이 맺힌다.

"……죄송합니다. 정말 죄송합니다."

하지만 장유린 부장에겐 그런 진심 따윈 상관없었다. 그녀에겐 이 사건을 종결지을 만한 증언만이 필요했다.

그녀가 묻는다.

"다른 경호원들의 재판 기록을 봤는데요. 그 사람들은 증인과 다른 주장을 하던데요?"

다른 경호원들은 박대환이 자신들을 말렸다고 주장하고 있었다.

장유린 부장의 말이 이어진다.

"증인의 말과 다른 경호원들의 증언이 엇갈려요. 어떻게 생각하세요?"

경호원이 한숨을 내쉬며 피고인석에 앉은 박대환을 향했다. 박대환은 뻘건 눈으로 경호원을 노려보고 있었다. 이곳이 법정이 아니었다면 당장에라도 경호원의 입을 찢어버릴 기세다.

그를 바라보며 경호원이 입을 열었다.

"대표님, 그만 인정하세요. 사과하고 용서받으세요."

동시에 박대환의 이맛살이 콱 구겨진다.

"야, 이 새끼야! 개도 주인은 안 물어, 새끼야!"

"전 개가 아니니까요."

"이 새끼가!"

이럴수록 박대환에게 불리해질 뿐이다. 조세헌 변호사가 박대환을 말리기 위해 그의 팔을 잡았다.

그리고 경호원의 시선이 다시 장유린 부장에게 향했다.

"거짓말을 하는 대가로 돈을 받았습니다."

"돈요?"

"네, 8천만 원요."

경호원의 시선이 다시 틀어진다. 그리고 조세헌 변호사의 팔에 붙들린 박대환을 경멸 가득한 시선으로 쏘아보며 천천히 말을 이었다.

"박대환이 돈을 주면서 말했어요. 어차피 법은 자신들의 편이니까 무죄 또는 집행유예로 끝날 거라고요."

박대환의 관자놀이에 힘줄이 솟아났다.

"내, 내가 언제! 내가 언제, 이 개새끼야! 저 새끼가 거짓말하는 거예요! 내가 돈을 왜 줘!"

조세헌 변호사는 박대환의 팔을 더 강하게 잡으며 다급히 속삭였다.

"조용히 있으세요! 제가 알아서 할게요!"

박대환이 입을 꽈악 닫는다.

조세헌 변호사의 시선은 장유린 부장에게 향했다.

'도대체 뭐 하는 거야?'

법정에서 피고인이 폭주하는 경우는 종종 있다. 자신의 죄를 낱낱이 까발리는데 멘털이 멀쩡하기는 어렵기 때문이다. 이럴 땐 판사가 법정 경위를 불러 피고인을 안정시키거나 그게 어려우면 재판을 미뤄야 한다.

그런데 장유린 부장은 박대환을 가만히 내버려두고 있다. 멋대로 날뛰다가 불을 향해 내달려 타 죽는 불나방이 되라는 거다.

'씨발, 똥 밟았나?'

스포츠만 해도 심판이 공정치 못하면 게임은 어려워지는 법이다. 그런데 재판이다. 재판을 관장하는 판사가 한쪽에 치우쳐 있으면 뒤집을 수 없다.

그때 조세헌 변호사의 시선이 이한영에게 닿았다.

'뭐지?'

이 재판을 즐기는 표정이다.

'역시…… 이한영이었나?'

박대환은 판사들을 섭외했다고 자랑했다.

하지만 상대는 이한영이다.

계속해서 가슴을 울리던 불안감이 현실이 되는 순간이었다. 조세헌 변호사는 자신이 이한영의 손바닥 위에서 놀아났다는 기분을 떨칠 수 없었다.

조세헌 변호사의 눈동자가 움직였다. 그의 눈에 장유린 부장이 보인다.

'저 여자도 이한영에게 놀아나고 있나? 청부를 받았지만 이한영에 의해?'

자세히 알 수는 없었다. 하지만 그럴 수 있다는 생각이 든다.

'젠장.'

조세헌 변호사의 눈빛에 드디어 절망감이 감돌고 있다.

장유린 부장은 멈추지 않고 묻고 있다.

"돈을 받았다는 증거가 있나요?"

"지난달 10일에 제 집사람 통장에 돈이 들어왔습니다. 보낸 사람 이름은 DH제강이 아니지만, 다른 사람도 같은 날 같은 시각에 돈이 들어왔다고 하니까 확인해보시면 알 겁니다."

조세헌 변호사가 빠르게 박대환에게 속삭이며 물었다.

"돈 어떻게 넣었어요?"

박대환이 침울한 목소리로 답한다.

"대포 돌렸습니다."

그때 지금껏 소리 죽여 울던 운전자의 아내가 번쩍 손을 들었다.

"재, 재판장님."

떨리는 목소리이지만 흐릿하지 않고 또렷하다.

장유린 부장의 시선이 그녀에게 향했다.

"네, 하고 싶은 말씀이 있나요?"

그녀가 고개를 끄덕이자 장유린 부장이 양측을 번갈아 보며 말한다.

"재판부의 필요에 따라 대질신문을 하겠습니다. 피해자, 앞으로 나오세요."

사실 확인이 필요한 경우 증인신문 시 증인 대 증인, 증인 대 피고인 간의 대질신문이 가능하다. 물론, 증인이 일방적으로 손을 들고 말할 수는 없는 일이다. 특히 장유린 부장은 절차를 중요시하고 막무가내의 발언권을 주지 않는 성격이었다.

즉, 평소라면 있을 수 없는 일. 하지만 지금은 박대환을 박살 내는 시간이다. 그녀는 박대환의 얼굴에 핏기가 사라져 말라비틀어질 때까지 괴롭힐 생각이었다.

운전자의 아내가 자리에서 일어나 증인석으로 나왔다.

"하고 싶은 말이 뭐죠?"

"방금 피고인이 돈을 주면서 무죄로 끝날 거라고 말했잖아요."

"네, 그런데요?"

운전자의 아내가 주섬주섬 휴대폰을 꺼냈다.

"제가 녹음한 게 있는데요……."

곧이어 박대환의 음성 녹음이 법정에 울렸다.

아줌마, 2심이라고 다를 것 같아? 아줌마, 내가 세상을 가르쳐줄게. 법은 거지들의 편이 아니야. 머리가 장식이 아니면 생각이라는 걸 해봐. 법을 누가 만들었어? 너희들이 매일 떠드는 국가의 주권은 국민에게 있다? 그거 허울 좋은 개소리야. 법은 가진 자들이 만들었어. 그런데 왜 국민에게 주권을 주겠어? 난 가진 자, 아줌마는 거지. 누가 이길 것 같아?

운전자의 아내는 1심 선고가 나기 전 박대환에게 몹쓸 말을 들었다. 그래서 2심이 시작될 때는 녹음을 준비했다. 재판에 내지 못했던 것은 사법부를 믿지 못했기 때문이다. 하지만 박대환이 궁지로 몰리며 그녀는 용기를 내어 휴대폰을 꺼내 들었다.

충격적인 언행, 돈 많다고 거들먹거리는 박대환의 목소리가 이어졌다.

법정엔 태풍이 몰아치기 전의 서늘함이 채워지고 있다. 손에 돌멩이가 있었다면 사람들은 박대환의 머리를 향해 집어 던졌을 거다.

이만 합의합시다. 500만 원 줄게.

재생이 끝났다.

법정은 숨소리도 들리지 않을 정도로 고요하다.

장유린 부장이 고개를 끄덕인다. 이제 상황은 끝났지만 장유린 부장은 확인 사살을 하려 한다.

"양측, 나와주시겠어요?"

검사와 변호사가 앞에 서자 장유린 부장이 휴대폰을 손에 든다.

"이 녹취 파일을 증거로 사용하고 싶은데요. 어떻게 생각하세요?"

당연히 김진아 검사는 고개를 끄덕였지만, 조세헌 변호사의 표정은 처참하다.

대답이 들려오지 않자 장유린 부장이 조세헌 변호사에게 강하게 묻는다.

"변호인? 어떻게 생각하세요?"

"조…… 좋습니다."

장유린 부장이 싱긋 미소를 그리며 시선을 앞으로 향했다. 그리고 또한 번 조세헌 변호사를 당황시켰다.

"재판부는 피고인 박대환이 돈으로 사람을 매수하려고 했던 것을 확인하기 위해 직권으로 재판 중인 경호원들 본인과 가족들의 통장을 확인해

보겠습니다."

동시에 피고인석에 앉아 있던 박대환은 힘이 빠졌는지 몸이 축 늘어진다. 돌이킬 수 없는 상황이라는 걸 스스로 느끼고 있어서다. 그가 멍한 눈으로 법정의 천장을 바라본다.

하늘 무서운 줄 모르고 살아왔다. 하지만 지금 그의 눈동자에 비친 세상은 휘청거리고 있었다.

변호사의 변론과 검사의 구형까지 끝나며 2차 공판이 마무리되었다.

구치소로 이동하기 위해 자리에서 일어선 박대환은 다리에 힘이 빠졌는지 비틀거린다. 법정을 빠져나가려던 그가 자신의 양팔을 잡은 경찰에게 입을 열었다.

"잠깐만요."

걸음을 멈춘 박대환이 고개를 틀어 경호원을 향했다. 경호원 역시 구치소로 가기 위해 경찰에게 붙들리던 중이었다.

박대환의 입술이 꿈틀댄다. 악당들이 하던 대로 마지막 협박을 남기려는 모양이다.

"너 이 새……."

하지만 장유린 부장은 그것조차 허용하지 않았다.

"뭐 하세요! 바로 데리고 가세요!"

포승줄에 묶인 박대환의 시선이 비틀리더니 장유린 부장을 향했다. 법대에 선 장유린 부장은 여전히 박대환을 바퀴벌레 보듯 하고 있다.

박대환이 억지로 미소를 짓는다. 그리고 뭐가 억울한지 장유린 부장을 향해 목멘 소리를 내뱉는다.

"이유가 뭡니까?"

"이유? 법대로 한 것뿐입니다. 애초에 죄를 짓지 말았어야죠."

파르르 떨리는 입술로 뭔가 말하려던 박대환은 고개를 저으며 몸을 돌렸다. 최종 선고를 듣지 않아도 어떤 결과가 나올지 뻔했다. 그의 눈동자는 이미 세상을 포기한 듯 보인다.

이번엔 박대환의 앞에 운전자의 아내가 보였다. 그녀가 원망 가득한 눈으로 박대환을 쏘아보고 있다. 하지만 박대환은 그녀의 눈을 마주하지 못하고 고개를 숙였다.

* * *

법정에서 나온 이한영은 사무실에서 창밖을 보고 있었다. 머릿속은 복잡한 생각에 빠져 있다.

이한영은 법정에서 강신진 지원장을 봤다. 그리고 장유린 부장은 재판이 끝난 후 서둘러 밖으로 나갔다.

'장유린 부장은 강신진 지원장을 만나고 있어.'

이한영이 입술을 쓸어 만진다.

'강신진 지원장이 찾아온 이유가 뭐지?'

강신진은 배신한 사람을 찾아올 스타일이 아니다.

'장유린 부장에게 휘둘리고 있나?'

이한영은 고개를 저었다.

장유린 부장은 고삐 풀린 망아지처럼 날뛰고 있다. 하지만 강신진 지원장은 언젠가 그녀가 날뛸 거라는 걸 예상했을 거다.

이한영은 다시 생각을 정리해봤다.

'강신진 지원장은 장유린 부장이 뭘 노리고 있는지 알고 있어.'

순간, 이한영의 머릿속에 오늘 박대환의 모습이 스쳤다.

'뭐지?'

박대환이 아버지 박강서에게 받은 브로커의 기록이 있다면 써야 할 타이밍이 바로 지금이다.

'그런데 왜 가만히 있는 거지? 지금은 시끄러우니까 조용해질 때를 기

다리는 건가? 3심으로 올라가 대법원 판결을 기다리려고?'

하지만 대법원장은 백이석. 외압에 절대 굴복하지 않는 사람이다.

'여기서 멈춰야 할 텐데, 카드를 꺼내지 않는 이유가 뭐야?'

그 시각, 법원 근처의 한정식집.

재판을 마친 후 장유린 부장은 강신진 지원장을 만나고 있었다.

"하고 싶은 말씀이 있으면 하세요."

하지만 강신진 지원장은 말없이 그녀의 눈을 바라본다. 몹시 재밌다는 표정이다. 그렇게 한참 후, 강신진 지원장이 천천히 입을 열었다.

"자네가 무엇을 노리고 있는지 알아. 박대환의 아비 박강서가 남긴 비리 문서겠지. 자네는 그 문서가 있다는 이야기를 듣고 장태식 사장이 박대환을 감싸주는 이유가 그 문서를 감추기 위해서라고 생각했겠지. 그 문서가 유성그룹을 흔들 수 있을 거라고 판단했겠고."

"그래서요?"

그녀의 눈빛은 삐딱하다. 이미 돌아올 수 없는 길을 왔다는 걸 스스로 알기 때문이다. 하지만…….

강신진 지원장의 목소리가 무섭게 쏘아졌다.

"기회를 주지."

장유린 부장은 자신도 모르게 마른침을 삼켰다. 강신진 지원장의 눈빛이 그녀의 머릿속을 꿰뚫어버릴 것만 같아서다.

강신진 지원장이 말을 잇는다.

"사춘기 소녀도 아니고 질풍노도의 반항기는 지나지 않았나? 까부는 것은 여기까지야. 이제 멈춰."

무거운 목소리는 장유린 부장의 가슴을 철렁이게 했다. 하지만 그녀는 애써 여유로운 척 답한다.

"……멈추긴 힘들어 보이지 않나요?"

강신진 지원장이 고개를 휘휘 저으며 툭툭 손가락으로 테이블을 두들긴다.

"박강서가 남긴 기록은 분명 있어. 하지만 자네 손에 들어간다고 해도 사용할 수 없는 물건이야."

"사용할 수 있을지 없을진 두고 봐야 한다고 생각하는데요."

"찾을 수도 없을 거야."

"그것 역시 해봐야 알죠."

강신진 지원장이 빙긋이 웃는다.

"끝까지 해보겠다는 건가? 그래, 좋아. 마음껏 해봐."

그 웃음이 불길했다.

장유린 부장이 떨리는 눈동자로 강신진 지원장을 향한다.

동시에 테이블을 두들기던 강신진 지원장의 손가락이 뚝 멎었다. 그리고 주우우욱, 테이블 위에 선을 그어 보인다.

"선만 넘지 마. 그러면 난 자네의 반항을 단순한 장난으로 받아줄 거야."

느릿하게 자리에서 일어선 강신진 지원장은 성큼성큼 걸어 한정식집 밖으로 나갔다.

그가 사라졌지만 장유린 부장은 멍하니 있었다. 그녀의 시선이 닿아 있는 곳은 강신진 지원장이 손가락으로 그었던 곳이다.

'경고?'

그녀가 주먹을 콱 쥐며 매서운 눈빛으로 강신진 지원장의 뒤를 좇았다.

'강신진!'

강신진 지원장은 고아다. 맨주먹으로 밑바닥을 기어올라 저 자리에 섰다. 절대 만만히 볼 수 없었다.

'더 빠르게 움직여야겠어…….'

그녀가 휴대폰을 귀에 댄다.

"아, 윤 기자? 나야, 장 부장. 요즘 DH제강 박대환이 인기잖아?"

–왜요? 소스 있어요?

* * *

그날 밤, 이한영은 옥탑방의 평상에 앉아 있었다. 그의 머릿속은 강신진 지원장과 장유린 부장으로 채워져 있었다.

오늘 낮, 강신진 지원장을 만나고 사무실로 돌아온 장유린 부장은 분주하게 행동했다.

'표정이 다급해 보였어. 그렇다는 것은…….'

강신진 지원장에게 겁먹었다는 뜻이다.

'겁은 먹었지만 꼬리는 내리지 않은 짐승. 그럼 다음 행동은 뻔해. 자신이 살기 위해 언론을 움직이려 할 거야.'

언론을 통해 여론을 움직인다. 그래서 검찰이 DH제강과 박대환의 자택을 압수수색 하게 할 거다.

장유린 부장이 원하는 것은 속전속결이었다. 그녀는 강신진 지원장에게 시간을 주는 것이 자신의 목을 옥죄는 것으로 생각하고 있었다.

여기까지 생각한 이한영은 고개를 저었다.

'이런 싸움엔 속전속결이 아니라 느린 것이 빠른 것인데…….'

그리고 장유린 부장이 언론을 움직일 거라는 이한영의 예측은 맞았다. 텔레비전에서 아나운서의 목소리가 시끄럽게 울리기 시작했다.

'법은 거지들의 편이 아니야'라는 말. 100대 기업 대표의 발언입니다. 우리 사회에 만연한 불신. 사법부와 검찰에 돈의 유혹이 있지는 않았는지…….

뉴스뿐만이 아니다. 각 신문사도 너나 할 것 없이 박대환이 뇌물을 준 것 아니냐는 의혹을 내놓기 시작했다.

그리고 쐐기가 박혔다.

또 아나운서의 목소리가 다급히 세상을 채운다.

박대환 대표의 갑질 논란이 계속되고 있는 가운데, 1심의 재판을 맡았던 이준재 부장판사가 8억 원대의 뇌물을 받은 것으로 알려졌습니다.

그리고 박대환 사건의 최종 선고를 며칠 남기지 않은 날.

법원으로 출근하던 이한영은 박철우 검사와 전화를 하고 있었다.

-박대환 자택, 압수수색 할 거예요.

검찰은 여론을 이기지 못하고 결국 압수수색영장을 청구했고, 법원 역시 1심 판사가 뇌물을 받은 상황에 영장을 거부할 명분이 없었다.

검찰이 뇌물 수수 및 탈세의 증거를 찾는 동안 박철우 검사는 브로커의 기록을 찾을 거다.

"다른 검사 중에서도 브로커의 기록을 노리는 사람이 있을 거예요."

장유린 부장이 심어둔 사람이 분명 있을 거다. 그 사람보다 빠르게 찾아야 한다.

박철우 검사가 입을 연다.

-그런데 존재하기는 할까요? 궁지에 몰렸으면서도 꺼내지 않는 걸 보면 이상해요.

이한영도 고민하던 거다.

박대환이 박강서가 남긴 판도라의 상자를 오픈하면 정계의 고위 관직자와 거래해서 재판을 유리하게 만들 수 있다. 그런데 박대환은 벼랑 끝으로 몰리면서까지 기록을 꺼내지 않았다.

"지금은 여론이 들끓고 있잖아요. 조용해질 때를 노리는 게 아닐까 생각하는데요."

가장 유력한 가능성이다.

이한영은 박철우 검사와의 전화를 끊었다.

앞으로의 상황이 어떻게 돌아갈지는 알 수 없다. 하지만 분명한 것은 박대환이 가진 브로커의 기록을 찾으면 유성그룹을 흔들 수 있다는 거다.

'그럼, 강신진 지원장의 자리도 위태로워져.'

사람이 모이고 밥을 먹고 하는 것도 결국 돈. 강신진 지원장은 유성그룹 장태식 사장에게 돈을 받고 있었다.

'돈줄이 사라지면 강신진 지원장은 세력을 유지하기 힘들 거야. 게다가 이번 싸움으로 장유린 부장도 잃게 되겠지.'

참모였던 김진한 부장이 감옥에 있다. 다음으로 옆에 둔 이성대 부장은 사기를 당하며 서열에서 벗어났다. 장유린 부장까지 사라진다면 강신진 지원장의 옆에 참모가 되어줄 사람은 극히 손에 꼽는다.

이한영의 손에 의해 강신진 지원장의 기틀이 서서히 흔들리기 시작했다.

* * *

이한영과 설지아 판사는 회의 테이블에 앉아 장유린 부장을 기다리고 있었다. 박대환의 최종 형량을 결정하기 위해서다.

장유린 부장이 방에서 나와 사무실에 있는 테이블로 걸어 나왔다. 그녀의 표정은 초췌하다. 며칠간 박대환 사건에 대한 여론의 불을 지피느라 기자들을 만나 많은 술을 마셨기 때문이다.

자리에 앉은 그녀는 바로 본론으로 들어간다.

"박대환, 살인미수로 봐야겠지?"

하지만 설지아 판사가 고개를 저었다.

"살인 의도는 없었잖아요? 폭행으로 봐야 하지 않을까요?"

"의도가 없었다고 주장하지만 야구 배트로 머리를 때렸어. 초등학생도 아니고 마흔이 넘은 남자가 이렇게 때렸다는 것은 살인 의도가 있었다고 봐야 하지 않아?"

"술에 취한 상태였잖아요. 제출한 술집 영수증을 보면 꽤 많은 양주를 마셨는데, 제정신이었다고 보기 어려워요. 심신미약을 인정해야 할 것 같아요."

장유린 부장의 시선이 이한영에게 틀어졌다.

"이한영 판사는?"

"글쎄요. 설지아 판사님의 말도 일리가 있기는 하지만……."

순간, 장유린 부장의 휴대폰에 전화가 걸려 오며 이한영은 잠시 말을 멈췄다.

장유린 부장이 발신 번호를 확인한다. 강신진 지원장이다. 장유린 부장이 의자에서 일어선다.

"미안. 10분간 티타임 하지."

강신진 지원장의 전화를 받기 위해 방으로 들어간 그녀가 전화기를 귀에 댔다.

"네, 말씀하세요."

-살인미수로 넣으려 한다고? 폭행으로 끝내도록 해. 음주에 의한 심신미약 넣어서 형을 낮추도록 하고.

'어떻게 알았지?'

이 짧은 순간에 강신진 지원장이 알았다는 것은 누군가가 그녀의 행동을 실시간으로 보고한다는 뜻이다.

-알아들었을 거라고 믿어.

뚝 전화가 끊겼다.

장유린 부장이 고개를 틀어 유리창 너머 사무실을 향했다.

사무실엔 이한영이 보였다.

'이한영?'

강신진 지원장에게 연락을 취할 사람은 이한영뿐이다.

'강신진에게 실시간으로 보고했다는 거지?'

그때 이한영이 휴대폰을 들고 자리에서 일어섰다. 그녀의 입술이 뒤틀어진다.

'어쭈? 지금 또 연락하는 거야? 쥐새끼 같은 놈.'

잠시나마 그녀는 이한영이 박철우 검사와 함께 강신진을 무너뜨리려 한다고 생각했다. 하지만 지금은 그렇게 생각하지 않는다.

'너도 죽여버릴 거야, 이한영.'

그녀의 싸늘한 눈빛이 휴대폰을 들고 복도로 나서는 이한영을 노려보고 있었다.

* * *

드르르륵, 거칠게 서랍 열리는 소리가 들렸다. 어떤 검사가 박대환의 집에서 서랍을 열어젖히는 소리다.

박대환의 집은 지금 압수수색을 받는 중이었다. 700평의 땅 위에 100평이 넘는 건물, 잠깐 사이에 끝날 일은 아니었다.

박철우 검사는 1층에 있는 침실에서 침대 밑을 확인하고 있었다.

그의 옆으로 후배 검사가 다가와 묻는다.

"침대 밑은 왜 보시는 거예요?"

박철우 검사가 허리를 펴며 말한다.

"야한 책이 있나 해서. 난 옛날에 침대 밑에 숨겨 뒀거든."

"에이, 박대환 나이가 몇 살인데요. 설마 그런 게 있겠어요?"

"모르는 거지. 아까 PC를 옮기던 우 검사가 야동 많이 들어 있다고 그러던데?"

"진짜요?"

"뺑이야."

박철우 검사는 후배 검사를 뒤로하고 방을 빠져나왔다.

다른 검사들이 뇌물 등의 의혹을 찾아내고 있을 때 박철우 검사는 브로커의 기록을 찾는 중이었다. 하지만 어디에도 보이지 않았다.

'1층에는 없어. 그럼 2층?'

박철우 검사는 2층으로 올라가며 휴대폰을 귀에 댔다. 상대는 이한영이다.

"금고에는 없어요. 침대 밑도 마찬가지고요. 혹시 예상 가는 곳 있어요?"

–글쎄요. 혹시 천장?

"천장요?"

–아니면, 화장실 환풍기?

박철우 검사가 킥킥대며 웃었다.

"진지하게 말한 거죠? 환풍기에 그런 걸 왜 숨겨요?"

–혹시나 도둑 같은 게 들었을 때 절대 뺏기지 말아야 하니까요. 그런 곳에 있지 않을까 생각했어요.

전화를 끊은 박철우 검사는 고개를 들어 천장을 향했다.

이한영의 말이 얼토당토않았지만, 혹시나 하는 마음이다.

'천장? 환풍기?'

이한영 역시 전화를 끊었다.

그리고 몸을 돌려 다시 사무실로 들어가려는데, 다시 전화가 울린다.

이번엔 송나연 기자다.

"네, 기자님."

–진짜 개인적인 궁금증인데요. 박대환 아버지 박강서가 국가안전기획부장이었잖아요.

"네."

기자들이 냄새를 맡았나 했는데…….

–명동의 오판석 사장도 그쪽 출신이었다는 설이 있는데, 맞아요?

뜬금없는 질문이다.

'오판석?'

오판석, 명동의 사채왕이라 불리며 유성전자 산업재해 사건 때 김윤혁이 받았던 통장을 세탁해준 사람이기도 하다.

"아, 몰랐어요."

–엥? 판사님이 모르는 것도 있었어요?

"관련 자료 있으면 좀 보내주세요."

전화를 끊은 이한영은 고개를 갸웃거리다가 주먹을 탁 쳤다.

지금껏 박대환이 왜 자료를 풀지 않는지 의문이었다.

'풀지 않은 게 아니라 박대환에게 없던 거야!'

박대환은 어릴 때부터 아버지의 힘을 믿고 설치며 문제를 일으키고 다녔다. 국가안전기획부장까지 지낸 박강서가 그런 아들에게 중요한 것을 맡기지는 않았을 거다.

'아마도 신뢰하는 부하에게 박대환의 뒤를 봐달라고 부탁하면서 줬을 거야.'

가능성은 컸다.

'게다가 압수수색까지 하고 있는데, 강신진이 움직이지 않고 있어. 그건 집에 없다는 뜻이야.'

뭔가 막혀 있던 게 뚫리는 기분이었다.

이한영은 다시 사무실로 들어가 테이블에 앉았다. 그런데 이한영을 보는 장유린 부장의 눈빛이 이상하다. 그녀는 이한영에 대한 적개심을 숨기지 않고 표출하고 있었다.

'얘는 또 왜 이래?'

이한영이 복도로 나간 것은 박철우 검사의 전화를 받기 위해서였지만, 장유린 부장은 이한영이 강신진과 통화했다고 생각하고 있었다.

* * *

갑질 논란으로 소란한 박대환 대표의 재판이 막 끝났습니다. 1심에서 집행유예를 선고받은 박대환 대표는 2심에서 징역 15년을 선고받았습니다. 선고를 들은 직후 박대환 대표는 얼굴을 일그러뜨리고 "아아악!" 하고 괴성을 지르며 소란을 피우기도 했습니다.

뉴스가 쏟아져 나온다.

의아한 것은 100대 기업의 대표에게 15년을 선고했다며 장유린 부장이 칭찬을 받고 있었다.

그녀에 관한 기사도 있다.

살아 있는 정의 장유린 부장판사

박대환 갑질 논란 사건의 종지부를 찍은 것은 고등법원 형사부 장유린 부장판사다.……(중략)……장유린 부장판사는 한국대학교를 졸업하고 최연소 고등법원 부장판사를 지내는 엘리트다.……(중략)……장유린 부장판사는 약자의 편에서 정의로운 사회를 위해 고민하고 있다며……(후략)…….

예쁘장한 얼굴과 단 한 번의 판결로 그녀는 스타 판사가 되어 있었다. 기사에 나오는 그녀가 약자의 편에 선다는 말도 웃기는데, 댓글은 더 가관이었다.

–방부제 미모.

—얼굴도 예쁘고 엄벌도 잘 내림.

—계속해서 기대할게요. 항상 응원합니다.

—대한민국에서 마지막으로 믿을 수 있는 게 사법부다.

—앞으로가 더 기대됩니다.

툭, 신문을 접은 사람은 머리가 허옇게 센 노인이다. 작은 체구와 인자하게 보이는 얼굴을 가진 노인은 접은 신문을 책상에 놓았다.

신문엔 장유린 부장의 얼굴이 보인다. 그녀에 관한 기사는 인터넷에만 끝나지 않고 신문에도 인쇄되어 나왔다.

노인의 자글자글한 손이 벨을 울리는 휴대폰으로 향했다. 슥, 발신 번호를 확인한 그가 전화기를 귀에 댄다.

"이 노인네가 무슨 욕심이 있겠습니까? 전 안기부장님의 유언을 따를 뿐입니다. 잠잠해지면 병보석으로 빼주시기 바랍니다. 그럼 사장님만 믿겠습니다. 부탁드리겠습니다."

전화기를 내려둔 노인이 착잡한 얼굴로 자리에서 일어선다.

그때 스르륵 문이 열렸다.

노인의 시선은 자연스레 앞으로 향한다. 안으로 들어온 사람은 강신진 지원장이다. 그가 태산 같은 모습으로 뚜벅뚜벅 노인을 향해 걸어왔다. 가뜩이나 왜소한 체격의 노인이 강신진 지원장과 마주 서니 더 초라해 보인다.

노인이 허리를 굽혔다.

"오셨습니까?"

강신진 지원장도 허리를 굽힌다. 그리고 소파로 걸어가 가볍게 앉는다.

노인은 무거운 표정으로 강신진 지원장을 바라보고 있었다. 그 모습은 흡사 쥐가 고양이를 만난 것처럼 겁에 질려 보인다.

강신진 지원장이 입을 열었다.

"가지고 오세요."

답답한 한숨을 내뱉던 노인이 책상에서 낡은 서류봉투를 손에 쥐었다. 그리고 강신진 지원장이 앉은 테이블로 다가가 서류봉투를 건넸다.

강신진 지원장이 낡은 서류봉투를 받아 들며 말한다.

"앉으세요. 괜찮습니다."

"아, 네."

노인은 정말 공손한 태도로 강신진 지원장의 앞에 마주 앉았다.

강신진 지원장이 봉투에 든 서류를 꺼내 보이며 입을 열었다.

"이게 박강서 씨가 남긴 자료라고요?"

"네, 그렇습니다."

서류를 훌훌 넘기며 원본임을 확인한 강신진 지원장은 고개를 들어 살벌한 눈빛으로 노인을 바라봤다.

"오판석 씨의 존재를 알았을 때는 정말 신기했어요."

왜소한 노인의 이름은 오판석. 국가안전기획부에 있던 고문 기술자로 당시 직책은 공안분실장이었다. 특이한 점이 있다면 오판석과 동시대를 지낸 다른 고문 기술자들이 정권이 바뀌며 법정에 세워졌지만 그는 아니었다는 것이다. 국가안전기획부장이었던 박강서의 도움으로 철저하게 그림자 속에 숨어 있을 수 있었다.

강신진 지원장이 말한다.

"마취하지 않고 사람의 손톱과 치아를 뽑았다고요?"

"……."

"관절을 부수고 생살을 전기로 지졌다고요?"

"……."

"빤히 간첩이 아닌 줄 알면서도 고문을 가했다고 들었는데요."

"……."

"오판석 씨의 얼굴을 본 사람은 대부분 죽었다고 들었어요. 그래서 정권이 바뀌고도 유일하게 살아남은 고문 기술자라고 들었는데, 맞습니까?"

"죄송합니다."

오판석은 고개를 숙였다.

하지만 강신진 지원장은 고개를 휘휘 젓는다.

"나한테 왜 죄송합니까? 죽은 사람들한테 미안해야죠. 그리고 난 당신 같은 사람을 미워하지 않아요. 어쨌거나 우리 대한민국이 잘되자고 그런 일을 한 게 아닙니까? 물론 억울한 사람도 있었겠지만 큰일엔 작은 희생이 필요하다고 생각해요."

"……그렇게 생각해주시면, 감사합니다."

강신진 지원장이 서류봉투를 손가락으로 툭툭 치며 말을 이었다.

"이것 역시 국가를 위한 일입니다. 제가 잘 사용하겠습니다."

"네? 가지고 가신다고요?"

"제 손에 있는 게 더 안전할 거라고 생각하지 않으십니까? 오판석 씨는 지금처럼 아무 일 없었다는 듯 편안히 살아가시면 됩니다."

오판석이 머뭇거리는 표정을 짓는다.

"그 서류, 혹시 장태식 사장님이 찾으면 어떻게 합니까?"

"꼭꼭 숨겨 뒀다고 하세요."

"그럼, 박대환은요? 풀어줄 수 있는 겁니까?"

강신진 지원장이 픽 웃는다.

"박강서의 유언이 내 모자란 아들을 잘 지켜 달라, 맞나요? 죽은 사람의 유언을 지키려고 오판석 씨가 가진 모든 것을 잃고 싶은 겁니까?"

오판석의 얼굴에 핏기가 사라진다.

강신진 지원장이 그 얼굴을 즐기듯 보며 말한다.

"그게 아니면 그냥 죽은 듯이 사세요."

* * *

옥탑방.

테이블에 이한영과 송나연 기자가 앉아 있었다.

두 사람의 시선이 가 있는 곳은 화이트보드 앞에 선 박철우 검사다.

"오판석을 조사해봤어요. 현재 나이 80세. 직업은 대부업체 대표. 일본에서 자금을 융통하고 있고요. 명동에서 활동하고 있어요. 꽤 큰손이더라고요."

이건 모두 알고 있는 내용이다.

이한영이 물었다.

"국가안전기획부 소속이었던 것은 맞아요?"

박철우 검사가 고개를 끄덕인다.

"네, 국가안전기획부에 있던 것은 맞는 것 같은데, 80년대 초반에서 90년대 초반까지 약 10년간의 행적이 묘해요. 마치 이 세상에서 지워져버린 것처럼 아무것도 없어요. 아, 개명도 했어요. 원래 이름은 오준식이에요."

박철우 검사가 오판석의 사진을 손에 들어 화이트보드에 부착하며 말을 잇는다.

"며칠 전, 박대환의 집을 압수수색 했을 때 판사님이 화장실 환풍기나 천장을 말했잖아요?"

박철우 검사와 송나연 기자의 시선이 이한영에게 모였다.

이한영이 어색하게 웃는다.

"설마, 진짜 거길 뒤진 건 아니죠?"

"지푸라기 잡는 심정으로 확인해봤어요. 그런데 거기서 흥미로운 게 발견됐어요."

박철우 검사가 가방을 뒤적거리더니 작은 탁상용 액자를 꺼내 보였다. 액자에는 50대 남성 두 명이 함께 찍은 사진이 들어 있었다.

"여기 양복을 입은 사람은 박강서고요. 이쪽 한 명은 누군지 모르겠어요. 그런데 이 사람을 오판석으로 추정하면……."

박강서와 함께 사진을 찍은 또 다른 한 명. 오판석이라 하기엔 이목구비가 전혀 다르다.

박철우 검사가 말을 잇는다.

"얼굴을 숨기기 위해 성형을 했다고 봐야겠죠. 얼굴을 숨길 이유가 뭐가 있을까요?"

박철우 검사가 다른 서류를 가방에서 빼내 이한영과 송나연 기자 앞에 놓았다. 그가 계속 말한다.

"그 시절, 고문 기술자 중의 한 명이 잡히지 않았다는 보고가 있어요. 그게 아마 오판석이 아닐까 합니다. 잡히지 않은 이유는 박강서의 힘이 들어가서겠죠."

이한영이 미간을 찌푸렸다.

"그럼, 박강서가 오판석에게 기록을 맡겼을 확률이 높겠네요."

"그렇겠죠? 하지만 아직 추측일 뿐이에요."

이한영이 천천히 고개를 끄덕이며 입을 연다.

"박철우 검사님, 오판석에 관한 조사를 계속해주세요. 기록을 가지고 있지 않아도 오판석을 통해 실마리를 풀 수 있을 것 같네요."

* * *

이한영은 법원의 복도를 걷고 있었다.

도착한 곳은 기록물을 분류하는 사무실 앞이다. 문을 열고 들어가자 직원과 함께 송나연 기자가 보인다.

"기자님이 여기는 어쩐 일이세요?"

이한영의 목소리에 직원이 고개를 들었고, 카메라를 들고 기웃대던 송나연 기자도 이한영을 향했다.

"어? 판사님? 요즘 사건도 없고 해서 직원분들의 일상으로 기사를 쓰고 있거든요. 오늘은 기록물 관리실이에요. 다 허락받고 하는 거니까 걱정하지 마세요, 히히."

뜬금없는 장소에서 만나 그런지 송나연 기자는 무척 어색해했다.

두 사람의 인사가 끝나자 직원이 물었다.

"판사님은 무슨 일이세요?"

이한영이 직원 앞으로 다가가 들고 있던 서류를 앞에 내려 뒀다.

"방금 받은 것 중 하나인데요. 중간에 빠진 게 있는 것 같아서요."

"빠진 거요? 기록물이?"

"네."

혹시라도 분실되었다면 큰일이다.

직원은 다급한 표정으로 이한영이 내민 서류를 펼쳐 봤다. 페이지를 쭉 확인하던 직원의 표정이 딱딱하게 굳어간다.

"빠진 게 맞네요."

직원은 책상에 널브러진 종이를 서둘러 확인하기 시작했고, 이한영 역시 그 자리에서 종이를 살핀다.

송나연 기자가 테이블로 다가와 말했다.

"저도 도와드릴까요?"

"아, 네. 여기 사건 번호가 똑같은 것 좀 찾아봐주세요."

일이란 사람이 많으면 많을수록 좋은 거다. 직원의 말에 송나연 기자는 사건 번호를 훑으며 빠진 문서를 찾기 시작했다.

이한영이 그녀를 보며 입을 열었다.

"형사재판 기록물이라 내용은 안 보는 게 좋을 거예요."

형사재판은 폭력, 살인, 강간 등 끔찍한 사건을 다루는 경우가 많기에 기록물에는 현장의 참혹한 사진 등이 첨부되어 있다. 익숙지 않은 사람이 보기엔 좋지 않다.

그때…….

"찾았어요!"

송나연 기자가 큰 소리로 외치며 기록물 낱장을 들어 올렸다. A4 용지에 곱게 접힌 햄버거 봉투가 붙은 기록물이다.

"사건 번호, 이거 맞죠?"

이한영이 고개를 끄덕였다.

"아, 맞아요. 감사합니다."

직원도 다가와 기록물을 확인했다. 그리고 긴장된 한숨을 내뱉는다.

"아휴, 십년감수했네요."

직원이 감사함의 표시로 커피를 산다며 사무실을 떠나자 기록물을 들고 있던 송나연 기자가 이한영에게 물었다.

"그런데 햄버거 봉투는 왜 있는 거예요? 이것도 증거나 기록이에요?"

"아, 그거요?"

판사는 동시에 여러 개의 사건을 진행한다.

그녀가 손에 든 기록물은 토막 살인 사건의 범인이 피해자의 손목을 잘라 보관한 햄버거 봉투다. 하지만 천진난만한 얼굴 앞에서 진실을 말해줄 수는 없었다.

"햄버거 먹고 배탈 났나 보죠."

"그런 것도 소송 걸고 그래요? 신기하네요. 그런데 요즘 석정호 씨는 뭐 해요? 이순호 씨는 그래도 가끔 옥탑방에 나타나던데, 석정호 씨는 머리카락도 안 보이네요."

강신진과의 싸움에서 이한영에게 부족한 것이 바로 주먹질을 하는 사람과 정보력이다.

"정호요? 글쎄요……."

* * *

"2억?"

지방의 한 중심가, 건물 지하에는 오락실이 있었다.

오락실 구석엔 사무실로 들어가는 문이 있고 그 안엔 석정호가 앉아 있는 게 보인다.

석정호가 입을 열었다.

"작년 매출을 따져봤을 때 2억 정도면 후하게 쳐드린다고 생각하는데요. 사장님까지 해서 인수하고 싶습니다."

석정호 앞에는 인상이 험악한 남성이 앉아 있었다.

남자가 담배를 입에 물더니 불을 붙인다. 그리고 한심한 눈빛으로 석정호를 바라보며 말한다.

"여기 돈으로 사고파는 곳 아니니까, 그냥 가라."

석정호가 머리를 긁적였다. 그러더니 품에서 쪽지 하나를 펼쳐 읽기 시작한다.

"이름 김기수, 맞아요?"

"뭐?"

난데없이 이름이 불리자 김기수의 인상이 찌푸려진다.

하지만 석정호는 아랑곳하지 않고 쪽지에 있는 걸 읽어 내려간다.

"나이 29세. 나보다 어리네요? 반말은 그만했으면 좋겠어요. 뭐, 어쨌든, 큰 조직에 속해 있는 것은 아니고 상납금만 바치면서 성인 오락실을 운영 중. 주먹은 좀 쓰지만 이 지역 조직 간부들의 눈 밖에 나서 출세할 길은 없음. 맞나요?"

"너 누구야?"

"출세할 길이 없어 보이는데, 여기 장사 접고 나랑 서울로 올라갑시다."

"서울 가서 뭘 하려고?"

석정호가 슬쩍 웃으며 턱을 매만졌다.

"글쎄요. 이렇게 말하면 간지럽지만 협객?"

"협객?"

"네."

김기수의 눈빛이 삐뚤어진다.

한심하게 석정호를 바라보던 그가 천천히 자리에서 일어섰다.

"다시 묻는다. 너 누구냐? 곰이냐?"

곰은 형사를 지칭하는 은어다.

석정호가 장난스레 웃으며 고개를 저었다.

"곰은 내 별명인데요."

김기수가 소파에 앉아 있는 석정호를 내려다보더니 툭 말을 내뱉는다.

"야, 손님들 그만 보내드려. 셔터 내려야겠다."

그 말에 주변에 서 있던 한 남자가 사무실 밖으로 달려나갔다.

김기수는 책상으로 성큼성큼 걸어갔다. 그리고 드르륵 서랍을 열어 칼을 손에 쥐며 말한다.

"다시 물어볼게. 너 누구냐?"

싸늘한 목소리다.

하지만 석정호는 웃는다.

"날붙이 가지고 있으면 많이 다칠 텐데……."

뚜벅뚜벅, 오락실 지하에서 곰 같은 석정호가 걸어 올라왔다. 밖으로 나온 석정호는 휴대폰을 귀에 댄다.

"어, 한영아, 김기수라는 놈도 계약했어."

–별일 없었어?

"응, 아무 일 없었어. 걱정하지 마. 합법적으로 끝냈으니까."

–합법적?

"응, 정당방위. 흐흐."

석정호가 통화를 종료할 때 뒤에서 김기수가 달려 나왔다. 석정호가 고개를 틀어 뒤를 향하자 김기수가 빠르게 허리를 굽힌다.

"살펴 가십시오!"

잠깐 사이에 김기수의 얼굴은 만신창이가 되었다.

석정호가 슬쩍 웃으며 김기수에게 말한다.

"한 달 뒤에 서울에서 보자."

"넵!"

석정호가 손을 흔들며 떠나려 하자 김기수가 그의 옆으로 따라붙었다.

"그런데 정말 누구십니까?"

"협객이라니까. 국가의 큰일을 하는 사람이기도 하고."

"국가요?"

"그래, 새꺄."

김기수는 석정호를 찬찬히 살핀다.

예사롭지 않은 덩치. 게다가 이런 주먹 실력이면 진작에 이 세계에 알려져 있어야 한다.

'국가라니…….'

이순호와 마찬가지로 김기수 역시 석정호에 대해 이상한 상상을 하고 있었다.

이한영의 세력은 커지는 중이다.

석정호가 그늘에 있는 주먹들을 접촉하고 있었고, 송나연 기자와 박철우 검사 역시 빠르게 성장하고 있다. 게다가 이순호는 이한영의 미래 지식을 기반으로 엄청난 돈을 벌어들이는 중이었다.

이한영은 조용히 힘을 키워가고 있었다.

* * *

그리고 강신진 지원장의 사무실.

문이 열리고 한 남자가 안으로 들어왔다. 남자가 강신진 지원장의 앞에 서류를 내려놓는다.

강신진 지원장이 무표정한 얼굴로 서류를 펼쳐 들었다. 서류는 누군가의 인적 사항이 적힌 종이다.

그런데…….

석정호의 사진이 붙어 있었다.

강신진 지원장의 무표정했던 얼굴에 음산한 표정이 드리운다.

* * *

서울고속버스터미널에 버스가 멈춰 섰다.

공기 빠지는 소리와 함께 문이 열리며 석정호가 내린다.

오랜 시간 동안 버스 안에 있던 게 고역이었는지 크게 기지개를 켜며 앓는 소리를 낸다.

"아오, 살겠네."

잠시 자유를 만끽하던 석정호는 건물 안으로 들어가며 휴대폰을 귀에 댔다.

"어, 한영아. 나 지금 서울에 떨어졌거든. 그래, 밤에 봐."

석정호는 오랜만에 서울에 와서 그런지 기분이 좋아 보였다. 하지만 낯선 사람 네 명이 앞을 막아서며 기분 좋은 표정은 이내 사라졌다. 석정호는 앞에 선 네 명을 살폈다. 딱 봐도 정답게 인사하려고 온 사람들은 아니다. 그들은 석정호를 쏘아보고 있었다.

예사롭지 않은 사람들의 등장에 석정호가 인상을 굳히며 입을 열었다.

"누구시죠?"

"석정호 씨?"

'내 이름까지 알고 있어?'

석정호의 눈에 의문이 담길 때, 그들 중 한 명이 신분증을 꺼내 보였다.

신분증엔 '법원'이라는 글씨가 적혀 있다.

"함께 가주셨으면 합니다."

석정호가 어색하게 웃었다.

"……제가 무슨 잘못이라도 했나요?"

신분증을 보인 사람이 고개를 저었다.

"아뇨, 석정호 씨를 보고 싶어 하는 분이 계십니다. 별일 아니니까 협조해주셨으면 좋겠습니다. 그리고 휴대폰은 저희에게 잠시 맡겨주시죠."

덜컥, 자동차의 문 열리는 소리가 들리고 석정호가 차에서 내렸다.

이곳은 경기남부지방법원 안산 지원이었다.

'안산 지원?'

석정호가 주변을 둘러보고 있을 때, 신분증을 보였던 남자가 입을 연다.

"이쪽으로……."

남자가 앞서 걷자 석정호는 입을 다문 채 그 뒤를 쫓았다. 그렇게 엘리베이터를 타고 올라간 곳은 지원장실이다. 지원장실 안으로 들어가자 남자가 허리를 깊게 숙인다.

"데리고 왔습니다."

석정호의 시선은 남자가 인사하는 대상에게 향했다.

책상에 앉아 서류에 파묻혀 있는 사내다. 그가 천천히 고개를 들어 석정호를 향했다. 강신진 지원장이다.

석정호를 바라보는 그의 눈에는 흥미가 가득했다. 마치 신기한 장난감을 만난 것 같은 눈빛. 하지만 석정호에게는 두려움으로 다가왔다.

'무슨 눈빛이……'

석정호는 자신도 모르게 마른침을 삼켰다.

전국의 주먹들과 싸워 온 석정호다. 하지만 앞에 앉은 강신진 지원장과 같은 눈빛은 처음 봤다. 석정호의 머리를 파고드는 짙은 눈동자와 석정호의 거대한 몸뚱어리를 짓누르는 압박감.

'젠장.'

속된 말로 쫄았다는 표현이 어울린다.

석정호는 안간힘을 다해 강신진 지원장의 눈빛을 피하지 않기 위해 애쓰고 있었다.

그때 강신진 지원장이 정말 즐겁다는 듯 웃기 시작했다.

"생각했던 그대로야. 곰이네, 곰. 하하하하!"

강신진 지원장이 책상을 손으로 짚고 자리에서 일어섰다.

"나 강신진이라고 하네."

한순간에 얼어붙었던 공기가 풀어졌다.

강신진 지원장이 석정호 앞으로 다가와 그의 어깨를 토닥이며 말을 잇는다.

"미안하네. 자네의 덩치가 크다는 이야기만 들어서 어떤 모습일까 궁금했거든."

"……누구십니까?

석정호는 겨우 물었다.

강신진 지원장은 가볍게 답한다.

"이름은 강신진이라 말했고, 여기 지원장이야."

석정호는 강신진을 알지 못한다. 이한영이 이야기해준 적이 없어서다.

강신진 지원장은 석정호를 살피고 있었다. 입가에 맺힌 미소는 흐뭇하다. 그러더니 짝 손뼉을 치며 말한다.

"가지. 자네와 술 한잔하고 싶어. 약속이 있어도 오늘은 취소해줬으면 좋겠어. 간절한 부탁일세."

강신진 지원장은 석정호의 옆을 그대로 스쳐 갔다.

* * *

강신진 지원장과 석정호는 지원에서 멀지 않은 한정식집에 마주 앉아 있었다.

"그럼 말씀 나누십시오."

석정호를 안내했던 남자가 허리를 굽힌 후 미닫이문을 닫았다.

강신진 지원장이 술병을 들어 석정호의 잔을 채운다. 술이 채워지는 소리가 들릴 때 강신진 지원장이 대수롭지 않은 투로 입을 열었다.

"협객…… 멋진 말이야."

석정호는 가슴이 철렁 내려앉는 것만 같았다.

'어떻게 알았지?'

협객이란 말은 석정호가 주먹들을 설득할 때 쓰던 말이다. 법원에 앉아 있는 강신진 지원장이 알아서는 안 될 이야기였다.

석정호의 시선이 강신진 지원장을 향한다.

"어떻게 아셨습니까?"

"궁금한가?"

석정호가 건든 사람 중 한 명이 명동 사채업자 오판석과 끈이 닿아 있었다. 그래서 자연스레 강신진 지원장이 알게 되어 석정호의 뒤를 쫓은 거다. 하지만 석정호는 소름이 끼칠 수밖에 없었다.

강신진 지원장이 빙긋이 웃으며 묻는다.

"자네 뒤에 누가 있는가?"

석정호의 머릿속에 이한영의 이름이 스쳤다. 하지만 이한영의 이름을 말하면 안 된다는 것은 본능적으로 알고 있었다.

"아무도 없습니다."

"아무도 없다?"

"네."

"이상하지 않은가? 자네가 찾아다닌 사람들은 특별한 소속이 없으면서도 주먹을 잘 쓰는 사람들이야. 그 사람들을 핀셋으로 집듯이 찾아다닌다는 건가? 경찰이나 검찰이 뒤에 있지 않고는 어려운 일인데?"

석정호가 아무 말도 못 하자 강신진 지원장이 손뼉을 쳤다. 그러자 미닫이문이 열리고 석정호를 안내했던 남자가 고개를 내민다.

"필요하신 게 있습니까?"

"그거 가지고 왔지?"

남자가 품에서 A4 용지 몇 장을 꺼내 강신진 지원장에게 건넸다. 그리고 다시 미닫이문을 닫는다.

강신진 지원장이 A4 용지를 석정호의 앞에 툭 놓는다.

"자네의 전화번호야."

석정호의 시선이 종이로 향했다.

통화 내역이 죽 보인다.

"대포폰을 사용했어."

"……."

"자네와 통화한 사람들 역시 대포폰이더군."

"……."

"누구야, 뒤에 있는 게?"

강신진 지원장의 시선은 석정호에게 박혀 미동조차 하지 않는다. 석정호의 입술 떨리는 것조차 놓치지 않으려는 거다.

그리고 석정호가 입을 열었다.

"……저를 취조하려고 부르셨습니까?"

"궁금증이야. 취조라면 비싼 한정식집에서 밥을 먹이겠는가?"

"제가 깡패들을 모은다는 것을 알고 계시니 솔직히 말씀드리겠습니다. 그 사람들은 소속이 없다고 해도 거친 자들입니다. 언제 제 주변 사람들이 위험해질지 모릅니다. 그래서 대포폰을 사용하고 있습니다."

"대포폰을 사용하는 이유는 들었고, 자네 뒤엔 누가 있지?"

"정말 아무도 없습니다. 주먹 하나로 먹고살 수 없는 세상이지만 사람이 모이면 돈이 된다는 것을 알았습니다. 그래서 사람을 모으는 중입니다."

"사람을 모아서 뭘 하려고?"

"전국에서 가장 주먹질을 잘하는 심부름센터나 경호 업체를 만들려고 하고 있습니다."

강신진 지원장이 고개를 끄덕인다.

"협객이라는 말은?"

"주먹질하는 놈들은 단순합니다. 협객이라는 단어로 가슴을 울리면 충성을 다하죠. 다 그놈들을 꼬시기 위한 말이었습니다."

석정호가 최근 판사, 검사, 기자와 어울려서 그런지 말에 막힘이 없었다.

강신진 지원장이 잔을 든다.

"한잔하지."

석정호가 예의를 갖추며 강신진 지원장과 잔을 부딪쳤다.

강신진 지원장이 잔을 입에 댔다 떼며 말한다.

"나와 함께 일해보지 않겠나? 난 자네가 말한 협객이라는 말을 완성시켜 줄 수 있어."

"네?"

"지금까지 지은 죄는 다 용서해주지."

* * *

옥탑방.

이한영은 서울의 밤을 내려다보며 석정호를 기다리고 있었다. 시간이 훌쩍 지났지만 석정호는 올 생각을 하지 않았다.

"자나?"

오랜 시간 모텔과 여관을 돌며 생활한 석정호다. 집에 오자마자 곯아떨어져서 깨어나지 못했을 가능성도 크다. 이한영은 손목을 들어 시간을 확인했다. 약속 시간이 한 시간을 훌쩍 넘기고 있었다. 더 기다릴 필요는 없을 것 같았다.

이한영이 몸을 막 돌리려 할 때 계단에서 술 취한 석정호의 노랫소리가 들려왔다.

"쨍하고 해 뜰 날 돌아온단다. 내일은 해가 뜬다."

비틀거리며 다가오는 석정호를 보며 이한영이 픽 웃었다.

"술 마셨어?"

"응? 어, 조금."

평상에 털썩 주저앉아 하늘을 보는 석정호에게 이한영이 말한다.

"네가 취한 거 보니까, 조금이 아닌데."

석정호는 말술이다. 웬만큼 마셔서 비틀거리지 않는다. 이 정도로 취하기 위해선 가게의 술을 동내지 않고는 불가능했다.

석정호가 고개를 젓는다.

"아오, 술 진짜 잘 먹더라."

"누가?"

"강신진."

뜬금없는 이름이 들려오자 이한영의 눈이 동그랗게 커졌다.

"강신진? 지원장?"

"아까 내가 버스터미널에서 딱 내렸는데, 내 앞으로 인상 안 좋은 놈들이 쭉 서는 거야."

석정호는 낮에 일어났던 일을 이야기하기 시작했다. 하지만 이한영은 대답이 없다. 조용히 석정호를 살필 뿐이다. 그리고 이한영의 시선이 석정호의 와이셔츠 주머니에 있는 만년필로 향했다.

이한영이 손을 뻗어 만년필을 쥔다.

"강신진 지원장이 준 거야?"

"어, 주먹질해도 펜을 굴릴 줄 알아야 한다면서 꽂아 주더라."

"다른 말은?"

"자기 아래로 들어오라는 말."

"그래서?"

"너한테 물어보고 움직이려고 일단 생각해보겠다고 했어."

석정호는 힐끗 이한영의 표정을 살폈다. 눈치가 없다고 해도 지금 이한영의 표정이 좋지 않다는 건 알 수 있었다.

"강신진이 뭐라고 했냐 하면……."

석정호는 강신진 지원장과 있었던 일을 보고하듯 이야기하기 시작했다.

"……술을 마시고 이렇게 말하는 거야. '지금까지 지은 죄는 다 용서해 주지'. 참 나, 내가 죄를 얼마나 지었다고. 어쨌든……."

그렇게 한참 후 석정호의 말이 끝났다.

이한영이 얼굴을 쓸어 만지며 물었다.

"강신진 지원장을 만난 느낌은 어땠어?"

"넘을 수 없는 벽 같은 느낌. 그리고 멋있는 사람 같아 보였어. 지원장이면 높은 사람 맞지? 그런 사람이 그렇게 격의 없이 행동하는 게 쉬운 일이 아니잖아. 진한 농담도 잘하더라."

이한영은 뭔가를 고민하는 얼굴로 잠시 말이 없었다.

석정호가 눈치를 살피며 묻는다.

"어떻게 할까? 강신진한테 위장 취업할까?"

"조금만 생각해볼게."

석정호가 떠났다.

옥탑방엔 이한영만 남아 평상에 앉아 있었다.

'석정호의 뒤를 조사했다고?'

석정호의 말에 따르면 대포폰의 통화 내역도 조사해서 꺼냈다고 한다.

이한영의 입에서 한숨이 흘렀다.

강신진 지원장이 석정호와 술을 마시는 동안 이한영에 관한 말을 하지는 않았다. 오로지 석정호를 자신의 편으로 끌어들이려는 노력만 했을 뿐이다. 하지만…….

'정호랑 나랑 같은 고등학교를 나왔잖아.'

그걸 놓칠 강신진 지원장이 아니다. 미심쩍은 부분이 있다면 집요하게 파고들 성격을 가지고 있다. 이한영의 손가락이 툭툭 평상을 두들기기 시작했다.

'지금까지 지은 죄는 다 용서해주지?'

아무리 생각해도 강신진 지원장이 석정호를 통해 이한영에게 전하는 말 같았다. 문제는…….

'만약 내 추측이 맞다면 어디까지 알고 있는 걸까? 나 혼자 강신진이 알고 있다고 설레발치는 건 아닌가? 강신진이 알고 있다면 난 어떻게 움직여야 하지?'

자리에서 일어난 이한영은 옥상을 서성이기 시작했다. 그렇게 한참을 고민하던 이한영의 눈에 불빛이 번쩍인다.

답이 나온 거다.

* * *

다음 날.

이한영과 장유린 부장 그리고 설지아 판사는 법대에 앉아 있었다. 오늘의 재판은 토막 살인 사건이다.

검사가 말한다.

"피고인 유윤성과 임미희 씨는 내연 부부였습니다. 사건의 발단은 임미희 씨가 바람을 피우면서입니다."

검사의 말을 듣던 이한영은 법정을 죽 둘러봤다.

열심히 타이핑하는 송나연 기자가 보인다. 그러고 보니, 그녀가 이 사건의 기록물을 찾아줬다.

검사의 말이 계속되었다.

"피고인 유윤성은 임미희 씨를 살해한 후 시신을 운반할 일이 여의치 않자……."

검사의 말에 의해 기록물 관리실에서 송나연 기자가 만지작대던 햄버거 봉투의 진실이 알려졌다.

"햄버거 봉투에 임미희 씨의 손목을!"

타이핑을 치던 송나연 기자의 움직임이 멎었다. 그녀가 멍한 눈으로 고개를 들어 이한영을 본다. 눈을 마주치자 소리내지 않고 입술만 움직여 묻는다.

"아니죠?"

이한영은 대답하지 못했다.

그녀가 다시 입술만 움직인다.

"배탈 난 거라고 했잖아요. 아니죠?"

이한영이 할 수 있는 일은 송나연 기자의 눈빛을 피해 검사에게 향하는 것이었다.

뭔지도 모르고 "햄버거 봉투가 여기 왜 있대?"라면서 만지작대던 송나연 기자의 눈은 거의 울 것 같았다.

공판이 끝났다.

이한영이 장유린 부장의 옆에 섰다.

"부장님, 여쭤보고 싶은 말이 있습니다."

장유린 부장이 고개를 틀어 이한영을 향한다.

"어떤 거?"

이한영을 보는 장유린 부장의 시선은 좋지 않다. 그녀는 이한영이 그녀의 일거수일투족을 보고한다고 생각하기 때문이다.

이한영도 이유는 모르지만 장유린 부장이 자신을 좋지 않게 생각하는 것을 알고 있었다. 하지만 지금은 그녀가 필요하다.

그녀는 강신진 지원장을 향한 돌파구가 될 거다.

"말해."

장유린 부장의 방이다.

그녀에게 할 말이 있다며 찾아온 이한영이 작게 한숨을 내뱉은 후 입을 열었다.

"강신진 지원장님께 사죄하셨습니까?"

장유린 부장의 눈이 가늘게 찌푸려진다.

"뭐라는 거야?"

장유린 부장은 DH제강 대표 박대환을 궁지로 몰아 실형을 선고했고 브로커의 기록까지 찾으려 했다. 모두 강신진 지원장의 뜻과 반대된 거다. 그래서 물어본 것인데…….

그녀가 어이없다는 듯 고개를 저었다.

"왜? 내 기분 물어보고 보고하래?"

"네?"

그녀가 다리를 외로 꼰다.

"알아서 꼬리 말고 벌레처럼 길 테니까, 걱정하지 마."

몹시 기분 나쁜 표정이다.

이한영은 그녀의 기분이 왜 나쁜지 알 수 없었지만 그녀가 한 말 중 '보고하래?'에 집중했다. '보고? 내가 첩자질을 했다는 것인가?' 생각해봤지만 그런 일을 한 적은 없다.

“제가 지원장님께 부장님에 대해 보고하거나 한 적은 없습니다.”

“누굴 바보로 알아?”

그녀가 기분 나쁜 시선으로 이한영을 바라봤다. 그런데 이한영의 표정은 정말 모르는 눈치다.

그녀의 미간이 찌푸려진다.

‘뭐야? 모른 척하는 거야?’

그런데 가만히 생각해보니, 강신진 지원장에게 감시당하는 것을 알게 된 것은 박대환에 대한 형량을 결정할 때다.

‘그때 이한영은 박대환이 중형을 받길 원했어.’

장유린 부장의 시선이 빠르게 사무실로 향했다. 기록물에 파묻혀 있는 설지아 판사가 보인다.

‘박대환 같은 놈을 증오하는 설지아는 심신미약을 주장했어. 도대체 왜? 설마?’

순간, 설지아 판사의 눈동자가 힐끗 장유린 부장의 방을 향했다. 마치 방 안의 상황을 살피려는 눈빛이다.

순간, 장유린 부장의 입가에 가증스럽다는 미소가 걸렸다.

‘너였어?’

장유린 부장이 고개를 저었다.

‘설지아도 강신진의 편이었다니…….’

이것이 강신진 지원장의 무서운 점이었다. 그는 측근에게도 자신의 세력을 모두 오픈하거나 과시하지 않고 철저하게 자신을 숨긴다.

장유린 부장이 다시 이한영을 향한다.

“지원장님께 사과하는 것은 왜 물어보는 거야?”

“저도 사과드릴 게 있어서요. 부장님께서 아직 안 가셨으면 함께 가서 하고 싶었거든요.”

"이한영 판사도 사과할 게 있어?"

이한영이 멋쩍게 웃었다.

"박대환요. 제가 주심이었는데, 무거운 형량을 내렸잖아요. 어쩔 수 없는 상황이었다고 해도 명령을 안 따른 것은 사실이니까 사죄드려야 하는데, 솔직히 지원장님은 무섭거든요."

"혼자 혼나긴 싫다?"

"매도 같이 맞으면 덜 아프다고 하잖아요."

이한영의 바보 같은 미소에 장유린 부장은 픽 웃어버렸다.

하지만 이한영의 속마음은 다르다.

장유린 부장과 함께 사과하러 가면 물타기를 할 수 있다.

'강신진이 내 주변을 조사했어도 수박 겉핥기야. 강신진은 애매한 정보만으로 나를 시험하려 들 거야. 장유린 부장을 통해 적당히 다른 핑계를 대면서 빠져나가야 해.'

이한영의 생각이 끝났을 때, 장유린 부장이 천천히 고개를 끄덕인다. 그녀 역시 강신진 지원장을 만나러 가긴 해야 했다. 박대환을 통해 유성그룹을 흔들려던 그녀의 계획이 무산되었기 때문이다. 아직은 강신진 아래에 있어야 한다.

선을 넘지 않으면 언제든지 받아주겠다던 강신진의 발언을 생각하던 장유린 부장이 작게 한숨을 내뱉으며 입을 열었다.

"그래, 같이 가자."

* * *

안산 지원.

이한영과 장유린 부장은 강신진 지원장 앞에 서 있었다.

강신진 지원장은 흥미로운 눈으로 이한영과 장유린 부장을 보고 있다.

"두 사람이 함께 올 줄은 몰랐는데?"

장유린 부장이 억지로 웃으며 붉은 입술을 뗀다.

"제가 선을 넘었나요?"

"아슬아슬했지."

강신진 지원장이 장난스레 웃으며 자리에서 일어섰다. 그리고 장유린 부장의 앞으로 다가온다.

"한동안은 고개 숙이고 살 텐가?"

"네, 그래야죠."

강신진 지원장은 장유린 부장을 더 타박하지 않았다. 그녀가 장태식 사장과 배다른 형제이며 언제든 뒤통수를 칠 거라는 걸 알고 있었기 때문인지 이 정도는 넘어가는 모양이다.

강신진 지원장의 시선이 이한영에게 향한다.

"이한영 판사는 어쩐 일인가?"

'어쩐 일인가? 나한테 대답하라는 거야?'

이한영이 생각해왔던 대답을 내놓으려 할 때 툭, 강신진 지원장의 두툼한 손이 이한영의 어깨를 두들긴다.

"걱정하지 않아도 돼. 난 자네 같은 사람을 좋아하니까."

이건 또 무슨 소릴까?

'뭐지?'

강신진 지원장이 빙긋이 웃으며 입을 연다.

"단, 욕심이 과하면 안 돼. 무슨 말인지 이해했지?"

강신진 지원장은 어떤 것을 물어봐도 이한영이 대답하지 않을 것을 알고 있다. 이한영이 무엇을 노리는지 확실하지 않은 상황에서 쓸데없는 말로 시간을 낭비하고 싶지 않은 거다.

이한영이 시선을 들어 강신진 지원장의 눈을 향했다. 말은 그렇게 했지만 의심이 가득히 박혀 있다. 의심은 잡초와 같다. 한번 뿌리를 내리면 뽑아도 뽑아도 생기기 마련이다.

지금은 어찌어찌 넘어간다고 해도 강신진 지원장은 지겨울 정도로 이한영의 뒤를 팔 거다. 그리고 확실해졌을 때, 이한영의 목을 물어뜯으려 할 게 분명했다.

'확실해지길 기다린다? 강자의 여유인가?'

이한영은 고작 고등법원 배석판사다. 평판사 중에서는 괜찮은 자리지만 지원장이나 된 사람에겐 하찮고 미미한 존재일 수밖에 없다. 쉽게 표현하면 이한영은 고등학생 앞에서 까부는 유치원생이다.

이한영은 강신진 지원장을 향해 고개를 숙였다.

"네."

여유를 부리고 있을 때 서둘러 묵직한 한 방을 때려 넣어야 했다.

강신진 지원장이 몸을 돌려 다시 책상으로 걸어가며 말한다.

"모임 일정이 나왔어. 시간 빼두도록 해."

모임이란 전직 대통령인 박광토를 중심으로 각 기관의 중추가 모여 대한민국을 좌지우지하는 세력을 말한다. 보통은 박광토 전 대통령의 사무실에서 간부급들만 모여 회의를 하지만 1년에 한두 번 정도는 많은 사람들이 모여 앉기도 한다.

물론 이것도 전체 모임은 아니다. 분야별로 모일 뿐이다. 이한영이 참석할 때는 공직에 있는 사람들이 모이는 모임이었다.

강신진 지원장이 책상에 앉으며 계속 말했다.

"장유린 부장은 모임 공지하고, 우리 측 참석자 휴대폰 걷는 거 잊지마. 앞에서 신체검사할 때 망신당하지 않게."

"네."

"이한영 판사는 나와 함께 가도록 하지."

이한영에게 운전하라는 뜻이다.

"네."

지원장실에서 나와 엘리베이터를 타고 다시 주차장으로 향할 때 장유린 부장이 입을 연다.

"30억 슈킹, 그거 이한영 판사 짓이지?"

이한영이 황당한 표정을 지었다.

"네? 아뇨."

"내가 시나리오를 하나 써볼까? 이한영 판사는 강신진 지원장에게 적대 세력이야. 그리고 박철우 검사와 함께 30억을 사기 치기도 했지."

이한영은 대답하지 않았다. 고개를 저을 뿐이다.

장유린 부장이 몸을 틀어 이한영을 향한다. 그리고 얼굴을 바짝 갖다대며 입을 연다.

"그런데 이한영 판사는 강신진 지원장에게 꼬리를 밟혔어. 맞아?"

"정말 시나리오일 뿐인데요?"

"강신진 지원장은 밟은 꼬리를 놔주는 사람이 아니야. 알지?"

"하하."

"이한영 판사의 구린 뒷모습은 언젠가 낱낱이 까발려질 거야. 그 전에 우리 같이 강신진을 칠래? 난 강신진이 없어야 장태식을 없앨 수 있어. 이한영 판사 역시 목적이 뭔지는 몰라도 강신진이 눈엣가시인 것은 마찬가지 같은데. 어때?"

"부장님, 제가 이런 말을 강신진 지원장님께 보고하면 어떻게 하려고 그러세요?"

"상관없어. 나한텐 선만 안 넘으면 된다고 하잖아. 강신진은 내가 어떤 생각이 있는지 빤히 알고 있거든."

엘리베이터의 문이 열렸다.

복도를 걸어 차로 향하며 장유린 부장이 말을 잇는다.

"집에서 자란 애완견은 눈밭에서 사는 늑대를 모르지. 강신진은 내게 그런 존재야. 난 비록 첩의 자식으로 태어났지만 개 같은 아비가 돈이 많아서 부자로 자라 왔거든. 과목당 100만 원인 과외를 받았고 대학 입학 선물로 외제 차를 받았을 정도니까. 하지만 강신진은 아니야. 고아로 자라 저 자리까지 올랐어. 어떤 생각을 하는지 얼마나 절박한지 나는 몰라."

장유린 부장이 고개를 틀어 이한영에게 향했다. 그녀가 말한다.

"이한영 판사는 강신진의 생각을 가장 잘 이해할 수 있다고 생각해. 이한영 판사 역시 일반 판사들과는 다른 길을 걸어온 사람이니까."

이한영은 이번에도 대답하지 않았다.

장유린 부장이 강신진 지원장과 대립하고 있다는 것은 충분히 알고 있지만 그녀의 방식은 급하다. 급하면 체하기 마련이다.

이한영의 대답이 들려오지 않자 장유린 부장이 살짝 웃는다.

"생각해보고 대답해줘. 단, 사무실에선 안 돼. 쥐새끼가 숨어 있으니까."

'쥐새끼?'

이한영과 장유린 부장 외에 사무실에 있는 것은 설지아 판사뿐이다.

'그러고 보니 첩자를 의심하고 있었어. 그게 설지아 판산가?'

* * *

전직 대통령 박광토가 주관하는 모임.

이번엔 경기 북부에 있는 한정식집이었다. 가장 상석에 박광토 전 대통령이 보였고, 긴 테이블을 사이에 두고 사람들이 서열대로 앉았다. 현 · 전 대통령의 비서실장과 각 장관 그리고 검찰총장과 각 법원의 법원장급도 보인다.

가장 말석에 앉은 이한영은 시선을 돌려 강신진을 찾았다. 지난번과 달리 강신진의 서열은 꽤 올라갔다. 법무부 장관과 전 비서실장을 뒤로하고 네 번째 상석에 양반다리를 하고 있다. 강신진의 위에 있는 것은 총리와 현직 대통령의 비서실장 그리고 여당 대표뿐이다.

겉으로는 국민을 위한다고 하지만 속으로는 자신들의 이권을 놓치지 않기 위한 회의가 이어졌다.

그렇게 더러운 모임이 끝났다.

사람들이 자리에서 일어설 때, 박광토 전 대통령이 강신진 지원장을 보며 말한다.

"강신진 판사, 나랑 차 한잔하고 가."

"네, 각하."

강신진 지원장이 허리를 굽힌다. 그리고 고개를 돌려 멀리 있는 이한영에게 향한다.

"이한영 판사, 잠깐 기다리도록 해."

박광토 전 대통령과 강신진 지원장은 자리를 옮겼다. 한정식집의 가장 끝에 있는 작은 방이다. 경호원들이 몰려오자 박광토 전 대통령이 손을 젓는다.

"됐어. 이 안에서 누가 나를 해하겠어? 가서 담배들이나 태우고 있어."

이미 한정식집의 외벽을 경호원들이 두르고 있다. 작은 방 앞까지 경호를 서는 것은 과잉 경호라는 생각이 들었나 보다.

경호원은 허리를 굽히고 앞에서 사라졌다.

방 안으로 들어간 박광토 전 대통령이 찻잔을 손에 들며 입을 연다.

"위험한 물건을 손에 쥐고 있다고 들었어."

"무슨 말씀이신지 모르겠습니다."

"박강서가 남긴 기록, 자네 손에 있다고 하던데?"

명동 사채업자 오판석을 통해 은밀하게 받은 문서다. 그걸 어떻게 박광토 전 대통령이 알고 있는지 알 수 없었지만 당황할 강신진 지원장이 아니다.

그가 너스레를 떨며 말한다.

"위험한 물건이라뇨. 주방에서 쓰는 칼도 어떻게 쓰느냐에 따라 이로울 수 있습니다. 제 손에 있는 이상 안전하니까 걱정하실 필요 없습니다."

"법무부 장관, 검찰총장, 여야의 신진 의원들을 모두 자네 손에 넣었다고?"

"친하게 지내고 있을 뿐입니다."

박광토 전 대통령의 주름진 얼굴에 미소가 걸린다.

"이봐, 강신진 판사."

"말씀하십시오."

"자네가 가진 칼로 나를 겨누지는 않았으면 좋겠어."

"그럴 일 없습니다."

단호한 대답이다.

하지만 박광토 전 대통령은 믿지 않는다.

"내가 대통령을 그만두고서도 사람들이 왜 나를 따르는지 알고 있나? 남을 믿지 않고 그 사람이 가진 야망의 크기를 보기 때문이야. 적당히 원하는 것을 던져 주면 충성을 다하는 법이거든. 그런데 자네의 욕심은 너무 커. 먹이를 던져 줘도 채워지지 않아."

"욕심이 없다면 남자가 아니라고 생각합니다. 고아로 자라 쓰레기통을 뒤졌고……."

박광토 전 대통령이 고개를 저었다.

"자네가 어떤 꿈을 꾸고 있든 상관 않겠네. 난 이 대한민국이 어찌 되든 상관없어. 죽을 때까지 나만 편하면 장땡일세."

나만 편하면 장땡, 전직 대통령의 말이다.

강신진 지원장이 입을 다물자 박광토 전 대통령이 찻잔을 손으로 만지며 말을 잇는다.

"난 자네가 불편해. 자네가 가진 꿈이 나를 겨눌 것 같았거든. 그래서 나도 자네를 알아봤어. 장태식 사장에게 용돈을 받고 있다고? TJ식품의 통장으로 거래한다고 들었는데……."

강신진 지원장의 얼굴이 처음으로 딱딱히 굳어졌다.

박광토 전 대통령이 찻잔을 입에 대며 말한다.

"기업에서 수백억, 아니 수천억의 스폰을 받고 있는 판사 강신진, 이게 언론에 알려지면 사람들은 뭐라고 할 것 같은가? 자네가 가진 알량한 꿈은 아무도 알아주지 않아. 결과를 위해 과정을 희생했던 자의 말로지."

"각하!"

"큰 소리 내지 말게. 박강서의 기록을 내놓으라고 하진 않을 거야. 하지만 처신 잘해. 나 역시 언제든 자네 목을 잘라버릴 카드를 가지고 있으니까. 내가 무슨 말을 하는지 알겠나?"

강신진 지원장이 무엇을 하든 상관하지 않을 테니 자신을 건들지 말라는 것이다. 처음 말했던 것처럼 박광토 전 대통령은 자신의 안위만 생각하고 있었다.

그리고 미닫이문의 밖.

이한영이 그들의 말을 듣고 있었다.

'TJ식품? 강신진의 목을 잘라버릴 수 있어?'

이한영의 눈빛이 싸늘하게 변했다.

이한영은 전생을 더듬기 시작했다.

'그러고 보니…….'

전생에서 강신진 지원장은 이 모임에 있는 많은 사람들을 감옥에 보냈다. 뜻이 맞지 않거나 죄가 있는 사람은 가차 없이 박살 낸 거다.

'그런데 박광토 전 대통령은 건들지 않았어.'

박광토는 언론 앞에서 국민을 위한 척했지만 정작 자신의 잇속만 챙긴 쓰레기, 대한민국을 놀잇감으로 생각했던 역사상 최악의 대통령이었다. 대통령에서 물러난 지금도 권력을 손에서 놓지 못하는 이유 역시 힘이 없어지는 순간 사정없이 찢겨 죽을 것을 알고 있어서다.

'그런 박광토 전 대통령을 강신진이 내버려뒀던 이유가?'

서로 약점을 쥔 두 사람은 한배에 타고 있었기 때문이다.

이한영의 입술이 뒤틀렸다.

'나쁜 놈끼리 서로 이해해줬다는 건가? 나라가 어찌 되든 나만 편하면 아무 상관 없다는 거였어? 죄를 지었으면 벌을 받아야지.'

강신진 지원장의 약점이 TJ식품에 있다는 것과 박광토 전 대통령이 박강서의 기록을 불편해한다는 것을 알았다. 두 사람이 함께 탄 배를 침몰시킬 수 있다. 이한영의 눈에 차가운 푸른빛이 번쩍였다.

그때 부스럭거리는 소리와 함께 두 사람이 일어나는 기척이 느껴졌다. 이제 피해야 할 시간이다.

이한영은 조용히 몸을 돌렸다.

* * *

'TJ식품의 통장으로 거래한다고?'

분명 박광토 전 대통령은 그렇게 말했다.

그날 밤, 이한영은 옥탑방의 옥상에 서서 들었던 정보를 정리하고 있었다. 가만히 생각에 빠져 있던 이한영이 손목을 들어 시간을 확인한다. 송나연 기자와 박철우 검사를 만나기로 했는데, 두 사람은 아직 깜깜무소식이다. 언제 오나 생각하는데…….

"그거 진짜 그거였어요?"

다급한 목소리가 들렸다.

고개를 틀어 보자 계단에서 송나연 기자가 달려 올라온다.

이한영의 앞에 선 그녀는 툭 치면 주르륵 눈물을 흘릴 것처럼 울먹거리고 있다.

"아니죠? 아니라고 말해줘요. 눈 피하지 말고요. 제발요!"

누가 봤다면 나라를 잃었나 싶을 거다.

이한영이 고개를 갸웃거리며 물었다.

“뭐가요? 무슨 일 있어요?”

“아뇨! 그 햄버거 봉투요! 속 시원하게 대답해주세요!”

“아…….”

그녀는 살인의 증거물 중 하나인 햄버거 봉투를 손으로 만졌었다.

이한영이 어깨를 으쓱해 보인다.

“다른 사건이에요. 걱정하지 마세요.”

“거짓말! 믿을 사람 하나도 없어!”

아니라고 말해 달라 해서 해줬을 뿐인데 송나연 기자는 원망스러운 눈길로 이한영을 째려봤다.

“뭔 일인데 그래요?”

박철우 검사가 편의점 커피를 마시며 등장했다.

송나연 기자가 박철우 검사에게 억울한 목소리를 호소한다.

“그게요, 어떻게 된 일이냐 하면요!”

사정을 들은 박철우 검사가 배를 잡고 웃기 시작했다.

“우리도 비슷한 일 있어요. 가끔 현장에 나갈 때가 있거든요. 그럴 때 형사들이 짓궂은 장난을 해요. 우리는 시체나 이런 거에 익숙하지 않은데, 그 사람들은 매일같이 보는 거니까요. 그래서 나도 피해자 머리가 든 봉투를 손에 든 적이 있어요. 두 달간 꿈에 나타나더라고요, 흐흐.”

이대로 두면 대화가 산으로 갈 것 같았다. 이한영은 적절한 타이밍에 두 사람의 대화를 종료시켰다.

“검사님, 오판석에 관한 거 나온 것 있나요?”

명동 사채업자 오판석. 이한영은 박철우 검사에게 오판석에 관한 조사를 부탁했었다.

박철우 검사가 고개를 저었다.

"아직은 없어요. 철저히 법정이율을 지키네요. 분명히 이면 계약을 하는 것 같은데, 보이지 않아요. 그래도 계속 파는 중이니까 조만간 나오지 않을까 싶어요."

박철우 검사는 가방에서 서류 하나를 꺼내 이한영에게 건넸다.

"지금까지 조사한 내용이니까 한번 읽어보세요."

오판석의 사채업자 조직도였다.

"허성현이란 사람이 오른팔이에요?"

"오른팔인지 바지 사장인지는 아직 모르겠어요."

이한영은 서류를 한 장 한 장 넘겨 봤다. 조직원부터 자금 상황까지 나와 있다. 짧은 시간에 꽤 많은 정보를 캐낸 것이 느껴진다. 확실히 실력 있는 검사다.

"감사합니다."

"별말씀을, 계속 파볼 테니까 새로운 거 나오면 말할게요."

이한영은 서류를 덮은 후 송나연 기자에게 시선을 옮겼다.

"기자님께도 조사를 부탁할 수 있을까요?"

"저요?"

"경제통의 도움을 받고 싶거든요."

송나연 기자는 경제 금융 쪽을 담당했던 적이 있다. 경제통이라는 말에 눈을 반짝이며 말한다.

"제가 경제통이긴 하죠. 어떤 걸 도와드릴까요?"

"TJ식품요."

의외라고 생각했는지 그녀가 고개를 갸웃한다.

"거기 유성그룹 계열사잖아요. 장태식 사장이 취임하고 가장 먼저 인수했던 게 거긴데."

"네, 조사 좀 해주세요. 알아볼 수 있는 것은 전부 다."

전부라는 말은 기자들의 불문율도 어겨 달라는 부탁이다.

기자들에게도 불문율이 있다. 예를 들어 송나연 기자 같은 법조 기자들은 검찰의 기습적인 압수수색의 일정을 알아도 입을 다물어야 한다는 것 등이다. 즉, 민감한 이야기까지 끌어내 달라는 것.

잠시 고민하던 송나연 기자가 바보같이 웃으며 말한다.

"좋아요. TJ식품 사장 머리카락이 몇 개인지까지 알아봐드릴까요?"

"네."

"이미 알고 있죠. 가르쳐드릴게요. 사장의 머리카락은 빵 개랍니다."

"빵 개?"

그녀가 자신의 머리를 만진다.

"없어요. 그거 가발, 히히."

잠시 농담을 이어가던 송나연 기자는 TJ식품의 먼지까지 조사하겠다고 답했다.

TJ식품은 표면적으로는 프랜차이즈 사업을 하는 회사다. 하지만 그 속을 들여다보면 백화점 상품권이나 미술품, 도자기 등을 특히 많이 사들이는 유성그룹의 계열사 중 하나이기도 하다. 아마도 은밀히 자금을 전달하고 세탁하기 위한 편법 때문일 거다.

이한영의 시선이 다시 박철우 검사에게 향했다.

"기자님이 정보를 알아오고 비리가 있을 것 같으면 TJ식품을 타깃으로 해서 움직여주세요. 쉽지는 않을 테니까 지금부터 은밀히 준비하셔야 할 거예요."

장태식 사장이 TJ식품을 지갑으로 사용했다면 이번 사건은 강신진 지원장뿐만 아니라 검찰이나 법원 등의 수많은 사람들과 연관되어 있을 것이다. 그리고 그 추측이 맞다면 사건이 터지는 순간 대한민국이 뒤집힐 게 분명하다.

박철우 검사가 물었다.

"왜요? 갑자기 TJ식품을 거론하는 거 보면 유성쇼핑의 비자금이 흘러

가는 곳인가요?"

"그런 것 같아요."

박철우 검사가 담배를 입에 문다.

"장태식 사장 스케일이면 클래스가 되는 인간들에게 용돈을 줬겠죠? 이거 진짜 유배 가게 생겼네……."

이한영은 부정하지 않았다.

아마 이 일이 성공적으로 끝난다고 해도 예상이 맞다면 박철우 검사는 유배를 갈 게 확실하다. 수직적인 조직에서 하극상을 벌이는 것이나 마찬가지이기 때문이다.

박철우 검사가 연기를 내뿜으며 말했다.

"그런데 나만 유배 가는 거 아니잖아요? 판사님은 멀쩡할 것 같아요?"

"저도 가겠죠."

"같은 곳으로 갔으면 좋겠네. 산 좋고 물 좋은 곳이면 더 좋고요. 등산 좋아해요? 가서 등산이나 해요."

박철우 검사는 정의를 위해서라면 불구덩이에도 뛰어드는 무대포다. 고맙게도 유배를 가든, 옷을 벗든 정의를 위해서라면 상관하지 않아 보인다.

이한영의 눈이 다시 송나연 기자를 향했다.

"기자들의 세계는 잘 모르지만 어쩌면 기자님도 전혀 상관없는 부서로 배치받을 수 있어요."

"상관없어요. 기자에게 그런 것은 명예로운 거죠, 히히."

송나연 기자 역시 박철우 검사와 마찬가지로 겁이 없다.

이한영이 다시 한번 물었다.

"괜찮겠어요? 위험할지도 모르는 일인데요."

"제 꿈이 종군기자였어요. 이런 위험은 즐겨야죠."

그리고 이한영은 대수롭지 않게 던지듯 본질을 꺼낸다.

"상대가 박광토예요."

사실, 최종 목표는 강신진 지원장도 포함된다. 하지만 명성 쪽으로는 박광토 전 대통령이 훨씬 크기에 우선 거론한 것인데, 그 충격이 컸나 보다.

박철우 검사가 놀란 눈으로 이한영을 본다.

"누구요?"

"박광토요."

"내가 아는 박광토가 그 박광토는 아니죠?"

"맞을걸요."

송나연 기자도 놀랐나 보다.

"나 박광토 대통령 정말 좋아했는데요. 투표도 했어요."

이한영이 고개를 저었다.

"기자님, 10년 전에 10대였잖아요. 선거권 없던 것으로 아는데요."

"넵, 안 속으시네요. 제 말은 그만큼 박광토의 이름이 충격이라는 거죠."

박철우 검사가 입을 열었다.

"이거 좀 냉정하게 생각해봐야 하지 않아요? 박광토가 죄가 있다고 칩시다. 그런데 잡을 수 있을까요? 아무리 전직 대통령이라 해도 쉽지는 않을걸요. 아직 박광토를 지지하는 사람도 많고 이 정도 스케일로 들어가면 깡패 새끼 때려잡는 레벨이 아니에요. 유배 가기 전에 골로 갈 수 있어요."

골로 갈 수 있다는 것. 이것이 송나연 기자가 애써 농담하며 분위기를 올리려 했던 이유이자 이한영이 하지 않은 말이다.

박철우 검사의 현실적인 말에 분위기가 차갑게 변했다. 가을로 접어드는 여름밤에 소름이 돋아난다.

이한영이 입을 열었다.

"두 분 생각은요? 다시 여쭤볼게요. 골로 갈 수도 있는데, 하시겠어요?"

잠시 대답이 없다.

이한영의 시선이 박철우 검사에게 향했다. 그는 답답한 표정으로 담배 연기를 내뿜고 있다.

이번엔 송나연 기자를 향했다. 눈을 마주친 그녀가 고개를 끄덕인다. 그리고 조금은 긴장된 표정으로 미소를 그린다.

"좋아요. 종군기자가 꿈이었으니까요."

그 말에 박철우 검사가 담배를 힘껏 빨아들인다.

"에이, 씨발. 사망보험이나 들어둬야겠네."

두 사람 모두 최종적으로 동의했다. 단호한 결의에 이한영은 빙긋이 미소를 그린다. 돈이나 권력보다 좋은 사람을 곁에 두고 만나는 것만큼 즐거운 게 없다.

이한영이 손뼉을 짝 쳤다.

"상대는 강해요. 생각 이상으로 은밀히 움직여야 해요. 이 정도 조심하면 되겠지 생각했을 때, 더 조심하세요. 그리고 우리도 강해질 거예요. 그러니까 준비해 놓고도 상대의 힘에 밀릴 수 있다는 생각은 안 하셔도 돼요."

"우리도 강해져요?"

송나연 기자가 이한영과 박철우 검사를 번갈아 본다. 확실히 판사와 검사라면 센 직업들이다. 하지만 박광토 전 대통령의 이름값에 비할 수는 없다.

미심쩍은 눈빛에 이한영이 휴대폰을 들었다. 그리고 스피커폰 버튼을 꾹 누른다. 벨 소리가 이어진 후 이순호의 목소리가 들린다. 이순호는 이한영의 전생에서 주식으로 사기를 치다가 감옥에 갔던 자다.

-네, 형님.

그는 이제 이한영을 형님이라 부른다.

"어, 순호야. 우리 자금이 얼마 있지?"

-글쎄요. 한 100억 조금 안 될걸요?

이성대에게 30억을 사기 친 후 절반 가까이 기부했다. 그럼 남은 돈이 15억이어야 하는데, 100억이라니…….

물론 이한영이 그 전부터 석정호를 통해 굴린 돈이 있었고, 이한영의 미래 지식과 이순호의 투자 실력이 바탕이 되어 만들어진 금액이다. 하지만 그걸 모르는 박철우 검사와 송나연 기자의 입은 다물어질 줄 몰랐다.

이한영이 휴대폰을 종료하며 말했다.

"이 정도로 놀라서는 안 돼요. 지금까진 천천히 움직여서 이 정도예요. 이제부터 본격적으로 움직일 테니 준비가 끝날 때쯤엔 우리는 더 강해져 있을 거예요."

* * *

그리고 이한영의 힘은 끝이 아니었다.

며칠 후, 주말을 이용해 석정호와 만난 이한영은 양평으로 향했다. 운전은 석정호가 한다. 한참 후 산길을 오를 때, 이한영이 물었다.

"진짜 여기에 있어?"

"응."

석정호가 향하는 곳은 이번에 인수한 망한 펜션이다. 산길로 들어서고도 한참이 지났지만 끝이 보이지 않는다. 나무가 우거져 정글에 들어왔다는 표현이 맞을 것 같다.

이한영이 고개를 저었다.

"이런 데에 펜션이 있으면 망할 수밖에 없었겠네."

석정호가 슬쩍 웃는다.

"그래도 시설도 깨끗하고 넓어서 좋아. 수영장도 있고. 다 왔다. 저기 푯말 보이지?"

이한영은 모자를 푹 눌러쓰며 말했다.

"가까이 가지는 말고 눈으로 볼 수 있을 정도에서 세워줘."

석정호는 곧 차를 세웠다.

이한영이 차에서 내려 주변을 둘러본다. 멀리 펜션이 한눈에 보이는 곳이다. 펜션엔 50여 명의 남자들이 일사불란하게 어떤 훈련을 받고 있었다. 모두 석정호가 전국을 돌며 찾아낸 사내들이었다.

오바른 판사나 김윤혁의 테러를 봤듯이 강신진 지원장은 폭력을 사용하는 데 거리낌이 없다. 그런 자들과 싸우려면 이쪽도 똑같은 방법을 사용해야 한다.

눈에는 눈, 이에는 이다.

이한영이 멀리 있는 남자들을 보며 석정호에게 말했다.

"조만간에 사업자 등록해."

"어떤 걸로?"

"심부름센터로 해."

펜션을 둘러보고 나온 이한영과 석정호는 양평의 한 막국숫집에 앉았다. 주문한 막국수가 나오자 석정호가 젓가락을 들며 묻는다.

"보니까 어때?"

"어떤 거? 펜션?"

"응."

지나가는 듯 물었지만 석정호는 이한영의 눈치를 살피고 있다. 태어나서 중책이라는 것을 처음 맡아봤기에 이한영이 어떻게 대답할지 몹시 긴장됐기 때문이다.

이한영은 석정호의 마음을 알고 있었다. 그래서 입발림하는 칭찬이 아니라 구체적으로 어떤 점이 좋았는지 나열하기 시작했다.

"좋았어. 보안이 철저하겠던데? 공간도 그 정도면 충분하고……."

석정호의 입이 옆으로 쭉 찢어진다.

"그치? 내가 하면 하는 남자잖아, 흐흐흐."

"그럼 하나만 더 부탁해도 될까?"

"뭐든."

석정호는 자신 있게 대답했다. 이한영은 기다렸다는 듯 낮지만 강한 어조로 입을 열었다.

"강신진 지원장 아래로 들어가."

"뭐?"

뜬금없이 나온 강신진 지원장의 이름…….

석정호는 황당했는지 눈동자를 깜빡이며 묻는다.

"강신진? 지난번에 만났던 그 사람?"

"응."

"갑자기 무슨 말이야?"

"강신진 지원장이 널 원하잖아. 들어가도록 해. 들어가서 일단 신뢰를 얻었으면 좋겠어. 이유는……."

강신진 지원장의 무서운 점은 그의 힘을 제대로 아는 사람이 없다는 것이다. 모두가 장님 코끼리 말하듯 일부를 알고 있을 뿐이다. 그래서 석정호가 강신진 지원장 아래로 들어가 조금이라도 더 정보를 뽑아낼 필요가 있다.

이한영의 설명을 들은 석정호가 고개를 끄덕끄덕하더니 오른 주먹으로 자신의 왼쪽 가슴을 툭툭 쳐 보였다.

"내가 또 아부의 왕이잖아. 강신진의 애완견이 될게."

"내 욕을 해도 좋으니까, 최대한 신임을 얻도록 해."

"걱정하지 마, 흐흐."

석정호의 기분 좋은 미소를 보며 이한영이 젓가락을 들었다.

"먹자."

이야기가 오래 이어지며 막국수가 퉁퉁 불었다. 하지만 석정호는 배가 고팠는지 맛있게 먹기 시작한다.

그런 석정호를 바라보며 이한영은 생각에 빠져들었다.

'강신진은 석정호가 들어오면 내가 꼬리를 말았다고 생각할 거야. 제발 그렇게 믿어라, 강신진. 난 허리를 굽히고 널 심판할 진리를 찾는다.'

이한영의 눈빛에 퍼런 살기가 번뜩였다.

* * *

며칠 후 밤, 이한영과 박철우 검사는 옥탑방에 앉아 있었다. 아직 한낮은 덥지만 밤이 되면 쌀쌀하다. 사람들의 옷차림도 하나둘 긴팔로 바뀌어 가고 있었다.

옥상에 서서 지나가는 사람들의 옷차림을 보던 박철우 검사가 입을 열었다.

"석정호 씨 얼굴 보기 참 힘드네요."

"한동안은 보기 어려울 거예요. 따로 하는 일이 생겨서요."

"그래요? 아쉽네. 석정호 씨가 이한영 판사님의 옛날이야기 풀면 진짜 웃겼는데. 한동안 못 듣겠어요."

"제 옛날이야기요? 무슨 이야기를 들었는지 모르겠지만 다 거짓말이에요. 전 공부만 못했지 착실한 학생이었어요."

"에이, 거짓말이라고 하기엔 이야기에 리얼리티가 살아 있던데요? 흐흐."

잠시 가벼운 대화가 이어졌다. 그리고 박철우 검사가 담배를 입에 물며 본론을 꺼낸다.

"명동 사채업자 오판석, 슬슬 꼬리가 잡힐 것 같아요."

듣던 중 반가운 소리다.

"그래요?"

"연이율 1천 퍼센트가 넘는 고액 대출이 이뤄진 정황이 있어요. 아랫놈들을 쑤시는 중이니까 슬슬 꼬리 잡고 목줄을 맬 수 있을 겁니다."

"오판석이 잡히면……."

강신진 지원장을 수면 위로 끌어 올릴 충분한 미끼가 될 것이다.

이한영은 천천히 고개를 끄덕이며 서울의 밤하늘로 시선을 옮겼다. 구름 한 점 없는 검은 하늘은 고요하다. 고요함이 끝나면 세상을 휘몰아칠 바람이 불 것 같은 태풍 전야처럼 느껴진다. 강신진 지원장의 목에 송곳니를 박아 넣을 시간이 가까워지고 있기 때문이다.

이한영이 지금 해야 할 일은 그때까지 힘을 만들어 놓는 것이다. 힘이 없다면 강신진의 멱살을 움켜쥐어야 할 순간에 아무것도 하지 못하고 손가락만 빨 수 있다. 권력자를 잡기 위해선, 특히 흑막 속에 숨어 있는 강신진 같은 놈을 잡기 위해선 거대한 힘이 필요했다. 10만 원을 훔친 놈은 징역을 살고 수천억을 탈세한 새끼는 집행유예를 받는 더러운 세상이기 때문이다.

전생에서 이한영은 장태식 사장에게 징역형을 선고했었다. 하지만 비참하게 사망한 것은 이한영이었다. 힘이 없었기 때문이다. 이번에도 그런 결말을 낼 수는 없었다. 힘을 키우고 상대의 믿는 도끼가 되어야 한다.

잠시 후, 박철우 검사가 담배를 비벼 끄며 기지개를 켰다.

"시간도 늦었는데, 그만 가야죠. 계실 거예요? 아니면 같이 내려갈 거예요?"

"같이 가죠."

두 사람은 1층으로 가기 위해 계단을 걸었다. 타박타박 계단을 내려가는 발소리가 들릴 때, 박철우 검사가 문뜩 뭔가 생각났는지 이한영을 향해 고개를 돌렸다.

"맞다. 차주성 사건, 판사님네 재판부가 맡죠?"

"네, 제가 주심을 맡을 거예요. 아직 기록물은 못 받았는데, 1심이랑 바뀐 거 있어요?"

차주성은 아이돌 출신 영화배우다.

콘서트를 열면 1분도 되지 않아 매진되는 인기 아이돌 그룹에 속해 있으며 배우로서도 탄탄한 연기 실력을 인정받고 있다. 그런 차주성이 마약

유통 및 성매매 알선 사건에 휩싸이며 재판에 선다.

박철우 검사가 장난스레 웃으며 입을 열었다.

"1심이랑 바뀐 것은 없고요. 말씀드릴 게 있어서요. 판사님이 차주성을 얼마나 아는지는 모르겠지만, 팬들이라는 게 진짜 무섭습니다. 이제 갖가지 선물과 협박 편지를 받게 될 거예요. 아, 인터넷에 신상 털리는 것도 예상하셔야 해요. 그러니까 차주성 잡아넣은 사람이 우리 지검의 우성택 검사거든요. 그 친구가 한창 차주성 조사하고 있을 때 우편 하나를 받았어요. 평범한 우편인 줄 알았는데 안에 뭐가 있었는지 알아요?"

박철우 검사의 의미심장한 미소를 보며 이한영이 대수롭지 않게 답한다.

"그 검사님의 가족사진요."

"헐."

정답이었다.

박철우 검사가 깜짝 놀랐는지 눈을 껌뻑였다.

"어? 어떻게 알았어요? 보안이 샜나? 판사님, 나 말고 또 친한 검사 있어요? 없잖아요? 그건 어디서 들은 거예요?"

당연히 전생을 통해서다.

하도 어이가 없던 일이라 또렷이 기억하고 있었다. 차주성의 열성팬이 검사에게 협박 편지를 보낸 사건. 가족사진을 몰래 찍어 보냈다는 것은 그 검사의 가족에게 해를 끼치겠다고 협박하는 것이다.

당연히 검찰은 가만히 있지 않았다. 검사를 협박한 자의 말로를 보여 본보기로 삼기 위해 비밀리에 편지의 유통 경로를 찾아다녔다. 그리고 잡았다.

당시의 기억을 떠올리며 이한영이 입을 열었다.

"아직 못 잡았죠? 협박 편지를 받은 검사님의 옆집에 사는 여중생이 범인이에요. 잡아서 필적감정 해보세요. 바보같이 주소를 친필로 적었잖아요."

이한영의 말을 들은 박철우 검사는 혼란스러운 표정으로 머리를 북북 긁었다.

“와, 진짜 미치겠네. 지금 장난치는 거예요, 아니면 진짜예요? 이거 믿어도 되는 거예요?”

“제가 이런 일로 장난치지는 않잖아요?”

잠시 더 눈을 깜빡이던 박철우 검사가 휴대폰을 귀에 댔다. 그리고 통화 버튼을 누르며 말을 잇는다.

“잠시만요. 좀 알아볼게요. 우 검사, 나야. 혹시 옆집에 중학생 살아? 여자애.”

—네, 살아요.

“산다고?”

—네.

박철우 검사의 시선이 이한영에게 향한다.

귀신에 홀린 표정이다.

* * *

드르르륵, 기록물을 가득 실은 카트가 이한영의 사무실 앞에서 멈췄다. 테이블 위에 기록물이 쌓이기 시작한다.

차주성 사건이다.

머그잔에 커피를 타서 마시던 장유린 부장이 눈을 동그랗게 떴다. 산처럼 쌓이는 기록물의 양이 예사롭지 않았기 때문이다.

“이 사건의 주심이 이한영 판사지? 고생 좀 하겠어. 도움 필요하면 말해.”

“네, 감사합니다.”

보통의 판사라면 서류의 양만 보고도 혀를 내둘렀을 거다. 하지만 이한영은 상관하지 않고 서류를 손에 들어 읽기 시작했다.

‘차주성…….’

아이돌을 잘 모르는 이한영도 차주성은 잘 알고 있었다. 노래나 영화 때문이 아니라 전생에서 그가 벌였던 일 때문이다.

아이돌로서 예의가 바르고 영화배우로서도 좋은 배역을 맡아 좋은 이미지를 가진 차주성이다. 지난 연말에 한 언론사가 조사한 '길거리에 휴지 버리지 않을 것 같은 연예인' 1위에도 오를 정도로 그의 이미지는 좋았다.

하지만 그것은 카메라 앞에서의 모습일 뿐이었다. 차주성은 오랜 시간 데뷔하지 못한 걸그룹 연습생을 범죄의 타깃으로 삼고 은밀히 접근했다.

"너 실력 괜찮더라? 데뷔만 하면 빵 뜰 것 같은데?"

하늘 같은 스타의 말에 연습생은 마음이 붕붕 뜨는 기분을 느꼈을 거다.

"감사합니다."

거기서 차주성은 쐐기를 박아 넣는다.

"데뷔할 방법이 있는데, 알려줄까?"

"네? 그런 게 있어요?"

"그럼 알고 싶으면 8시쯤에 볼까? 내가 그때쯤 스케줄이 끝날 것 같거든. 다른 뜻 없어. 네가 잘되길 바라기 때문에 이러는 거야."

다른 사람도 아니고 바른 사나이라 불리는 차주성이다.

연습생은 그 이미지를 믿고 차주성이 말한 약속 장소로 향했다. 하지만 기다리고 있던 것은 데뷔가 아닌 마약과 성매매였다.

1심에서 차주성은 증거불충분으로 무혐의를 받았다. 알리바이가 완벽했고 범죄를 저질렀다는 증거가 빈약했기 때문이다.

이한영은 서류를 덮었다.

전생을 돌이켜보면 차주성은 이번 2심에서도 무혐의를 받으며 재판을 마무리한다. 하지만 이번엔 잘못 걸렸다.

판사가 이한영이다. 이한영은 전생을 통해 이 사건을 알고 있었다.

'차주성의 소속사가 KH 엔터테인먼트였나?'

연예계 대형 기획사 중 하나이며 특이한 점으로는 대표가 조직폭력배 출신이라는 거다. 대표의 이름은 지경환.

그는 직업 세탁에는 성공했지만 본질을 숨길 수는 없었다. 더러운 뒷거래로 국회의원과 경찰서장 등에게 로비를 했고, 차주성의 죄를 지워버리는 데 성공했다. 그 덕에 1심에서 무혐의를 받아냈다.

'차주성과 지경환, 그리고 국회의원과 경찰서장…….'

이한영은 휴대폰을 꺼내 이번 사건의 기사를 검색해 봤다. 댓글이 가관이다. 1심의 결과가 무혐의로 나와 그런지 네티즌들은 차주성에게 호의적인 반응을 보이고 있었다. 반면에 피해자들은 돈을 노린 꽃뱀이 되어 있었다.

–뻔하지. 한탕 하려고 차주성 건든 거지.

–협박해서 돈 받을 줄 알았나?

–이런 거 보면 스타가 약자야.

–차주성 응원합니다.

–못생겼으니까 연습생을 못 벗어난 거다. 성형이나 해라.

'창녀'나 '꽃뱀'은 양호한 단어다. 말로 할 수 없는 끔찍한 욕설이 댓글창을 가득 메우고 있었다. 그런데 이거로 끝이 아니다. 피해자들의 신상정보와 사진, SNS의 주소 등도 어렵지 않게 찾아볼 수 있었다.

이한영은 피해자 한 명의 SNS 주소를 찾아 들어가 봤다. 악플러는 SNS까지 찾아와 욕설을 남기고 있었다. 피해자의 집 현관문에 협박성 메시지를 적어놓고 인증 사진을 찍어 자랑하기까지 했다.

이한영은 피해자의 사진 하나를 확인했다.

'고현희?'

순간, 불길한 기억이 떠올랐다.

'이 사람, 스스로 목숨을 끊었잖아?'

악플을 이기지 못하고 목숨을 끊은 고현희.

아이러니한 것은 그녀가 사망에 이르렀어도 악플이 끊이지 않았다는 거다.

잠시 고현희의 사진을 보던 이한영은 그녀의 정보를 얻기 위해 복도로 나가 박철우 검사에게 전화를 걸었다. 통화 연결음이 들리고 "여보세요"라고 말하려는 순간…….

-와, 진짜!

박철우 검사의 흥분된 목소리가 들린다.

"좋은 일 있으세요?"

-혹시 이번 주 로또 번호 알아요?

"네? 무슨 말씀이세요?"

뜬금없이 로또 번호라니…….

박철우 검사의 목소리가 빠르게 이어진다.

-지난번에 검사한테 겁 없이 협박 사진 보낸 범인요, 오늘 잡았거든요? 판사님 말이 맞았어요! 옆집 사는 중학생이었어요! 걔가 경찰에 끌려와서 뭐라고 했는지 알아요? 자기는 미성년자라 어차피 감옥에 안 가니까 차주성이나 괴롭히지 말래요.

박철우 검사의 흥분된 목소리는 한동안 계속됐다. 그리고 마지막으로…….

-혹시 숫자 여섯 개 떠오르는 거 있으면 말해봐요.

"제가 로또 번호를 어떻게 알아요?"

-틀려도 괜찮으니까, 한번 말해봐요.

이한영은 귀찮은 목소리로 답했다.

"9, 16, 21, 37, 39, 42요."

-잠깐만요! 9 그리고 뭐요?

뭔가를 적는 소리가 다급히 들렸다.

진짜 믿는 모양이다. 아무리 인생을 한 번 살았다 해도 로또 번호를 외우고 있을 수는 없다. 계속 이야기하다가는 이한영도 이상해질 것 같았다.

이한영은 서둘러 필요한 것을 이야기했다.

"검사님, 제가 전화한 이유가 뭐냐 하면요. 차주성 사건, 피해자들 정보 좀 알아봐줄 수 있을까요?"

–어떤 거요? 전부?

"고현희라고요."

* * *

"자, 따라 해보세요. 마약인 줄 몰랐습니다."

"마약인 줄 몰랐습니다."

KH 엔터테인먼트의 대표이사실. 에스로펌의 조세헌 변호사가 차주성 앞에 서 있었다.

차주성이 말을 잇는다.

"성매매 알선이라뇨. 그런 건 생각해본 적도 없어요."

조세헌 변호사가 고개를 저었다.

"아뇨. 이번엔 그렇게 당당하게 말하면 안 돼요. 1심과 달리 이번 재판부엔 여성 판사가 둘이나 있어요. 성폭행, 성매매 등에는 최악의 상황인 거죠. 당당한 표정 짓지 말고 억울한 표정으로 가세요. 그게 더 먹힐 겁니다."

차주성이 웃는다.

"여성 판사가 둘이나 있으면 게임 끝난 거 아녜요?"

두 사람을 지켜보던 KH 대표 지경환도 손뼉을 쳤다.

"여성 판사면 게임 끝난 거네. 주성이 살인 미소에 판사들 빽 가겠어요, 크크크크."

이들은 1심에서 승리했다고 게임이 끝난 줄 알고 있다.

하지만 조세헌 변호사는 마음을 놓지 않는다. 이번 주심 판사는 이한영이다. 조세헌 변호사는 이한영 앞에서 속 시원하게 이겨본 적이 없었다. 이번에도 어떤 짓으로 재판을 망쳐 놓을지 예상할 수 없다.

잠시 이한영을 생각하던 조세헌 변호사가 입을 열었다.

"대표님, 피해자들과 합의는 어떻게 되고 있어요?"

"합의?"

그때 책상 위의 전화가 벨을 울렸다. 지경환 대표가 전화를 들어 귀에 댄다.

"어, 말해."

–고현희 씨 왔습니다.

피해자 중 하나다.

지경환 대표가 책상에 두 손을 짚고 천천히 일어서며 입을 열었다.

"변호사님, 합의는 우리 방식대로 하겠습니다. 그러니까 걱정하지 마세요. 야, 주성아. 고현희 왔다고 하는데, 네가 나가봐."

차주성이 고개를 끄덕이며 의미심장한 미소를 지었다.

〈4권에서 계속〉